Penny Birch

Fesselspiele

Impressum

Passion Publishing Ltd.
Postfach 11 28
D-53621 Königswinter

Dieses Werk wurde vermittelt durch die Literarische Agentur
Thomas Schlück GmbH, 30827 Garbsen.

Satz: Petra Hammermann
Übersetzung: Karla Beckmann
Umschlagentwurf: Ralph Handmann
Titelbild: © Roman Kasperski www.RomanKasperski.de

Printed in Germany

Vertrieb: VSB, Georg-Westermann-Allee 66, 38104 Braunschweig

ISBN: 978-3-939907-20-6
VSB-Titelnummer: 3000229

Bestellhotline: 01805/708709
Bestellfax: 0531/795939

www.passion-publishing.de

Penny Birch

Fesselspiele

Passion Publishing

Eins

Mein Analring gab nach, der Stöpsel schoss hinein, und es war geschehen. Nun war ich der Fuchs – oder besser gesagt die Füchsin – mit einem todschicken Schweif direkt über dem nackten Hintern. Das Spiel war einfach: wenn sie mich fingen, dürften sie tun, was immer sie wollten. Sie könnten verlangen, dass ich Schwänze lutschte, Muschis leckte oder Arschlöcher küsste. Ganz sicher würde ich gefickt werden und es wäre unwahrscheinlich, dass ich davon kommen würde, ohne in den Hintern gevögelt zu werden. Ich würde auch geschlagen werden, das hatten sie mir zuallererst versichert. Man würde mich dehnen und mit Reitpeitschen und Birkenzweigen prügeln, bis mein Po aussähe wie ein Schlachtfeld. Und es gibt noch weitere Folterinstrumente, die man im Wald finden kann: Schlamm für mein Gesicht und – noch schlimmer – große, glatte Steine für meine Muschi und mein Arschloch, frische junge Nesseln für meine Brüste, natürlich Stechginster und Brennnesseln. Wenn sie mich fangen sollten, musste ich mit all dem und mehr rechnen, um genau zu sein, musste ich mit jeder ausgetüftelten und sadistischen Quälerei rechnen, die sie sich ausmalen konnten. Wahrscheinlich würde ich in irgendeiner unangenehmen und verletzlichen Position gefesselt werden, um meine Pein ins Unermessliche zu steigern. Aber zuerst mussten sie mich fangen, und ich hatte nicht die Absicht, es ihnen leicht zu machen. Jedenfalls nicht zu leicht, das würde mir nur selbst den Spaß verderben.

Ich fixierte den schmalen Gürtel, der den Schweif um meinen Bauch hielt und streckte mich in der warmen Frühlingssonne, meine befreiende Nacktheit genießend. Abgesehen von meinen Turnschuhen und den Socken war ich splitternackt, und der lange, buschige Schwanz gab meiner Blöße einen süßen Hauch von erotischer Erniedrigung. Ich war bereit loszulaufen, und wie ich den Blicken der anderen entnahm, die sie mir zuwarfen, waren sie bereit zu jagen. Amber ließ die Reitpeitsche durch ihre Finger gleiten, und auf ihrem hübschen Gesicht lag ein bösartiges

Lächeln. Henry rieb sich die Hände und schaute mich an wie ein besonders schmackhaftes Stück Fleisch; Rasputin befand sich in Startposition, die Zunge hing ihm aus dem Mund und seine Augen unter den buschigen Augenbrauen fixierten mich. Vicky stützte ein Bein auf einem Baumstamm ab und lockerte ihre Muskeln. Anderson lehnte am Auto, ganz cool und erhaben und ließ träge eine aus Knochen gearbeitete Peitsche durch seine Finger gleiten. Ginny beugte sich in den Wagen, ihr draller Hintern spannte sich in der engen Reithose und schwabbelte leicht, während sie etwas suchte, vermutlich ihre Peitsche.

„Ich hab‘s“, sagte sie und kam aus dem Auto. In der Hand hielt sie nicht nur die schwere Reitpeitsche, die ich erwartete hatte sondern noch etwas anderes: eine Fuchsmaske.

Der Anblick der Maske jagte mir einen Schauer der Erwartung über den Rücken. Sie war so professionell gemacht, dass sie völlig echt aussah, und als sie eine kleine Flasche aus dem Inneren hervorzauberte, wurde mir klar, dass sie die Maske nicht nur mit einem elastischen Band befestigen würde. Sie gab beides an Amber weiter, deren Grinsen noch breiter wurde.

„Halt still, Penny“, befahl sie fröhlich, während sie mir das Ding vor das Gesicht hielt.

Ich öffnete den Mund. Das musste ich tun, denn im Inneren der Maske befand sich ein Ball, der offensichtlich dazu dienen sollte, mich zu knebeln. Mein Körper hatte zu zittern begonnen, die Intensität des Gefühls von Entblößung und Erniedrigung durchdrang mich, und ich wurde mir der Feuchtigkeit zwischen meinen Beinen bewusst, als ich den Knebel vorsichtig zwischen die Zähne nahm. Ich nahm den schwachen Geruch von Kleber wahr, als Amber die Flasche öffnete, und der Geruch verstärkte sich, während sie die Enden der Maske und dann mein Gesicht damit bestrich. Sie ging schnell und geschickt vor, sie hatte einige Erfahrung darin, Frauen in Ponys, Schweine oder andere Fantasiegestalten zu verwandeln. Heute war es eben ein Fuchs, und das ganze Drumherum einer Fuchsjagd wich langsam der erotischen Fantasie an Stelle des blutigen Sports. Da dies ursprünglich meine Idee gewesen war, hatte ich auch das Recht, das erste Opfer oder besser die erste Beute zu spielen. Die weiteren Details hatten größtenteils die Anderen geplant, einschließlich des Begriffs „Punkt bei Vergewaltigung", der mir Angst gemacht hatte, aber gleichzeitig dem Spiel so viel raue Emotion beigemischt hatte, dass ich ihn schließlich akzeptiert hatte.

Es war nur ein Spiel, aber dieser Gedanke ließ meinen rasenden Herzschlag nicht zur Ruhe kommen, während ich darauf wartete, dass der Kleber trocknete. Immerhin, die Jagd würde echt sein, meine Schmerzen würden echt sein, und der Sex würde echt sein. Sicher, ich erwartete am Ende einen absolut explosiven Orgasmus, aber dennoch hatte ich Angst, insbesondere, weil ich nicht sicher war, warum Henry seinen Hund mitgebracht hatte. Die Maske machte das Ganze schlimmer und gleichzeitig realer. Ich konnte jetzt nicht mehr sprechen, es gab also auch keine Möglichkeit mehr, ein Stopp-Wort zu benutzen. Ich konnte auch nicht gut sehen, denn die Augenlöcher beschränkten meine Sicht wie Scheuklappen.

„Bist du soweit, Penny?", fragte Amber, als sie die Hand von der Maske nahm.

Ich nickte und hatte bereits mein Füchsinnengesicht vor Augen, wie es durch den Wald lief.

„Du hast 20 Minuten", sagte sie „also lauf besser mal los."

Das musste sie mir nicht zweimal sagen. Ich rannte los, mein Schwanz kitzelte meinen Hintern, die Bewegung ließ Ginny kichern.

Der Wald war ziemlich groß – 36 Hektar hoher Eichen und Buchen – und gehörte einem pferdenärrischen Freund von Henry. Pferdenärrisch, reich, angesehen und sowas von schwul, dass er noch nicht mal zum Zuschauen vorbeigekommen war. Der Wald war von allen Seiten umgeben von Ackerland, daher waren die Chancen minimal, dass man uns sehen würde. Ein einzelner, zugewachsener Fußpfad begrenzte den nördlichen Teil, aber von diesem Weg konnte man sich leicht fernhalten. Das

Innere des Waldes bestand aus einem Labyrinth aus Runsen, Dickichten, alten Gräben und noch älteren Erdwällen, genau der richtige Ort für mich um mich zu verstecken. Das war genau das, was sie erwarteten, aber genau das hatte ich nicht vor.

Ich war mir ziemlich sicher, welche Jagdstrategie sie verfolgen würden. Vicky und Anderson waren schnell und würden flügelförmig zu den Seiten ausschwärmen. Amber und Ginny, nicht ganz so athletisch, aber jung, würden ihnen weiter innen folgen und damit den fetten, alten Henry gemeinsam durch die Mitte schicken. Auf diese Weise konnten sie mich vorwärts hetzen und die Schere am Ende des Waldes zuschnappen lassen, wo es eine offene Lichtung und eine ruinenhafte Baracke gab. Dort würden sie Stechginster, Nesseln und all die anderen Dinge finden, die sie benötigten, um meine Qual ihrem Höhepunkt entgegen zu treiben. Sie hatten alles bedacht, abgesehen von der Tatsache, dass sie zu überzeugt von sich selbst waren, um es wirklich mit mir aufnehmen zu können. Ich beabsichtigte, sie verschwitzt und zerkratzt und heiß werden zu lassen, bevor sie mich kriegten, denn nur dann würden sich mich wirklich bezahlen lassen.

Statt also in die geschützten Tiefen des Waldes vorzudringen, rannte ich weiter, bis sie lange außer Sicht waren und wandte mich dann nach Norden in Richtung des Fußpfades, denn ich wusste, dass sie davon ausgingen, dass dies genau die Richtung war, die ich nicht einschlagen würde. Mein Plan war einfach. Ich würde mich neben dem Pfad verstecken, bis ich einen der Flankenläufer hörte, warten, bis sie vorbei waren und ihnen dann über den Fußpfad in den Wald folgen. Ich hoffte, dass dieses Manöver sie verwirren und frustrieren würde, so dass sie mich anschließend für diese Frechheit bestrafen würden, wenn ich ihnen schließlich erlaubte, mich zu fangen.

Zunächst lief alles glatt, und es wäre auch so weitergegangen, wenn da nicht dieser Schweif gewesen wäre. Ich fand einen dichten Holunderbusch direkt neben dem Zaun, versteckte mich darin und kauerte auf dem

Boden, bis ich jemanden kommen hörte. Es war Anderson, der langsam vorbeilief und durch den Wald starrte. Ich blieb ganz still, überzeugt, dass er mich zwischen den dichten grünen Blättern nicht sehen würde. Er sah direkt zu mir hin, lief aber weiter, nur um plötzlich abrupt stehen zu bleiben, als er auf meiner Höhe war, nur noch wenige Meter von meinem Versteck entfernt. Ein freudiges Grinsen breitete sich auf seinem Gesicht aus, und ich wusste, dass er mich gesehen hatte, doch er sah mir nicht ins Gesicht, sondern hinter mich. In diesem Moment wurde mir klar, dass mein Schweif aus dem Busch herausragte.

Ich stürzte los und entfloh meinem Versteck. Er rief das Signalwort für einen Sichttreffer und folgte mir, Freudenschreie ausstoßend. Normalerweise hätte ich sicher eine Chance gehabt, denn ich bin kleiner und wendiger als er. Die Situation, in der ich mich nun befand, nackt und mit eingeschränktem Sichtfeld und mit diesem Stopfen in meinem Hintern war hoffnungslos, denn ich konnte nicht genügend Geschwindigkeit aufnehmen. Dennoch versuchte ich es, sprang über Baumstümpfe hinweg und tauchte unter Ästen durch, bis ich schließlich im Schlamm ausrutschte und lang hinfiel. Ich war besudelt und glitt erneut aus, als ich versuchte aufzustehen und spürte plötzlich seine Hand meine Haare greifen, zupacken und meinen Kopf hart zurückziehen.

Auf den Knien kauernd war ich durch seinen Druck gezwungen, die Wirbelsäule zu beugen und meinen Po anzuheben, ein Vorgang, der ein zufriedenes Glucksen bei Anderson auslöste. Ich zitterte am ganzen Körper, versuchte krampfhaft mit dem Knebel im Mund zu atmen, mein Herz hämmerte in meiner Brust, denn ich brauchte das, was jetzt mit mir passieren würde, hatte aber gleichzeitig ernsthaft Angst. Sein Griff um meine Haare wurde fester, und er zwang mich, meinen Hintern weiter anzuheben. Meine Knie gingen wie von selbst auseinander, meine Pussi reckte sich ihm unter dem schützenden Schweif entgegen.

„Süße kleine Füchsin“, trumpfte er auf, „so ist es richtig, reck sie mir entgegen, und ich werde sie dir stopfen, aber so weit sind wir noch nicht.

Zuerst wirst du mir einen blasen, falls das mit dieser Maske möglich ist.“ Es war nicht möglich, und das hätte ich ihm auch gesagt, wenn ich denn hätte sprechen können. Mit dem Knebel im Mund war allein das Atmen schon schwer genug, vom Lutschen eines Schwanzes ganz zu schweigen. Da Füchsinnen ohnehin nicht sprechen können, wand ich mich lediglich ein bisschen, als er meinen Kopf drehte, um den Mund zu inspizieren.

„Verdammt“, fluchte er, als seine Finger den Mund berührten. „Tja, wenn das so ist, muss ich dir ein paar Striemen auf den Hintern verpassen, um in Fahrt zu kommen.“

Einen Moment später spürte ich, wie er meinen Schweif packte, ihn hochhob und auf meinen Rücken legte, so dass meine Rückseite vollständig und unverdeckt zu sehen war, die Pobacken ausgestellt, die klaffende Möse, der Anus offen mit der Spitze des Schweifes in dem kleinen Loch verschwindend. Mein Magen zog sich zusammen, und mein Hintern zuckte, während er angesichts des Anblicks leise lachte. Ich hörte, wie er seine Position veränderte, und plötzlich wurden meine Arschbacken durchgerüttelt, und eine brennende Linie breitete sich darauf aus. Meine Arme wurden taub vor Schock, meine Brüste fielen nach unten in den Schlamm, meine Muskeln verkrampften vor Schmerz, als seine Peitsche auf meinen nackten Arsch knallte. Ein dritter Peitschenknall traf mich, und er lachte, als er zusah, wie ich austrat und die Beine im Schmerz weit spreizte. Ich brach zusammen und fiel mit dem Bauch und Brüsten in den Matsch, kroch ergeben auf dem Boden, während er einen vierten Streich über beide Pobacken zog.

Ich hätte geschrien, wenn ich gekonnt hätte, doch ich brachte nur ein erbärmliches Gurgeln in der Kehle hervor. Nach dem vierten Schlag stoppte er und ließ mich ausgestreckt im Schlamm liegen, mitleiderregend dankbar hob ich den Po an und bot mich ihm dar. Er lachte erneut sein trockenes Lachen, und ich hörte, wie die Peitsche zu Boden fiel. Ich blickte über die Schulter und sah, wie er die Reithosen und seinen Slip herunter ließ, um mir seinen ziemlich großen, bereits halb steifen Penis zu präsentieren.

Ich hielt still, während er über meinen geschundenen Hintern masturbierte, seinen Blick fest auf die vier roten Striemen gerichtet, die er meiner Haut zugefügt hatte. Sie brannten, mein Arsch pochte, meine Pussi war weit geöffnet und feucht, während mein Anus immer wieder um den Hals des Stopfens zusammen zuckte. Er wurde schnell hart, seine Augen ließen meinen Hintern nicht los, bis sein Schwanz zu einem harten Prügel aus glänzendem Fleisch geworden war, die Spitze so glänzend, als wäre sie eingeölt worden. Ich kam ein bisschen hoch, bot mich ihm an, Knie weit gespreizt und Hintern gehoben in Erwartung seines Eindringens. Er kauerte sich hinter mich, sorgfältig darauf achtend, dass er seine Reithosen nicht beschmutzte. Das war perfekt: ich lag geschlagen und schmutzig im Schlamm, und er war nicht mal bereit, sich die Knie dreckig zu machen, während er mich nahm.

Sein Schwanz fand die Öffnung meiner Muschi und er zog mich auf sich, füllte mich aus und spreizte meine Beine weit vor sich. Ich schluckte an meinem Knebel, als er begann, mich zu ficken, meine Hüften fest umfasste und mich auf seinen Schwanz zog. Mein Schweif kitzelte meinen Rücken, die Peitschenstriemen brannten in der kühlen Luft, meine Brüste rieben sich in den Schlamm und die schmuddeligen Blätter. Das perfekte Szenario um mich so richtig anzuheizen. Bald würden die Anderen kommen und ich würde wirklich benutzt, erneut geschlagen und penetriert und gereizt und gequält werden, bis sie mich schließlich selbst kommen lassen würden...

Nein, es war nicht richtig. Die Jagd hatte nicht lang genug gedauert. Ich brauchte mehr von der Erregung des Gejagtwerdens, des Schreckens und der Verzweiflung, der Angst, der letztlichen Bestürzung, wenn sie mich dann fingen und zu Boden zwangen. Ich spannte meinen Körper an und stieß mich von Andersons Bein nach vorne hin weg. Er schrie überrascht auf, ging zurück und ich war weg. Ich lief über die sonnenüberflutete Lichtung, auf der er sich an mir erfreut hatte.

Er musste direkt in die Schlammpfütze gefallen sein, denn ich hörte ihn fluchen, und ich lachte in mich hinein, während ich zwischen zwei großen

Birken verschwand. Ich hatte ihn völlig überrascht, indem ich aufsprang, während er sich völlig dem Gefühl hingab, in mir zu sein. Zweifellos hatte er bereits gedacht, mich bezwungen zu haben und hatte seine Dominanz und den Anblick der Peitschenstriemen auf meinem nackten Arsch genauso ausgekostet wie die körperliche Freude mich zu vögeln. Jetzt saß er da in der Schlammpfütze, seine Erektion in die Luft ragend, steif in nicht erfüllter Lust.

Ich stieß beinahe mit Ginny zusammen und konnte gerade noch ausweichen, als sie nach mir grabschte. Sie war aus dem Nichts aufgetaucht, und der Schock brachte mich zurück auf den Boden der Tatsachen. Ihren Aufschrei in den Ohren rannte ich weiter durch die fleckigen Sonnenstrahlen, während ihre Sichttrefferrufe hinter mir ertönten. Andere antworteten: Henrys tiefe Stimme drang aus Richtung Süden zu mir, Amber und Vicky schienen noch viel weiter weg zu sein. Ginny schrie erneut auf, sie war mir dicht auf den Fersen, dann hörte ich auch Anderson, noch ein Stück hinter mir.

Anderson mochte zu schnell für mich sein, aber keine Frau mit einer Figur wie Ginny sollte in der Lage sein, mich einzufangen: sie ist schlicht und einfach zu schwer. Ich sprintete los, den Blick starr nach vorn gerichtet und zwang mich, den stechenden Schmerz, den der Stopfen in meinem Rektum verursachte, zu ignorieren. Während der Jagd hatten ihre Rufe entzückt und freudig geklungen, aber als ihr Ton frustrierter wurde, war mir klar, dass ich sie abgehängt hatte.

Doch mir war klar, dass ich nicht endgültig entkommen war, denn ich wusste genau, dass Vicky so schnell wie möglich aufzuholen versuchte, und gegen sie hatte ich nicht die geringste Chance. Wenn ich einfach weiterlief, würden sie mich einfach zum Ende des Walds treiben, genau dahin, wo sie mich haben wollten, zwischen all die Ginsterbüsche und Nesseln und so weiter.

Bei dem Gedanken, dass man meine Pussi mit Nesseln kitzeln würde, schlug ich mich ins Dickicht aus Birkenzweigen und Unterholz. Zweige schlugen gegen meine Brüste und meinen Bauch, Stämme klatschten gegen meine Beine, aber dann war ich durch und fühlte ein Pochen, das sich auf meinen Beinen und meiner Pussi ausbreitete. Ich war genau in das hinein gerannt, was ich vermeiden wollte, meine Muschi brannte vor Nesseln, ohne dass die Anderen sich überhaupt irgendwelche Mühe hatten geben müssen. Die Nesselstiche brannten und verliehen mir neue Energie, während ich mir vorstellte, wie es mir ergehen würde, wenn sie mich schließlich geschnappt hätten.

Sie würden es nicht dabei belassen, mich ein bisschen mit Nesseln zu schlagen. Sie würden mich spreizen, einer an jedem Bein ziehen, bis meine Vagina offen wir ihnen liegen würde. Jeder von ihnen würde eine Nessel nehmen und mich bearbeiten, meine Nippel und meine Pussi kitzeln, die zarte Haut meiner Brüste und die empfindliche Stelle unter meiner Pofalte. Wenn sie in wirklich grausamer Stimmung wären, würden sie sich auch das Innere meiner Muschi vornehmen und mein Arschloch, was wahrscheinlich ausreichen würde, um mich zum Orgasmus zu bringen, auch wenn ich mich währenddessen vor Schmerz krümmen und schreien würde.

Ginny hatte gerufen, dass ich verschwunden sei, als ich durch das Buschwerk gelaufen war, aber sie war mir nicht gefolgt. Einen Moment lang konnte sie mich nicht sehen, und ich nutzte die Gelegenheit, um mich wieder in Richtung Norden zu orientieren und geduckt unter den hängenden Birken- und Haselnusszweigen hindurch zu laufen. Ein Zweig schlug über meine Brust und ließ ein brennendes Mal zurück, dann noch einer, dieses Mal weiter unten über meinem Bauch. Ich hörte Anderson irgendwo von links rufen und Vicky antwortete von rechts.

Als ich ihre Stimmen hörte und gleichzeitig den Schmerz in meinem Körper spürte, verfiel ich in Panik. Ich fragte mich, wie sie so schnell hatte aufholen können, das schien mir fast unmenschlich. Ich sprintete los, achtete nicht auf das Astwerk, kratzte mir die Haut an Holunderbüschen auf, wurde von Nesseln zerstochen, rannte blind durch den Wald, in meinem Kopf überschlugen sich die Bilder meiner eigenen Folterung. Henrys Ausspruch kam mir wieder in den Sinn und ich dachte an die Fuchsjagdsprache, aus der er ihn entnommen hatte: Punkt bei Tod, Punkt bei Vergewaltigung.

Bei dieser Vorstellung verließ mich die Vernunft, und ich rannte voller Angst blind durch den Wald. Ihre Rufe schienen von überall her zu mir zu dringen, fünf menschliche Stimmen und Rasputins tiefes Bellen, und als ich das hörte, schien mir das, was bisher nur ein schmutziger Gedanke gewesen war, zur Gewissheit zu werden. Sie würden mich dem Hund überlassen. Sie würden mich zu Boden drücken und Rasputin mich besteigen lassen. Sie würden ihn mich ficken lassen, und er würde sich meine Pussi vornehmen. Sie würden meine Brüste kitzeln und meine Pussi streicheln, während er in mir war. Sie würden mich zum Masturbieren zwingen und Fotos machen, während er sich auf mir krümmte, während er kam, während ich kam...

Ich hatte den Erdwall überhaupt nicht gesehen. Im einen Moment war ich noch in blinder Panik durch den Wald gehetzt, im nächsten rutschte und rollte ich durch Schlamm und nasses Gras und landete mit dem Gesicht zuerst in einer großen Pfütze. Das kalte Wasser rüttelte mich wach, und ich hob den Kopf aus dem Matsch, oder besser gesagt die Maske, die weiter fest auf meinem Gesicht saß und jetzt so besudelt war, dass ich nichts mehr sehen und kaum noch atmen konnte. Ich setzte mich auf, mein Körper schmerzte und ich war schmutzig, aber ich wollte dennoch weiter laufen, stellte jedoch fest, dass ich mir beim Fallen den Knöchel verdreht hatte. Das war zu viel für mich, und ich fiel zurück in den kalten Schleim, geschlagen, bereit mich allem hinzugeben, ganz egal, welche Qualen und Erniedrigungen sie mir zufügen würden.

Ich lag bereits mit dem Gesicht nach unten in einer Pfütze aus dreckigem Wasser und wahrscheinlich Kuhmist, bis auf meine Schuhe, die Maske und den Schweif völlig nackt, zerkratzt, mit blauen Flecken und mit vier violetten Peitschenstriemen auf dem Hintern. Viel schlimmer konnte es doch gar nicht mehr werden.

Es konnte noch viel schlimmer werden, denn alle fünf wollten noch ihren Spaß mit mir haben. Sie wollten, dass ich ihnen auf jede beliebige Weise zu Diensten war, wenn sie meinen eigenen Willen erst einmal unterdrückt hätten. Henry würde sicherlich wollen, dass ich ihm einen blies, bis er in meinem Mund kam oder über meinem Gesicht abspritzte. Vicky und Ginny würden wollen, dass ich sie leckte, auf den Knien, mit dem Gesicht in ihren Mösen vergraben und dem nackten Arsch in die Höhe gereckt, eine nach der anderen. Anderson würde mich bestimmt in den Arsch ficken wollen. Amber würde über mir thronen und verlangen, dass ich ihr den Arsch lecke, während sie an sich selbst herum spielte: darauf stand sie besonders und bei dem Gedanken an ihren süßen Hintern, der sich auf mein Gesicht senkte, entrang sich mir ein leichtes Schnurren.

Ich fühlte eine Hand auf meiner Schulter, nicht den festen Griff, den ich erwartet hatte, sondern einen sanften Druck, so dass ich annahm, es sei eine der Frauen, die vielleicht besorgt war, dass wir das Spiel zu weit getrieben hätten oder dass ich mich ernsthaft verletzt hätte. Ich war in einem jämmerlichen Zustand, aber Mitleid war das Letzte, was ich wollte, zumindest nicht, bevor ich gründlich benutzt worden war. In dem Versuch, sie zu beruhigen, presste ich den Knebel aus dem Mund und winselte, als der Kleber sich von meinem Kinn und den Lippen löste.

„Du hast mich, nimm mich, schände mich“, brachte ich hervor und sank zurück in den Schlamm.

„Oh, mein Gott!“, antwortete sie: eine weibliche Stimme, aber es war weder Amber, noch Ginny, noch Vicky.

Ich fühlte mich, als hätte mir jemand einen Eimer eiskaltes Wasser ins Gesicht geschüttet. Ich hatte mich in einer Art erotischem Traumzustand befunden, gut angeheizt, das Adrenalin war durch meinen Körper gepumpt worden, die Endorphine nach oben gejagt – ein köstlicher

Zustand, aus dem es kein Entkommen gab. Und plötzlich befand ich mich in einer wirklich merkwürdigen Situation, eine besorgte Frau beugte sich über mich und plapperte geschockt Fragen vor sich hin, was mir angetan worden sei und von wem.

Glücklicherweise, so erkannte ich jetzt, hatte ich einen Mundvoll Dreckwasser genommen, als ich in die Pfütze zurück gefallen war, so dass ich, statt etwas Dummes zu sagen, einfach nur würgte und prustete. Das gab mir die Gelegenheit, mich zusammen zu nehmen und ihre Fragen und Mitleidsbekundungen zu ignorieren, die in der entschlossenen Erklärung mündeten, dass sie jetzt mit ihrem Handy die Polizei rufen würde.

Ich versuchte, darauf zu antworten und sie zu bitten, das nicht zu tun, aber es war bereits zu spät. Dieses eine Mal ging ein Anruf bei der Polizei ohne Verzögerung durch, und bevor ich sie zurückhalten konnte, brabbelte sie bereits einen beängstigenden Mist darüber, wie ich überfallen und zusammen geschlagen und vergewaltigt und sogar gekidnappt worden sei. Dann legte sie auf und kam zurück, um zu versuchen, mich zu trösten und mich gleichzeitig zu verhören. Ich überlegte fieberhaft, was ich jetzt tun sollte.

Ich würde ganz sicher nicht die Wahrheit sagen, da das nur zu Scherereien für meine Freunde führen würde, ganz zu schweigen von dem Mann, dem dieses Land gehörte. Ich konnte aber auch nicht weglaufen, mit dem geschwollenen Knöchel und mit einem drohenden Polizeieinsatz im Nacken gab es keine Hoffnung auf Entkommen. Es war zu spät, um sie mit Argumenten zu überzeugen, und als ich genug Schmutz von meiner Maske entfernt hatte, um wieder etwas sehen zu können, erkannte ich, dass das sowieso sinnlos gewesen wäre.

Sie war klein, nicht viel größer als ich und hatte blond gefärbte Haare, die ihr Gesicht umrahmten, auf dem ein Ausdruck ehrlicher Besorgnis lag. Aus dem, was sie sagte und aus der Art wie sie immer wieder „Oh Gott" stammelte, war ersichtlich, dass sie mir nicht glauben würde, wenn ich behaupten würde, dass ich nicht auf ganz furchtbare Weise misshandelt worden sei. Warum sie davon ausging, dass ein Vergewaltiger einer Frau eine Fuchsmaske aufsetzen und ihr einen unechten Schweif umbinden würde, war eine Frage, die man später noch klären konnte.

Ich sagte gar nichts und hoffte, dass sie annahm, ich würde unter Schock stehen, während ich versuchte, einen klaren Gedanken zu fassen. Sie hatte auch Angst, und das nicht ohne Grund, denn aus ihrer Sicht musste der Verrückte, der mich angegriffen hatte, wohl noch irgendwo in der Nähe sein. Als Anderson im Wald einen Jagdruf ausstieß, wurde sie steif und warf einen ängstlichen Blick über die Schulter, aber die Jagd bewegte sich in die andere Richtung weiter. Als ich mich umsah, wurde mir klar, dass ich mich keineswegs im Wald befand, sondern auf einem öffentlichen Fußweg.

Meine einzige Chance war ein Bluff. Ich konnte ja nicht einmal zugeben, wer ich war, denn wenn ich das täte, würde die ganze Wahrheit herauskommen. Der Gedanke an meine Kollegen an der Uni, die denken würden, man hätte mich brutal vergewaltigt war genauso unangenehm wie die Vorstellung, dass sie erfahren könnten, wie ausschweifend mein Sexleben tatsächlich war. Und die Vorstellung, dass meine Mutter das herausfinden könnte, war sogar noch schrecklicher. Es würde eine umfassende Untersuchung geben, und man musste nicht unbedingt Sherlock Holmes sein, um hier eins und eins zusammen zu zählen. Ich war mir nicht sicher, wie die Polizei dann auf meine kleine Fuchsjagdfantasie reagieren würde, aber ich hatte auch nicht die Absicht, das herauszufinden.

Ich tat schließlich so, als würde ich wieder zur Besinnung kommen, nahm die Maske vom Gesicht, was nicht einfach wahr und sah meine Retterin mit einem, wie ich hoffte, angemessen ängstlichen und gleichzeitig dankbaren Gesichtsausdruck an. Sie begann sofort, meinen Kopf hin und her zu wiegen und beruhigende Worte zu murmeln, ohne sich darum zu kümmern, welche Sauerei ich auf ihrem Pullover hinterließ. Sie drückte meinen Kopf an ihre Brüste, die recht groß und fest waren, was mich kurzfristig dazu brachte zu vergessen, in was für einer komischen Situation ich mich befand. Ich ließ sie mich halten und langte nach hinten zu meinem Schweif, den ich mir unbedingt aus dem Hintern ziehen wollte, bevor die Polizei hier auftauchte.

Sie beobachtete mich dabei und ihre Augen weiteten sich, der Mund klappte auf, als ich den Stopfen aus meinem Arsch zog und den Gürtel ablegte. Ich war ziemlich wund und winselte, als ich ihn herauszog, was zu weiteren Mitleidsbekundungen ihrerseits führte. Ich stand auf und streckte mich, fühlte mich jedoch noch immer nicht in der Lage zu sprechen, und als sie den ersten vollen Blick auf meinen Körper warf, verstummte sie.

Ich muss zugeben, ich bot einen ziemlich erbärmlichen Anblick. Meine Beine waren rot vor Kratzern, besonders die Vorderseiten, auf denen sich auch Nesselausschlag breit gemacht hatte. Auch mein Bauch und meine Brust waren zerkratzt, zwar nicht ganz so schlimm, aber da waren diese beiden Striemen, von denen einer über beide Brüste lief, so dass es aussah, als hätte mich jemand mit einem Rohrstock geschlagen. Der Rücken sah nicht ganz so schlimm aus, aber die vier Streifen auf meinem Po ließen keinen Zweifel daran, dass ich heftig geschlagen worden war. Es gab auch einige blaue Flecken, neue und auch ein paar alte, die entstanden waren, als Amber mich in der Woche zuvor mit einer Haarbürste geschlagen hatte.

„Oh mein Gott!“, sagte das Mädchen zum ungefähr dreißigsten Mal, und in dem Moment hörte ich aus der Ferne die Polizeisirene.

Wenn ich etwas mehr Glück gehabt hätte, hätte uns die Polizei vielleicht nie gefunden und wäre zurückgefahren in der Annahme, es sei ein falscher Alarm gewesen. Doch leider bestand Beth – meine Retterin in der Not – darauf, mir zur Straße zu helfen. Sie gab mir außerdem ihren Pullover, der groß genug war, um mich fast vollständig zu umhüllen. Der Polizeiwagen fuhr in dem Moment vorbei, als wir die Straße erreichten. Was dann folgte, war grausig und verlangte mir mehr Sturheit ab als alles andere, was ich bisher erlebt habe.

Sie gingen anfangs davon aus, dass ich kooperativ sein würde, und als ich das nicht war, nahmen sie an, dass der Grund dafür meine Angst vor dem angeblichen Angreifer war. Zuerst kümmerte sich der Doktor um mich, der mich zunächst mal den Großteil des Schlamms abwaschen ließ und mich dann einer ziemlich erniedrigenden Untersuchung unterzog, die mich unter normalen Umständen sehr erregt hätte. Ich lag in einer Halterung, Beine nach oben und gespreizt, während er Handschuhe anzog und mich sowohl vaginal als auch anal gründlich durchcheckte. Dann wurden Proben genommen, Abstriche gemacht und Körperflüssigkeiten gesammelt. Ich stimmte all dem zu, um Zeit zum Nachdenken zu gewinnen. Er stellte auch Fragen, die ich natürlich so beantworten musste, dass sie zum Zustand meines Körpers passten. Ja, ich war geschlagen worden. Ja, jemand war in mich eingedrungen. Nein, niemand hatte einen Samenerguss in mir gehabt. Als er den Schweif und die Maske sah, entschied er sofort, einen Psychologen anzurufen, befragte mich aber nicht weiter dazu. Erst dann entdeckte er die kleinen Schnitte an meinem Körper und gab mir eine Wundsalbe für den Nesselausschlag.

Eine Polizistin half mir dabei, mich gründlicher zu waschen und stand daneben, während ich die Salbe auf den Ausschlag schmierte, ebenfalls ein Vorgang, den ich unter anderen Umständen sehr genossen hätte. Als ich fertig war und man mich in einen Polizei-Bademantel eingewickelt hatte, hatte Beth bereits ihre Aussage gemacht, die offensichtlich ziemlich dramatisch ausgefallen war. Jetzt war ich dran, und während ich mich hinsetzte und mir eine Tasse dünnen Kaffee nahm, wappnete ich mich für das, was da kommen mochte.

Anfangs waren sie noch ziemlich mitfühlend und schoben meine fehlende Kooperation auf meinen Schockzustand, aber ihre Geduld sollte nicht lange anhalten. Das traf besonders auf den männlichen Beamten zu, einen bulligen Sergeant, der es persönlich zu nehmen schien, dass ich nicht gewillt war, die Geschichte bis ins kleinste Detail vor ihm auszubreiten. Ich hatte Beth gesagt, mein Name sei Penny Brush, was zwar eine ziemlich dumme Idee, aber eben der erste Name gewesen war, der mir einfiel. Jetzt musste ich dabei bleiben, und falls einer der Anwesenden es etwas komisch fand, dass eine Frau, die nackt und als Füchsin verkleidet im Wald gefunden worden war, auch noch nach einer beliebten Kinderfernsehfigur aus den 70ern benannt war, so ließen sie sich das zumindest nicht anmerken.

Aber als sie nach meiner Adresse fragten, blieb ich stur und gab sie nicht heraus. Sie nannten mir mehrere gute Gründe, meine Adresse zu nennen, aber ich blieb dabei und schließlich ließen sie es gut sein und begannen stattdessen, mich über meinen Angreifer auszufragen. Ich sagte, er sei knapp 1,80 Meter groß, mittelschlank und dunkelhaarig gewesen und ich könnte mich an keine auffälligen Merkmale erinnern. Zu diesem Zeitpunkt wurde ich langsam etwas ungeduldig, vielleicht sogar hysterisch, denn ich konnte nur mit Mühe der Versuchung widerstehen, zu behaupten, er sei 1,40 Meter groß, habe nur ein Bein und eine leuchtende Narbe, die über das ganze Gesicht lief.

Als sie mich fragten, was genau passiert sei, beschränkte ich mich auf die minimalen Angaben, die der Doktor bereits kannte. Ich war spazieren gegangen und hatte eine Pause eingelegt, um ein Picknick zu machen: Ciabatta mit Würstchen und sonnengetrockneten Tomaten, dazu ein Schlückchen Valpolicella. Das stimmte, denn genau das hatte Henry uns vor der Fuchsjagd zum Mittagessen serviert und obwohl ich bezweifelte, dass sie mir den Magen auspumpen würden, würden sich sicherlich Spuren des Alkohols in meinen Proben wiederfinden. Als ich den Wein erwähnte, runzelte der Sergeant wissend die Stirn, und der letzte Teil meines Plans fiel in sich zusammen.

„Und was hatten Sie an, Miss Brush“, fragte er.

„Ein leichtes Sommerkleid“, antworte ich. „Es war so ein schöner Tag.“

„Und was trugen Sie darunter?“ fragte er weiter. „Es tut mir leid, aber wir müssen diese Fragen stellen, ich hoffe, Sie verstehen das. Ihre Kleidung kann wichtige Hinweise geben.“

„Na ja, gar nichts“, antwortet ich nach einer kurzen Pause. „ Es war so ein schöner Tag und...“

„Ein leichtes Sommerkleid und nichts darunter?“ fragte er. „Ein kurzes Sommerkleid?“

„Ja“, antwortete ich und sah, wie er die Stirn runzelte.

Ich wusste genau, was er sagen wollte – dass ich, wenn ich allein, mit einem kurzen Baumwollkleid bekleidet und ohne Unterwäsche herumlief, mich gar nicht zu wundern brauchte, wenn das die Aufmerksamkeit von Männern auf sich zog, die mich dann eben ein wenig belästigten. Über den Pfad war ein ziemlicher Wind hinweg gefegt, und ich sah förmlich, wie er sich ausmalte, wie mein Kleid nach oben flog und meine Beine freiließ oder sogar meinen Hintern, meinen nackten Hintern. Das würde jeder Mann als Provokation auffassen, und wenn ich das nicht einsah, war ich selbst schuld. Er wollte mir das sagen, aber in Anwesenheit seiner Kollegin wagte er es nicht.

Von dem Moment an war eigentlich alles klar. Er hatte sein Urteil über mich gefällt: ein naives Mädchen, das mehr oder weniger bekommen hatte, was es verdiente, und ich konnte mit diesem Bild ganz gut leben. Die Polizistin war wütend über sein Verhalten, war ihm jedoch vom Rang her unterlegen. Sie versuchte zu argumentieren, dass ich einen gewalttätigen Verbrecher entkommen lassen würde, wenn ich nicht kooperierte, um Schuldgefühle in mir auszulösen. Da es gar keinen Angreifer gegeben hatte, funktionierte diese Tour auch nicht; ich blieb einfach mit bockigem Gesichtsausdruck sitzen, bis sie schließlich aufgaben.

Als der Zeitpunkt gekommen war, mit dem Psychologen zu sprechen, wurde ich wieder nervös. Ich hatte Vorlesungen über Tierkunde an einer nur wenige Kilometer entfernten Universität besucht und ich machte mir Sorgen, dass sie vielleicht jemanden hergerufen hatten, der mich kannte, was meiner kleinen Vorstellung ein schnelles Ende bereitet hätte. Zum Glück war es nur so ein Typ, der voll eigener Theorien steckte und lieber redete als zuhörte.

Er erklärte mir mehr oder weniger, dass der Grund, dass man mir eine Fuchsmaske und einen Schweif aufgesetzt habe, der sei, dass mein Angreifer ein Jäger gewesen sei, den die ungesetzlich betriebenen Treibjagden mit Hunden frustrierten. Mein leichtes Kleid, die fehlende Unterwäsche und mein lockeres Betragen hatten mich für ihn zum typischen Feindbild gemacht: Mädchen aus der Stadt, politisch links gerichtet und feministisch. Damit war ich das perfekte Opfer, und was mir zugestoßen war, hatte rein gar nichts mit Sex sondern vielmehr mit Macht zu tun: die Tat eines Mannes, der sich angesichts der Untätigkeit der Regierung machtlos fühlt und seinen Frust an schwächeren Mitgliedern der Gesellschaft auslässt. Ich ließ ihn noch eine Weile weiter diesen Quatsch daher reden und stimmte ihm schließlich zu, dass dies eine brillante Theorie sei, die ganz sicher der Wahrheit entspreche und dass die Sache damit erledigt sei. Er verließ den Schauplatz ganz offensichtlich zufrieden mit sich selbst und ohne Zweifel in der Absicht, eine Abhandlung über das Thema mit vielen Graphiken und schlechten statistischen Analysen zu schreiben. Seinem Alter nach war er wahrscheinlich in den 70ern aufgewachsen, aber trotz seiner potenzgeschwängerten, eingebildeten Intelligenz schien es ihm überhaupt nicht in den Sinn gekommen zu sein, dass mit meinem Namen irgend etwas nicht stimmen könnte.

Die ganze Zeit über hatte ich befürchtet, dass sie Amber und den Anderen über den Weg laufen und sie befragen würden. Aber das geschah nicht, und gegen elf Uhr, als langsam die nächtlichen Ruhestörer und Betrunkenen aufzutauchen begannen, gewann ich den Eindruck, dass ich davonkommen würde. Ich wollte natürlich nicht mitten in der Nacht durch Berkshire irren, daher stellte ich keinerlei Forderungen und schlief vor lauter Erschöpfung ein.

Am Morgen mussten sie mich gehen lassen. Ich hatte gewusst, dass das früher oder später passieren musste, wenn ich lange genug stur blieb. Die Polizistin versuchte ein letztes Mal meine Identität festzustellen, als sie mir am Morgen Tee brachte, aber ich schwieg weiter, und so fand ich mich zwei Stunden später frei auf der Straße wieder.

Mit gemischten Gefühlen entfernte ich mich von der Polizeistation. Die meisten Beamten waren mitfühlend mit mir umgegangen, einige jedoch – vor allem der Sergeant – hatten mir das Gefühl gegeben, dass ich ihre Zeit verschwendete. Ich fühlte mich schlecht, aber ich hatte keine Wahl. Und außerdem hatte ich ja von Anfang an gar nicht erst zur Polizei gehen wollen. Ich muss zugeben, dass ich innerlich aber auch meinen Triumph darüber auskostete, dass ich den Sergeant seinen eigenen Gedanken hatte nachhängen lassen und die Aufmerksamkeit des Psychologen von mir weggelenkt hatte.

Aber der Ärger sollte erst noch beginnen. Ich stand in Beths Pullover und einem schlecht sitzenden Rock auf der Straße und wusste nicht, was ich tun sollte. Gleichzeitig musste ich damit rechnen, verfolgt zu werden. Das Haus meiner Eltern war nur ein paar Minuten zu Fuß entfernt, aber das war wirklich der letzte Ort, zu dem es mich jetzt zog, und ohne Geld hatte ich nicht viele Alternativen. Es erschien mir am sinnvollsten, erst mal ein Stück querfeldein zu laufen, bis die Luft rein war und dann jemanden zu bitten, sein Telefon benutzen zu dürfen und Amber anzurufen.

Ich ging also in Richtung Norden am Fluss entlang und dann über die Felder auf einen Feldweg, ständig auf der Hut vor möglichen Verfolgern. Als ich schließlich sicher war, dass niemand hinter mir her war, befand ich mich bereits im hügeligen Gelände westlich von Pangbourne, wo ich mich ganz gut auskannte. Ich fühlte mich wieder sicherer und erkannte langsam die lustige Seite an dem, was geschehen war – und auch die unanständige.

Die Fuchsjagd, Beth, die medizinische Untersuchung und die Befragung – es war ein ganz schön aufregender Tag gewesen. Auch die Ironie der ganzen Sache war mir nicht entgangen. Es war zwar nie wirklich mein Ding gewesen war, aber ich kenne einige Frauen, die sich gern sexuellen

Unterwerfungsfantasien hingeben, bei denen es um aufgezwungene medizinische Untersuchungen geht oder auch um Polizeifantasien über Verhaftungen und anschließenden Missbrauch. Den medizinischen Teil hatte ich tatsächlich erlebt, die Steigbügelhalterung und all das, und obwohl ich der Polizei keinen Vorwurf machen konnte, hatte die ganze Sache auch einen erniedrigenden Touch.

Vicky hat zum Beispiel diese Fantasie darüber, dass sie auf eine Gesundheitsfarm kommt, auf der sie bewusst wegen ihres Übergewichts gedemütigt wird. Sie wird mit ungefähr einem Dutzend Frauen, die alle dünner sind als sie, in einen Raum gebracht und zum Strippen gezwungen, während alle anderen ihre schicken Klamotten anbehalten. Die Schwester erteilt ihr dann eine Lektion, legt sie übers Knie und führt alle notwendigen Untersuchungen an ihr durch, einschließlich der Aufforderung zur Abgabe einer Urinprobe und der Verabreichung eines Einlaufs, und all das, während die anderen Frauen zusehen und herablassende oder beleidigende Bemerkungen machen. Normalerweise kommt sie zum Orgasmus, wenn sie beim Einlauf angelangt ist, und in einer Version dieser Fantasie lehnt sie den Einlauf ab und wird in einem Steigbügelhalter festgezurrt, bevor es losgeht. Das ist schon verrückt, denn sie ist groß, dünn und muskulös, aber so ist das eben mit den Fantasien.

Ich freute mich schon darauf, ihr meine Geschichte zu erzählen, denn die beste Art über etwas hinwegzukommen ist, mit Freunden darüber zu scherzen. Natürlich würde ich die Story etwas ausgestalten müssen, und während ich einen weiteren Fußpfad entlang stapfte, überlegte ich, welche Details ich hinzufügen könnte, um sie geil und neidisch zu machen. Ich bezweifelte, dass sie mir glauben würde, dass man mir einen Einlauf verpasst hatte, aber ich könnte sagen, dass er zugesehen hat, als ich die Urinprobe abgab, was sie sowohl erschrecken als auch antörnen würde. Ja, das war es, ich würde sagen, dass er mich gezwungen hätte, vor ihm zu pinkeln, auf einem kleinen Topf, noch immer nackt, während er sich über meine Verlegenheit amüsierte.

Man könnte wirklich meinen, dass ich meine Sexualität kennen sollte, aber ich glaube kaum, dass dies das letzte Mal war, das ich mich ganz zufällig selbst in Fahrt brachte. Während ich über medizinische Untersuchungen und öffentliche Prügel und Erniedrigung nachgedacht hatte, war ich verzweifelt geil geworden. Hinzu kam die Frustration darüber, dass ich nach der Fuchsjagd nicht gekommen war, denn auf diesen Orgasmus hatte ich bereits seit Tagen gewartet. Ich musste es tun. Es gab kein Zögern. Ich ging seitlich an einem Feld entlang, vor mir dichter Wald, Bäume mit hellgrünen Frühlingsblättern. Als ich am Wald ankam, lief ich weit genug hinein, um sicher zu sein, während sich in meiner Kehle ein Knoten der Anspannung bildete. Ich liebe es, im Freien zu masturbieren, ich bin aber immer darauf bedacht, nicht erwischt zu werden, ganz egal, wie sehr ich es brauche.

Nachdem ich mir den dicken Stamm eines jungen Haselnussbaums ausgesucht hatte, zögerte ich einen Moment und lauschte auf Geräusche, die die Anwesenheit von Menschen verraten hätten. Da war nichts außer dem Zwitschern von Vögeln und dem fernen Dröhnen der Autobahn. Einen Moment später hatte ich mein Höschen unter dem Rock hervor gezogen und ließ mich mit nacktem Hintern auf einem feuchten Mooshügel nieder, der sich wunderbar kühl und weich anfühlte. Ich legte meine Hand auf meine Pussi und erlaubte meinen Gedanken abzuschweifen, während ich begann, an mir herumzuspielen.

Zuerst dachte ich an die Polizeistation und daran, wie ich gespreizt worden war, die Beine angespannt, die Knöchel hoch oben in der Halterung, die Muschi weit offen für den starrenden Doktor. Ich dachte an seine klinisch kühle Vorgehensweise, die ruhige, unbeteiligte Art, wie er seine Handschuhe angezogen hatte, während ich dort lag und ihm meine intimsten Körperstellen offen präsentierte. Er hatte meine Brüste und meinen Po gesehen, wund von Peitschenstriemen, meine Pussi, feucht von meinen eigenen Säften, mein Arschloch, noch immer glitschig von der Flüssigkeit, die man auf den Schweifstopfen gegeben hatte. Seine Hand war nach oben gefahren, hatte meine Möse ganz ausgefüllt, mich erforscht...

Ich hätte mich hier bereits zum Höhepunkt bringen können, und es wäre gut gewesen. Gut, aber nicht perfekt: Ärztefantasien sind einfach nicht wirklich mein Ding. Es wäre besser gewesen, wenn der grimmige, alte Sergeant mir gesagt hätte, ich solle aufhören seine Zeit zu verschwenden und mich übers Knie gelegt hätte, um mir ordentlich den Hintern zu versohlen, hart, klatschend auf den nackten Arsch, während die Polizistin über meine Verängstigung kicherte. Das war schön, besonders der Gedanke daran, wie sie Spaß daran hatte zuzusehen, wie ich verdroschen wurde und gleichzeitig Angst hatte, dass ihr eigener kecker Arsch eine ähnliche Behandlung zu erwarten hätte: Hosen runter und ab die Post. Leider war das zu weit von der Realität entfernt, um mich zum Punkt zu bringen, also brach ich die Fantasie ab, massierte träge meine Pussi und versuchte, die richtige Geschichte zu finden.

Ich genoss es, mich einfach nur zu streicheln, den weichen, haarigen Venushügel zu fühlen und das feuchte, offene Zentrum meiner Muschi, die eine Hitze verströmte, die in erregendem Gegensatz zur kühlen Waldluft stand. Ich war zu erregt, um mir Gedanken darüber zu machen, wo ich mich befand und zog einfach den Pullover hoch und über den Kopf, so dass meine nackten Brüste zu sehen waren. Ich umfasste beide mit den Händen und ließ meine Finger an den Nippeln reiben. Ich lehnte mich zurück, streckte die Beine in die Luft und öffnete mich für den Wald. Mein Höschen rutschte noch weiter nach unten und ein Bein rutschte heraus, so dass das Höschen an dem anderen Knöchel hängen blieb. Natürlich war das gar nicht mein Höschen sondern eine Ersatzunterhose der Polizistin, die sich um mich gekümmert hatte. Ich zog den Rock aus, so dass ich jetzt nur noch die Turnschuhe, Socken und ihr Höschen trug und fuhr dann fort, meine Muschi zu streicheln, dieses Mal dachte ich an sie. Barbara war ihr Name. Ein hübsches, sommersprossiges Mädchen, schwerer als ich, so dass ihr Höschen lose um meine Hüften saß.

Trotz allen Mitgefühls hatte sie auch etwas Matronenhaftes an sich gehabt, und es wäre sehr aufregend gewesen, von ihr nackt übers Knie gelegt zu werden, und bestraft zu werden, während ich austrat und heulte.

Ich hatte die Beine bis an die Brust hochgezogen und weit geöffnet, so dass ich so weit gespreizt war wie es nur ging. Ich rieb mich hart, mein Kitzler brannte unter meinen Fingern, meine Muschi begann, sich zusammen zu ziehen. Ich näherte mich dem Höhepunkt, ich spürte es im Kopf, während ich den Po zusammenkniff und die Wirbelsäule beugte. Ich ließ die andere Hand zwischen die Pobacken gleiten, fand das Loch und spielte daran herum. Ich fühlte mich so schmutzig, als mein Finger seinen Weg in das schleimige Innere meines Anus fand. Ich stellte mir Barbara vor, die mir auf den Hintern schlug und mir befahl, artig zu sein, während sie die nackten Backen verdrosch, und dann ohne Vorwarnung verschwamm ihr Gesicht und an seine Stelle trat das von Beth, die mich fest an ihre molligen Brüste drückte, mich knuddelte und meinen geschundenen Po streichelte. Sie drückte meine Pobacken, ließ ihre Hand dazwischen gleiten, spreizte sie, erforschte mein schmutziges kleines Loch und flüsterte mir die ganze Zeit über beruhigende Worte ins Ohr. Schließlich verlor sie die Kontrolle, und warf mich mit dem Gesicht zu Boden, um mich zu prügeln, zu bestrafen, zu schlagen, bis ich nur noch ein heulendes, tränenüberströmtes Bündel zu ihren Füßen war...

Ich kam und schrie laut auf, während mein Höhepunkt Wogen schlug, mein Rücken sich wölbte und mein Kopf zu explodieren schien. Beths Name lag mir auf den Lippen, und ich rief nach ihr, doch selbst in diesem Moment der reinen Glückseligkeit wusste ich nicht, warum es eigentlich sie war, die ich wollte.

Zwei

Ich rief an, und Amber holte mich ab, weit weg von dem Wald und der Polizeistation. Auf dem Weg zurück zu ihrem Haus erzählten wir uns gegenseitig, was passiert war, und ich stellte fest, dass die Dinge ziemlich genau so gelaufen waren, wie ich erwartet hatte. Sie hatten im Wald jede Spur von mir verloren, bei meiner panikartigen Flucht hatte ich sie abgehängt, so dass ihre Zangenbewegung ins Leere geführt hatte. Kurz danach waren die Sirenen erklungen, sie hatten eins und eins zusammen gezählt und sich schlauerweise heraus gehalten. Als sie befragt wurden, hatten sie einfach behauptet, sie seien Gäste des Grundstückseigentümers und würden nach einem Ausritt jetzt einen kleinen Spaziergang genießen, was sie auch nachweisen konnten. Zu meiner großen Erleichterung hatte sich die Sache damit erledigt.

Erotische Erlebnisse oder Erlebnisse mit einem erotischen Unterton, die aber nichts mit aktivem Sex zu tun haben, verleiten mich häufig dazu, zwanghaft das volle sexuelle Potential der Situation erforschen zu wollen. Nach der Fuchsjagd wollte ich eine Reihe der Erlebnisse weiter ausleben, darunter auch das Gefühl der hilflosen Panik während der Verfolgung, der Peinlichkeit und des Ausgeliefertseins während der medizinischen Untersuchung und auch diesen Unterton von sexueller Unschicklichkeit, den meine Geschichte im Verhalten des Sergeants provoziert hatte. Bei allen drei Situationen ging es um meine stärker oder weniger stark ausgeprägte Fähigkeit, die Kontrolle abzugeben. Wenn man das nicht kann, ist die Erfüllung von Fantasien meistens schwierig. Letztendlich, wenn ich mir eine Fantasie erschaffe, muss ich bis zu einem gewissen Grat die Kontrolle haben. Ich würde es auch nicht riskieren, mich in eine Situation zu begeben, in der mein Partner oder meine Partner meine Bedürfnisse und Grenzen nicht verstehen oder in der wirklich etwas gegen meinen Willen geschieht. Eine devote Frau wandelt stets auf einem schmalen Grat zwischen absoluter Ekstase und furchtbarer Katastrophe, und ich brauche Zeit, um einen Weg zu finden, möglichst nahe an diesen Grat heranzukommen, ohne mich wirklich in Gefahr zu begeben.

Und noch etwas ist mir von diesem Tag im Gedächtnis geblieben, allerdings mehr als Irritation denn als Bedürfnis. Und zwar Beth. Nicht nur weil ich beim Gedanken an sie gekommen war, sondern weil ich, je mehr ich über das nachdachte, was sie gesagt hatte, den Drang verspürte, mit ihr zu diskutieren. Sie war praktisch nicht in der Lage gewesen, mich als irgendetwas anderes als ein Opfer zu sehen, es wäre ihr wohl nicht im Traum eingefallen, dass ich freiwillige Teilnehmerin an einem erotischen Spiel gewesen sein könnte. Sie hatte mehrfach gesagt, ich solle nicht vergessen, dass ich eine Frau sei, offensichtlich in dem Versuch, mich zu trösten. Auch andere Bemerkungen, die sie gemacht hatte, deuteten darauf hin, dass wir auf ganz unterschiedlichen Wellenlängen lagen, und genau das faszinierte mich.

Aber nicht nur das, es erregte auch Widerspruch in mir, nicht in dem Sinne, dass ich ihr hätte weh tun wollen, sondern es erschien mir unmöglich, ihr Verhalten nicht persönlich zu nehmen. Ich wusste, es war eigentlich belanglos, aber ihre automatische Annahme, dass ich genauso denken und handeln musste wie sie, reizte mich. Ich wollte zumindest, dass sie verstand, dass ich Dinge genießen konnte, die sie beängstigend fand. Noch besser wäre natürlich, ich könnte ihr diese Dinge auch nahebringen.

Aber diese Gedanken hätte ich sicher schnell beiseite schieben können, wenn da nicht ihr Aussehen gewesen wäre. Ihr süßes Gesicht, die molligen Brüste und der runde Po gefielen mir sehr. Manchmal wenn ich eine Schwärmerei für eine nicht erreichbare oder unpassende Frau – oder auch einen Mann – entwickle, reichen ein paar gute Orgasmen aus, um mich darüber hinweg zu bringen. Aber bei Beth war das anders, insbesondere weil ich genau wusste, dass sie zwar unpassend aber eben nicht unerreichbar für mich war.

Ich hatte noch ihren Pullover, in den ihr Name eingenäht war, genauso wie bei den Pullovern, die wir früher in der Schule getragen hatten. Ihr Name war Elizabeth Diez-Joyce, ein Name, der den leichten Olivton ihrer Haut erklärte und der im Telefonbuch sicher leicht zu finden war. Sie hatte kein Auto bei sich gehabt und hatte sich in dem Wald gut ausgekannt, daher standen die Chancen gut, dass sie in Berkshire leben und nicht schwer zu finden sein würde. Es war sogar ganz einfach. Elizabeth Diez-Joyce wohnte in Streatley.

Ich musste Amber davon erzählen, und sie gab mir genau das, was ich verdiente. Wir waren in der Küche, und fühlten uns angeheitert nach einem leichten Mittagessen und einer Flasche Riesling. Es stört sie nicht, wenn ich mit anderen Frauen herumspiele, so lange es nicht hinter ihrem Rücken geschieht, daher erwähnte ich im Spaß, dass ich mit dem Gedanken spielte, in Beths Höschen zu schlüpfen.

Einen Moment später lag ich schon über ihren Knien und schrie erschrocken auf, als mir der Arm auf den Rücken gedreht wurde. Ich trat und kämpfte, aber ich kicherte zu sehr, um überzeugend zu sein, und sie ist viel stärker als ich, also wurde ich verdroschen. Zuerst zog sie mir die Jeans aus, obwohl ich protestierte und versuchte, mich zu schützen. Der Druckknopf ging auf und sie zog mir die Hose über den Hintern so dass sie mein Höschen sehen konnte, bis hinunter auf die Knöchel. Das Höschen folgte der Jeans, so wie immer, weil Amber fest davon überzeugt war, dass ein nackter Hintern zu einer guten Tracht Prügel dazu gehört. Als das erledigt war und mir klar wurde, dass sie meine Pussi durch die Oberschenkel sehen konnte, gab ich nach. Das ist immer der beste Teil an einer Bestrafung für mich: dieser schreckliche Moment, wenn ich mein Höschen verliere und plötzlich unbedeckt und hilflos daliege und kurz davor bin, verprügelt zu werden.

Nach den ersten paar Schlägen wünschte ich, ich hätte etwas härter gekämpft. Es waren harte, feste Schläge auf den dicksten Teil meines Hinterns, ausgeführt mit der vollen Wucht ihres Arms. Jeder Schlag wirbelte mein Inneres durcheinander, und bereits nach kurzer Zeit war ich außer Atem und stammelte Entschuldigungen und flehte zwischen Schmerzens- und Angstschreien um Gnade. Sie ignorierte mich, sagte gar nichts, während sie mich weiter schlug und den Arm noch weiter herumdrehte, damit ich still hielt. Innerhalb kürzester Zeit trat ich mit den Beinen nach hinten aus und bockte auf vor Schmerz. Ich schrie wie ein gestochenes Schwein und schlug mit der freien Hand auf den Boden. Einer meiner Schuhe flog davon und die Jeans und das Höschen fielen von diesem Bein herab, so dass sie nun wie eine Flagge an dem anderen baumelten. Bei dem Anblick musste Amber lachen und hörte auf, genauso plötzlich, wie sie angefangen hatte. Sie ließ mich mit rotem Hintern und atemlos auf ihrem Schoß liegen, ich war ihr völlig unterworfen und bereit, alles zu tun, was man mir sagte.

Ich lag da, passiv und geschlagen, als sie ihre Hand zwischen meine Beine schob und ein Finger in meine Muschi glitt. Ich war feucht, genau wie ich erwartet hatte, und sie ließ ein wissendes Glucksen hören, als sie sich nach oben arbeitete. Einen Moment lang erforschte sie mich und steckte mir dann den Finger in den Mund, damit ich meine eigene Erregung schmecken konnte. Ich saugte gierig und hoffte, dass sie Gnade zeigen und mich über ihre Knie gelegt weiter fingern würde, bis mein geschundener Hintern sich in die Luft reckte, während ich kam.

Ihr Knie kam nach oben, so dass ich den Po anheben musste, und ich schnurrte vor Vergnügen, weil ich sicher war, dass sie tun würde, was ich wollte. Sie lehnte sich über den Tisch, und einen Moment später fühlte ich etwas Warmes und glitschiges zwischen meinen Beinen: Butter. Sie rieb sie ein, schmierte sie über meine Muschi bis hoch zwischen meine Arschbacken. Wieder drangen Finger in mich ein, erst spürte ich zwei in meiner Pussi, dann drei, dann vier, und dann wurde mir klar, dass sie mich fausten würde. Und schon verschwand ihre ganze Hand in mir, fand ihren Weg ganz leicht in meine butterige Vagina, so dass ich mich wunderbar gefüllt fühlte. Sie wand die Hand in mir, drückte sie gegen den hinteren Teil meines Kitzlers und brachte mich voll in Fahrt. Ich wand den Po und die Hüften und war mir sicher, dass ich mich zum Orgasmus bringen würde, wenn ich die Bewegung richtig hinbekam. Amber gluckste und befreite ihre Hand. Meine Vagina schloss sich um leere Luft und eine Welle der Enttäuschung kam über mich.

Sie legte die Hand auf meine Muschi und begann zu reiben, ihr Daumen fand den engen Punkt an meinem Anus. Er glitt hinein, drang in mein butterfeuchtes Loch, ich hielt die Luft an und seufzte dann. Ich lag ganz still, ließ sie meinen Anus weiten und überlegte, was sie hineinschieben würde. Ihr Daumen kam heraus, sie gab mir einen verspielten Klaps und beugte sich erneut nach vorne. Ich verrenkte mir den Hals und erkannte zu meinem Schrecken, dass sie die Weinflasche in der Hand hielt. Ich fühlte das Glas gegen meine Vagina drücken, kühl und hart, dann das nasse Gefühl, als der Wein mich füllte. Während ein Tropfen Wein zwischen meinen Schamlippen hindurchfloss, bewegte sie die Flasche, berührte meinen Anus und drückte mit der Flasche sanft dagegen. Ich entspannte mich und ließ die Flasche eindringen, ein tiefes Stöhnen entrang sich meiner Kehle, während der Wein in meinen Hintern floss.

Ich konnte den Fluss des Alkohols bereits spüren, als meine weichen Membranen ihn einließen, ich fühlte mich benommen und stöhnte. Zweimal schob sie mir die Flasche in mein Arschloch, mein Ring schloss sich um den eleganten Flaschenhals, während die Flasche zwischen meinen geschundenen Arschbacken ruhte. Ich stöhnte erneut auf und hoffte, dass sie es mir so besorgen würde, während mein Anusring sich um das harte Glas schloss. Stattdessen zog sie die Flasche heraus, was mich erneut frustrierte, beide meine Löcher waren voller Wein und mein Kopf drehte sich vor trunkener Erregung.

Ihr Griff wurde fester, sie drehte mir den Arm noch weiter auf den Rücken und zwang meinen Hintern weiter in die Höhe. Der plötzliche Schlag traf mich unerwartet, ich schrie und sprang auf, der Wein floss aus mir heraus zwischen meinen Schenkeln entlang. Ein weiterer Schlag traf meine hinteren Oberschenkel, noch einer klatschte auf meine geschwollene Pussi, und ich rang erneut nach Atem, den Mund weit offen und die Augen geschlossen in einer hilflosen Mischung aus Erregung und Schmerz.

Sie bewegte sich erneut und etwas berührte meine Pussi, ganz sanft. Ihre Hand legte sich über meinen Hügel und begann wieder zur rubbeln, jetzt energischer, in heftigen, kreisenden Bewegungen spreizte sie meine Muschi. Ihr Daumen berührte meinen Anus und ich fühlte, wie ich zu kommen begann, meine Pussi und mein Arschloch wärmten sich und begannen schließlich zu brennen, als mir klar wurde, was sie getan hatte. Ich schrie, als sich die Pfeffersauce ausbreitete und meine Geschlechtsteile in einen brennenden, entzündeten Fleischbrei verwandelte, während der Orgasmus sich näherte und schließlich über mich brach, so dass ich erneut aufschrie, meine Beine zuckten, mein Hintern und meine Pussi drückten sich gegen ihre Hand.

Es war echte sexuelle Qual, eine unerträgliche Mischung aus Ekstase und Schmerz, und ich konnte mich nicht dagegen wehren. Sie hatte meinen Körper fest im Griff, während ich mich wand und krümmte und Positionen einnahm, die sie zum Lachen brachten, während mein Orgasmus langsam abebbte. Ich schrie laut, aber sie ließ mich nicht los, sondern wartete, bis ich schlaff und schluchzend auf ihren Schoß sank, bis sie schließlich Gnade zeigte, eine Flasche Mineralwasser zwischen meinen Beinen leerte und endlich mein Handgelenk losließ.

„So“, sagte sie, während ich auf den Boden sank. „Glaubst du Beth könnte das für dich tun?“

Ich konnte nicht sprechen, schaffte es gerade so, den Kopf zu schütteln.

„Tja, dann bleib besser bei mir und anderen schmutzigen Mädchen“, riet sie mir. „Ehrlich Penny, ich will dich nicht herum kommandieren, aber sie scheint doch sehr prüde zu sein, also wo bleibt da der Spaß?“

Sie hatte wahrscheinlich Recht, aber ich musste es trotzdem versuchen.

Ich hatte alle Zeit der Welt, es waren noch drei Wochen bis zum Beginn des Sommersemesters, also war es nur eine Frage des Wie. Nachdem sie es aufgegeben hatte, mir die Sache ausreden zu wollen, entschied Amber sich, mir zu helfen und lud Anderson und Vicky ein vorbeizukommen, um das Projekt zu erörtern. Anderson war von der Idee begeistert, was vorauszusehen war, schließlich ging es darum, ein hübsches Mädchen zu verführen. Vicky hatte mehr Zweifel, stimmte mir jedoch zu, dass auch

Beth davon profitieren würde, wenn wir erfolgreich wären und dass es niemandem weh tun würde, wenn es nicht klappen sollte.

Zunächst mal mussten wir natürlich Kontakt zu ihr aufnehmen, ohne dass sie sich bedroht fühlte. Das war einfach. Bei meinen knapp 1,60 Meter Körpergröße fühlte sich von mir kaum jemand bedroht, und wenn ich ihr erzählte, ich hätte sie aufgesucht, um ihr für das zu danken, was sie für mich getan hatte und um ihr ihren Pullover zurück zu geben, brauchte ich nicht einmal so zu tun, als wäre unser Treffen zufällig. Das nächste Problem würde darin liegen, ihr zu erklären, warum man nicht Jagd auf diesen Verrückten machte, der mich angegriffen hatte. Am plausibelsten wäre wahrscheinlich, die Schuld auf die Inkompetenz und die Frauenfeindlichkeit der Polizei zu schieben, denn nach allem, was sie im Auto von sich gegeben hatte, schien sie wenig Respekt vor den Polizisten zu haben.

Danach könnte ich mich darauf konzentrieren, sie zu verführen. Dazu beabsichtigte ich, sie betrunken zu machen und es dann zu probieren. Keine besonders originelle Technik, das war mir klar, aber immerhin eine bewährte, es würde keine Aggressionen oder Zwänge geben, und sie könnte schließlich ablehnen, falls sie nicht wollte. Es war natürlich möglich, dass sie kein Interesse an Sex mit Frauen hatte, aber die kleine Chance, die ich sah, wollte ich nutzen. Außerdem ist es meiner Erfahrung nach erstaunlich, wie wenige Frauen einer gelegentlichen lesbischen Erfahrung völlig abgeneigt gegenüber stehen. Sollte sie tatsächlich den ganzen Abend Mineralwasser trinken und an das lebenslange Zölibat glauben, konnte ich schließlich immer noch nach Hause gehen.

Ich ging davon aus, dass sie einen Job hatte und wahrscheinlich nicht in Streatley arbeitete, daher wartete ich bis Sonntag und nahm dann den Zug zu ihr rauf. Streatley ist klein, ein paar saubere Straßen und eine Ansammlung von Häusern am Fluss und ein paar Wegen, an denen die eleganteren Häuser stehen. Beths Adresse war eine Mietwohnung über einem Laden, kaum luxuriös zu nennen, aber gemütlich gelegen mit Ausblick über die Themse. Sie war nicht da, als ich ankam, daher lief ich noch eine Stunde durch die Gegend und ging meinen Plan durch.

Während ich am Brückengeländer lehnte und auf den Fluss hinunter sah, lachte ich in mich hinein. Es war eine Fantasie und dennoch Realität. Es hatte diesen abenteuerlichen Touch, den man so selten fühlt. Mein Sinn für Unfug war geschärft und wurde noch durch das pikante Detail angeheizt, dass ich bei erfolgreicher Mission mit einem hübschen Mädchen im Bett landen würde.

Ich lehnte noch immer an dem Brückengeländer, als Beth von der Goring-Seite des Flusses her auftauchte. Ich beobachtete sie eine Weile, ohne ihre Aufmerksamkeit auf mich zu lenken, studierte ihr süßes Gesicht und bewunderte ihre Figur. Sie wirkte nachdenklich, ihr Ausdruck hatte etwas Verletzliches, der im Gegensatz zu ihrer selbstbewussten Haltung und ihrem bewusst energischen Gang zu stehen schien. Der Kontrast faszinierte mich, und ich spürte ein erwartungsvolles Kribbeln, als ich ihr zuwinkte.

Sie bemerkte mich, wirkte einen Moment lang überrascht und lächelte dann fröhlich. Es folgte eine Reihe von Fragen, die ich so gut ich konnte beantwortete, dann gab ich ihr den Pullover und erklärte, dass ich ihr für ihre Hilfe danken wollte. Sie kaufte mir alles ab, war froh, dass ich sie gefunden hatte und stimmte mir absolut darin zu, dass die Polizei absolut nutzlos sei. Ich lud sie zum Abendessen ein, sie nahm an, und nachdem wir kurz in ihrer Wohnung halt gemacht hatten, landeten wir an einem Tisch am Fluss, tranken Chablis und plauderten, als würden wir uns seit Jahren kennen. Mir wurde erst klar, was für eine schlechte Schauspielerin ich sein musste, als sie sagte, dass ich die stärkste Frau sei, die sie je getroffen habe.

Ich war leicht beschwipst vom Wein und auch allgemein erregt, daher brauchte ich einen Moment, um zu realisieren, was sie meinte, doch dann fiel mir ein, dass sie ja davon ausging, dass ich vor nicht mal einer Woche von einem sadistischen Verrückten brutal vergewaltigt und misshandelt worden war. Ich ruderte hastig zurück, gab einen Seufzer von mir und blickte zu Boden. Ihre Hand legte sich auf meine, und als ich hochblickte, sah sie mich voller Mitgefühl an.

„Es ist nicht so leicht, wie es aussieht“, sagte ich und verlieh dabei meiner Stimme einen müden und angespannten Klang. „Willst du es wirklich wissen?“

„Du kannst mit mir reden“, versicherte sie mir, „aber wenn du das lieber nicht möchtest, kann ich das auch gut verstehen.“

Das war schon mal die erste Lüge, denn es war offensichtlich, dass sie meine Geschichte unbedingt hören wollte. Leider hatte ich gar keine Geschichte sondern nur die Wahrheit, und ich war mir ziemlich sicher, dass sie die nicht hören wollte. Also nickte ich, seufzte und füllte unsere Gläser. Ich starrte mit jammervollem Blick über den Fluss, während ich fieberhaft versuchte, eine Geschichte zu konstruieren. Die ganze Zeit über hielt sie meine Hand, streichelte meine Finger, wodurch es mir umso schwerer fiel, mit meinen Gedanken nicht in eine andere Richtung abzuschweifen.

Ich drückte ihre Hand leicht und lächelte schwach in der Hoffnung, dass ich die ganze Sache nicht überdramatisierte, und gleichzeitig genoss ich das Schauspiel. Die Geschichte nahm in meinem Kopf Form an, eine nette Mischung aus Geilheit und Beunruhigung, von der ich hoffte, dass sie sie sowohl schockieren als auch heimlich erregen würde. Ich leerte mein Glas, füllte es erneut und nahm noch einen Schluck, überzeugte mich dann, dass niemand in Hörweite saß und fing an zu erzählen.

„Ich habe dich angelogen“, sagte ich, „und ich habe auch die Polizei belogen. Ich kenne den Mann, der das getan hat. Es ist mein Exfreund.“

„Oh, mein Gott!“ rief sie. „Ich wusste es. Ich war mir sicher. Oh, Penny!“

Und noch eine Lüge. Sie war ja fast so böse wie ich.

„Ja, mein Exfreund“, fuhr ich fort. „Er war so eifersüchtig, weißt du, und er wollte immer, dass ich diese perversen Sachen mache...“

„Und du hast das abgelehnt?“, unterbrach sie.

„Nein“, antwortete ich. „Ich ließ es zu.“

„Oh, Penny!“

„Ich weiß, Beth. Aber ich habe ihn geliebt. Was sollte ich denn tun?“

„Das hättest du nicht tun sollen. Du musst als Frau selbst die Kontrolle über dein Leben behalten.“

„Ich konnte nicht. Ich bin nicht so stark. Im Gegenteil, ich bin schwach.“

„Oh doch, du bist stark. Von innen. Genau wie alle Frauen.“

Ich wollte keine Diskussion über feministische Weltanschauungen führen, sondern ihr meine schmutzige Geschichte zu Ende erzählen, also seufzte ich und fuhr fort.

„Anfangs war es gar nicht so schlecht, nur kleine unartige Dinge. Er mochte es zum Beispiel, mir den Hintern zu versohlen.“

„Dir den Hintern zu versohlen? Mein Gott! Penny, das ist doch keine Kleinigkeit, das ist furchtbar! Dieser Bastard! Wie kann er es wagen? Wie konntest du das ertragen?“

„Er legte mich meistens über seine Knie und drehte mir den Arm auf den Rücken. Dann schob er meinen Rock nach oben oder zog mir die Hosen herunter, so dass er mein Höschen sehen konnte. Er hielt mich dann eine Weile in dieser Stellung, bis ich mich wirklich erniedrigt fühlte, runter gedrückt mit blankem Höschen und wissend, dass er mir das Höschen auch bald ausziehen würde. Das war das Schlimmste: wenn er mir den Schlüpfer auszog, ohne dass ich mich dagegen wehren konnte. Das tat er immer ganz langsam, damit ich mir auch ganz klar war, was da passierte.“

„Bastard!“

„Schließlich zog er mir das Höschen bis zu den Knien runter. Er mochte den Anblick des sich straffenden Höschens, besonders wenn ich nach hinten austrat, während er mich schlug.“

„Was für ein Perverser! Das ist typisch Mann, diese zwanghafte Höschen-Besessenheit! Weißt du auch warum? Weil sie Angst vor dem haben, was unter dem Höschen ist!“

„Das war bei Mark nicht der Fall. Er liebte es, meine Muschi anzusehen...“

„Sag das nicht, Penny. Es ist ein schreckliches Wort, das uns von der patriarchalischen Gesellschaft aufgedrückt wurde, um uns zu sexualisieren. Sag Intimbereich.“

„Okay, er liebte es, mir das Höschen herunter zu ziehen, um meinen Intimbereich ansehen zu können, und zwar nicht deshalb, weil es auf nackter Haut mehr schmerzt, sondern einfach nur um mich zu erniedrigen.“

„Der Bastard.“

„Dann schlug er mich, hart, so dass es wirklich brannte.“

„Oh, du armes Ding. Das muss sehr weh getan haben.“

„Oh ja, aber das machte ihm gar nichts. Je mehr ich trat und mich wand, desto mehr gefiel es ihm. Ich verlor die Kontrolle vor Schmerz und zuckte wie verrückt, reckte meinen Po in die Höhe, so dass die Pobacken sich öffneten und er alles sehen konnte, und ich meine wirklich alles. Er liebte das und sagte mir auch immer, dass er alles sehen könne, damit ich mich noch schlechter fühlte. Manchmal fasste er mir zwischen die Beine, um zu sehen, wie feucht ich war, denn man wird feucht, ob man will oder nicht...“

„Ich würde sicher nicht feucht werden.“

„Doch, das würdest du. Das ist eine rein körperliche Reaktion und bedeutet nicht, dass du Spaß daran hast, obwohl er immer sagte, dass es mir gefallen würde.“

„Typisch Mann.“

„Am Ende war ich meistens in Tränen aufgelöst. Er versuchte immer, mich zum Weinen zu bringen, denn er genoss es, wenn mir die Tränen über das Gesicht liefen, während ich ihm anschließend einen blies.“

„Das hat er von dir verlangt?“

„Fast jedes Mal. Er wollte, dass ich vor ihm auf dem Boden knie, damit er dabei meinen roten Po ansehen konnte."

„Eine typisch männliche Machtfantasie, diese Vorstellung, dass eine Frau vor ihm kniet. Warum hast du das zugelassen?"

„Ich konnte nicht anders. Wie ich gesagt habe, ich war in ihn verliebt, und es hat mich erregt, nach einer Zeit hat es mir sogar gefallen..."

„Das kann nicht dein Ernst sein! Oder wahrscheinlich doch, und ich kann es auch verstehen. Letzten Monat habe ich dazu einen Artikel im Metropolitan gelesen, nein, es war im Monat davor. Wenn ein Opfer häufig missbraucht wird, hält es den Missbrauch irgendwann für normal, akzeptiert ihn sogar. Das muss dir auch passiert sein. Oh, arme Penny!"

„Es wurde immer schlimmer. Anfangs passierte es nur gelegentlich, vielleicht einmal pro Woche und nur abends, zu Hause im Bett. Dann suchte er nach immer neuen Gründen, um mich zu bestrafen, zum Beispiel sagte er, ich hätte die Hausarbeit nicht ordentlich gemacht oder nicht genügend Zucker in seinen Kaffee getan. Es wurde auch immer erniedrigender, er verlegte den Schauplatz ins Wohnzimmer, so dass Spaziergänger zufällig beobachten konnten, wie ich verprügelt wurde. Einmal hat er mir sogar am Strand mein Bikinihöschen runter gezogen, während einige Leute nur ein paar Hundert Meter entfernt waren."

Sie war sprachlos, was mir gut passte, denn es war gar nicht so einfach gewesen, die Geschichte zu erzählen, während sie ständig unterbrach. Ich fuhr fort und bewegte mich jetzt zielstrebig auf den springenden Punkt zu.

„Danach nahm er mich mit in die Dünen und zwang mich, ihn in den Mund zu nehmen. Er wusste genau, dass die Chance bestand, dass man uns sah. Normalerweise verlangte er, dass ich es schluckte, aber dieses Mal nicht. Er spritzte seinen Samen über mein Gesicht und zwang mich so zurück zum Auto zu gehen, die Haare klebrig und alles über meine Nase und mein Kinn verschmiert. Ich wurde nie zuvor so erniedrigt, er liebte es und begann, neue Methoden zu erfinden, die das Ganze noch schlimmer für mich machten. Dann wurde es richtig schlimm."

Sie hielt noch immer meine Hand und trank zwischendurch nervös von ihrem Wein. Ich hatte sie offensichtlich geschockt, war mir aber nicht sicher, ob ich sie auch erregt hatte. Ich jedenfalls war erregt, denn meine Geschichte war meine Lieblingsfantasie, angepasst an die Umstände. Ich konnte nur hoffen, dass sie nicht bemerkte, wie meine Nippel sich gegen den Stoff meines Tops drückten oder dass sie, falls sie es doch bemerkte, nicht die entsprechenden Schlüsse zog. Ich leerte mein Glas, bestellte bei dem vorbeieilenden Kellner eine weitere Flasche und erzählte weiter.

„Er war sehr zufrieden mit sich, weil er mich in diesen Zustand gebracht hatte und wollte das nicht für sich behalten. Ich hatte keine Ahnung davon, dass er sich vor seinen Freunden gebrüstet hatte, bis er eines Abends eine ganze Truppe von ihnen aus dem Pub mit nach Hause brachte und mich vor ihnen damit aufzog, dass ich zwischendurch gern mal eine Tracht Prügel bezog. Ich war so verärgert, dass ich ihm eine patzige Antwort gab, als Mark mir sagte, ich solle ein paar Bier aus dem Kühlschrank holen. Das war ein großer Fehler. Er schnappte mich vor den Augen seiner Freunde, zog mir das Höschen runter, legte mich mit nacktem, wabbelnden Arsch über seine Knie, und alle sieben Männer lachten über mich und machten dreckige Bemerkungen. Ich kämpfte hart, trat und schrie und kratzte, aber das brachte sie nur noch mehr zum Lachen. Er steckte mir einen Finger rein und zeigte ihnen, wie feucht ich war, hielt den Finger hoch, so dass meine Säfte im Licht glitzerten.

Das Schlagen ging eine Weile weiter, er wollte mich bändigen, bevor er mich auf den Boden warf, seinen Schwanz herausholte und einen Blow Job verlangte. Ich habe es getan, Beth. Ich lutschte seinen Schwanz vor seinen Freunden, und nachdem er in mein Gesicht abgespritzt hatte, sagte er, ich hätte seine Jungs heiß gemacht und sollte dementsprechend auch ihnen einen blasen. Auch das habe ich getan, Beth. Ich lutschte sieben Schwänze, einen nach dem anderen, und alle sieben hatten ihren Spaß, als sie mir ins Gesicht spritzten. Ich war am Ende über und über voll Sperma. Es war in meinen Augen, in meinen Haaren und sogar in meiner Nase.

Mein ganzer Oberkörper und mein Hals waren damit bedeckt, es lief mir sogar aus den Ohren.

Nach diesem Abend lief die Sache aus dem Ruder. Es schien, dass er jedes Mal einen Schritt weiter gehen musste. Er verlangte von mir, dass ich erniedrigende Kleidung trug, zum Beispiel Schuluniformen mit so kurzen Röcken, dass mein Höschen darunter hervor blitzte, wenn ich mich bückte oder auch ein lächerlich kurzes Krankenschwestern-Outfit aus Nylon, und auch vor einer Pfadfinderinnenuniform machte er nicht Halt! Ich erinnere mich noch an einen Abend, an dem ich ihm und einem anderen Paar in weiten, grünen Shorts das Abendessen servierte. Ich wusste, dass er sich später noch um mich kümmern wollte und zitterte so stark, dass ich einen Teller fallen ließ. Er verdrosch mich an Ort und Stelle, riss mir die Shorts und das enge weiße Höschen, das ich tragen musste, herunter, und ich stand nackt vor ihnen. Auch der andere Mann machte sich über mich her und lachte, während ich um mich trat und vor Schmerz aufheulte. Die Frau versuchte, mir zu helfen, aber ihr Freund drohte ihr, sie auch zu prügeln, wenn sie nicht den Mund hielt. Dann... dann zwangen sie uns, ihnen eine kleine Show vorzuführen, gemeinsam zu strippen, dann taten wir es auf dem kleinen Teppich vor dem Kamin, und es gefiel mir, Beth. Es gefiel mir, eine andere Frau küssen und lecken zu müssen... Glaubst du, ich bin schlecht? Denkst du, ich bin pervers?"

„Nein, nein", antwortete sie sofort. „Lesbischer Sex ist völlig in Ordnung, daran ist nichts Schlechtes. Das ist eine Entscheidung, die eine Frau treffen können sollte, ohne mit Kritik von der Gesellschaft rechnen zu müssen. Das Falsche daran ist, dass die Männer euch gezwungen haben, das zu tun."

„Danke, Beth", antwortete ich. Ich drückte ihre Hand und lächelte ihr krampfhaft zu, während ich versuchte, nicht wie ein Vollidiot zu grinsen.

„Erzähl weiter", sagte sie, und ich würde beschwören, dass ich einen Unterton in ihrer Stimme hörte.

„Nach den Uniformen ging er zu dieser Sache mit den Tieren über, keine echten Tiere, Gott sei Dank, obwohl ich ihm auch das zutrauen würde. Er hatte die Idee aus einem Buch mit versauten Bildern. Da war dieser böse dreinschauende Typ in einem Buggy, der von nackten Mädchen gezogen wurde. Wir kauften die Ausrüstung in einem Sexshop, was schon peinlich genug war, aber noch gar nichts war im Vergleich zu der Situation, in der ich das Zeug anziehen musste. Ich war nackt bis auf ein kleines Ledergeschirr, Zaumzeug und Zügel, ansonsten keinerlei Kleidung. Er jagte mich durch das Wohnzimmer, hielt mich an den Zügeln und benutzte eine lange Reitpeitsche, um mir auf den Hintern zu schlagen. Dann zwang er mich runter auf alle Viere, und wir hatten Sex, während ich immer noch dieses Geschirr trug. Damit konnte er sich ein paar Wochen lang beschäftigen, aber schließlich wurde es ihm langweilig, denn es erschien ihm nicht mehr erniedrigend genug. Das ist es, was ihn wirklich antörnt, verstehst du, Frauen sexuell zu erniedrigen."

„Das sind Anzeichen für eine sexuelle Störung", fiel sie mir ins Wort. „Ich habe darüber einen Artikel gelesen. Hatte er ... du weißt schon, Erektionsprobleme?"

„Nie", antwortete ich, „nicht mal, wenn andere Leute dabei waren. Weißt du, bevor diese ganzen abartigen Sachen anfingen, waren wir ganz verrückt nacheinander. Wie auch immer, die Sache mit dem Ponygeschirr machte ihm eine Zeitlang Spaß, aber irgendwann bemerkte er, dass ich mich daran gewöhnt hatte, also zwang er mich, das Zeug draußen anzulegen, wo man uns sehen konnte. Und nicht nur das, er wollte auch blasen und ficken im Freien und zwang mich sogar, mit einem String-Bikini bekleidet in einen Pub zu gehen, mit knallrotem Hintern von seinen Schlägen. Dann hatte er diese Schweinefantasie, bei der ich mich mit nichts als einer Gummischnauze und einem Ringelschwanz bekleidet im Schlamm wälzte, während er mich mit einem Stock schlug und mich von hinten bestieg. Selbst im Auto saß ich nackt unter einem dünnen Baumwollkleid mit der Schweinsnase und dem Ringelschwanz, so dass Passanten mich sehen konnten. Danach brachte er mir einen winzigen pinkfarbenen Bikini mit, ich dachte zuerst, er wolle mir eine Freude machen, aber dann wurde mir klar, dass er mich einfach nur öffentlich zur Schau stellen wollte, ohne dafür verhaftet zu werden. Er brachte mich in den Wald, zwang mich, mich im Dreck zu wälzen, peitschte mich, fickte mich, während ich auf den Knien kauerte und ließ mich dort zurück, meilenweit von zu Hause entfernt! Das war mir schließlich zu viel. Ich verließ ihn. Aber das wollte er nicht akzeptieren, er begann mich zu bedrohen, indem er mir sagte, was er alles mit mir tun würde..."

„Du musst die Polizei einschalten, Penny", sagte sie plötzlich. „Der Kerl muss eingesperrt werden!"

„Das kann ich nicht! Meine Familie und meine Kollegen würden davon erfahren! Mein Leben wäre fortan unerträglich!"

„Nein, Penny..."

Sie hielt inne, weil der Kellner sich unserem Tisch mit dem Chablis und unseren Tellern näherte. Da sich das Gespräch in eine Richtung bewegt hatte, die mir gar nicht gefiel, war ich für die Unterbrechung dankbar.

Die Pause tat mir gut. Ich war beschwipst und erregt, und meine Fantasie war ein wenig mit mir durchgegangen. Worauf es ankam, war, dass sie nicht grundsätzlich etwas gegen Sex mit Frauen hatte und mit etwas Glück hatte ich sie auch erregt, obwohl ich sicher war, dass sie sich selbst dafür hassen würde.

Ich wollte eigentlich während des Essens weiter erzählen, aber zu meinem Pech setzte sich ein älteres Paar an den Tisch direkt neben uns, obwohl noch mehrere andere Tische frei waren. Sie konnten jedes Wort hören, das wir sprachen, daher konnte ich kaum von Beth erwarteten, frei zu reden und blieb beim Small Talk, während wir unseren Wein tranken und am Krabbensalat knabberten.

Sie bestritt den Großteil der Unterhaltung, was mir nur recht war, denn meine Fassade hätte allzu bohrenden Fragen wohl nicht Stand gehalten. Eines wurde sehr schnell klar und brachte mich dazu, zu erkennen, woher sie all diese Frauenpowersprüche hatte. Sie war begeisterte Leserin von

Frauenmagazinen, insbesondere des Metropolitan, dessen redaktioneller Linie sie mit fast schon religiösem Eifer folgte. Sie war portugiesisch-irischer Abstammung, wie ihr Name bereits vermuten ließ, war streng katholisch erzogen worden und hatte eine Klosterschule in Cork besucht. Sie hatte rebelliert und die Lücke, die ihre Ablehnung der Kirche hinterlassen hatte, mit der modernen Philosophie gefüllt, die in Hochglanzmagazinen gepredigt wurde.

Sie hielt sich jetzt für besonders freidenkend und feministisch, obwohl sie lediglich ein moralisch beengendes Gedankengut gegen ein anderes eingetauscht hatte. Mindestens ein dutzend Mal hätte ich im Verlauf des Gespräches ihre Argumente widerlegen können, aber ich hielt mich zurück, denn ich war mir sicher, dass ich mein verruchtes Ziel nur dann erreichen würde, wenn ich weiterhin das liebe kleine Mäuschen spielte. Natürlich war sie besessen von Diäten, obwohl sie gemein hin als schlank gelten musste, und sie pickte nur in ihrem Essen herum, trank dafür aber reichlich Wein, so dass sie albern war und ihre Augen leuchteten, als die Rechnung schließlich kam.

Ich zahlte und versicherte ihr, dass dies das Mindeste war, was ich für sie tun konnte, nachdem sie mir so sehr geholfen hatte. Wir machten uns auf den Weg zu ihrer Wohnung, die Sonne versank hinter den Hügeln in violettem und eierschalenblauem Licht. Es ist immer etwas Wunderbares an einem Sonnenuntergang vor einer Nacht voll schmutzigem Sex, und ich konnte ein Lächeln nicht unterdrücken. Meine Erregung wuchs bei dem Gedanken daran, mit Beth zu spielen, genauso aber auch meine Nervosität bei dem Gedanken daran, wie sie wohl auf einen Annäherungsversuch von mir reagieren würde. Als wir die Straße überquerten, ergriff ich ihren Arm, was mir als sichere Geste erschien, und sie zog ihren Arm auch nicht weg.

„Willst du den Rest der Geschichte noch hören?“, fragte ich.

Sie nickte neugierig, jetzt, da der Wein ihr die Befangenheit genommen hatte. Sie tastete mit dem Schlüssel nach dem Schlüsselloch.

„Was hatte es denn nun mit diesem Fuchsding auf sich?“ fragte sie. „Du hast doch gesagt, du hättest Mark verlassen.“

„Das habe ich ja auch“, antwortete ich. „Mit der Fuchsjagd hat er mich erwischt, allerdings weiß ich nicht, ob er das getan hat, um mich zu verletzen oder um mich zurück zu gewinnen. Weißt du, er war wirklich davon überzeugt, dass mir all diese Dinge gefallen haben. Manchmal war das ja auch so.“

„Nein, das war nicht so“, sagte sie. „Es ist wichtig, dass du das nicht vergisst.“

„Ach, ich weiß nicht. Ich weiß gar nicht mehr, was ich denken soll.“

Wir gingen die Treppe hinauf, die so steil war, dass sich ihr Hintern genau auf meiner Augenhöhe befand. Ihre trainierten Hüften standen aufreizend hervor, und die Pobacken sahen unter dem Kleid so einladend aus, voll und rund und mädchenhaft, bestens geeignet, um versohlt und geküsst zu werden, so reizend, dass es schwer war, nicht danach zu greifen.

Doch das wäre nicht der richtige Zug gewesen, nicht bei ihr, also hielt ich mich zurück, doch ich wusste, dass jetzt der Zeitpunkt gekommen war, und als sie mich ins Wohnzimmer führte, bereitete ich mich auf den Annäherungsversuch vor. Sie spielte die Gastgeberin, setzte Kaffee auf, während ich mich in einen Sessel setzte.

„Ich lief herum“, sagte ich zu ihr durch die offene Tür hindurch. „Ich habe einfach versucht, einen klaren Kopf zu bekommen. Er war mir gefolgt, und ich hatte gar nicht gemerkt, dass er da war, bis er mich packte. Ich sah, dass er es war, und ich denke, ich hätte mich ernsthafter wehren können, aber ich weiß auch nicht ... ich fühlte mich so schwach. Er drängte mich in die Büsche und riss mir die Kleider vom Leib. Ich dachte, er würde mich einfach nur vögeln und dagegen hätte ich wohl gar nicht viel gehabt, aber stattdessen drückte er mich nach unten, um mir dieses Maskending anzuziehen. Als die Maske fest auf meinem Gesicht saß, rollte er mich auf den Bauch und verpasste mir diesen Schweif, steckte ihn mir direkt in den Hintern. Er hing mich an den Händen auf und schlug mit der Peitsche auf mich ein, auf meinen Po und meine Brüste. Es tat furchtbar weh, und ich hätte laut geschrien, wenn ich gekonnt hätte, aber ich war durch die Maske geknebelt. Er lachte mich aus, während er mich quälte, beschrieb mir, wie ich aussah, während ich vor Schmerzen auf den Zehenspitzen hin und her tänzelte und der Fuchsschwanz über meinem Hintern wackelte. Er verpasste mir sechs Schläge, vier von hinten, zwei von vorne, er schlug härter zu als jemals zuvor.

Dann nahm er mich herunter und fickte mich, während ich auf den Knien im Gras kauerte. Ich konnte fühlen, wie der Schweif auf meinen Rücken schlug und spürte die Peitschenstriemen glühen. Er besorgte es mir richtig, schob die Hand unter meinen Bauch, um meine Pussi richtig erreichen zu können... entschuldige, ich meine meinen Intimbereich. Ich kam, Beth, ich hatte einen Orgasmus. Ich konnte nichts dagegen tun... oh Gott, Beth, es war so unglaublich erniedrigend, halt mich fest, drück mich..."

Sie war zurück ins Wohnzimmer gekommen, eine Tasse Kaffee in jeder Hand, stellte die Tassen jedoch ab und setzte sich neben mich. Meine Arme schlangen sich um ihre Taille, und ich vergrub meinen Kopf zwischen den sanften Kissen ihrer Brüste und musste an mich halten, um nicht danach zu grabschen. Eine Weile hielt sie mich fest und strich mir über das Haar, während ich meinen Mut zusammennahm.

„Beth?", fragte ich mit flüsternder Stimme. „Als du sagtest, dass es für dich okay ist, wenn zwei Frauen es tun, hast du das ernst gemeint?"

Sie nickte nur, und ich wertete das als Zustimmung. Einen Moment später fand mein Mund ihre Lippen, und ihr Widerstand dauerte zwar eine Sekunde lang, brach dann aber, ihre Lippen öffneten sich, und unsere Zungen trafen sich. Es war ein wunderbarer Kuss, weich und sanft und lang, ihr Körper gegen meine gepresst, aber ich hielt mich noch zurück, überzeugt, dass ich nur dann bekommen würde, was ich wollte, wenn ich ihr das Gefühl der Kontrolle ließ.

Als wir uns schließlich voneinander lösten, stand sie auf, nahm meine

Hand und führte mich ohne ein weiteres Wort in ihr Schlafzimmer. Sie machte das Licht nicht an und zog die Vorhänge zu, so dass der Raum fast vollständig im Dunkeln lag und nur das schwache orange Leuchten einer Straßenlampe über die Gardinen hinweg zu uns hereinschien. Wir küssten uns erneut im Stehen, hielten uns gegenseitig fest und begannen uns ganz langsam zu erforschen. Ihre Hand lag auf meinem Nacken, streichelte mich, so dass ich eine Gänsehaut bekam und mir ein Schauder den Rücken hinunterlief. Ich streichelte sie auch und begann ihr Kleid nach oben zu ziehen. Ich konnte es nicht erwarten, ihren runden kleinen Hintern bloß zu legen.

Ich wollte mit den Händen in ihr Höschen gleiten, zwischen ihre Pobacken und zu ihrem Loch, aber ich musste mich zurückhalten und ihr das Ruder überlassen. Ich gab mich damit zufrieden, ihr Kleid bis zu ihrer Taille hoch zu schieben, so dass ich ihr knappes Höschen sehen konnte, ließ sie meinen Körper erforschen und an meinem Nacken herumspielen, bis ich vor Frustration förmlich geiferte. Ich wusste nicht, ob sie mit mir spielte und zögerte, richtig zuzupacken oder ob sie sich immer einem endlosen Vorspiel im Dunkeln hingab, jedenfalls konnte ich innerhalb kürzester Zeit nicht mehr an mich halten. Streicheln und liebkosen ist ja schön, aber ich wollte, dass sie meine Brustwarzen küsste, meine Pussi streichelte und vor allem brauchte ich eine Tracht Prügel auf meinen Arsch. Es war die Story, die ich ihr erzählt hatte, die über den imaginären Mark, der mich vor seinen Freunden bestrafte und erniedrigte, und genau das brauchte ich jetzt.

„Schlag mich, Beth“, drängte ich. „Leg mich über deine Knie, zieh mir das Höschen runter und versohl mir den Hintern, bitte.“

„Nein, Penny, das ist nicht richtig. Man hat dir eingeredet, dass du das willst.“

„Bitte Beth, nur ein kleines bisschen.“

„Nein, Penny, so macht man nicht Liebe. Ich werde es dir zeigen. Komm.“

Sie war atemlos und wirklich erregt, aber sie wollte sich nicht darauf einlassen. Ich wusste, wenn ich jetzt zu sehr drängte, würde das vielleicht die Stimmung ruinieren, also gab ich nach und ließ sie es auf ihre Weise tun. Es war schön, langsam und sanft und weiblich und ohne diese rohe Energie, die ich bevorzuge. Der einzige Befehl, den sie mir gab, lautete, dass ich mich ausziehen sollte, was ich auch tat, vor ihr stehend, so dass sie zuschauen konnte, wenn wir auch kaum etwas sehen konnten. Sie wartete, bis ich nackt war, bevor sie sich selbst auszog, und das war das einzige Gefühl von Dominanz, das ich bekommen sollte, dieses leicht demütigende Gefühl, mein Höschen vor ihr auszuziehen, während sie noch vollständig angezogen war.

Danach gab es nur noch Liebkosungen und Küsse, wobei sie meinen Haaren, meinem Nacken und meinem Rücken viel Aufmerksamkeit widmete. Als ich mich bäuchlings auf das Bett legte, vage auf einen Schlag auf den Po hoffend, begann sie, meine Haare und meinen Nacken zu streicheln und zu küssen und meine Haut sanft mit den Lippen zu liebkosen. Sie wanderte ganz langsam an meinem Rücken hinab, brachte meine Muskeln zum Zucken und setzte meine Muschi in Brand, während sie meine ganze Wirbelsäule küsste und sich langsam meinem Hintern näherte. Ich dachte wirklich, sie würde es tun, dass sie mich weiter küssen würde, bis sie meine Arschbacken erreicht hatte, dann meine Pofalte und ihr Gesicht dazwischen schieben würde, um mein Arschloch und den hinteren Teil meiner Muschi zu küssen, was mich zu einem explosiven Orgasmus gebracht hätte, prügeln hin oder her.

Aber das passierte nicht. Sie hielt am unteren Ende meiner Wirbelsäule inne und drehte mich sanft auf den Rücken, nur um das ganze Prozedere von vorne zu beginnen, beginnend auf meiner Stirn und sich langsam nach unten vorarbeitend, über mein Gesicht und meinen Hals hinweg. Ihr Mund glitt über meine Brüste, saugte an meinen Brustwarzen, bis sie sich voll aufrichteten und glitt dann weiter nach unten über meinen Bauch hinweg und schließlich bis zu meinem Schamhaar. Zu diesem Zeitpunkt hatte ich ihren Kopf bereits in die Hände genommen, meine Finger spielten mit ihrem Haar, meine Schenkel waren weit geöffnet, meine Muschi wartete auf ihre Zunge. Die kleine Hexe ignorierte das Angebot, sie gab mir nur einen kleinen Kuss auf den Venushügel und wandte sich meinen Beinen zu. Ich verlor fast die Kontrolle und war versucht, ihren Kopf in meine Spalte zu ziehen, aber ich schaffte es, zu widerstehen und ließ den ganzen ermüdenden Vorgang des Küssens meiner Beine vom Knöchel bis hoch zum Knie über mich ergehen. Sie ging weiter zur Innenseite meiner Schenkel und schließlich, endlich, begann sie mich zu lecken.

Ich kam fast sofort zum Orgasmus, obwohl sie versuchte, mich zu necken, während sie meine Schamlippen küsste und ihre Zunge tief in meine Vagina schob. Während sie an mir herum züngelte, berührte ihre Nase meinen Kitzler, und das war zu viel für mich. Ich packte ihren Kopf fest und drückte mich gegen ihr Gesicht, rieb meine Pussi an ihrer Nase und erreichte den Höhepunkt.

Sie kam hoch, um mich zu küssen, ihr Gesicht klebrig von meinen Säften. Unsere Münder trafen sich, und wir blieben eine Weile in dieser Haltung. Ich war in dem rosigen Schwebezustand nach dem Orgasmus, brannte aber gleichzeitig darauf, sie auch zu beglücken. Amber liebt es zu masturbieren, während sie auf meinem Gesicht sitzt und ich ihr die Zunge in den Hintern schiebe. Ich machte Beth dasselbe Angebot, schockierte sie aber damit, und sie lehnte ab, bat mich aber stattdessen um das gleiche Verwöhnprogramm, das sie mir geboten hatte. Ich gehorchte, genoss ihre festen kleinen Brüste und die sanften, weichen Konturen, widerstand aber dem Drang, ihren Hintern zu küssen, nach allem, was sie gesagt hatte. Am Ende kam sie mit einem Seufzer und einem süßen, winselnden Geräusch, mein Kopf in ihrer Möse vergraben, während sie gleichzeitig ihre Brüste streichelte.

Anschließend kuschelten wir, bevor wir zusammen duschten, was Spaß machte, weil ich mir zumindest ihren Körper richtig ansehen konnte. Sie war schlank, aber keineswegs dürr und hatte für meinen Geschmack genau die richtigen Polster an Brust und Hüften, wenn sie auch nicht voluminös war. Ich sagte ihr, dass sie mir gefiel, doch sie antwortete, dass sie abnehmen müsse und beschrieb ihre Figur als „englische Birne“, was nicht ganz fair war, obwohl ich das als guten Ausdruck für zukünftige Erniedrigungen abspeicherte, nur für den Fall, dass sie es dann doch zu schätzen wusste.

Sie machte ein großes Tamtam wegen der verblassenden blauen Flecken, die mir von der Fuchsjagd geblieben waren, obwohl die gar nicht so schlimm waren und die von den Zweigen noch deutlicher hervorstachen als die, die Anderson mir zugefügt hatte. Zum Glück kannte sie sich nicht gut genug aus, um den Unterschied zwischen Peitschenstriemen und den Streifen von Ästen zu erkennen. Sie ließ mich ihre Brüste und ihren Rücken einseifen, war jedoch zurückhaltend, was ihren Po betraf, den ich unbedingt erkunden wollte. Ich wollte keinen weiteren Vortrag hören, daher gab ich nach und gab mich mit einer weiteren Runde Küssen und Streicheln zufrieden, als wir zurück ins Bett gingen. Es war schön, mal was anderes, aber danach verlangte es mich nach einer Tracht Prügel oder zumindest nach etwas Härterem, und ich musste das einfach aussprechen.

„Es ist schön, ein bisschen geschlagen zu werden, Beth“, sagte ich mit ruhiger Stimme und an sie gekuschelt. „Es muss nicht unbedingt hart oder unanständig sein.“

„Nein, Penny, es ist nicht richtig, wenn man Macht über einen anderen Menschen ausübt.“

„Aber was, wenn es genau das ist, was ich will?“

„Du willst das nicht wirklich. Das ist nur eine Verteidigung deiner Psyche gegen das, was Mark dir angetan hat. Du musst viel lernen, Penny, aber ich werde dir helfen.“

Ich biss mir frustriert auf die Lippen, leistete jedoch keinen Widerstand, als sie meinen Kopf auf das weiche Kissen ihrer Brüste zog.

Drei

Ich weiß nicht mehr genau, mit wie vielen Frauen ich geschlafen habe, aber ich denke es müssen um die zwanzig gewesen sein. Beth hatte viel weniger Erfahrung, wenn sie auch versuchte, Selbstvertrauen auszustrahlen, und ich war nicht überrascht, als ich erfuhr, dass ich erst ihre zweite Partnerin war. Sie war am nächsten Morgen ziemlich unsicher, was ein viel verräterisches Zeichen ist als das Verhalten einer Person im Bett. Ich kenne Frauen, die sich an Prügelspielen versucht haben und sich in der Hitze des Augenblicks sogar zu Pinkelspielen hinreißen ließen und die dann am Morgen danach missmutig und verschlossen dalagen, weil es das erste Mal gewesen war und sie sich schuldig fühlten.

Bei Beth ging es mehr um Rechtfertigung, sie stellte klar, dass sie nicht lesbisch sei, dass aber die selbstbestimmte, moderne Frau in der Lage sein sollte, ihre eigenen sexuellen Entscheidungen zu treffen und die von der paternalistischen Gesellschaft auferlegten moralischen Grenzen überwinden dürfen sollte. Zum ersten Mal stimmte ich mit ihr überein, obwohl nach meiner Erfahrung Frauen genauso versuchen, anderen Menschen moralische Grenzen aufzuerlegen, wie Männer das tun. Sie fuhr fort und erklärte mir, was sie von einem Mann erwartete, und obwohl sie es nicht so deutlich sagte, schien sie auf Mr. Right zu warten, und ihr Konzept männlicher Perfektion schien auf der redaktionellen Meinung des Metropolitan zu basieren. Leider war Mr. Right genauso ein Fantasieprodukt wie der sadistische Mark.

Er sollte einen starken Charakter haben und dennoch bereit sein, ihrer Linie zu folgen. Er sollte attraktiv und leidenschaftlich und trotzdem der treudoofe, ehrliche Typ sein. Er musste gut verdienen und sein eigenes Geld gut verwalten und sie dennoch sein Geld so ausgeben lassen, wie es ihr beliebte. Natürlich hatte sie diesen Traumtyp noch nicht getroffen, aber es schien ihr nicht in den Sinn zu kommen, dass das daran liegen könnte, dass es ihn gar nicht gab.

Sie hatte eine Reihe unbefriedigender Beziehungen hinter sich, von denen keine ihren viel zu hohen Erwartungen hatte genügen können, und hatte einmal mit einer Frau geschlafen, weil sie die Freuden des lesbischen Sex selbst erleben wollte, von denen sie so viel gelesen hatte. Sie hatte sich schuldig gefühlt und war mit mir ins Bett gegangen, weil es so offensichtlich war, dass ich Trost brauchte. Als ich das hörte, musste ich fast lachen, während ich an die Zuneigung und die Bemühungen dachte, die sie in unser Liebesspiel gesteckt hatte, indem sie mich mit der aus der Gebrauchsanleitung stammenden Gründlichkeit geküsst und gestreichelt hatte.

Dieser Gedanke war mir auch schon während des Liebesspiels gekommen, aber ich hatte ihn in der Hitze des Augenblicks beiseite geschoben. Jetzt kam er zurück, und während sie uns Kaffee und Toast machte, sah ich schnell die Zeitschriften durch, die auf ihrem Wohnzimmertisch lagen. Tatsächlich, in der letzten Novemberausgabe des Metropolitan war ein Artikel darüber erschienen, wie man eine Frau befriedigte, indem man sich auf die weniger offensichtlichen erogenen Zonen konzentrierte.

Es war kein Problem, das Gespräch auf die Zeitschrift zu bringen und nach einem Kaffee und einem sanften Abschiedskuss, verließ ich die Wohnung mit der Zeitschrift unter dem Arm. Abgesehen von den unangenehm ruhigen Momenten in Wartezimmern lese ich kaum Frauenzeitschriften oder Zeitschriften im Allgemeinen. Amber liest Horse & Hound, die ich manchmal im Bett lese, also erwartete ich einen bestimmten redaktionellen Stil, aber die Metropolitan überraschte mich. Die Zeitschrift war wie eine Kurzfassung von Beths Charakter, obwohl sie natürlich das Gegenteil darstellte.

Der Ton war direkt, es wurden Meinungen mit einer Deutlichkeit und moralischer Sicherheit diktiert, die mich überraschte. Schwuler Sex war in Ordnung, wurde sogar aktiv gefördert, sowohl zwischen Männern als auch Frauen, natürlich im Rahmen der Sicherheit. Alles, was nach Ausnutzung aussah oder danach, dass eine Person die Kontrolle über eine andere übernahm, war indiskutabel. Dazu gehörte natürlich auch Schlagen, Fesseln und fetischistische Rollenspiele. Die männliche Unterwerfung gegenüber einer Frau war eine Ausnahme, obwohl dies eher als ein Rache- denn ein Sexakt dargestellt wurde. Gummi war okay, Leder auch, solange es benutzt wurde, um männliche Dominanz auszudrücken.

Als ich am Bahnhof Paddington ankam, fühlte ich mich etwas unwohl vom Lesen im Zug und benötigte dringend eine Stärkung meiner eigenen sexuellen Entscheidungen. Der Ton des Metropolitan war so forsch, so absolut sicher, was moralische Standards betraf und sowohl aggressiv als auch herablassend gegenüber jedem, der es wagen sollte, eine andere Meinung zu vertreten. Ich konnte verstehen, warum Beth sich so beeinflussen ließ und fühlte auch mit ihr, obwohl ich fest entschlossen war, diesen Weg nicht einzuschlagen. Ich wusste, ich würde darüber hinwegkommen, aber während ich mir meinen Weg durch das U-Bahnsystem bahnte, fühlte ich mich so unsicher wie seit Jahren nicht mehr.

Ich wusste, was ich brauchte: einen Nachmittag voll gutem, verdorbenem Sex, der gegen jede der von diesem Magazin aufgestellten Regeln verstieß. Mein erster Gedanke war, Amber eine Pony-Session vorzuschlagen, bei der ich an die Zügel gelegt und vollständig ihrer Kontrolle unterworfen würde, die Zügel in meinen Mund einschneidend, den Schweif im Hintern, das volle Programm. Was mich jedoch besonders an diesem Magazin aufregte, war die Art, wie Männer heruntergemacht wurden, besonders die armen Typen, die nicht viel Geld hatten, klein, nicht mehr ganz jung oder nicht umwerfend hübsch waren. Abgesehen von ihrem verruchten Verhalten war Amber genau der Typ Frau, den das Magazin favorisierte: stark, unabhängig und erfolgreich, jung, attraktiv und aus der Mittelschicht.

Was ich brauchte, war jemand, der all die Laster verkörperte, die sie so verachteten, beziehungsweise, wenn man es aus meiner Sicht beurteilte, all die Qualitäten. Es müsste ein Mann sein, vorzugsweise ein wenig über die besten Jahre hinaus, altmodisch, lüstern, pervers in seiner sexuellen

Orientierung, einfach genau die Art von Mann, von dem sie annahmen, er müsse sich still in einer Ecke verkriechen und auf den Sensenmann warten. Er müsste außerdem sauber, freundlich und zumindest einigermaßen intelligent sein und zu meinen persönlichen Grenzen der freiwilligen Selbsterniedrigung passen.

Die offensichtlich erste Wahl war Henry mit seinem väterlichen Getue und seinem übergroßen Schwanz, in vielerlei Hinsicht der perfekte Dominante. Er war gut für die Pony-Fantasie und auch für die meisten anderen Dinge, die ich mochte, zu gebrauchen, aber ich wusste, dass es Amber ärgern würde, wenn ich zu ihm gehen würde, ohne sie zuerst anzurufen. Es würde ewig dauern, erst nach Hertfordshire zu fahren, Amber die Lage zu erklären, sie zu überreden und anschließend Henry zu finden. Ich brauchte eine schnellere Lösung. Der grässliche Morris Rathwell war eine weitere Option, und obwohl er mir immer etwas Angst machte, könnte er sicherlich seine Arbeit kurz unterbrechen, um mich entsprechend heftig zu missbrauchen. Er würde mich sicherlich schlagen und das hart und dann wahrscheinlich von mir verlangen, dass ich ihm unter seinem Schreibtisch einen blies. Wenn er genug Zeit hätte, würde er versuchen, mich zu vögeln, was ich bisher nie zugelassen hatte. Es war auch möglich, dass seine Frau Melody oder ihre Schwester anwesend wären, was noch besser wäre. Leider würde es Amber aufregen, wenn ich zu ihm ginge, also musste ich auch diesen Gedanken fallen lassen.

Damit blieb unter meinen Londoner Freunden nur noch Percy Ottershaw: der fette, schmutzige Percy mit seinem Fetisch für weiße Höschen und das Schlagen von Frauen. Er war nicht so beeindruckend bestückt wie Henry und konnte mich auch nicht auf so erregende Weise so ängstigen wie Morris, verfügte aber über alle anderen Qualitäten im Überfluss. Die Chefredakteurin des Metropolitan würde ihn hassen. Er schrieb außerdem für Weinzeitschriften und war ein echter Gourmet, so dass er mich sicher zu einem gepflegten Lunch ausführen würde, nachdem er meine Lust befriedigt hatte.

Ich machte kehrt und ging in Richtung der U-Bahnstation Warwick Road. Ich betete, dass Percy zu Hause sein würde und sich nicht bei einer Weinprobe oder im Ausland aufhielt. Er war nicht zu Hause. Frustriert stand ich auf den Stufen seines Häuserblocks. Ich hatte mich ganz schön in Fahrt gebracht, indem ich mir vorstellte, wie es ihn freuen würde, wenn ich ihn zum Sex besuchen würde und gleichzeitig das Gefühl genoss, dass ich mich schämen und auch freuen würde, es ihm anzubieten. Ich trug sogar weiße Baumwollunterhosen, die er liebte, und es nervte mich furchtbar, dass mir diese Gelegenheit entging.

Gut, dass ich noch ein bisschen dort herumgestanden hatte, denn als ich schließlich gehen wollte, tauchte er plötzlich auf, seine korpulente Figur war deutlich zu erkennen, als er den Bürgersteig entlang ging. Er war durch und durch der Typ schmutziger alter Mann: dunkler Anzug, blaue Krawatte, keuchend mit roten Wangen und großem Bauch, der sich unter einer schicken Weste wölbte. Ich lächelte und winkte, woraufhin er zurücklachte und seine pummelige Hand zum Gruß hob.

Ich kannte ihn zu gut, um heucheln zu müssen und hatte ihm rundheraus gesagt, dass ich bestraft werden wollte, bevor wir auch nur in der Wohnung waren. Er lachte laut, als ich ihm die Situation erklärte und sagte dann, dass ich dafür gezüchtigt werden sollte, dass ich Jeans trug, denn Frauen müssten Röcke tragen oder noch besser Kleider. Das war perfekt, ich sah die Chefredakteurin des Metropolitan fast bildlich vor mir, wie ihr vor Wut die Worte fehlten angesichts dieser chauvinistischen Einstellung. In der Ausgabe, die ich gelesen hatte, war ein Brief erschienen, in dem sich jemand über die wenigen verbliebenen Institutionen beschwerte, in denen Frauen keine Hosen tragen durften, und die Antwort auf diesen Brief ließ keine Fragen offen. Diese Leute würde bei dem Vorschlag der Schlag treffen, dass Frauen in Hosen gezwungen werden sollten, sie auszuziehen, um anschließend ein paar Peitschenhiebe auf den Hintern zu kassieren.

Ich trage was ich will, das habe ich immer getan, aber darum ging es ja gar nicht. Percy nickte nachdenklich und wiederholte seine Meinung, dass ein paar Stockschläge mir schon beibringen würden, mich wie eine Dame zu benehmen. Ich entschuldigte mich unterwürfig dafür, dass ich nicht angemessen gekleidet war und akzeptierte die gerechte Strafe, die mir bevorstand, ließ den Kopf hängen und faltete die Hände im Schoß, voller Reue und Kummer und völlig zustimmend und abwartend. Das Schlagen mit einem Stock tut weh und mir war schon ganz flatterig zumute, und wenn meine Unterlippe hervorstand und zitterte, war das keineswegs nur Show.

„Gut", fuhr er fort, „ich bin froh, dass du angemessene Reue zeigst, aber dir ist doch klar, dass ich es trotzdem tun muss?"

Ich nickte zerknirscht.

„Nackt natürlich. Scham ist ein wichtiger Teil der Bestrafung."

„Ja, Sir."

„Also, dann zieh mal deine Jeans und dein Höschen aus, Penny. Du kannst dich über eine Stuhllehne lehnen, da ich es nicht für nötig halte, die Sache für dich unnötig unbequem zu machen."

„Ja, Sir."

Meine Hände fummelten bereits an den Knöpfen der Jeans herum und zitterten beim Versuch, sie zu öffnen. Ich musste schlucken, meine Kehle war trocken, während ich den Reißverschluss nach unten zog, mich umdrehte und über die Schulter zu ihm hinsah, während ich begann, mir die Hose runterzuziehen. Er sah zu, seine kleinen Schweinsaugen fixierten meine Rückansicht, während meine Jeans herunterrutschten, so dass mein Höschen unter dem Saum meines Tops zum Vorschein kam.

Ich hielt die Jeans mit den Schenkeln fest und watschelte ungeschickt zu dem Armsessel hinüber, kletterte darauf und kniete mich hin, so dass ich ihm den Hintern entgegen recken konnte. Ich fasste nach hinten, schob mein Top nach oben, zog das Höschen in meine Pofalte und war bereit, entblößt und ungeschützt in Erwartung meiner Strafe.

„Höschen aus habe ich gesagt, Penny“, sagte Percy mit furchtbar ruhiger Stimme. „Glaubst du denn, dass du dich angemessen schämen wirst, wenn man deinen kleinen Po nicht richtig sehen kann?“

Seine Worte jagten mir einen Schauer über den Rücken, während ich den Kopf schüttelte. Meine Hände fassten nach hinten und fummelten am Bund meines Höschens herum, begannen zu ziehen und lösten es von meinen Po, ich fühlte, wie sich der Stoff aus meiner Ritze löste und war nackt. Der fette Percy konnte alles sehen.

„Sehr schön“, bemerkte er. „Ich liebe es, den Schmollmund zu sehen, den die Schamlippen einer Frau in dieser Position darstellen. Ich kann auch deinen Anus sehen, das weißt du, oder?“

Ich nickte kläglich. Das Gefühl der Erniedrigung breitete sich aus, und der Gedanke, dass er das kleine runzlige Loch zwischen meinen Pobacken sehen konnte, verstärkte es noch.

„Ich nehme an, diese bräunliche Hautfarbe ist deine natürliche Pigmentierung?“, fragte er ganz nebenbei, und ich nannte ihn leise einen Bastard.

Er lachte leise und stand auf, verließ den Raum, nur um sofort mit einem langen, gelben Stock mit gebogenem Griff in der Hand zurückzukommen. Ich spannte den Körper unwillkürlich an, kniff die Pobacken zusammen, nur um sie gleich wieder zu entspannen, denn es war wichtig, dass er mein Arschloch sah, während er mich schlug. Der Stock stieg hoch in die Luft über meinem nackten Arsch und fuhr dann mit diesem fürchterlichen Zischgeräusch nach unten. Eine Welle des Schmerzes breitete sich über meinen Arschbacken aus. Ich schrie auf und trat nach hinten, biss mir vor Schmerzen auf die Lippen. Percy lachte wieder leise und dreckig.

Während einer harten Bestrafung auf kalter Haut gibt es immer einen Moment, in dem ich mich frage, was ich da eigentlich tue: meinen nackten Arsch einem Verrückten mit einem Stock oder einer Peitsche darbieten. Wenn ich mit der Hand geschlagen oder vorher richtig scharf gemacht werde, passiert das nicht, doch jetzt, wo nur ein paar Minuten vergangen waren, seit ich die Idee, geschlagen zu werden, akzeptiert hatte und nun schon mit dem Arsch in die Höhe gereckt vor Percy kniete, tauchten diese Gedanken wieder auf.

Doch das Gefühl der Erniedrigung hielt mich davon ab, aufzustehen, dieses würgende, feucht machende Wissen, dass ich vor einem schmutzigen, alten Mann niederkniete, damit er mir den Arsch versohlen konnte, mit offener Muschi und sichtbarem Arschloch vor ihm kniete. Ich kehrte zurück in meine Position, Hintern nach oben gereckt und Knie leicht gespreizt, Rücken gespannt, um meiner Figur die bestmögliche Form zu verleihen.

Percy wartete, bis ich bereit war und schwang dann erneut den Stock, was einen erneuten Schmerzstoß durch meinen Körper jagte. Die Schläge waren hart: keine spielerischen Hiebe, sondern so ausgeführt, als würde ich tatsächlich bestraft. Es brannte wie verrückt, ich konnte die zwei Striemen auf meinem Hintern und die Stelle, an der die Spitze des Stocks meine Hüfte getroffen hatte, pulsieren fühlen.

Es ist mir nicht möglich, bei einer anständigen Bestrafung still zu halten, daher war ich wieder aufgesprungen und ging jetzt schnell wieder in Position, lenkte seine Aufmerksamkeit auf meinen Hintern und bekam sie unverzüglich. Der dritte Schlag traf mich genau da, wo die Pobacken auf die Schenkel treffen, und dieser brannte noch mehr als die anderen. Ich rang nach Luft, als ich mich wieder in Position brachte, doch jetzt begann ich es richtig zu genießen, mein ganzer Arsch fühlte sich taub und warm und ungeniert sexy an.

Der vierte Schlag ging auf mich nieder, und ich konnte die Wollust in meinem eigenen Schrei hören, ich war ekstatisch, obwohl ich kurz davor stand, in Tränen auszubrechen. Ich schluchzte leise, als ich mich wieder in die richtige Stellung begab, Schmerz und Erniedrigung vermischten sich in meinem Kopf, als Percy mir plötzlich das Top hochschob und mir den BH öffnete, so dass meine Brüste heraus baumelten. Sie sind nicht groß, aber jetzt wirkten sie riesig und so unglaublich entblößt, was mein Leid noch verstärkte.

Percy trat zurück, hob den Stock und schlug ihn mir auf den Hintern, was mich nach vorn in den Sessel stieß und meine Brüste zum Schwingen brachte. Ich ließ den Kopf hängen, während der Schock nachließ und stöhnte laut, während ich auf den letzten Schlag wartete. Er kam nur einen Moment später, hart und präzise, und als mir der brennende Schmerz durch den Körper schoss, gab ich den letzten Widerstand auf und brach in Tränen aus. Percy wartete einen kurzen Moment, bis ich mich beruhigt hatte, aber das war ja genau das, was ich nicht wollte.

„Hör auf zu schniefen, du Balg", sagte er. „Ja, du kannst aufstehen, aber du wirst diese absurden Hosen ausziehen und das Höschen unten lassen."

Ich gehorchte, kletterte von dem Sessel und zog Jeans, Socken und Schuhe aus. Die Tränen strömten mir über das Gesicht und ich schluchzte, allerdings mehr aus Erleichterung. Ich ließ das Top oben, verhakte es im BH, und das Höschen unten, so dass alle Körperteile gut sichtbar waren, während ich mich vor ihn hinstellte, die Hände auf den Kopf gelegt, bereit für seine Inspektion.

„Braves Mädchen", sagte er, während er um mich herum ging, um seine Arbeit zu inspizieren. „Ich sehe, du weißt dich zu benehmen. Eine angemessen demütige Haltung ist für eine Frau wichtig. Ein Gentleman weiß das zu schätzen."

Eine Hand legte sich auf meinen Po, drückte die heiße Arschbacke, dann eine zweite Hand, die Arschbacken wurden auseinander gezogen. Ich beugte mich vor, berührte meine Zehen und schluckte schwer, während mehr Tränen über mein Gesicht flossen und er meinen Anus sorgfältig untersuchte. Mir wurde klar, dass er mich vögeln wollte, und ich wusste, ich würde es zulassen. Natürlich würde er es nicht im Stehen tun, das tat er nie. Stattdessen würde ich mich auf seinen Schoß setzen müssen, seinen Schwanz in meinem Arsch und die ganze Arbeit machen, bis er abspritzte.

„Ich gehe davon aus, du hast deine Lektion gelernt?", fragte er und trat zurück. „Falls nicht, können wir diesem süßen kleinen Hintern noch ein paar weitere Schläge verpassen. Denkst du, dass das notwendig ist?"

„Nein, Sir."

„Gut. Ich gestehe, ich bin jetzt etwas erregt. Du wirst meinen Penis in deinen Mund nehmen."

„Ja, Sir."

Er setzte sich, machte es sich in seinem Sessel gemütlich, spreizte seine schweren Oberschenkel, so dass ich die Wölbung seiner Hose sehen konnte. Ich ging auf die Knie und fühlte den kühlen Luftzug an der feuchten Stelle zwischen meinen Beinen, als ich sie spreizte. Percy faltete die Hände auf seinem üppigen Bauch und ließ mich die Arbeit machen. Ich öffnete die Knöpfe seiner Hose, einen nach dem anderen und wurde mir plötzlich deutlich bewusst, dass ich etwas Schmutziges tun würde. Ich war von einem dreckigen alten Mann auf den nackten Arsch geschlagen worden und jetzt würde ich seinen Schwanz lutschen, an ihm saugen, bis er in meinem Mund kam.

Ich befreite seinen Schwanz von der Unterhose, ein dünner Schaft aus blassem Fleisch, bereits halb erigiert. Er war über 60 und fett, aber wenn er ein Mädchen in weißen Höschen prügeln durfte, reagierte sein Schwanz wie der eines Teenagers. Er wurde hart in meiner Hand. Ich lehnte mich nach vorne, öffnete den Mund und umschloss ihn, saugte demütig, wie es von mir erwartet wurde, erniedrigt an dem Penis meines Peinigers.

Sobald ich den richtigen Rhythmus gefunden hatte, ließ ich eine Hand zwischen meine Beine gleiten, um zu masturbieren. Meine Pussi war nass, und ich hätte nur noch einen kurzen Moment gebraucht, war jedoch nicht in Eile. Stattdessen erforschte ich meinen Po, während ich ihm einen blies und befühlte die Streifen aufgerauter Haut, wo der Stock sich in mein Fleisch gegraben hatte. Es brannte, ein heißes, scharfes Gefühl, das mich jetzt richtig erregte. Ich griff nach hinten zwischen meine Arschbacken und befühlte mein Loch. Ich fühlte den engen Ring und dachte an den Moment, in dem ich mein Höschen abgestreift und meine intimsten Geheimnisse auf vulgäre und schmutzige Weise präsentiert hatte.

Percy beobachte mich, wie ich mich selbst streichelte, seine Augen zuckten hin und her zwischen meinen geschundenen Hintern und meinen Lippen, die sich um seine Erektion schlossen. Ich wollte kommen, während ich ihn noch im Mund hatte oder vielleicht direkt nach ihm, mit seinem Saft in meinem Mund oder in meiner Kehle oder über meinem Gesicht verteilt. Es sah so aus, dass es bei ihm noch eine Weile dauern würde, und ich war jetzt total scharf. Ich zwang mich, meinen Hintern weiter zu erforschen, mich zu streicheln und zu verwöhnen, während ich über das Schlagen, den Schmerz, die Erniedrigung und meine Tränen nachdachte.

Ich begann mir vorzustellen, wie die Chefredakteurin der Zeitschrift bei meiner Bestrafung zusah und welche Gefühle das in ihr auslöste. Die Wut, die in ihr hochkam, als ich Percys Anweisungen folgte und eine Pose williger Erniedrigung einnahm, ihm meinen Hintern für die Bestrafung entgegen streckte, während des Schlagens vor mich hin schluchzte, mich vorbeugte, damit er meinen Anus untersuchen konnte und ihm schließlich den Schwanz lutschte. Das war zu viel, meine Hand glitt hinüber zu meiner Muschi, zwei Finger teilten die Schamlippen und ein dritter rieb den Kitzler.

Percy packte mich bei den Haaren und begann mich in den Mund zu ficken. Ich rieb härter, hoffte auf den richtigen Moment, dachte an den Chefredakteurin und an Beth, die mich anstarrten, erschrocken angesichts meiner bereitwilligen Erniedrigung vor einem dreckigen alten Mann, der auf meinen geschundenen Hintern glotzte und angesichts Percys steifem kleinen Schwanz, meiner prallen Arschbacken und der gierigen Schamlippen, meines schrumpeligen Arschlochs und der offenen, tropfnassen Muschi und der Finger, die hektisch das nasse Fleisch rieben...

Ich kam, es war ein langer, wunderbarer Orgasmus, weitaus besser als die, die ich mit Beth hatte. Während meine Muskeln sich zusammenzogen und mein Rücken sich aufbäumte dankte ich mir selbst dafür, dass ich eine solche Schlampe war, dass ich es genoss, geschlagen zu werden, erniedrigt zu werden, schmutzig zu sein und derb und so frei. Ich kam noch immer, als Percys Schwanz in meinem Mund zu zucken begann, herausrutschte und gegen meine Lippen stieß. Er ejakulierte und spritzte mir die ganze Ladung ins Gesicht. Ich öffnete den Mund, um ihn wieder aufzunehmen, saugte ihm den Saft raus, während meine Ekstase langsam nachließ, sich dann einem neuen, schwächeren Höhepunkt näherte und dann wieder abflachte.

Mein Gesicht war eine einzige Sauerei, ich hatte Sperma in einem Auge und von der Nase baumelnd und auch über meinen Mund, meine Lippen und mein Kinn hatte sich sein Saft verteilt. Ich lief ins Badezimmer und musste lachen, als ich mich im Spiegel ansah: seitlich konnte man meine Striemen sehen, ein Auge war von einem dicken Spermaklumpen zugekleistert, das Top oben, Höschen unten, das klassische Bild eines wirklich benutzten und fröhlichen Mädchens.

Nach dem Schlagen fühlte ich mich um Einiges besser, mein Selbstbewusstsein war zurück gekehrt und ich fühlte ein warmes Glühen auf dem Po. Nachdem ich meinen Hintern in Percys Bad gründlich mit Creme eingerieben hatte, kam ich zurück ins Wohnzimmer und fand ihn dort vor, den Metropolitan lesend. Sein normalerweise rötliches Gesicht nahm einen purpurnen Ton an, also nahm ich ihm die Zeitschrift weg und schlug ein Mittagessen vor, dem er begeistert zustimmte.

Er hörte sich beim Essen die ganze Geschichte an, wir aßen dünnen Steaks und weiche Kartoffeln und spülten das Ganze mit einem Getränk herunter, das Irancy hieß. Die Fuchsjagd amüsierte ihn, obwohl er zugab, dass das Ganze für seinen Geschmack ein wenig zu anstrengend klang. Die Episode mit dem Polizeieinsatz brachte in wieder in Rage, er erregte sich über die Beschneidung der persönlichen Freiheit, also ging ich schnell dazu über, von dem zu berichten, was danach passiert war, und darüber amüsierte er sich wieder köstlich. Meine Verführung Beths entlockte ihm das dreckige Grinsen des alten Sacks, der er war, und am Ende sagte er, zwölf Stockschläge wären wohl eine angemessener Bestrafung für das gewesen, was ich getan hatte, wenn er das nur vorher gewusst hätte.

Als ich das Restaurant verließ, war ich bester Laune, wenn ich auch leichte Schwierigkeiten hatte, mich in der U-Bahn hinzusetzen. Bis dahin war ich nicht sicher gewesen, ob ich Beth wiedersehen würde. Jetzt wusste ich, dass ich sie wiedersehen würde, versuchte mir einzureden, dass es zu ihrem eigenen Besten war, wusste aber gleichzeitig, dass es mir darum ging, meinen eigenen Willen gegenüber dem dieser elenden Zeitschrift durchzusetzen. Die Tatsache, dass ich sie belogen hatte und dass sie davon ausging, dass ich als Archivarin in Reading arbeitete, erschien mir unwichtig, ich wollte, dass sie mir den Hintern versohlte oder mir ihren eigenen knallroten Arsch mit einem Lächeln präsentierte.

Es war eine Sache, sich vorzustellen, Beth in die Welt der außergewöhnlichen Sexpraktiken einzuführen; das in die Tat umzusetzen war etwas ganz Anderes. Anderson und Vicky waren bei Amber als ich zurückkam, und obwohl alle drei meine Story köstlich fanden, stimmte nur Anderson meinem Vorschlag zu, sie erneut zu treffen. Vicky verstand nicht, was mich daran reizte, wenn ich doch so viele verruchte Freundinnen hatte, mit denen ich spielen konnte. Amber stimmte ihr zu und hätte vielleicht gern gesagt, dass ich schließlich ihre Freundin sei, konnte dies aber natürlich angesichts der Tatsache, dass sie morgens Vicky vor ihren Ponywagen gespannt hatte, nicht rechtfertigen.

Ich versicherte Amber die Tiefe meiner Gefühle, indem ich sie umarmte und küsste. Zu diesem Zeitpunkt erging Anderson sich bereits in einer absichtlich melodramatischen Fantasie darüber, wie wir unserer Pflicht nachkamen, die arme Beth aus den Fängen der Zwillingsmonster namens Prüderie und Hemmung zu befreien. Er stand auf einem Stuhl und fuchtelte mit den Armen herum, was Vicky und Amber zum Lachen brachte und die Sache damit zum Stoppen brachte.

Sie lasen abwechselnd in meiner Zeitschrift, während wir Tee tranken. Vicky regte sich genauso darüber auf wie ich, dass man das Genießen von Fessel- und Bestrafungsspielen untersagte und gleichzeitig das Ausleben des eigenen Ich predigte. Amber war weniger beunruhigt und gab zu bedenken, dass wir in keiner Weise verpflichtet seien, dieser Zeitschrift Beachtung zu schenken. Anderson reagierte in etwa so wie Percy, er beschwerte sich grundsätzlich über die Art, wie echte Männer heruntergeputzt wurden, während die Leserinnen gleichzeitig dazu ermuntert wurden, sich mich nichts weniger als dem perfekten Mann zufrieden zu geben. Ich sagte, dass er nur sein perverses Gehabe lassen und Vickys Anweisungen folgen musste, um dem Idealbild ziemlich genau zu entsprechen, was zu einem verächtlichen Schnauben und der Drohung seinerseits führte, mir auf der Stelle den Hintern zu versohlen. Ich hatte ihnen den Zustand meines Hinterteils bereits präsentiert und erklärte, dass ich im Moment bedient war. Er zuckte die Achseln und wandte sich wieder der Zeitschrift zu und las den Artikel über Latex als Straßenkleidung.

„Der Trick wäre“, sagte er „einen der Fetische, die sie für akzeptabel halten, herzunehmen und bis zum logischen Ende durchzuziehen.“

„Wie denn?“, fragte ich.

„Na ja, Latex zum Beispiel“, fuhr er fort. „Diese Kleider sind ja ganz nett, aber nicht annähernd so verrucht wie manches, was ich schon gesehen habe. Du könntest einen Latexrock anziehen und schauen, wie sie darauf reagiert. Dann versuchst du etwas Schlüpfrigeres, vielleicht einen Club mit etwas lockererem Dresscode. Hast du Vicky schon mal in dem Anzug gesehen, der hinten aus reiner Spitze ist?“

„Ja, aber das könnte ewig dauern und wäre ziemlich kostspielig.“

„Dann eben Leder. Hast du sowas im Schrank, Amber?“

„Ja“, gab sie zu. „Ein schwarzes Stück und eins im Zebralook, die habe ich versehentlich zusammen gekauft.“

„Bestens!“, antwortete er. „Benutze das Zebrastück als Höhlenmädchen-Outfit, natürlich viel zu kurz, so dass man schön viel vom Bauch und dem Rücken sehen kann. Sicherlich gewagt, aber in den modernen Clubs kaum aufsehenerregend.“

„Und wie soll das dazu führen, dass sie mich prügelt?“, fragte ich.

„Ist doch ganz leicht“, sagte er. „Ihr habt Spaß im Club, nehmt ein paar Drinks, geht zurück in ihre Wohnung, beginnt mit albernen Spielchen wie Haare ziehen, geht dann über zu einer kleinen Spaß-Prügelei, du schlägst ihr auf den Hintern und sie schlägt bestimmt zurück. Du kicherst und hältst ihr den Arsch hin und schon ist es soweit.“

„Du denkst an Vicky“, gab ich zu bedenken. „Beth ist anders.“

„Würde sie die Spaß-Prügelei mitmachen?“

„Vielleicht.“

„Dann würde sie dich auch schlagen, und wenn auch nur, um es dir heimzuzahlen, meinst du nicht? Ich meine, dein Hintern in einem Lederminikleid, wer könnte da widerstehen?“

„Du sicher nicht, das ist klar“, lachte Vicky.

„Beth könnte sicher widerstehen. Ich habe sie darum gebeten, und wir waren betrunken, und wir hatten uns bereits geküsst. Sie sagte mir, ich würde das nicht wirklich wollen.“

„Nicht wirklich wollen? Woher will sie denn wissen, was du willst und was nicht?“

„Sie denkt, dass der böse Mark mich einer Gehirnwäsche unterzogen hat, so dass es jetzt genieße, missbraucht zu werden“, erklärte ich. „Der Metropolitan sagt, alle sadomasochistischen Spiele seien eine Form von Missbrauch und daher inakzeptabel. Männer, die sich wie Dienstmädchen anziehen oder einen Klaps auf den Hintern kriegen, bilden die Ausnahme. Es kann nicht sein, dass man wirklich geschlagen werden will: man denkt nur, man wolle es.“

„Bitte? Ich will geschlagen werden, seitdem ich weiß, wie man kommt.“

„Ich weiß, ich weiß, ich ja auch. Ich bin sogar zum ersten Mal gekommen, nachdem ich geprügelt worden war und zwar von meiner Tante. Beth würde sagen, dass das meine Art war, das Trauma zu bewältigen.“

„Was für ein Quatsch! Das ist ja, als würde jemand behaupten, man genießt es nur deshalb, ein schnelles Auto zu fahren, weil damit fertig werden muss, dass es teuer war. Es ist aber genau anders herum: du bezahlst dafür, weil der Spaß den Preis rechtfertigt, genauso wie der Spaß an einer Auspeitschung den Schmerz rechtfertigt, du kannst aber diesen Spaß nicht ohne den Schmerz bekommen. Erklär ihr das."

„Du könntest dir ein tolles Auto leihen oder sogar eins klauen. Außerdem reicht mir manchmal schon die Drohung verprügelt zu werden oder dass mir jemand das Höschen zur Vorbereitung herunterzieht, der Schmerz ist nicht unbedingt notwendig."

„Sei doch nicht albern, Penny, das funktioniert nur dann, wenn die Fantasie bereits fest in deinem Kopf ist, und das weißt du. Du musst mindestens einmal geschlagen werden, um überhaupt zu wissen, wofür du dich wappnest."

„Setz dich auf sie und schlag sie grün und blau", unterbrach Anderson. „Wenn die Endorphine erst freigesetzt sind, wird sie Wachs in deinen Händen sein oder wabbelige, rote Arschbacken, wie auch immer."

„Das geht nicht, Anderson, und überhaupt, sie ist größer als ich, wenn auch nicht viel."

„Nimm Vicky mit oder Amber oder Ginny. Wieso nicht gleich alle drei?"

„Denk doch mal nach, das arme Mädchen wäre doch völlig verängstigt. Der einzige Grund, warum sie mich mit ins Bett genommen hat, war der, dass ich so vollkommen unbedrohlich wirke. Sie nannte mich ihr kleines Kätzchen."

„Wenn sie das das nächste Mal sagt, kratz sie, spiel Kätzchenspiele. Wenn du Glück hast, fährt sie darauf ab, und dann ist er nächste Schritt nicht mehr so schwer."

Das war Ambers Vorschlag, und der war besser als alles, was Vicky anzubieten hatte, von Anderson ganz zu schweigen. Ich war trotzdem unsicher, denn ich hatte meine Chancen vielleicht schon verspielt, weil ich so ins Detail gegangen war über die Art, wie Mark mich benutzt hatte. Genau wie Vicky törnte mich das Prügeln so sehr an, dass es mir schwerfiel nachzuvollziehen, dass jemand Angst davor haben könnte. Wenn Beth vorher keine Angst gehabt hätte, denn sicherlich jetzt. Das Kleid war allerdings eine gute Idee, auch wenn ich nicht glaubte, dass Andersons Plan funktionieren würde. Schlimmstenfalls würde ich nur ein neues freches Kleid besitzen, und wenn ich das mit der Kätzchen-Idee verband, war das zumindest einen Versuch wert.

„Hast du denn Lust auf ein bisschen Leder?", fragte ich Amber.

Sie nickte, trank den Rest ihres Tees und stand auf. In den letzten fünf Jahren hatte ich ein ganz gutes Verständnis für ihre Denkweise erworben. Wenn ich ihr Kleid trug, während ich mit Beth spielte, würde das die schlechten Gefühle, die sie dabei hatte, sicher um Einiges aufwiegen. Es war so, als wäre ich Ambers Pony-Mädchen, nur das eben jemand anders die Zügel hielt. Dieser jemand könnte mich zwar vor den Wagen spannen, mich dressieren, vielleicht sogar Sex mit mir haben, aber ich würde immer noch ihr Geschirr tragen und damit ihr Pony-Mädchen bleiben. Und da war noch etwas Anderes: Sie wusste genau, dass, falls ich bei Beth erfolgreich war, sie die Erste sein würde, die davon profitieren würde, und sie mochte es, wenn man ihr ein bisschen einheizte.

Wir gingen über den Hof zu der alten Schmiede, die jetzt ihr Arbeitsraum war, ein hohes, rotes Backsteingebäude, das ich nicht betreten kann, ohne dass mir ein Schauer durch die Glieder fährt. Dies war der Ort, an dem sie mich das erste Mal mit dem Stock bearbeitet hatte, und außerdem hängen lauter Gegenstände an den Wänden, die sich für die Folter und Bestrafung von unartigen Mädchen und natürlich auch Jungen gut eigneten, darunter auch eine Reihe von Ketten, die von der Decke herunterhingen. Wenn sie arbeitet, ist der Ledergeruch fast überwältigend und auch wenn ich anfangs gar nicht viel dabei empfunden habe, ist dieser Geruch jetzt für mich eindeutig mit Sex verbunden.

Auch heute war das so, der schwere Geruch hing in der Luft. Vicky atmete tief ein, als sie den Raum betrat und ließ die Luft mit einem langen Seufzer heraus. Anderson kicherte, ähnlich wie Percy es immer tut, wenn er einen fleischigen Frauenpo in engen weißen Höschen sieht. Nur Amber schien unkonzentriert zu sein, aber als Sattlerin hat sie den Geruch von Leder natürlich täglich in der Nase.

Sie zog das Zebraleder hervor, ein kleiner Fetzen aus Schweineleder, der einen besonders starken Geruch an sich hatte, vielleicht kam das von der weißen Färbung. Während ich es mir anhielt, konnte ich sehen, dass selbst an mir ein Kleid, das daraus gemacht worden war, kaum dezent wirken würde. Sie lächelte und schlug vor, ich sollte strippen, so ganz nebenbei, als ob es mir gar nichts ausmachen würde, mich vor den Dreien auszuziehen. Das war nicht das erste Mal, sie alle hatten mich Dinge tun sehen, bei denen Beth der Mund vor Schock aufstehen würde, doch ich fühle mich immer noch verletzlich, wenn ich nackt bin, und ich hoffe, das bleibt auch so, denn das heizte meine Erregung noch mehr an.

Ich tat, was man mir sagte, zog mich ganz aus, auch die Schuhe und die Socken. Anderson leckte sich die Lippen und nickte anerkennend, als er sich auf die Werkbank setzte. Vicky machte es sich auf seinem Schoß bequem, schubbelte ihren Hintern an ihm, und als ich meine Kleider an einem Nagel aufhängte, drehte Amber sich zu mir um und nickte zufrieden angesichts meines Gehorsams.

Sie schlug meine Maße in ihrem Arbeitsbuch nach, entschied sich dann aber, mich noch einmal zu vermessen. In den letzten fünf Jahren hatte ich an den Hüften minimal zugelegt, an den Brüsten und der Teile gar nicht, worauf ich zugegebenermaßen stolz war, obwohl ich persönlich es mag, wenn Frauen etwas pummelig oder zumindest muskulös sind. Ich denke, das ist einfach die unterwürfige Seite in mir, denn Hilflosigkeit bekommt eine ganz neue Bedeutung, wenn sich eine 95-Kilo-Frau auf dein Gesicht setzt, und genau das hatte ich erlebt.

Ich kam schnell in Stimmung: Ambers sanfte Berührungen und das Maßband, der alles überlagernde Ledergeruch, der Anblick des Geschirrs und der Peitschen. Auch das Gefühl nackt zu sein, während die Anderen angezogen waren, drängte sich mir auf, denn es verstärkte die Verletzbarkeit und Blöße. Ich lächelte Vicky zu, deren Augen leuchteten und mich erwartungsvoll anstarrten, während ihr Arm um Andersons Hals lag, der die Hände über ihrem Bauch gefaltet hatte. Plötzlich schob er mit zwei schnellen Bewegungen ihren Pullover und ihren BH hoch und ließ ihre Brüste herauspurzeln. Sie war überrascht und schnappte kurz nach Luft, versuchte jedoch nicht, sich zu bedecken sondern ließ ihre Brüste bloß und rund offen baumeln. Er nahm sie in die Hände, umwölbte sie sanft und rieb mit den Daumen über ihre Nippel, was sie dazu brachte, genüsslich die Augen zu schließen. Sie trug einen relativ kurzen Rock, der bereits so weit hochgerutscht war, dass man den Großteil ihrer langen, eleganten Beine sehen konnte, und während er ihre Brüste liebkoste, ließ sie die Schenkel auseinander gleiten, so dass man die seidene schwarze Spitze ihres Höschens sehen konnte.

Amber lächelte und schüttelte den Kopf. Sie ging hinüber zu der Werkbank, auf der sie das Lederstück ausgebreitet hatte. Vicky richtete sich auf, kreuzte die Arme vor dem Oberkörper und zog an den Enden ihres Pullovers, um ihn sich über den Kopf zu ziehen, den BH gleich hinterher. Es folgten der Rock, die Schuhe und die Strümpfe, dann ihr Hüfthalter und schließlich das Höschen, das sie beiläufig herunterzog, so dass sie nackt dastand. Anderson schlug ihr auf den Hintern, eine spielerische Geste, mit der er sie zu mir herüberschickte.

„Vicky will eingespannt werden", sagte er.

Amber zeichnete weiter Linien auf die Rückseite des Lederstückes, und Anderson blieb sitzen. Also musste ich wohl ran, aber ich war nicht in der Stimmung, Vicky zu dominieren. Nicht dass ich es nicht mochte, von Zeit zu Zeit die Kontrolle zu übernehmen, aber sie ist 1,80 Meter groß und sehr muskulös. Es fühlt sich einfach nicht richtig an, es sei denn, sie ist hilflos.

Ich wusste mehr oder weniger, was ich vorhatte, ging hinüber zu der Ablage und wählte zwei Paar Handschellen. Nachdem ich die Ketten auf meine eigene Kopfhöhe hinunter gelassen hatte, enthakte ich sie und legte die Handschellen um die mir dargebotenen Handgelenke. Auch mir selbst legte ich Handschellen an und schloss sie mit den Zähnen. Anderson hatte uns die ganze Zeit beobachtet und ließ sich schließlich dazu herab zu helfen. Er nahm den Flaschenzug und zog die Ketten nach oben. Gefesselt zu sein ist immer ein starkes Erlebnis, und ich begann die Wirkung zu spüren, als mir die Arme über den Kopf gezogen wurden, ohne dass ich etwas dagegen tun konnte. Mein Körper wurde gegen Vicky gedrückt, so dass unsere Brüste gegeneinander rieben und meine Pussi gegen ihren Bauch drückte.

Ich quietschte, als ich merkte, dass ich nur noch auf den Zehenspitzen stehen konnte, aber Anderson ignorierte meinen Protest und zog ein letztes Mal an dem Seilzug, so dass meine Füße in der Luft hingen. Ich spürte einen unmittelbaren Schmerz in den Handgelenken und die Frustration angesichts der Tatsache, dass meine Zehen nur ein paar Zentimeter über dem Boden schwebten, ich aber nicht mein Gewicht auf sie stützen konnte. Vicky stand noch immer auf dem Boden, und ich wickelte meine Beine um ihre Hüften, denn das war das Einzige, was ich tun konnte, um die Spannung zu lockern. Meine Pussi spreizte sich über ihrem Bauch und mein Hinter war offen, so dass meine schwierige Lage noch schlimmer wurde.

Anderson lachte und entfernte den Haken, so dass ich hilflos in den Ketten hing. Vicky hatte die Augen geschlossen und rieb ihren Körper sanft an meinem, es schien ihr enorm zu gefallen, nackt und hilflos zu sein. Auch mir gefiel das, obwohl meine Position ein wenig zu unangenehm war, als dass ich wirklich in Fahrt gekommen wäre. Mein Hintern war noch immer ziemlich weit gespreizt, und ich konnte den Luftzug an der Vagina und Loch spüren, was einen aufreizenden Kontrast zu meinem erhitzten Fleisch darstellte, das sich gegen Vickys Haut presste.

Amber warf einen Blick zu uns herüber, lächelte angesichts meiner Zwangslage und wandte sich wieder ihrer Arbeit zu. Anderson betrachtet das Pony-Geschirr, und ich überlegte, ob er uns in einer Art Gurtsystem festzurren würde, bis er nach einem Kopfschmuck griff, und eine Straußenfeder herauszog.

Ich fühlte, wie meine Eingeweide und meine Pobacken sich instinktiv zusammen zogen. Er würde mich kitzeln, und ich wusste auch wo, nämlich direkt zwischen den gespreizten Backen. Ich würde die Kontrolle verlieren, soviel war klar, aber wenn ich die Beine schloss, um meine Muschi zu schützen, würde ich an den Handgelenken von der Decke baumeln. Mein Atem wurde flach, allein bei dem Gedanken daran, wie ich mich fühlen würde. Ich war in Panik, dabei hatte er mich noch gar nicht berührt.

Er lachte, und die Feder berührte meine Haut an der Seite, was mich zum Zittern brachte, und ich schloss meine Beine enger um Vickys Taille. Es kitzelte, aber es war auszuhalten, aber mir war klar, dass er die sensibleren Körperstellen sicher nicht auslassen würde. Die Feder wanderte nach oben und kitzelte unsere Brüste an der Stelle, wo sie aneinander rieben. Vicky fing an zu kichern und sich zu krümmen, ihr Fleisch rieb gegen meine Muschi. Ich konnte fühlen, wie ihre Bauchmuskeln auf meinen Kitzler drückten, ein wirklich komisches Gefühl, das mich vielleicht sogar zum Orgasmus hätte bringen können, wenn ich mich nicht in so einer ungünstigen Position befunden hätte.

Ich hielt mich an ihr fest, während er sie kitzelte, die Feder sanft über ihre Haut gleiten ließ, ihren Oberkörper, ihren Po und ihre Schenkel. Sie krümmte sich und wackelte mit dem Hintern, sprang herum, schnappte nach Luft und verfluchte ihn, benutzte aber nicht ihr Stoppwort. Bei jedem kleinen Wackler rieb ihr Bauch gegen meine Pussi, und ich verlor immer mehr die Kontrolle, bis ich mich selbst gegen sie drückte. Ich konnte es kaum noch erwarten, selbst gekitzelt zu werden, aber ich hatte auch Angst angesichts Vickys Reaktion. Als er schließlich aufhörte, waren wir beide schweißgebadet und ich hatte meinen Mösensaft auf ihrem Bauch verteilt. Man konnte es auch hören, leise saugende Geräusche, wenn wir uns aneinander rieben und wieder voneinander lösten in unserer Not.

Mein ganzer Körper zitterte als er begann, mich zu kitzeln, erst die Brüste, dann an der Seite entlang, dann meinen Nacken und meinen Rücken. Im Gegensatz zu Beth hatte er keine Berührungsängste, wenn es um mein Arschloch ging, er kitzelte meinen gespreizten Anus und zog immer engere Kreise um das Loch herum. Mein Ring begann zu pulsieren, bevor er ihn auch nur berührte, und ich kicherte mitleiderregend, krallte mich mit den Beinen um Vicky und krümmte den Po in vergeblichen Fluchtversuchen.

Als die Federspitze erstmals meinen Anus berührte, konnte ich nicht mehr an mich halten und machte mich nass. Ich fühlte den Urin laufen und brüllte, er solle aufhören, nannte ihn einen Bastard und einen Sadisten. Er lachte nur und ließ die Feder weiter über meinen sich windenden Arsch streichen. Es war sowieso zu spät, meine Pussi explodierte förmlich, die Pisse strömte heraus auf Vickys Bauch und spritzte zur Seite weg. Ich schrie auf vor Qual, hilfloser Frustration und Scham, was durch Vickys erschrockenes Einatmen noch verstärkt wurde, als meine heiße Pisse über ihr Fleisch spritzte und an ihrem Körper herunterlief.

Es war jetzt überall, vor allem an ihren Beinen, aber es spritzte auch über unsere Brüste, und es kam immer noch mehr. Ich konnte es zwischen meinen Pobacken und um das Loch tropfen fühlen, da erst hörte Anderson auf zu kitzeln, nicht weil er mir aus dieser misslichen Lage helfen wollte, sondern um zu vermeiden, dass die Straußenfeder beschmutzt wurde. Meine Zurückhaltung war gebrochen, ich ließ es einfach laufen, an Vickys Bauch und Beinen hinunter und auf den Boden. Ich schluchzte und zuckte, meine Beine weiter um sie gelegt in schmutziger Ekstase, nass von Urin und in dem verzweifelten Wunsch zu kommen, trotz des Schmerzes und der Pein.

Amber hatte schließlich Mitleid mit mir und ebenso Vicky. Sie hatte zugeschaut, und als der letzte Pissetropfen von meinen Arschbacken auf den Boden fiel, ließ sie einen wissenden Seufzer hören und schob ihr Top nach oben. Das Strippen vor einem Mann – auch wenn es nur Anderson ist – bedeutet ihr viel, aber sie zog den BH und auch den Pullover aus, was eigentlich nicht nötig war, um den Urin von ihren Kleidern fern zu halten.

Sie fingerte mich mit klinischer Gründlichkeit, ließ ihre Hand an Vickys Bauch herunter gleiten, fand meinen Kitzler und begann geübt zu reiben. Ihre andere Hand kam zwischen meinen tropfenden Arschbacken hoch, und ihre Finger schoben sich in meine Pussi, während ihr Daumen gegen meinen Anus drückte. Ich entspannte den Anus, und die Spitze ihres Daumens flutschte hinein, als mich der Orgasmus packte, sich aufbaute und in einem ekstatischen Schrei aus mir hervorbrach.

Als ich fertig war, nahm sie mir die Handschellen ab und hob mich von Vicky herunter. Ich setzte mich mit einem Seufzer auf den Boden, zu sehr abgedriftet, um mich darüber zu sorgen, dass ich nackt in einer Lache aus meiner eigenen Pisse saß. Als Amber begann, Vicky zu fingern, kam mir der Gedanke, dass diese Erfahrung viel heftiger und schmutziger gewesen war, als ich erwartet hatte. Und damit kam mir ein weiterer bösartiger Gedanke.

Vier

Wenn eine Frau geschlagen wird, besonders mit einem Stock oder einer Peitsche, kann man ihren Schmerz und ihre Erregung förmlich spüren. Zumindest jeder, der einen Funken Mitgefühl für andere Menschen in sich trägt, kann das spüren, besonders, wenn man selbst schon mal eine ähnliche Erfahrung gemacht hat. Aus diesem Grund ziehe ich es vor, von Menschen bestraft zu werden, die wissen, wie sich das anfühlt. Die Hemmung ist eine andere, wenn man die Erfahrung im Kopf hat, obwohl die Gedanken des Opfers für eine körperliche Bestrafung von entscheidender Bedeutung sind, egal ob es um eine entscheidende Ohrfeige oder ein vollständiges Auspeitschen geht.

Ein Klaps ist ein Klaps, und obwohl ich schon Prügelliebhaber erlebt habe, die mir einen Klaps auf den Po gegeben haben, um meine Reaktion zu testen, kann man kaum so tun, als wäre das nicht passiert. Das

Ziel ist einfach zu offensichtlich. Ein Klaps sorgt auch für ein eindeutiges Ungleichgewicht der Machtverhältnisse zwischen den Beteiligten. Wenn man einer anderen Person dieses Recht gibt, gibt man ihr gleichzeitig die Kontrolle über den eigenen Körper. Darin lag Beths Abneigung gegen das Schlagen begründet, das war der Grund, warum sie es für falsch hielt, wenn eine Frau ihren Willen dem eines Mannes unterwirft und erst recht, wenn sie eine andere Frau bestraft.

Dieselbe Reaktion würde sicherlich kommen, wenn ich sie bitten würde, mich zu fesseln, und obwohl ihre langsame Kusstechnik sicherlich viel aufregender gewesen wäre, wenn ich dabei mit den Handgelenken an das Bett gefesselt wäre, war es sehr unwahrscheinlich, dass dieser Vorschlag sie begeistern würde. Ich konnte jedoch so tun, als sei es Zufall, dann würde sich sicherlich die besondere Freude entdecken, mich in hilfloser Position langsam zum Orgasmus zu bringen. Der Aufbau wäre sicher schwierig, aber auch eine spannende Herausforderung.

Ich blätterte so viele alte Ausgaben des Metropolitan durch, wie ich finden konnte auf der Suche nach einem ausführlichen Artikel darüber, warum vollständige Bewegungsfreiheit beim Sex moralisch gesehen unabdingbar ist. Es gab keinen solchen Artikel, aber genügend andere, und mir fiel auf, dass die Chefredakteurin ihr Bestes tat, ihre Rolle als Richter darüber auszuleben, was akzeptabel war und was nicht. Es war nach allen rationalen Standards unlogisch, wenn nicht sogar heuchlerisch. Schwule Männer konnten tun, was sie wollten, wenn es auch nicht in Frage kam, tatsächlich auszusprechen, was schwule Männer gern tun, sobald es über ein wenig Schwanzlutschen hinausgeht. Im Gegensatz dazu konnten Frauen natürlich niemals eine unterwürfige Rolle einnehmen, vorzugsweise auch keine passive, selbst in lesbischen Beziehungen. Dennoch war ich natürlich erleichtert zu lesen, dass Sex zwischen Frauen aktiv befürwortet wurde. Dass zwei Frauen Sex vor den Augen eines Mannes hatten, war allerdings indiskutabel, da das bedeutet, dass man zum Spielball seiner voyeuristischen Neigungen würde, und alles, was nach männlichem Voyeurismus aussah, kam nicht in Frage.

Das brachte mich dazu, mir erstaunt den Kopf zu kratzen, und eine weitere Aussage entlockte mir ein lautes Lachen. Es gab gelegentlich Artikel über Wein, Essen und so weiter, in der Regel mit Diättipps garniert. Die Autorin eines dieser Artikel hieß Natasha Linnet. Die Dame widmete sich der Erörterung des Kaloriengehaltes verschiedener Weine. Natasha war eine Kollegin – und ab und zu eine Spielkameradin – von Percy Ottershaw, deren Vorlieben sich nicht sehr von meinen eigenen unterschieden. Sie liebte es, übers Knie gelegt und geschlagen zu werden, vorzugsweise auf den nackten Arsch, genau wie ich, und das idealerweise von jemandem, der davon ausging, dass er sie auf einmalige Weise bestrafte. Ich selbst hatte sie schon einmal auf dem Kopf stehend gesehen, ohne Höschen, während Percy ihr den Hintern mit einem Schuh versohlte. Diesen Anblick mit dem Foto von ihr in der Zeitschrift zu vergleichen, auf dem sie kühl und gesetzt wirkte und ein Glas Weißwein in der Hand hielt, war einfach köstlich.

Sowohl aufreizende Kleidung als auch Körperschmuck waren in einem gewissen Rahmen akzeptabel. Das Argument dafür war, dass eine Frau das Recht habe, ihren Körper auf beliebige Weise zu präsentieren, ohne dass ihr jemand dazu Vorschriften machte. Dem stimmte ich prinzipiell zu, obwohl ich das Konzept für gefährlich naiv hielt, etwa so als würde man von jemandem verlangen, ein rohes Steak zu essen, während es sich noch im Löwen befindet. Damit war mein Lederkleid in jedem Fall akzeptabel, wenn auch gewagt. Es war eigentlich eher ein Trägertop mit Minirock, beides mit sorgsam platzierten Haltern verbunden, die einen Großteil meines Rückens und meines Bauches frei ließen. Die Nähte waren bewusst unordentlich, auch der Saum des Rockes, der so kurz war, dass man mein Höschen sehen konnte, wenn ich mich nur ein paar Zentimeter vorbeugte. Jeder, der hinter mir eine Treppe hochging, würde Einiges zu sehen bekommen. Das Kleid passte sich genau an die Form meiner Brüste an und hatte sorgfältig entworfene kleine Beulen, die aussahen, als hätte ich permanent harte Brustwarzen.

Ich verbrachte die Woche damit, meinen Plan im Detail auszuarbeiten, rief dann Beth an, die die Idee gemeinsam auszugehen, toll fand. Sie verstand, dass ich nicht so gern in Reading ausgehen wollte, weil da natürlich die Gefahr groß war, auf Mark zu treffen und war gern bereit, mit mir nach London zu fahren. Ich hatte den Club sorgfältig ausgewählt und mich von einigen eher extrovertierten Freunden beraten lassen. Geezer's, zugegeben, der Name klang schrecklich, aber in dem Club wurde Körperschmuck verkauft, darunter auch schmale Fesselarmbänder, die sich verbinden ließen und schöne Handschellen abgaben. Damit und mit einer kleinen Schmeichelei für Beths Künste im Bett sah ich mich fast auf der sicheren Seite.

Aber die Dinge liefen bereits aus dem Ruder, als wir noch im Zug saßen. Beth war voller Begeisterung, für mich, für das gemeinsame Ausgehen, für das Leben an sich, und ich fühlte mich schlecht, weil ich sie täuschte. Als ich die Sache mit den Anderen besprach, war sie mir so einfach erschienen, gar nicht viel anders als die Spiele, die wir sonst so spielten. Aber jetzt, als Beth vor mir saß, meldete sich mein Gewissen. Als wir den Bahnhof in Paddington erreichten, hatte ich entschieden, dass ich ihr zumindest sagen musste, wer ich wirklich war. Ich konnte die Täuschung sowieso nicht ewig aufrecht halten, denn das, was anfangs nur ein verdorbenes Abenteuer werden sollte, war jetzt plötzlich mehr.

Es war keine leichte Aufgabe, denn Beth plapperte fröhlich vor sich hin, deutete an, welchen Spaß wir später im Bett haben würden und spekulierte gleichzeitig darüber, ob sie wohl heute Nacht ihren Mr. Right treffen würde. Ich konnte nicht an mich halten und sagte, wir könnten ja gern einen Dreier machen, wenn wir denn auf ihn treffen sollten, was mir beinah wieder einen ihrer Vorträge einbrachte. Ich schaffte es, die Bemerkung mit einem Lachen zu überspielen und schlug vor, einen Drink zu nehmen, um das Thema zu wechseln.

Ich trug einen langen Mantel über meinem Kleid, und da wir uns am Bahnhof in Reading getroffen hatten, sah sie meinen Aufzug erst, als wir im Club waren. Es gefiel ihr, aber sie war auch etwas geschockt, so als ob sie fest vorhatte, tolerant zu sein, sich aber doch nicht ganz sicher war. Ich selbst fühlte mich entblößt und verletzlich, zumindest bis wir durch die inneren Türen gegangen waren und ich feststellte, dass ich nur ein klein wenig gewagter angezogen war als die anderen Frauen.

Im Geezer's war es heiß, verraucht und laut, eigentlich so gar nicht mein Ding, aber Beth schien es zu mögen, also tranken wir, tanzten und hatten lautstarke Gespräche mit den diversen Männern, die sich uns näherten. Als wir uns schließlich bis zu dem Schmuckstand durchgeschlagen hatten, waren wir bereits beide ziemlich beschwipst, und da Beth zu kichern anfing, war es kein Problem, die Fesselarmbänder zu kaufen. Ich zog sie an, war zufrieden mit mir und fühlte mich genau in der richtigen Stimmung, um mich an ihr Bett fesseln zu lassen und ganz langsam zum Orgasmus gebracht zu werden.

Ich legte den Arm um sie, als wir zurück zur Bar gingen, und sie wehrte sich nicht, aber als ich ihr sanft in den Hintern kniff, schob sie meine Hand weg, lächelte zwar, war aber offensichtlich nicht für Zärtlichkeiten in der Öffentlichkeit aufgelegt. Aber sie war bereit zum Spielen, davon war ich überzeugt. Ich war mir sicher, dass ich meine Karten nur gut ausspielen musste, um angekettet an ihr Bett zu enden. Ihr die Wahrheit zu sagen hatte ich auf den nächsten Morgen verschoben.

Wir gingen in den sogenannten Chill-Out-Raum, wo die Musik in erträglicherer Lautstärke spielte, und setzten uns, um einen Drink zu nehmen. Wir hatten die Arme umeinander gelegt, und ich fühlte mich bereiter für sie als je zuvor, als ein Mädchen hereinkam, das Flyer verteilte. Sie war dunkelhäutig, wirklich sehr dunkel und schön, hatte ein glattes, freches Gesicht und muskulöse Kurven, genau der Typ, dem ich mich gern unterordne. Und einen Moment später wurde mir klar, dass das bereits geschehen war: das Mädchen war Melody Rathwell.

Es gab kein Entkommen. Ich saß genau in ihrem Blickfeld, trug ein auffallend provokatives Kleid und Fesselarmbänder und hatte den Arm um ein hübsches Mädchen gelegt. Melody musste uns einfach sehen, und wenn ihr Blick auf uns viel, war ich sicher, dass sie zu einem Schwätzchen herüberkommen würde. So wie ich Melody kannte, würde sie uns wahrscheinlich anbieten, uns auf der Damentoilette beide gleichzeitig zu verdreschen. Ich konnte mir Beths Reaktion nur zu gut vorstellen.

Und noch schlimmer, wenn Melody Flyer verteilte, waren die bestimmt vom Morris Club, und ihre Schwester Harmony und sogar Morris selbst wären sicher auch hier irgendwo. Ich versuchte, mich unsichtbar zu machen, folgte dann einem plötzlichen Impuls und küsste Beth hart auf den Mund in der Hoffnung, dass Melody mich von hinten nicht erkennen würde. Eine blöde Idee, denn natürlich würden Melody zwei knutschende Weiber erst recht auffallen, denn sie waren das optimale Zielpublikum für ihren Club. Beth reagierte auf meinen Kuss, wenn auch nervös, als ich fühlte, wie sich eine Hand auf meine Schulter legte.

„Penny?“ Melodys samtweiche Stimme ertönte direkt in meinem Ohr. „Lass mal eine Sekunde von ihr ab. Hey, du bist süß. Ich heiße Melody.“

„Beth“, antwortete Beth.

„Ihr müsst nachher noch bei uns vorbeischauen“, fuhr Melody lächelnd und voller Begeisterung fort. „Wir werden ungefähr zwölf sein, bei mir zu Hause. Ihr könnt im Rolls Rocye fahren. Ist Amber auch hier?“

„Nein“, räumte ich ein.

Ihr Mund formte sich zu einem Lächeln, das ein Krokodil vor Neid hätte erblassen lassen.

„Dann bis später“, sagte sie und ging, nicht ohne mir vorher einen Klaps auf den nackten Schenkel zu versetzen und ihre Zähne aufblitzen zu lassen.

Sie ließ uns keinen Flyer da, was auch besser war, denn ich hatte einen Blick darauf erhascht, und das Bild zeigte eine Frau, die an einer Leine zwischen den Füßen einer anderen Frau kauerte. Die Frau war Melody selbst. Sie ging weiter und verteilte ein paar Flyer an ein Pärchen, wobei ihre engen Shorts hochrutschten und den Blick auf ihren süßen, muskulösen Hintern freigaben. Ich konnte mich an diesen Anblick erinnern, allerdings war sie nackt gewesen, als sie auf meinem Gesicht gesessen hatte. Ein Schauder fuhr durch meinen Körper.

„Sie ist nett“, flötete Beth. „Woher kennst du sie? Was meinte sie denn mit dem Rolls Royce? Wer ist Amber?“

„Moment mal, hol doch mal Luft“, lachte ich, während ich verzweifelt überlegte, was ich tun sollte. „Ich kenne Melody schon ewig. Sie ist mit einem Grundstücksmakler verheiratet, Morris Rathwell. Er führt nebenbei einen Club, und er fährt einen goldenen Rolls Royce, er ist wirklich...“

Ich wollte vulgär sagen und mich noch ein bisschen weiter über die schlechten Eigenschaften von Morris Rathwell auslassen, ohne natürlich zu erwähnen, was er gern mit hübschen jungen Mädchen tat.

Unglücklicherweise unterbrach Beth mich mit einem erfreuten Quietschen angesichts der Aussicht, in einem Rolls Royce zu fahren.

„...reich“, beendete ich meinen Satz. „Amber ist eine Freundin von mir, eine sehr enge Freundin, um genau zu sein. Hör zu, Beth, ich war nicht ganz ehrlich zu dir.“

Ich wollte ihr alles sagen, das wollte ich wirklich, alle Details und sie dann um Vergebung bitten und ihr erklären, dass ich nur deswegen nichts gesagt hatte, weil ich sie so mochte. Sie wäre wahrscheinlich rausgelaufen, hätte mir vielleicht sogar eine Ohrfeige gegeben, was nicht einer gewissen Ironie entbehrt hätte, aber sie gab mir keine Chance zur Beichte.

„Du hast mit ihr geschlafen, stimmt's“, sagte Beth mit verständnisvoller Stimme. „Das ist in Ordnung, Penny. Ich weiß, es kann dir schwerfallen, deine Gefühle für andere Frauen zu akzeptieren, aber du musst dich auf deine innere Stärke verlassen. Wann ist das passiert, vor Mark?“

Ich schüttelte den Kopf, immer noch in der Absicht, ihr die Wahrheit zu sagen, wenn ich auch einen Knoten in der Kehle spürte.

„Während du mit Mark zusammen warst!“, rief Beth. „Wusste er davon? Hat er...?“

Ich wusste, was sie wissen wollte: ob Mark uns gezwungen hatte Sex zu haben. Eigentlich war das eine ganz nette Vorstellung, obwohl ich noch keinem Mann begegnet bin, der Amber dazu zwingen könnte, irgendetwas zu tun, aber das wäre zu kompliziert gewesen, um es zu erklären, also schüttelte ich den Kopf.

„Hinter seinem Rücken“, fuhr sie fort. „Warum hast du damit aufgehört? Hat er es herausgefunden?

Es war zwecklos, Beth irgendetwas zu erzählen. Sie malte sich ihr eigenes Bild zurecht. Ich gab den Versuch auf, ihr die Wahrheit zu sagen, ich war mir nicht mal sicher, ob sie mir überhaupt glauben würde. Die Beziehung, die Amber und mich verband, ging sicher weit über Beths Vorstellungskraft, insbesondere die unterwürfige Rolle, die ich dabei einnahm. Melody war schlimmer, die hatte nur Dreier mit ihrer Schwester und diesem widerlichen Morris Rathwell im Kopf. Das brachte mich zurück zu den drängenderen Problemen. Wie konnte ich Beth die Rolls-Royce-Fahrt ausreden und aus dem Club entkommen, ohne dass Melody uns aufspürte.

„Lass uns nicht über den blöden alten Mark reden“, sagte ich. „Ich möchte viel lieber, dass du mich wieder am ganzen Körper küsst, meinen Nacken, meine Wirbelsäule, meinen Bauch, meine Brüste...“

„Penny!“, unterbrach sie mich.

Sie wurde rot und mehrere Leute sahen zu uns herüber, aber das war schon okay, ein überstürzter Abgang war genau das, was ich jetzt brauchte.

„Lass uns gehen“, drängte ich, „bevor ich von dir verlange, mich auf dem Klo zu nehmen.“

„Penny! Du bist betrunken. Egal, was ist denn nun mit der Party?“

„Vergiss die Party. Ich will dich.“

„Wie bitte? Lass uns wenigstens mit dem Rolls fahren. Wir können ja in der Nähe einer U-Bahnstation aussteigen.“

Ich hätte ihr sagen sollen, dass es aus Rathwells Rolls kein schnelles Entkommen gab, wenn man erst mal eingestiegen war, zumindest nicht, bevor man nicht seinen Schwanz gelutscht hatte. Das hätte sie wohl abgeschreckt, aber diese Bemerkung konnte ich mir sparen, denn ich sah, wie Rathwell selbst sich den Weg in den Raum bahnte.

„Hi Penny", grüßte er mich. „Mel hat mir gesagt, dass du hier bist. Du musst Beth sein. Hi, ich bin Morris. Ist doch ziemlich öde hier, oder? Ihr kommt doch mit zu der Party?"

Das war's. Er legte uns beiden je einen Arm um die Schultern und führte uns zur Tür. Er achtete nicht auf meine Ausführungen darüber, dass wir unbedingt zurück nach Hause mussten. Beth war mir keine Hilfe, sie kicherte vor sich hin und lächelte ihre feministischen Ansichten in sich hinein, und als wir den Hauptraum des Clubs wieder erreicht hatten, war jeder Protest sowieso sinnlos, weil man mich nicht mehr hören konnte. Ich weiß, ich gebe in solchen Situationen zu schnell nach, aber das hier war auch wirklich hoffnungslos. Beth wollte ihre Rolls-Royce-Fahrt und wenn ich mich zu sehr dagegen wehren würde, wäre ich ein Spielverderber. Ich erwartete fast, dass Rathwell an Beth herumgrabschen würde, was die Situation wohl gerettet hätte, aber dieses Mal hielt er sich zurück.

Der Rolls stand vor der Tür, eine riesige goldene Karre, geparkt auf einem gelben Doppelstreifen. Harmony saß am Steuer, winkte fröhlich, als sie uns sah und war mir eine Kusshand zu, wobei sie mir die Zunge auf unmissverständliche Weise herausstreckte. Beth verstand entweder nicht oder ignorierte die Bedeutung einer langsam zwischen gespitzten Lippen hervorgeschobenen Zunge, und Rathwell schob uns ins Innere des Wagens, wobei er mir kräftig in den Hintern kniff, Beth jedoch nicht anfasste. Er hatte die Hand unter mein Kleid geschoben und mir das Höschen in die Pofalte gedrückt, so dass ich es geradeziehen musste, als ich mich setzte.

„Lass sie ruhig an, Penny, nur keine Hektik", ertönte Melodys Stimme neben mir, als sie einstieg, eine Bemerkung, die Beth glücklicherweise entging.

„Es ist nett von euch, dass ihr uns mitnehmt“, startete ich einen Versuch. „Am Besten würde uns Paddington passen, aber wir können auch an jeder U-Bahnhaltestelle aussteigen.“

„Ich dachte, wir gehen auf eine Party“, sagte Beth.

„Genau das tun wir auch, kleine Lady, keine Sorge“, antwortete Rathwell.

„Hey, Penny, was ist los. Du bist doch sonst so ein Partygirl.”

„Darum geht's nicht“, antwortete ich. „Beth wohnt in Streatley, wir verpassen unseren Zug.“

„Hey, du redest mit Morris“, sagte er. „Würde ich dich auf der Straße stehen lassen? Glaubst du das? Quatsch, wir feiern heute ein bisschen, ihr bleibt bei uns, und wer weiß, was morgen ist. Vielleicht bringt mein Chauffeur euch zurück. Was meinst du, Beth?“

„Hör zu, Morris, ich bin mir nicht sicher, ob ihr diese Art Partys gefallen.“

„Ach komm, Penny. Alle deine Freundinnen mögen doch meine Partys, oder etwa nicht?“

„Komm schon, Penny, lass uns doch hingehen, ich hab Lust auf eine Party.“

Ob ihr allerdings der Sinn nach einer von Rathwells Party stand, daran hatte ich so meine Zweifel. Dass man von uns erwarteten würde, zu strippen und Schwänze zu lutschen, war ja noch harmlos. Ich konnte nichts tun, und als Beth erfuhr, dass Rathwell und seine Mädels einen Großteil ihrer Zeit in New York verbringen, war sowieso alles zu spät. Aus irgendeinem Grund war sie von den USA fasziniert und ganz besonders von New York, und sie vertieften sich in ein Gespräch über Shopping, während ich aus dem Fenster starrte und mir Gedanken machte, wohin das alles führen würde.

Es hatte zu regnen begonnen, Camden Town war feucht und schwarz, Menschen strömten eilig aus den schließenden Pubs. Während Beth fröhlich weiterplapperte, verschwand langsam mein Mitgefühl. Immerhin war sie eine erwachsene Frau, und ich hatte alles versucht, um sie zu schützen. Ich wusste, ich musste es noch weiter versuchen, aber wenn sie geschockt wäre, hätte ich mein Bestes gegeben.

Wir fuhren nicht in die von mir erwartete Richtung, und mir wurde klar, dass Rathwell umgezogen sein musste. Wir landeten irgendwo nördlich von Hampstead in einem großen Haus mit griechischem Säulenvorbau und hohen schwarzen Sicherheitszäunen. Beth war ganz hingerissen von dem Anblick, was Rathwell freute, er bot uns ans, uns herumzuführen, was mir schließlich die Gelegenheit gab, mit den Mädchen zu reden.

„Ich komme gleich nach“, sagte ich, während er den Arm um ihre Schulter legte. „Mel, kann ich dich kurz sprechen?“

„Klar, kommt mit aufs Klo. Du kannst mir beim Pinkeln zuschauen.“

Beth war zwar in Hörweite, hörte jedoch nicht zu, denn sie starrte verzückt die pompösen Kronleuchter an. Ich packte Mel am Arm, bevor sie etwas noch Schlimmeres vorschlagen konnte und führte sie zur Treppe. Sie zog mich jedoch zu einer der Türen, die von der Halle wegführten.

„Du hast wohl Angst, dass die kleine Beth es dir nicht richtig besorgen kann, was?“, fragte sie und knallte die Tür zu.

„Nein, das heißt ja. Hör zu, Mel, sie ist so unschuldig. Sie kann mit sowas nicht umgehen...“

„Sicher, und das ist auch der Grund warum du im Geezer’s mit ihr rummachst, während euch zwanzig Typen anglotzen und euch den Schwanz reinschieben wollen.“

„Nein, im Ernst, sie ist noch nie geprügelt worden.“

„Überlass sie nur Morris, sie frisst ihm doch schon aus der Hand.“

„Morris…“

„Beruhig dich, Mädchen. Er führt sie rum. Vor Mitternacht kommen die Anderen nicht. Entspann dich.“

„Bitte, Melody, sag ihm wenigstens, er soll es ruhig angehen lassen und nicht so grob sein.“

„Du bist wohl eifersüchtig, was? Du wolltest wohl die Erste sein, die der Kleinen den Arsch versohlt. Ich kenne dich, Penny, du willst sie für dich. Keine Sorge, ihr könnt vor uns eine kleine Show abziehen, dann besorgen wir es euch beiden gleichzeitig, während ihr die süßen Ärsche nach oben reckt."

„Sie könnte das nicht ertragen, wirklich Mel. Okay, es stimmt, ich habe versucht, sie dafür zu begeistern, aber sie hält das für Missbrauch, so als würde ein besoffener Penner seine Frau verprügeln."

„Kein Problem, dann lass sie zuerst auf dich losgehen."

„Das macht sie nicht, auch nicht, wenn ich sie bitte. Bitte sprich mit Harmony, ja?"

Sie hatte sich ausgezogen, während wir redeten, hatte sich das Top, den BH, die Shorts und den winzigen String abgestreift, ohne auch nur ganz kurz zu zögern. Nackt war sie noch beeindruckender als angezogen, eine echte Amazone, fest, dunkel, aber feminin ohne jeden Zweifel. Sie zuckte die Schultern, machte zwei schnelle Schritte zur Tür hin und rief nach ihrer Schwester. Harmony erschien, zum Glück ohne Beth, und sie unterhielten sich schnell, jedoch außerhalb meiner Hörweite.

„Alles klar", sagte sie, als sie die Tür wieder schloss. „Sie lassen es ruhig angehen, zumindest bis die Party in Fahrt kommt."

„Danke, Melody."

„Also, was ist da eigentlich los? Und was hält Amber von deiner kleinen Miss Rührmichnichtan?"

„Ich bin nicht die Dominante. Ich will, dass Beth die Kontrolle übernimmt. Sie ist so süß und auch so selbstgerecht. Ich will sie einfach mit einem Stock in der Hand sehen. Amber weiß Bescheid. Sie kennt mich."

„Ja, klar. Kommst du rein?"

Sie war in die Dusche gestiegen, und ich zog mich aus und folgte ihr. Ich war ziemlich betrunken, und mein Kopf drehte sich. Ich machte mir Sorgen um Beth, was mich nervte, mich aber gleichzeitig auch freute. In der Welt des Metropolitan existierten diese Art von verbotenen Orgien, die hier gleich beginnen würde, ganz einfach nicht. Menschen wie Melody wurden in solchen Zeitschriften zu Ikonen aufgebaut – das schwarze Mädchen aus dem East End, das reich geheiratet hat und jetzt in einem Herrenhaus lebt und zwischen London und New York hin- und herjettet. Mir persönlich war es völlig egal, ob Melody nun in einem Herrenhaus oder einer Hütte wohnte, was mich aber tatsächlich interessierte, war der Geruch ihrer Haut und die Art, wie ihre Muskeln sich bewegten, während sie sich einseifte.

Ich nahm die Seife und begann sie zu waschen, das Wasser lief an unseren Körpern hinab, während ich den Schaum in ihre braune Haut rieb. Anders als Beth sah sie das Duschen als einen Akt der Unterwerfung und anders als Beth machte sie kein Theater darum, wo ich meine Finger hatte. In kürzester Zeit befand ich mich auf meinen Knien, verrieb die Seife auf ihrem Bauch und dann in das volle, gekräuselte Haar, das ihre Scham bedeckte.

„Du wirst mich später dort küssen“, sagte sie von oben zu mir herab. „Du wirst meine Spalte lecken, während dir alle zusehen und ich werde in dein Gesicht kommen. Du wirst mir auch den Arsch lecken, mir die Zunge tief ins Loch stecken.“

Zur Antwort küsste ich ihre Pussi, nur ganz kurz, jedoch lang genug, um den schweren, erregten Geruch wahrzunehmen.

Sie lachte, drehte sich um und schob ihren Hintern vor, damit ich ihn waschen konnte. Meine Finger zitterten, als ich ihre Pobacken einseifte und dabei die volle, fleischige Masse spürte, so mädchenhaft und doch so stark. Ich hatte sie genau vor Augen, ihre Backen waren weit genug gespreizt, dass ich den hinteren Teil ihrer Schamlippen sehen konnte. Das ist für mich die vulgärste Position, die ein Mädchen einnehmen kann, ganz besonders, wenn man das Arschloch sehen kann. Und Melodys konnte ich sehen: ein dunkler Stern gekräuselten Fleisches, fast schwarz. Ich wollte sie lecken, ihr die Zunge in einer Geste vollständiger Unterwerfung hinein schieben, gab mich dann jedoch mit einem Kuss auf jede der festen, braunen Arschbacken zufrieden und bewahrte mir die Belohnung für später auf. Ich fuhr jedoch fort, sie zu waschen und schob ihr auch einen seifigen Finger hinten rein. Wenn ich ihren Arsch später lecken sollte, sollte er doch wenigstens sauber sein. Sie beschwerte sich, weil die Seife brannte, seufzte jedoch auf, als ich den Finger in ihrem Arsch hin und her drehte.

„Lass es uns tun", sagte sie.

„Und die Anderen?"

„Die sind doch beschäftigt, und wenn deine prüde Freundin uns den Spaß verdirbt, sollten wir die Chance besser jetzt nutzen."

Ich diskutierte nicht. Meine Erregung hatte sich schließlich auch schon den ganzen Abend aufgebaut, ich war mir jedoch die ganze Zeit unsicher gewesen, ob es klappen würde. Bei Melody gab es keine Unsicherheit. Ich hätte sie gerne in der Dusche geleckt, aber sie stellte das Wasser ab und stieg heraus.

„Bleib dort knien", befahl sie. „Du kannst mich abtrocknen und pudern."

Ich gehorchte, nahm ein großes, weiches Handtuch von einer Heizstange und benutzte es, um ihren Körper abzutrocknen, die ganze Zeit über kniete ich auf dem Boden, war tropfnass und trug nichts außer meinen Fesselarmbändern. Sie stand hoch über mir, und während ich ihr festes Fleisch unter den Fingern fühlte, wurde ich immer devoter. Ich überlegte sogar, ob ich es wagen sollte, sie mich schlagen zu lassen, auch wenn das Lärm machen würde, sowohl durch die Schläge als auch durch meine unvermeidlichen Schreie.

Als sie trocken war, gab sie mir eine Dose mit parfümiertem Puder und eine Puderquaste.

Ich puderte ihren ganzen Körper ein, besonders gern die Brüste und den Po, den unterwürfigsten Kick gaben mir jedoch die Füße. Das war genau die richtige Aufgabe für mich als ihre Leibeigene, ihr die Zehen einzupudern, während ich nackt auf dem Boden herumkroch, den Hintern in die Höhe gestreckt und mit den Titten in der Wasserlache auf dem Fußboden. „Wann bist du verdroschen worden?“, fragte sie mich von oben herab.

„Letzten Montag“, gab ich zu.

„Von Amber?“

„Nein, von einem Mann. Percy Ottershaw. Du kennst ihn nicht.“

„Doch. Morris hat ihn beauftragt, den Keller zu machen. Er hat furchtbar viel Übergewicht, ist ungefähr sechzig und ein dreckiger alter Bastard. Du bist eine Schlampe, Penny, eine schmutzige kleine Schlampe. Und jetzt mach weiter.“

Sie hatte sich den Schoß bis zum Schluss aufgehoben, und als ich die Puderquaste über ihre Muschi streichen ließ, verspürte ich das beinahe unwiderstehliche Verlangen, mein Gesicht darin zu vergraben und sie ohne Unterlass zu lecken. Ich hielt mich zurück, ich wollte nicht, dass sie zu schnell kam. Als ich vorne fertig war, drehte sie sich um und beugte sich nach vorne, stützte sich mit den Händen auf dem Toilettensitz ab und spreizte die Beine. Ich rutschte näher zu ihr hin, schluckte schwer beim Anblick ihrer geöffneten Muschi mit dem feuchten, pinkfarbenen Zentrum. Auch ihr Anus war leicht geöffnet, in der Mitte sah ich hellrosa Fleisch und direkt über dem Loch eine kleine Seifenblase. Ich puderte sie zwischen den Arschbacken und über der Pussi, ganz das brave Dienstmädchen, die geschlagene Magd, die ihre Herrin einpudert, und der es gestattet ist, auch die intimsten Körperstellen zu sehen, weil sie von diesen Dingen gar keine Ahnung hatte.

„Gutes Kind“, seufzte sie. „Ein bisschen mehr noch auf meine Muschi, und dann darfst du meinen Arsch küssen.“

Ich wusste, dass sie damit nicht die Arschbacken meinte. Ich liebe es, anderen Frauen die Arschlöcher zu lecken. Es ist so schon verrucht und so unterwürfig. Deutlicher kann man die Dominanz seines Spielkameraden nicht anerkennen, als indem man ihm den Arsch leckt. Ich tat dennoch so, als zierte ich mich, denn ich wusste, das gefiel ihr. Mit gekräuselten Lippen lehnte ich mich nach vorne, ganz langsam, damit mir ganz langsam klar wurde, was ich da tat. Mein Gesicht fest zwischen ihre fleischigen, schwarzen Arschbacken gedrückt berührten meine Lippen ihr Arschloch, und ich tat es. Ich küsste den Anus einer Frau, nur um ihr zu zeigen, wie weit ich unter ihr stand.

„Schlampe", sagte Melody, als ich begann, ihr Arschloch mit der Zunge zu erforschen.

Sie ließ es zu, ließ mich mit der Zungenspitze ihr Arschloch und das Fleisch drum herum lecken und schließlich auch den harten Muskelstrang zwischen Muschi und Anus. Ich drang in ihre Vagina ein, schmeckte ihren Saft, der sich in meinem Mund mit dem Puder vermischte. Wenn sie mich gelassen hätte, hätte ich sie so geleckt, von hinten, mit ihrem süßen Arsch in meinem Gesicht, während ich ihre Klitoris abschleckte und mich selbst befriedigte. Es wäre gut gewesen, aber kaum hatten meine Lippen ihren Kitzler gefunden, als sie auch schon nach hinten griff und mich an den Haaren zurückzog.

„Noch nicht, mein Mädchen", sagte sie. „Hör auf, an meiner Pussi rumzuschlabbern."

Ich trocknete sie erneut ab und puderte sie ein, dann wich ich auf den Knien zurück und fragte mich, wie sie mich wohl wollte, wenn es ihr nicht reichte, von hinten geleckt zu werden. Ich hatte die Knie auseinander geschoben, das war fast von selbst passiert, und bot ihr meine Muschi an, für den Fall, dass sie sie anfassen oder irgendetwas in mich hineinschieben wollte. Stattdessen hob sie den Toilettendeckel hoch, setzte sich auf die Porzellanbrille, schnippte mit den Fingern und zeigte auf den Boden zwischen ihren Füßen. Ich rutschte zu ihr hinüber, in meinem Kopf bildete sich das erniedrigende Bild, wie ich sie ausschleckte, während sie auf dem Klo saß. Sie könnte pinkeln, während ich es tat, über mein Gesicht und in meinen Mund, und sicher würde sie lachen, während sie mich vollsaute.

Ihre Schenkel waren weit gespreizt, ihre Pussi geschwollen und offen, ich konnte jedes Detail sehen: das rosafarbene Fleisch um ihre Schamlippen herum und dazwischen die dunkleren Übergänge zu den beiden inneren Schamlippen, der glänzende Punkt ihrer Klitoris, die kleine Vertiefung des Pinkellochs. Ich sah zu ihr hoch und bemerkte, dass sie mich mit einem Ausdruck von Lust und sadistischem Hochmut ansah.

„Sieh auf meine Muschi, Penny“, befahl sie. „Sieh mir beim Pinkeln zu.“

Noch während sie sprach, ließ sie es laufen, ihr Strahl schoss heraus und platschte in die Schüssel unter ihr. Ich sah ihr zu, wie in Trance, und wünschte mir, es würde über mein Gesicht oder meine Brüste laufen. Ich erwartete, dass sie mich bei den Haaren packen und mein Gesicht zwischen ihre Beine zwingen würde, so dass ich ihre Pisse herauskommen sehen musste, bevor sie mir in den Mund lief. Doch das tat sie nicht. Sie ließ es einfach laufen, was in mir eine komische Mischung aus Erleichterung und Enttäuschung hervorrief. Der Strahl wurde zu einem Tropfen und versiegte dann. Melody wischte sich die Muschi mit Papier ab und zwar nicht nur mit einem Streifen sondern mit mehreren, luxuriös dicken, pinken Papiertüchern, farblich auf das Dekor abgestimmt. Ich leckte mir die Lippen, als sie es fallen ließ, fragte mich, warum sie mich nicht angemessen benutzt hatte, war mir jedoch sicher, dass der Moment gekommen war. Sie griff nach meinen Haaren und nahm ein Büschel in ihre Faust. Es tat weh, aber ich brachte nur ein leises, wimmerndes Geräusch hervor. Ich wurde zu Boden gezogen, mit dem Gesicht nach unten, und sie nahm meine Arme, einen nach dem anderen, um sie mir auf den Rücken zu drehen. Ich hielt sie dort, während sie die beiden Armbänder zuschnappen ließ und mich damit daran hinderte, meine Arme weiter zu bewegen. Ich hatte zu masturbieren begonnen, während ich sie geleckt hatte und fühlte jetzt eine Welle der Frustration und Enttäuschung obwohl ich wusste, dass sie mich am Ende sowieso zum Orgasmus bringen würde. Als sie aufstand fragte ich mich erneut, was sie wohl tun würde und merkte im nächsten Monat, dass sie mich zur Schüssel zog. Ich konnte nichts tun. Sie ist viel stärker als ich, und ich konnte nur qualvoll aufstöhnen, als mein Kopf über die Toilettenschüssel gezogen und dann hineingedrückt wurde. Jetzt wurde mir auch klar, warum sie den Deckel und die Brille angehoben hatte: um meinen Kopf tiefer in die Schüssel drücken zu können. Mein Hintern ragte in die Höhe, die Brüste drückten gegen die Schüssel, als sie stoppte, mein Gesicht nur einen Zentimeter über dem gelben Wasser. Ich konnte die Pisse und ihren starken, femininen Moschusduft riechen, während mein Herz vor angespannter Erwartung in meiner Brust hämmerte.

„Also, Penny", sagte sie. „Wie fühlt man sich mit dem Gesicht in einer Kloschüssel? Jetzt hör auf, dich zu winden, ich drücke jetzt die Spülung. Also los, eins, zwei, drei und runter damit."

Ich hörte, wie sie die Spülung zog und schloss die Augen. Im nächsten Moment schoss das Wasser über meinen Kopf. Ich hatte den Mund geöffnet, um zu schreien, aber jetzt wurde er mit Wasser und Urin gefüllt. Sie hielt meine Haare fest und lachte, als die ganze Sauerei hoch kam und mir um den Kopf herum wirbelte, so dass mein Gesicht und meine Haare völlig zugesaut wurden und mir alles in die Nase und die Ohren stieg, während ich in hilfloser Frustration mit den Füßen auf den Boden trommelte.

Sie drückte meinen Kopf so lange hinunter, bis das Wasser ganz abgeflossen war. Ich schluchzte, schnappte nach Luft und zitterte. Ich war völlig überwältigt von dem, was man mir gerade angetan hatte und bereit für mehr oder Schlimmeres. Der wässrige Urin tropfte aus meiner Nase und von meinem Kinn, während ich die Augen geschlossen hielt, um zu verhindern, dass es in sie drang und auch, weil ich mich furchtbar schämte. Ich hatte mit dem Kopf in einer Kloschüssel gesteckt, während man die Spülung zog, viel schlimmer geht es wohl kaum, und das ganze musste ich auch noch nackt ertragen.

Melody kicherte noch immer leise, als sie meinen Kopf aus der Schüssel zog, mich auf die Füße und zum Waschbecken hinüber zog, wo sie mich in den Spiegel schauen ließ. Ich sah aus wie eine nasse Ratte, mein Gesicht tropfnass, meine Haare ins Gesicht geklatscht und voll pinkfarbenem Klopapier. Bei meinem Anblick überkam mich Selbstmitleid, doch die dahinterstehende sexuelle Erregung war auch sehr stark, und ich zitterte, weil ich es so nötig hatte.

„Und jetzt wirst du meine Muschi lecken", sagte Melody. „Und weil ich so ein nettes Mädchen bin, erlaube ich dir, dabei an dir selbst herumzuspielen."

„Setz dich auf mich", antwortete ich, als sie meine Armfesseln löste, „und sprich mit mir."

Sie nickte und ich legte mich lang auf den Boden. Ich zitterte stark, konnte den Orgasmus kaum noch erwarten und wollte auch, dass sie endlich kam. Sie stellte sich über mich und lächelte mich von oben an, dann drehte sie sich um und präsentierte mir ihren wunderschönen Arsch. Ich öffnete den Mund, während sie sich langsam über mir niederließ, ihre Pobacken spreizten sich weit über meinem Gesicht, dann berührte ihre Pussi meine Lippen, ihr Anus meine Nase. Sie wackelte hin und her, suchte sich eine bequeme Position auf meinem Gesicht und ich begann sie zu lecken. Ich zog die Beine an und öffnete sie, meine Muschi weit gespreizt, und ich begann mich zu streicheln.

Melody drückte mir den Hintern ins Gesicht und bewegte sich vor und zurück, so dass ich abwechselnd ihre Pussi und ihr Arschloch lecken konnte. Sie hatte sich hingehockt und ließ die Arschbacken – als ob sie pinkeln wollte – gespreizt, so dass ich das ganze Gesicht voll fleischigem, schwarzem Arsch hatte. Mein ganzer Mund war mit ihrem Geschmack gefüllt, und ich überlegte, wie ich mich in dieser Position fühlen würde, wenn wir draußen im Wald wären, sie über mir hockend und mir in den Mund pinkelnd. Ich hatte angefangen, meine Brüste zu streicheln, wollte mir Zeit lassen, aber als ich daran dachte, dass sie meinen Mund als Klo benutzen könnte, konnte ich nicht länger an mich halten. Eine Hand ging runter zu meinem Schoß und ich begann zu rubbeln, spielte mit meiner Muschi genauso wie mit meinen Brustwarzen.

„Gut so, Kleine, besorg's dir", sagte Melody. „Besorg's dir, während mein Arsch auf deinem Gesicht liegt und deine Zunge in mein Loch dringt. Genau das verdienst du, Penny, dein Kopf in der Kloschüssel, bevor du mir die Zunge in den Arsch schiebst. Richtig, schön tief lecken, schmeck mich. Und jetzt leck mich hier."

Sie verlagerte ihr Gewicht, und schob mir die Muschi ins Gesicht. Ich gehorchte, schlabberte über ihren Kitzler und rubbelte mich gleichzeitig selbst. Meine Fantasie ging mit mir durch: Ich stellte mir vor, dass ich mit ihr, ihrer Schwester und einigen anderen Mädchen zu einem Picknick ging, alle waren große, dralle, schwarze Mädchen, voller Prahlerei und Selbstbewusstsein. Ich wäre das Mädchen, das ihre Sachen trägt und sie bedient. Sie würden anfangen, mich zu erniedrigen, indem sie mich zwangen, mich auszuziehen und sie nackt zu bedienen, während sie mich ins Gesicht und auf die Brüste schlugen. Melody würde mich über ihre Knie legen und mir den Arsch versohlen, so dass ich schluchzte und mein Hintern ganz rot würde. Je betrunkener sie würden, desto schlimmer würde es. Eine von ihnen würde mir eine Blume in den Hintern schieben und sie zwischen den geschundenen Arschbacken herausschauen lassen. Ich würde auf den Knien im Schlamm und zwischen den Blättern herumrutschen müssen, während sie mich auslachten angesichts der wackelnden Blume. Melody sagte, dass es Spaß machen würde, mich anzupinkeln, dass ich es verdiente, das Klo zu sein, und genau das würde sie tun. Sie würde sich über mich hocken und mir direkt in den Mund pissen, während die Anderen zusahen und mich auslachten.

Ihr Gewicht verlagerte sich, sie presste den Kitzler auf meinen Mund und meine Nase in ihren Anus. Sie rieb sich gegen mich, schnappte nach Luft, während sie rubbelte und kam schließlich mit einem langen, ekstatischen Schrei. Ich war selber kurz davor, konzentrierte mich jedoch auf sie, als sie kam, leckte sie so gut ich konnte, bis es aus ihr hervorbrach und sie den Arsch hob. Ich packte ihre Schenkel und zog sie fest zurück auf mein Gesicht, schob ihr die Zunge in den Arsch. Das war das Beste, meine Zunge in ihrem Arsch und ihre großen Arschbacken in meinem Gesicht.

Meine Hände gingen zwischen meine Beine und ich rollte mich hoch, so dass ich mir einen von meinen eigenen Säften schleimigen Finger in den Arsch stecken konnte. Mein Daumen glitt in meine Muschi, ich fand den Kitzler und begann zu reiben. Ich fühlte fast sofort das erste Pulsieren des nahenden Höhepunkts. Ich dachte über meine Situation an, ich leckte den Arsch meiner Freundin, im Mund den Geschmack ihrer Pisse und meine Haare voller Urin und Klopapier. Die Vorstellung war mir entflohen als sie kam, und ich versuchte, sie zurückzuholen, doch sie begann zu sprechen, wie ich verlangt hatte.

„So magst du es, Penny“, begann sie. „Deine Zunge im Arsch eines schwarzen Mädchens. Ja, leck tief, schmeck mich. Ich würde dir ins Gesicht pissen, wenn ich könnte, es würde alles über deine Brüste und über deinen Schlitz fließen. Du würdest es lieben, stimmt's Penny, du dreckige kleine Schlampe, du schmutzige Nutte. Tiefer, du Biest, schieb mir die Zunge tief rein. Ja, das ist es, was ich tun sollte, ich sollte dir in den Mund scheißen.“

Das war zu viel für mich, aber es machte nichts, ich kam bereits. Meine Vagina und mein Anus begannen zu pulsieren, spannten sich ekstatisch an, genau wie meine Schenkel und so ziemlich jeder andere Muskel in meinem Körper. Ich hätte geschrieben, wenn mein Gesicht nicht in Melodys Hintern vergraben gewesen wäre, meine Füße schlugen unkontrolliert auf den Boden. Es war schön, supertoll, so gut, wie nur ein Orgasmus sein kann, der sich auf körperlicher Unterdrückung und unterwürfigen Fantasien aufbaut, sein kann. Doch als mein Höhepunkt abebbte, realisierte ich, dass Melody zu sprechen aufgehört hatte.

Das Nächste, was ich hörte, war ein schockiertes Luftschnappen, und als Melody ihren Hintern von meinem Gesicht hob, sah ich Beth, die an Harmony vorbei aus der Tür rannte. Ich war ausgepowert von meinem Höhepunkt und konnte keine andere Reaktion als ein Luftschnappen hervorbringen. Melody hatte mich fast erstickt, was kein Problem gewesen war. Aber jetzt war es eins. Ich atmete flach und versuchte gleichzeitig zu sprechen und aufzustehen, während Mel noch halb auf mir saß.

Beth war schon an der Tür, bevor ich aufstehen konnte, und ich hörte Rathwells erstauntes Fragen aus der Halle. Ich ignorierte ihn und rannte Beth hinterher. Der leichte Regen hatte sich in einen prasselnden Schauer verwandelt. Rathwell rief irgendetwas über die Nachbarn, die mich sehen könnten, aber ich war schon draußen, schlitterte durch den Matsch, den die Bauarbeiter hinterlassen hatten, die die Auffahrt neu legten.

Letztlich war Rathwells Sicherheitszaun meine Rettung, ich weiß nicht, ob Beth die Polizei gerufen hätte, wenn sie nicht von dem Zaun aufgehalten worden wäre. Sie hatte es jedenfalls vor, denn sie schlug gegen die Sprechanlage und brüllte etwas von Perversen und Verrückten. Ich schloss zu ihr auf, packte sie an den Handgelenken und versuchte, sie zu beruhigen.

„Was hast du gemacht, Penny? Was hast du da gemacht?“, schrie sie. „Sie hat gesagt...“

„Das hat sie nicht so gemeint!“, antwortete ich. „Wir haben gespielt, nur gespielt.“

„Sie saß auf deinem Gesicht! Sie wollte dir in den Mund scheißen!“

„Nein, das wollte sie nicht. Das war ein Witz! Sie hat es nur gesagt, um mir dabei zu helfen ... nein, ich meine, es war so ein Fantasiespiel. Du weißt schon, wenn man zum Spaß so dreckig daherredet...“

„Aber das...“

„Hör zu, Beth, sie würde das nie tun. Sie hat es nur gesagt, um mir Angst zu machen, um dafür zu sorgen, dass ich den größtmöglichen Kick aus dem Orgasmus ziehe. Sie hat es übertrieben, klar, aber nicht viel. Beth, ich kenne diese Leute seit Jahren. Melody mag Prügeln und das Halten von Sklaven, Männern und Frauen, aber das ist nur Spaß, versteh doch, wir tun nur so. Sie tut das in Morris‘ Clubs, hier und in New York, sie führt Männer an Hundeleinen herum. Harmony macht das auch, aber sie ist die Devote. Morris peitscht und schlägt sie beide regelmäßig, und sie lieben das. Kannst du dir wirklich vorstellen, dass jemand Melody etwas aufzwingt, das sie nicht will? Und ich bin genauso schlecht. Mark hat mich nie gezwungen. Ich liebe es, geschlagen zu werden. Ich liebe es, wenn Männer das tun und bei Frauen auch, ganz ehrlich. Ich liebe es, vor anderen Menschen gevögelt zu werden. Ich liebe es, wenn man mir das Höschen runterzieht, so dass man alles sehen kann. Wenn man mir nicht das Höschen runterzieht, ist das Ganze nicht gut genug. Ich schlage auch selbst gerne. Es macht Spaß. Es ist nichts Falsches daran, jedenfalls nicht, solange alle Beteiligten Spaß haben. Es ist einfach nur Spaß, Beth, und ich wünschte, es könnte dir auch Spaß machen."

Jetzt war es gesagt, wenn schon nicht die ganze Wahrheit, dann doch wenigstens die Wahrheit über meine Sexualität. Beth hatte mit offenem Mund zugehört und hatte sich nicht an dem Regen gestört, der über ihr Gesicht und über meinen nackten, schlammverschmierten Körper lief. Als ich fertig war, sank ich auf die Knie in das feuchte Gras und verbarg mein Gesicht in meinen Händen.

Fünf

Ich dachte wirklich, ich würde nie wieder etwas von Beth hören, aber da lag ich falsch. Am Mittwochmorgen kam ein Brief von ihr, nicht direkt, sondern über die Rathwells. Der Inhalt war ziemlich schwer, es ging darum, wie sehr sie mich mochte, dass sie aber nie in der Lage sein würde, meine Vorliebe zu akzeptieren. Sie glaubte noch immer nicht, dass es wirklich meine Vorliebe sei, trotz allem, was ich sagte. Sie führte stattdessen langatmig aus, warum ich mich aus dieser Zwangslage lösen sollte und verglich diesen Vorgang damit, wie sie selbst sich von der Katholischen Kirche gelöst hatte. Sie beendete ihren Brief mit dem Satz, dass sie mich gern wiedersehen würde, wenn ich meine Perversität hinter mir gelassen hätte.

Nach der ersten Seite des Briefes hatte ich mich absolut schlampig gefühlt, am Ende aber schüttelte ich nur ungläubig den Kopf. Sie hatte mehr oder weniger mein Leben vor mir ausgebreitet, nur aus der falschen Perspektive. Es war natürlich meine eigene Schuld, wenn sie annahm, dass Mark mir furchtbare Dinge angetan hatte, aber daraus zog sie jetzt den Schluss, dass ich mir gewohnheitsmäßig gewalttätige Liebhaber suchte. Sie führte das langatmig aus, behauptete, das sei ein bekanntes Phänomen bei Frauen mit wenig Selbstwertgefühl. Ich wusste das bereits, ich hatte den Artikel im Metropolitan gelesen.

Ich wünschte, ich hätte ihr antworten können, denn die Wahrheit war fast das genaue Gegenteil. Als jüngste Dozentin in meiner Abteilung hatte ich eher ein Problem mit einem Überschuss an Selbstbewusstsein als mit zu wenig davon, und bis zu einem gewissen Grat wirkte das Akzeptieren von würdelosen und erniedrigenden Bestrafungen sozusagen als Gegengewicht dazu. Aber wirklich nur bis zu einem gewissen Punkt, denn meistens tue ich das, weil das Gefühl genieße.

Das Schlimmste war jedoch ihre Annahme, dass ich als Kind vielleicht missbraucht worden sei, was zu dieser sexuellen Unsicherheit geführt haben könnte. Das stand nun wirklich im totalen Gegensatz zu meiner behüteten und sorglosen Kindheit. Sicher, ich hatte meine Sexualität recht spät entdeckt, was im Teenager-Alter zu einer gewissen Unsicherheit geführt hatte, aber das war auch alles. Mein Bedürfnis nach Schlägen hatte mit der Schuld begonnen, die ich verspürte, weil ich verbotenen Dinge mit Jungs tat, was darin gipfelte, dass meine Tante Elaine mir den Hintern versohlt hatte, weil ich mich mit meiner Cousine Kate und ihrem Freund amüsiert hatte. Ich verdiente diese Tracht Prügel, aber danach war ich zum ersten Mal in meinem Leben zum Orgasmus gekommen, und ich hatte nie zurück geblickt. Ein geschundener Arsch ist die ideale Einleitung für Sex, nicht unverzichtbar, aber schön.

Nachdem ich den Brief gelesen hatte, überschlugen sich meine Gedanken, und ich hatte das dringende Bedürfnis, Beth zu antworten. Ich dachte darüber nach, ihr meine wahren Gefühle schriftlich darzulegen, aber ich wusste, dass das wenig Sinn hatte. Sie war davon überzeugt, dass ich mich in der „Verleugnungsphase“ befand, und damit hatte es sich. Ich konnte nichts tun. Amber war unterwegs zu einer Pferdeschau, darum konnte ich auch mit ihr nicht darüber reden, und als ich nach oben in mein Zimmer ging, um zu masturbieren, während ich an eine wirklich schmutzige und schmerzhafte Fantasie dachte, damit ich einen klaren Kopf bekam, stellte ich fest, dass ich mich nicht konzentrieren konnte.

Ich fuhr schließlich nach Broxbourne ins Kino und sah mir einen Film mit dem Titel ‚Nacht über der Wolga‘ an, der angeblich intellektuell herausfordernd sein sollte. Es ging um ein paar griesgrämige Russen aus dem 19. Jahrhundert, die einander umbrachten und sich selbst aufhängten. Der Abspann erklärte, dass dieser Film auf tatsächlichen Begebenheiten beruhte, was meine eigenen Probleme so trivial erscheinen ließ, dass ich fast hüpfte, als ich das Kino verließ. Das brachte mir ein paar merkwürdige Blicke von den Leuten ein, die den Film entweder als deprimierend oder als tief bewegend empfunden hatten, aber das war mir egal.

Zurück in Ambers Haus ging ich nach oben und strippte. Ich schwor mir selbst, dass ich nackt bleiben würde, bis sie zurückkam, und dass ich masturbieren würde, egal, wo ich mich dann befinden würde. Wenn Amber nach Hause kam, würde ich sie um eine Bestrafung bitten, vielleicht dafür, dass ich mit Melody herumgemacht hatte, die sie schon immer als Konkurrentin betrachtet hatte. Die Stockschläge würden so hart auf mich treffen, dass andere Dinge mir nicht mehr wichtig erschienen, und wenn ich geprügelt wäre, sie zum Orgasmus gebracht und selbst gekommen wäre, hätte ich Beth bereits vergessen.

Es war warm genug, um sich nackt nicht unwohl zu fühlen, mehr aber auch nicht, denn ich war mir meiner Nacktheit ständig bewusst. Nach einem späten Mittagessen und einem Glas Bier, das ich nackt am Küchentisch eingenommen hatte, dachte ich über die Erweiterung des Erlebnisses nach. Es ist schön, nackt zu sein, aber ich bin keine Nudistin. Wenn es nicht etwas Verruchtes hätte, würde ich es nicht tun, weil ich Kleider einfach praktisch finde.

Amber geht sehr sorgsam mit ihrem öffentlichen Image um, und ich hatte nicht die Absicht dafür zu sorgen, dass im Dorf Gerüchte über sie verbreitet wurden. Die Jalousien zur Straße hin ließ ich unten, so dass ich vor Blicken sicher war, doch mir wurde klar, dass selbst wenn jemand mich sehen würde, das nicht unbedingt einen Schock auslösen musste. Selbst wenn man schockiert wäre, könnte man denken, dass ich eben gern nackt bin und mein Verhalten gar nicht für schmutzig halten. Ich musste meine Nacktheit etwas erweitern, so dass man sie ganz eindeutig für sexuelle Darstellung halten musste. Dass das mir selbst zu Gute käme, war nicht relevant: Ich wollte mich unanständig fühlen.

Im Schlafzimmer gab es genügend Gegenstände, an denen ich mich erfreuen konnte. Ich begann mit meinen Reitstiefeln, kniehoch, aus schwarzem Leder, die absolut angemessen zu einem Paar Reithosen gewesen wären, aber ganz sicher verrucht, wenn sie alles waren, was ich trug. Das war schon besser, angenehm unanständig auf eine Weise, die meine Aufmerksamkeit auf meine Beine und meinen Hintern zog.

Im Schlafzimmer geht es eigentlich recht gesittet zu, aber im Schrank befanden sich einige Reitpeitschen, mit denen mir bei der einen oder anderen Gelegenheit schon der Arsch verdroschen worden war. Ich nahm eine heraus, eine Peitsche mit einem besonders dicken Lederaufsatz aus zwei Schichten, der ein befriedigendes, schnalzendes Geräusch macht, wenn die Peitsche auf den Körper trifft. Das letzte Mal, als Amber diese Peitsche benutzt hatte, hatte sie mich gezwungen, mich mit weit gespreizten Beinen vorzubeugen und meine Knöchel zu umfassen. Eine tolle Position, in der ich meine Pussi, meine Titten und meinen Po auf verletzliche Weise präsentierte. Sie hatte mich langsam in Fahrt gebracht, mit kleinen Schlägen auf meine Pobacken und die Beine, sogar auf die Muschi hatte sie mir ein paar gegeben. Zuerst hatte es gar nicht weh getan, es war nur das Klatschen des Leders auf meiner Haut und die Bloßstellung gewesen, die mich gereizt hatte. Am Ende war ich so erregt, dass sie richtig auf mich eindreschen konnte, und ich nahm es einfach hin.

Genauso könnte ich mit Beth umgehen, wenn sie mich nur beginnen ließe. Ich würde mich stundenlang mit ihrem Hintern beschäftigen, würde sie umarmen, während ich ihr Kleid hochschob und ihr beruhigende Worte ins Ohr flüstern, während ich ihr das Höschen herunterzog. Wenn sie auf dem Bett lag, würde ich ihr die süßen Arschbacken massieren, sie drücken und leicht klopfen, bis sie seufzend nachgab. Erst dann würde ich mit dem Schlagen beginnen, ihren Hintern leicht abklatschen, nicht hart, nur so stark, dass ihr Fleisch zu prickeln begann. Sobald ihre Arschbacken eine rötliche Farbe annahmen, würde ich härter zuschlagen, so dass sie zu wabbeln und sich zu spreizen begannen, so dass ich die Tiefe ihrer Falte, ihre Pussi und ihr kleines enges Arschloch sehen könnte.

Dann würde ich mir die Peitsche nehmen und sie schlagen, zuerst nur leicht, sie langsam in Fahrt bringen, bis sie schließlich darum bettelte, dass ich sie ordentlich schlug, ihr den süßen kleinen Hintern versohlte, während sie auf ihre Finger kam...

Genau das tat ich gerade, ich rieb den Lederschaft der Peitsche zwischen meinen Schenkeln, den Hintern rausgeschoben und die Beine eng zusammengedrückt. Ich wollte Beth wirklich mit der Peitsche bearbeiten, jede Technik benutzen, die ich kannte, um sie so in Ekstase zu versetzen, dass sie mir am Schluss auf den Knien dafür danken würde.

Ich war kurz vorm Orgasmus und stellte mir vor, was bei den Rathwells noch alles hätte passieren können. Wir hätten ihnen eine Show bieten können, Beth auf meinen Knien, während sie das erste Mal geprügelt wird. Danach hätten wir sie weitergereicht, mit rotem Arsch und nach hinten austretend, erst auf Melodys Schoß, dann auf Harmonys. Sie könnten es ihr gemeinsam besorgen, sich Beth über die Knie legen, mit dem wabbelnden rosa Arsch nach oben gestreckt, Schenkel gespreizt, Pussi und Arschloch sichtbar, beides geöffnet, so dass ich mit der Peitsche eindringen konnte.

Mein Orgasmus überkam mich, und ich sank auf die Knie, drückte den Peitschenschaft gegen meinen Kitzler, während ich mich den erfüllenden

Gedanken an Beths runden, roten Arsch hingab, mit ihren Fingern in der eigenen Muschi. Auf meinem Gesicht lag ein schiefes Grinsen, als ich mich beruhigte, und mir wurde klar, dass ich Beth nicht so schnell vergessen würde, wie ich gehofft hatte.

Ich konnte sie nicht aus meinen Gedanken verbannen. Ich schrieb ihr zwar nicht zurück, hatte aber ständig dieses Gefühl, dass unsere Beziehung noch nicht beendet war. Gleichzeitig verachtete ich ihre Sicherheit darüber, dass sie meine Gefühle besser zu kennen glaubte, als ich selbst. Sicher, auch ich war schlecht, weil ich wollte, dass sie Gefallen am Prügeln empfand, aber ich gestand ihr zumindest eine eigene Meinung zu.

Ich beschäftigte mich und versuchte, diese albernen Gedanken zu vertreiben. Ich half Amber im Laden und bei Showveranstaltungen, genoss rüdes Benehmen mit ihr und Anderen, und amüsierte mich ganz gut. Gegen Ende der Woche hatte ich das Gefühl, dass es funktionierte, aber dann passierte etwas, was alles vehement umdrehte.

Obwohl ich wusste, dass es mich durcheinander bringen würde, hatte ich die neue Ausgabe des Metropolitan gekauft. Sie war voll mit dem üblichen Zeug. Ein Artikel darüber, wie Männer sich benehmen sollten, es aber kaum jemals tun würden, ein Fragebogen, mit dem die Leserin ihre Figur mit dem angeblichen Ideal einer Barbie-Puppe vergleichen konnte, ein Rezept für Schokokuchen und ein bisschen Gequatsche darüber, wie schade es war, dass wir keinen Schokokuchen essen durften. Ich las Amber ein bisschen vor, und schlug vor, dass eine Stunde Pony-Training am Tag sicherlich ausreichen würde, um ein Stück Schokokuchen abzutrainieren. Ich blätterte die Seite um, und das Lächeln erstarrte auf meinem Gesicht.

Es war die Qualkolumne, präsentiert von einer klugen, kleinen, blonden Frau mit Namen Isabel, deren überhebliches Foto sich direkt über einem Brief befand, den Beth über mich geschrieben hatte. Sogar mein Name kam darin vor, wie mir schmerzlich klar wurde. Nach dem Datum zu schließen, musste sie den Brief direkt nach unserer gemeinsamen Nacht in

Streatley geschrieben haben, und sie beschrieb in lebhaften Details meine Beziehung zu dem imaginären Mark und wie ich sie angefleht hatte, mich zu schlagen. Als wenn das nicht schlimm genug wäre, die Antwort war noch schlimmer, eine zusammengefasste Version desselben Quatsches, den sie mir geschrieben hatte, kurz gesagt die Annahme, dass ich Missbrauch erfahren hatte und Hilfe in Anspruch nehmen sollte.

Ich las den Text dreimal und war wie erschlagen. Dass Beth mir privat Vorträge hielt, war eine Sache, aber mein angebliches Problem von der Öffentlichkeit einschätzen zu lassen eine ganz andere. Ich fühlte mich überfallen, sogar benutzt, was einen ironischen Beigeschmack gehabt hätte, wenn es nicht auf meine Kosten gegangen wäre.

Nachdem ich in Tränen ausgebrochen war und Amber mich getröstet hatte, bemitleidete ich mich zunächst selbst, wurde dann wütend, nicht auf Beth, sondern auf Isabel und das Magazin an sich. Ich entschied mich, an die Chefredakteurin zu schreiben, verwarf die Idee dann aber wieder, weil sie mir genauso sinnlos erschien, wie der Gedanke, Beth zu antworten. Es war nicht wichtig, was ich dazu zu sagen hatte. Wenn ich mit ihren Vorstellungen nicht konform ging, dann war das nicht meine eigene Meinung sondern eine Überzeugung, die mir von bösartigen, manipulierenden Männern eingetrichtert worden war.

Ich sah praktisch vor mir, was passieren würde. Isabel würde es abtun, den Kopf schütteln, mich bemitleiden und in der nächsten Ausgabe eine Antwort veröffentlichen, die ähnlich lauten würde wie die, die sie Beth gegeben hatte. Zweifellos würde sie mir raten, eine Therapie zu machen. Wenn ich meinen Titel und meine Qualifikationen angeben würde, wären sie vielleicht gezwungen, meine Ausführungen ernster zu nehmen, aber das ging natürlich nur zu dem Preis, dass auch meine Kollegen von der Universität und meine Mutter wüssten, dass ich diejenige war, um die es ging. Das konnte ich auf keinen Fall zulassen, daher steckte ich fest.

Nach meiner Nacht mit Beth hatte ich eine Bestätigung meiner eigenen Sexualität gebraucht, eine gute, erniedrigende Bestrafung. Jetzt war ich fuchsteufelswild und kochte vor Frustration. Eine Reihe heftiger Rachefantasien schossen mir durch den Kopf, jede einzelne praktisch nicht umsetzbar. Die beste Idee war noch, einen Mann zu engagieren, der ihrem Hassbild entsprach. Er wäre groß, mindestens einen Meter achtzig, fett, ein totaler Chaot, aber mit Muskeln wie ein Bulle. Vom Charakter her wäre er ein Bier saufender, pöbelnder Rüpel, der Typ, der Frauen hinterher pfeift, wenn sie auf der Straße laufen und ihnen in den Hintern kneift. Ein Bauarbeiter oder Automechaniker wäre die beste Lösung, vielleicht ein Müllfahrer, irgendein Job, bei dem man dreckige Overalls trug und harte, manuelle Arbeit verrichtete. Sein Name wäre Daryl oder Dave.

Ich würde ihn mit mir tun lassen, was er wollte, obwohl sein Einfallsreichtum wahrscheinlich nicht über einen Blow-Job hinausgehen würde. Ich könnte ihn sogar dafür bezahlen, solange er nur das tat, was man ihm sagte. Nach einem Crashkurs im Prügeln würde ich ihm auftragen, Isabel auf dem Nachhauseweg aufzulauern, vielleicht sogar am Arbeitsplatz. Er würde sie sich übers Knie legen, ihren kleinen Arsch blank ziehen und sie grün und blau schlagen, während alle ihre Kollegen und Freunde zusahen.

Nicht dass das irgendetwas gebracht hätte, auch wenn diese Lösung nicht völlig impraktikabel wäre, denn es hätte sie nur in ihren Vorurteilen bestätigt, sowohl über das Schlagen als auch über Männer. Trotzdem beruhigte mich die Vorstellung, und ich fühlte mich um Einiges besser.

Ich musste etwas tun, wollte jedoch nichts überstürzen, eine Entscheidung, der Amber voll zustimmte. Selbst im Büro des Metropolitan aufzutauchen und Isabel und Amy McRae, der Chefredakteurin, die Meinung zu geigen, kam nicht in Frage. Mit meinem respektablen Job und meinem exotischen Sexleben konnte ich es mir nicht leisten, mich mit einer Zeitschrift anzulegen, die eine landesweite Auflage hatte. Sie zu verklagen war aus denselben Gründen sinnlos und hätte sowieso nicht funktioniert. Ich war also gezwungen, meinen Stolz herunter zu schlucken und die Sache abzuhaken und mich mit imaginärer Rache zufrieden zu geben.

Am Samstagabend waren wir gemeinsam mit Anderson und Vicky, Ginny und ihrem Mann Michael bei Henry zum Essen eingeladen. Es war mehr oder weniger das Fuchsjagd-Team, das dort zusammentraf, und ich hatte Ginny seit diesem verhängnisvollen Tag nicht mehr gesehen, so dass ich nach dem Essen die ganze Geschichte noch einmal erzählte, bis hin zu der Veröffentlichung von Beths Brief im Metropolitan. Ich schloss die Story mit meinem bösartigen Plan für Isabel ab, fügte dieses Mal jedoch Amy mit ein, die gemeinsam mit Isabel auf dem Schreibtisch lag, mit ihren nackten Ärschen dem Büro entgegen gereckt.

„Es muss ein großer Raum sein“, schloss ich. „Ein offenes Büro, so dass alle Kollegen zusehen können, wie sie verdroschen werden.

„Wunderbar!“ erklärte Anderson.

„Die beiden werden vor den Kollegen verprügelt, insbesondere natürlich vor den Männern. Stellt euch nur mal vor, wie die beiden sich fühlen würden!“

„Absolut erniedrigt“, warf Michael ein, „aber wahrscheinlich auch erregt.“

„Du bist auch nicht besser als sie!“, lachte Amber. „Nicht alle Frauen lassen sich durch Bestrafungen erregen, du legst ihnen quasi deine eigenen Vorstellungen vor.“

„Genauso, wie sie es mit der armen Penny tun“, antwortete er. „Ich tue das zumindest nicht in der nationalen Presse.“

„Öffentlich verprügelt zu werden täte ihnen gut“, sagte Henry nachdenklich, „aber es würde ihnen dennoch die Chance lassen, anschließend selbstgerecht darüber zu urteilen. Zwang auszuüben ist nie gut. Sie müssten die Prügel annehmen und sich sowohl mental als auch körperlich unterwerfen. Das würde sie wirklich erniedrigen.“

„Wie?“, fragte ich.

„Nicht ganz einfach, das gebe ich zu“, fuhr er fort, „aber wenn man ihnen genügend Geld bieten würde... Ja, ich hab’s, hört zu. Jemand, vielleicht eine Frau, aber eine taffe und körperlich starke Person, zum Beispiel Vicky, geht in das Büro und bittet darum, mit den beiden allein sprechen zu dürfen. Sie hat einen Koffer dabei, in dem sich mehrere Bündel von 20-Pfund-Noten befinden, in Plastik versiegelt. Nachdem sie den Fenstervorhang zugezogen hat, damit die Anderen nicht zu ihnen ins Büro hineinsehen können, erklärt sie, dass sich eine Million Pfund in dem Koffer befinden. Sie wird ihnen das Geld geben, wenn sie sich einfach nur auf den Schreibtisch knien, die Höschen ausziehen und sich den Arsch versohlen lassen. Wie könnten sie dieses Angebot ausschlagen?"

„Toll, nur dass jede von ihnen eben nur eine halbe Million bekommt."

„Nein. Die Bündel bestehen nur aus Papier mit jeweils einer echten Note oben drauf. Sie bekommen das Geld also gar nicht."

„Sie wären sicher misstrauisch."

„Warum? Das Geld ist da. Das Angebot steht im Raum. Wir erfinden irgendeine Geschichte darüber, dass ihre redaktionelle Einstellung irgendeinen reichen Typen verärgert hat, und dass für ihn eine Million ein geringer Preis ist, um ihrer Selbstgerechtigkeit ein Ende zu bereiten. Habgier wäre zu viel, Eitelkeit auch, weil diese Story sie wahnsinnig wichtig erschienen ließe. Auch wertvoll, was genau ihr Ton ist. Es gab doch da diesen Film, in dem ein Mann eine Million Pfund von einem Typen annahm, der seine Frau bumsen wollte."

„Nur um mit ihr zu schlafen, Henry. Ein unmoralisches Angebot, mit Robert Redford und Demi Moore."

„Ja, genau, danke. Wie auch immer, den haben sie bestimmt gesehen, und du könntest den Vergleich anbringen, um einen Hauch von Hollywood reinzubringen. Sie müssten das Angebot einfach zu deinen Bedingungen annehmen. Du schließt also die Tür ab, sie klettern auf den Schreibtisch, lassen sich die Hände auf den Rücken fesseln, die Röcke hochschieben, die Unterhosen runter, und da haben wir sie, Mösen präsentiert, bereit für ihre Strafe. Du schlägst sie, lässt dir dabei Zeit. Da ihnen dieses Thema fremd ist, ist ihnen nicht klar, welchen Lärm so eine Prügelstrafe macht, besonders, wenn du die hohle Hand benutzt, damit die Schläge so laut wie möglich knallen. Und es würde noch lauter, wenn sie zu heulen beginnen würden, was sie ohne Zweifel tun würden."

„Allerliebst. Und dann lässt du den Fenstervorhang hoch?"

„Genau, am besten so, dass sie es nicht bemerken. Die gesamte Belegschaft hätte dann einen freien Blick auf ihre frisch versohlten Ärsche. Dann nimmst du den Koffer, schließt die Tür, nachdem du gegangen bist und verlässt das Gebäude. Sie sind nicht nur öffentlich bestraft worden, sondern haben die Strafe freiwillig akzeptiert. Und dabei sind sie gelinkt worden, was sie nicht nur blöd sondern auch gierig dastehen lässt. Die Erniedrigung wäre perfekt."

„Wundervoll", gab ich zu. „Aber ich sehe Dutzende von Gründen, warum das nicht funktionieren würde."

„Das ist leider wahr", gab Henry zu. „Aber die Vorstellung hat etwas."

„Die endgültige Erniedrigung wäre die Tatsache, dass es sie letztlich doch erregt", warf Michael ein.

„Absolut", stimmte Anderson zu. „Das ist immer der Punkt auf dem i."

„Das ist der Grund, warum ich das tue", gab ich zu. „Völlig egal, wie häufig es passiert, es ist immer wieder erniedrigend, besonders der Moment, wenn ich mein Höschen verliere, das erregt mich jedes Mal. Je größer die Erniedrigung, desto größer der Kick."

„Beim Austeilen ist es genauso", sagte Michael. „Zu wissen, was im Kopf der Frau vor sich geht, ist schon die halbe Befriedigung."

„Das würde bedeuten, je erniedrigender die Umstände der Bestrafung sind, desto größer die Wahrscheinlichkeit, dass die empfangende Person erregt wird", meinte Amber.

„Ja", stimmte Anderson zu. „Stell dir den Kontrast vor. Auf der einen Seite haben wir ein Mädchen aus der sechsten Klasse einer katholischen Schule, nicht so wie sie sind, aber wie manche meinen, dass sie sein müssten. Nennen wir sie Mary. Sie weiß, dass sie der Autorität der Nonnen unterliegt und dass sie bestraft wird, wenn sie nicht artig ist. Für sie geht eine Bestrafung immer mit Entblößung und Verprügeln, vielleicht sogar mit dem Stock, einher. Ihr wurde beigebracht, dass so eine Bestrafung gerecht ist. Wenn es passiert, tut es weh und ist zweifellos auch erniedrigend, man zeigt ihr, was sie lernen soll, indem man ihr vor allen den Hintern verdrischt, aber so läuft das eben.

Und dann stellen wir uns ein Mädchen vor, dass in dem Glauben groß gezogen wird, sie sei etwas Besonderes, Wertvolles, Unantastbares. Sie ist vielleicht adelig, in jedem Fall sind ihre Eltern reich. Ihr Name ist Annabella. Bestrafungen sind aus ihrer Sicht etwas für andere Leute, die Tochter des Gärtners vielleicht, die mit nacktem Arsch über die Schubkarre des Vaters gelegt wird, die Küchenmagd, die mit hochgezogenem Rock und runtergezogenen Unterhosen vom Koch mit einem Holzlöffel verdroschen wird. Dass so etwas Annabella passieren könnte, ist undenkbar. Und plötzlich verliert irgendjemand, sagen wir ihr Lehrer, die Geduld mit ihr, weil sie so hochnäsig ist. Er dreht sie um, zieht ihr den Hintern blank und erteilt ihr dieselbe Lektion, die die Tochter des Gärtners am Tag davor bekommen hat. Sie heult genauso los. Sie tritt genauso um sich, und obwohl sie wahrscheinlich denkt, dass ihre eigenen Schmerzen weitaus schlimmer sind, ist es eigentlich dasselbe. Der Unterschied ist ihre Erniedrigung, die zu einem brennenden, überwältigenden Gefühl wird, das bei ihr mit Sicherheit eine feuchte Muschi und ziemliche Verwirrung auslöst."

„Danach", fügte ich hinzu, „läuft sie weinend in ihr Zimmer, schmeißt sich in einem Wutanfall auf ihr Bett und masturbiert, bis sie wund ist. Ich weiß wovon ich rede, so ähnlich war es bei mir. Vielleicht nicht ganz so schlimm, aber ich kann verstehen, was Annabelle fühlt."

„Eine schöne Geschichte, Anderson", warf Amber ein, „aber ich stimme dir nicht ganz zu. Annabella hält sich für etwas Besseres, aber sie weiß, dass es passiert. Sie hat gesehen, wie die Tochter des Gärtners oder die Magd oder andere Mädchen verprügelt wurden. Und ja, sie fühlt sich ihnen überlegen. Wenn es ihr dann selbst passiert, fühlt sie sich viel erniedrigter als die anderen Mädchen sich jemals fühlen werden. Sie weiß trotzdem, dass es im Allgemeinen möglich ist. Bestrafung ist ein Teil ihrer Welt, auch wenn sie denkt, dass es nicht richtig ist, dass sie selbst bestraft wird. Letztlich hat sie schließlich auch einen Po, genauso wie die Tochter des Gärtners, und ein Po kann jederzeit verprügelt werden.

Schlimmer wäre es, wenn ein Mädchen geschlagen wird, dem die Idee an sich völlig fremd ist. Natürlich, niemandem kann völlig entgehen, dass man zur Bestrafung den Hintern versohlt bekommen kann, aber für ein modernes Mädchen könnte das etwas sein, was in ihrem Leben einfach nicht vorkommt, etwas, das zwar Angst macht, aber völlig aus der Mode ist, so wie das Anlegen einer Schandmaske oder das Verbrennen von Hexen. Nennen wir dieses Mädchen Gemma. Sie ist ein richtiges Gör und liebt es, wenn Jungs um sie kämpfen. Sie ist in einem Pub und flirtet mit zwei Jungs in der Hoffnung, dass es eine schöne Prügelei zwischen ihnen geben wird, wenn der Pub schließt. Und sie wollen sich tatsächlich prügeln und gehen gemeinsam mit Gemma und ein paar anderen Leuten in einen Park, wo sie nicht gesehen werden. Aber die Jungs prügeln sich nicht. Stattdessen schnappen sie sich Gemma und legen sie über eine Schaukel. Einer setzt sich auf ihren Rücken, während der Andere ihr das Höschen und die Shorts herunterzieht, so dass man ihren Arsch sehen kann, und schiebt ihr anschließend das Top hoch, um ihre Brüste zu entblößen. Alle ihre Freunde und mehrere Männer sehen zu, wie ihr der nackte Arsch versohlt wird und sie ihre Strafe für ihr Verhalten kassiert. Ihre Erniedrigung wäre schlimmer als die Annabellas."

„Da stimme ich zu", sagte Michael, „aber ich denke, man kann diese Situation auch noch einen Schritt weiter treiben. Stellt euch vor, dass ein Mädchen es sich gefallen lassen muss, von ihrer Stiefmutter, die sogar jünger ist als sie selbst, mit dem Stock verdroschen zu werden. Nennen wir sie Elaine. Sie ist 22, im dritten Jahr an der Uni, hübsch, gebildet, sehr selbstbewusst. Ihre Eltern haben sich scheiden lassen, als sie ein Teenager war, und sie wurde von beiden Elternteilen sehr verwöhnt. Sie wurde nie geschlagen, von einem Stock ganz zu schweigen, und würde fuchsteufelswild, wenn jemand auch nur andeuten würde, dass eine moderne Frau sich einer solchen Erniedrigung aussetzen müsste, von ihr selbst gar nicht zu reden. Genau wie Gemma denkt auch Elaine, dass solche Dinge früher in einer grausameren und weniger zivilisierteren Welt vorkamen, aber längst Vergangenheit sind.

Die Stiefmutter ist gerade mal 19, heißt Sue, hat blond gefärbte Haare und trägt weiße Stöckelschuhe. Sie kennt sich mit dem Schlagen aus, denn Elaines Vater steht darauf. Elaine sieht auf sie herab und verhält sich ihr gegenüber stets kühl. Sue ärgert das, und sie sucht nach einem Weg, Elaine zu kontrollieren, vielleicht durch eine Erpressung oder Ähnliches. Sue sagt zu Elaine, dass sie sie mit dem Stock bestrafen wird. Elaine protestiert, muss es aber letzten Endes hinnehmen. Sie wird gezwungen, sich über einen Stuhl zu beugen. Ihr Kleid wird ihr den Rücken hinaufgeschoben. Ihre teure Seidenunterwäsche wird heruntergezogen. Ihr wird gesagt, dass ihre Vagina zu haarig ist und dass sie sich rasieren muss. Ihr wird gesagt, dass sie sich vor der nächsten Bestrafung den Hintern ordentlich waschen soll. Dann wird sie mit dem Stock bearbeitet, von einer 19-jährigen Schlampe, die ihr Vater als zweite Frau genommen hat. Das ist nun wirklich erniedrigend."

„Vielleicht", sagte Vicky. „Aber es gibt keine Zuschauer. Nur Sue und sie wissen, was passiert. Ich mag es, wenn Zuschauer dabei sind, und Ambers Gemma scheint mir eher diejenige zu sein, die ihre Gefühle nicht im Griff hat, das Erlebnis wäre sicher heftiger. Sie wüsste anschließend nicht mal, warum es sie eigentlich erregt hat, was zu völliger Verwirrung führen würde. Wie ihr wisst, hat mein Exfreund Todd mit mir die Pony-Nummer abgezogen, bevor ich richtig in der Sache drin war. Dass er mir die Peitsche über den Arsch zog, war lustig und ich empfand es überhaupt nicht als erniedrigend. Ich war schon immer gerne nackt und habe mich präsentiert. Es ist nur dann erniedrigend, wenn Menschen es nicht mögen. Das Gleiche gilt für das Prügeln."

„Und was ist mit deiner Schönheitsfarm-Fantasie?", warf ich ein.

„Das ist nicht dasselbe. Da werde ich dafür bestraft, dass ich nicht gut genug bin. Das ist so, wie wenn Melody mich prügelt und mit mir kämpft und mich zwingt, ihr Arschloch zu küssen. Das Verlieren erniedrigt mich, nicht das Küssen ihres Hinterns vor all diesen Leuten. Es hat mich zwar erregt, aber ich wollte es ihr auch heimzahlen."

„Ihr seid doch alle pervers", lachte Ginny. „Ich war ein unschuldiges, kleines Bauernmädchen, bis Amber mich in die Prügelszene und die Sache mit dem Ponywagen und all das eingeführt hat. Wenn ihr Erniedrigung wollt, hört euch das mal an: ich habe mich von einem Typen überreden lassen, mit ihm zu spielen. Er war ein fetter alter Mann mit einem roten Bart, und wir haben uns eines Nachmittags unterhalten. Er faselte herum, wie einsam er sei und dass er noch nie eine Freundin hatte und so weiter. Er behauptete sogar, er habe noch nie eine nackte Muschi gesehen oder ähnliches. Ich glaubte ihm und erlaubte ihm, mir beim Sonnenbaden zuzusehen. Er überredete mich zu strippen und anschließend dazu, ihm einen zu blasen! Ich habe sogar für ihn geschluckt! Es hat mir nicht mal etwas ausgemacht, weil ich das Gefühl hatte, ihm einen Gefallen zu tun, sozusagen meine gute Tat für den Tag. Dann hat mir Katie King erzählt, dass er ihr Onkel ist. Er war bereits zweimal verheiratet und hatte sieben Kinder! Das nenne ich Erniedrigung!"

„Nein, das ist schlampiges Verhalten.", lachte Amber. „Du musstest schließlich nicht für ihn strippen und schon gar nicht seinen Schwanz lutschen."

Ginny streckte Amber die Zunge heraus, ließ es aber dabei bewenden und nahm einen Schluck Portwein. Das ganze Gerede über die bestmögliche Erniedrigung eines Mädchens hatte mich feucht werden lassen, und ich verspürte das dringende Bedürfnis, dass sich jemand meinen eigenen Hintern vornehmen musste. Man hatte sich nicht ordentlich um mich gekümmert, seit Percy den Stock geschwungen hatte, und der Gedanke an ein bisschen Strippen und eine ordentliche Tracht Prügel in entblößter Position war unglaublich verlockend.

Aber die Szene hier reichte mir nicht. Amber hätte mich über das Knie gelegt, wenn ich sie gefragt hätte, und hätte mich vielleicht auch weiter gegeben an die Anderen, damit auch sie meinen Arsch anheizen konnten. Es wäre schön gewesen, aber nachdem ich die Tiefe des Gefühls der verschiedenen imaginären Mädchen hatte sacken lassen, wollte ich mehr.

„Ich denke, ich sehe die Sache wie Michael", sagte Henry. „Zumindest was den Grat der Erniedrigung betrifft. Ich denke, Elaine hätte am Meisten gelitten. Vielleicht ist das unfair von mir, aber ich kann mir einfach kein Arbeitermädchen vorstellen, dass sich so wahnsinnig über eine Tracht Prügel aufregt, darum denke ich auch, dass Gemma höchstens sauer wäre. Annabella ist schon besser: genau das, was ein hochmütiges, reiches Mädchen verdient, eine gute Tracht Prügel auf den nackten Arsch, vorzugsweise vor den Augen der Dienstboten. Aber leider ist das eine Geschichte aus vergangenen Zeiten. Heutzutage wäre der Lehrer wegen ungebührlichen Verhaltens festgenommen worden."

„Aber Annabella hätte trotzdem ihre Abreibung bekommen."

„Sicher, aber zu welchem Preis, wenn man dem Lehrer doch eigentlich dankbar sein müsste. Nein, Elaine hätte das Gefühl der Erniedrigung am Heftigsten gespürt, und wenn sie anschließend das Bedürfnis verspürt hätte zu masturbieren, wäre sie beim Höhepunkt sicherlich in Tränen ausgebrochen. Dennoch denke ich, mir fällt noch was Besseres ein, wenn auch in ähnlichem Kontext. Michaels Fantasie baut auf einem Unterschied in Bezug auf Alter und Status auf, das tut meine auch. Mein Mädchen heißt Camilla. Sie ist Sonntagslehrerin in einer ruhigen, netten Stadt, sehr ordentlich, sehr gut erzogen, um die 30 und Jungfrau. Sie ist auf nette, rustikale Art hübsch, hat eine gute Figur, wenn auch vielleicht ein bisschen zu viel Fleisch am Po und an den Brüsten, jedenfalls für den modernen Geschmack. Nicht dass das irgendjemand wirklich bemerkt, denn sie trägt züchtige Kleidung, nett ausgedrückt. Wenn sie endlich heiratet, sieht sie die Vorführung ihres Körpers vor ihrem Ehemann in der Hochzeitsnacht als Opfer an, und das Ganze geschieht natürlich bei sehr gedämpftem Licht.

Also, sie hat es sich zur Gewohnheit gemacht, sonntags mit den Kindern aus dem Dorf Ausflüge in die Natur zu machen. Es findet gerade eine Art Austauschprogramm statt, so dass ihre Gruppe heute nicht aus den gut erzogenen 12-jährigen besteht, die sie sonst mitnimmt, sondern sich aus zwanzig 16-jährigen zusammensetzt, die aus der nächstgelegenen Stahlarbeiterstadt kommen. Die Schönheit der englischen Landschaft beeindruckt sie wenig, und die Tatsache, dass Camilla eine Lichtung kennt, auf der wildes Klebkraut wächst, lässt sie kalt. Sie beginnen, sie zu hänseln, was die Röte auf ihre jungfraulichen Wangen treibt. Angespornt durch ihre Verlegenheit gehen sie noch weiter und fordern sie auf, sich zu entblößen. „Lass mal die Titten sehen", ist wohl einer der Sätze, die in diesem Zusammenhang fallen könnten.

Camilla errötet angesichts dieser Wortwahl noch mehr und ist ernsthaft verwirrt. In einem verzweifelten Versuch, die Kontrolle zu behalten, droht sie damit, ihre Eltern über ihre rüde Ausdrucksweise zu unterrichten. Das ist das Schlimmste, was sie sagen konnte, weil es die Jungendlichen sowohl amüsiert als auch aufregt. Sie sehen sie nicht länger als harmlose Dame, die man ärgern kann, sondern als aktives Mitglied der unterdrückenden Gesellschaft, die sie alle so hassen. Die arme Camilla wird an einen Zaun gedrängt. Sie wird darüber gelegt. Ihre Knöchel werden mit Seilen auseinander gehalten. Ihre Handgelenke werden über ihrem Rücken gekreuzt und zusammen gebunden. Ihre Bluse wird aufgeschnitten, auch ihr BH, und ihre großen Brüste springen heraus. Ihr Rock wird hochgeschoben. Ihr Unterrock ist zu sehen, die Jungs amüsieren sich, als sie diese altmodische Unterwäsche sehen. Egal, auch der Unterrock wird noch oben geschoben und man sieht ihre französischen Spitzenhöschen. Nachdem sie eine Weile Witze über diese altjungferliche Wäsche und darüber, wie ihre Position die Seide über dem großen Hintern spannt, gemacht haben, ziehen sie ihr die Unterhose herunter. Jetzt können sie alles sehen, auch die Details, die nicht einmal ihr Ehemann jemals zu Gesicht bekommen sollte. Sie sagen ihr auch, dass sie alles sehen können, beschreiben detailliert, wie ihre Schamlippen aussehen, dass die inneren zwischen den äußeren hervortreten. Auch über ihren Anus werden Bemerkungen gemacht, darüber wie rosa und eng er ist und wie jungfräulich er aussieht.

Als ihnen schließlich nichts mehr einfällt, was sie über ihren nackten Hintern und ihre baumelnden Brüste sagen könnten, schlagen sie sie, mit den Händen und mit Stöcken, klatschen auf ihren Hintern, bis er rosa leuchtet, während sie sie weiter quälen. Und erst dann kommt die endgültige Erniedrigung. Festgebunden, nackt und geprügelt kann sie der Lust, die sie jahrelang unterdrückt hat, nicht länger widerstehen. Sie schluckt ihren Ekel herunter und bittet darum, dass man in sie eindringt, sie fickt, wenn man so will. Sie will nicht von einem galanten Gentleman zwischen frischen Baumwolllaken bestiegen werden, sondern von zwanzig lachenden Proleten, die sie abwechselnd von hinten nehmen.

Ihre Erniedrigung, als sie darum bittet, geht meiner Meinung nach über alles hinaus, was bisher erwähnt wurde. Ein solches Benehmen ist natürlich nicht akzeptabel, und wenn ich jemals Zeuge einer solchen Szene werden sollte, würde ich natürlich alles tun, um die Jugendlichen zu vertreiben..."

„Und dann Camilla das Gehirn rausvögeln", unterbrach Vicky.

„Sicher nicht", antwortete Henry. „Ich würde sie sofort befreien. Was die Erniedrigung betrifft, denke ich jedoch, dass der erste Platz an Camilla geht, es sei denn, Penny fällt dazu noch etwas ein?"

„Mir fallen da ein oder zwei Dinge ein, aber gerade jetzt würde ich es lieber selbst besorgt bekommen, am Besten so wie Camilla."

„Dazu fehlen uns zwanzig Prolls aus der Stahlarbeiterstadt", bemerkte Amber. „Warum legst du dich nicht einfach über meine Knie?"

Ich stand auf und ging zu ihr hinüber, in angespannter Erwartung einer Tracht Prügel, aber Anderson hob eine Hand und schluckte seinen Wein hinunter.

„Wenn sie es öffentlich haben will, soll sie es öffentlich kriegen!", erklärte er. „Wir können vielleicht nicht den Luxus einer Horde von perversen Proleten bieten, aber ich kenne hier in der Nähe einen Parkplatz, wo Vicky und ich dem dreckigen alten Mann des Dorfes manchmal einen Gefallen tun. Was meinst du, Penny? Amber?"

„Von mir aus", sagte Amber. „So lange es sicher ist. Michael, du fährst."

„Gerne", antwortete Michael. „Und wie wäre es, wenn wir Penny ein paar altmodische Unterhosen oder etwas ähnlich Lächerliches anziehen?"

„Noch besser, wir ziehen ihr Windeln an", unterbrach Ginny. „Wir können Handtücher und große Sicherheitsnadeln benutzen."

Und das taten sie. Amber und Ginny führten mich nach oben und befahlen mir, mein Höschen unter meinem Kleid hervor zu ziehen. Ich trug ein rotes, langes Samtkleid und hatte passende Spitzenhöschen in grauer Seide angezogen, so ziemlich das teuerste Paar, das ich besaß. Ginny holte ein großes, weißes Handtuch aus dem Bad, ich legte mich darauf und erlaubte ihr, es um meinen Bauch und zwischen meinen Schenkeln hindurch zu binden und es mit einer Sicherheitsnadel zu befestigen.

Mein Atem ging bereits schneller und die Tatsache, dass man mich in eine Handtuchwindel gesteckt hatte, ließ mich förmlich nach Luft schnappen. Als ich aufstand, verstärkte sich das Gefühl noch, denn ich wusste nur zu gut, was ich unter meinem Kleid trug. Windeln, und das in meinem Alter, so als ob ich eine Blasenschwäche hätte. Ich zog mein Höschen wieder an, schob es über der behelfsmäßigen Windel zurecht, so dass mein Erscheinungsbild noch lächerlicher wirken musste.

Ich zeigte es den Anderen, als wir nach unten gingen, hob das Kleid und drehte mich herum, damit sie alles gut sehen konnten. Dann gingen wir nach draußen zu Michaels Geländewagen, genau das richtige Auto für unsere Zwecke. Sitzend sahen wir alle respektabel aus: der Mann mit der schwarzen Krawatte, die Frauen in gesitteten Kleidern. Da Michael nüchtern war und die Polizei in der Regel keine Unterhosenkontrollen am Straßenrand durchführte, waren wir in Sicherheit, solange nur Anderson und Vicky wussten, was sie taten.

Die beiden sind erfahrene Exhibitionisten und machen keine Fehler. Der Parkplatz befand sich in der Nähe von St. Albans, eine Parkbucht mit einer großen Hecke drum herum, die vor den Blicken von der Straße schützte. Es war noch ein anderes Auto da, ein klappriger Ford, der im Takt der Bewegungen eines fröhlich vögelnden Teenager-Pärchens hin und her schaukelte. Sie bemerkten uns nicht, und als Michael das Auto geparkt hatte, schaltete Vicky das Licht im Inneren des Autos ein. Wir hatten unterwegs alles besprochen, das Licht war das Signal dafür, dass jetzt etwas kam, das sich lohnen würde. Einen Moment später erschien ein Lichtstrahl im Unterholz, und Anderson erklärte, dass die Luft rein war. Bei diesen Worten bildete sich ein Knoten in meinem Magen. Es war zwar nur ein Spiel, aber dieser Lichtstrahl sollte uns sagen, dass da draußen tatsächlich ein alter Mann war, vielleicht sogar mehrere, und die Aussicht auf ein kleines bisschen Exhibitionismus war plötzlich sehr real geworden.

Wir hatten uns genau überlegt, wie es ablaufen sollte, hatten einen Plan entwickelt, der dazu dienen sollte, dem Zuschauer die größtmögliche Spannung zu liefern, indem ich unsicher erscheinen sollte. Das Signal, das Vicky gegeben hatte, bedeutete, hinsehen, aber nicht anfassen. Michael und ich sollten unsere Rollen spielen, und die Anderen waren da, falls etwas schief ging. Bei ausgeschalteten Lichtern begannen Michael und ich zu knutschen, die Anderen duckten sich im hinteren Teil des Wagens. Es war ein komisches Gefühl, Ginnys Mann in seinem Auto zu küssen, fast so, als würden wir sie hintergehen, und ich muss zugeben, dass es mir Spaß machte. Er streifte mir schnell das Top über die Brüste, ich fühlte mich entblößt, als ein Lichtstrahl von draußen über sie hinweg lief.

Ich begann das Spiel, schob seine Hände weg, als er versuchte, meine Brüste zu streicheln, schob den Träger wieder hoch, der aber sofort wieder nach unten gezogen wurde. Er wurde fordernder, küsste meinen Busen und saugte an einem Nippel. Wieder huschte der Strahl der Taschenlampe über mich hinweg und leuchtete auf meine Brust, während Michael gierig an einer Brustwarze lutschte. Der Strahl erfasste mich, und ich fühlte das Bedürfnis, meine Windel zu zeigen.

Michael küsste und fummelte weiter und hatte zweifellos genauso viel Spaß daran wie ich. Meine Brustwarzen waren hart und schmerzten, mein Schritt feucht, bereit für einen Schwanz oder Ambers Zunge. Als Michael sich zurückzog, wusste ich, dass der Zeitpunkt gekommen war. Ich zitterte, während er die Tür öffnete und ausstieg. Ich hörte ein Rascheln im Laub und sah einen kurzen Moment lang ein Gesicht, ein rotes, glänzendes Gesicht mit einem buschigen Schnurrbart, das im Licht der Taschenlampe kurz angestrahlt wurde. Das brachte mein Herz zum Pochen, aber als Michael mir aus dem Auto half, schaffte ich es, verärgert den Kopf zu schütteln. Die großen Straßenlampen an der Hauptstraße verbreiteten ein ziemlich helles Licht, die Hecke warf lange Schatten, doch das rote Auto und mein rotes Kleid stachen deutlich hervor.

„Du bist ein Bastard, dass du mich dazu zwingst!“, schnappte ich. „Wir könnten das genauso gut zu Hause machen.“

„Das wäre nur halb so lustig.“, lachte er. „Was hast du denn gedacht, warum ich dir die Windeln angezogen habe?“

„Damit wir es bei Annabella zu Hause machen!“, antwortete ich. „Was, wenn ich gestolpert wäre und mein Kleid hochgerutscht wäre? Man kann die Windel unter meinem Kleid wahrscheinlich sowieso sehen.“

„Blödsinn. Und außerdem gefällt dir das doch, du Schlampe. Komm schon, Pipi-Zeit, oder muss ich dich erst schlagen? Das macht man nämlich mit unartigen Mädchen, die nicht tun, was man ihnen sagt, man versohlt ihnen den Hintern.“

„Ach komm schon, nicht das.“

„Doch, genau das. Ich denke, das würde dir sicher gut tun. Hände auf die Stoßzange und Hintern raus.“

„Es sehen uns Leute zu! Ich habe Geräusche gehört. Da war eine Taschenlampe!“

„Ach was, du suchst doch nur nach einem Schlupfloch. Da ist nur der alte Ford, in dem ein Pärchen eine schnelle Nummer schiebt. Es würde ihnen außerdem gefallen, deinen nackten Arsch zu sehen, das wäre ein bisschen Würze in ihrem Sexleben. Los, beug dich vor. Sofort!"

Er sprach in scharfem Befehlston, und ich gehorchte, sah ihn zwar böse an, beugte mich jedoch vor und stützte mich mit den Händen auf dem Geländewagen ab. Ich beugte mich tief runter, so dass mein Hintern den höchsten Punkt meines Körpers bildete, griff nach der Stoßstange und blickte mich mürrisch und gekränkt nach ihm um, während er hinter mich trat.

„Dann wollen wir mal sehen", sagte er und nahm den Saum meines Kleides in die Hände.

Ich konnte es tatsächlich spüren. Wir schauspielerten nur, aber der dreckige alte Mann war echt, sehr echt und sehr nah. Auch meine Entblößung war echt, meine Brüste fast nackt und baumelnd, ich trug tatsächlich eine Windel, und als Michael mir das Kleid bis zum Rücken hochschob, traten mir Tränen in die Augen. Ich trug Strümpfe und einen grauen Strumpfhalter passend zum Höschen, das man jetzt sehen könnte, wie es sich über der Windel straffte, ein anzüglicher, lächerlicher und perverser Anblick. Er griff nach meiner Windel, und ich wappnete mich für den Moment der Entblößung. Er zog das alberne Gewand langsam von meinem Po. Ich blickte mich um, und er grinste, während er meinen nackten Arsch ansah, der immer weiter entblößt wurde. Meine Beine waren so weit gespreizt, dass man meine Pussi gut sehen konnte, und als er die Windel und das Höschen auf meinen Schenkeln ablegte, zog ich den Rücken ein, spreizte die Arschbacken und präsentierte das kleine Loch, rosa und blinzelnd in dem Nest aus Schamhaar.

„Braves Mädchen", sagte Michael. „So eine schöne Pose, es ist eine Schande, dass Annabella und die Jungs nicht hier sind, um sich das anzusehen. So, meine Süße, jetzt geht's ans Eingemachte."

Ich ließ einen unterdrückten Schluchzer hören, der gar nicht wirklich gespielt war. Michael hob die Hand und schlug mich hart auf beide

Backen, so dass ich aufschrie. Ich versuchte, mich zu erheben, aber er packte mich um die Taille und drückte mich runter, während er mir ein paar harte Schläge auf den Hintern versetzte. Es war vielleicht alles nur ein Spiel, aber es tat weh. Auf alle Fälle war meine Darbietung absolut würdelos, das musste ich gar nicht spielen, denn ich trat um mich, wand mich und quietschte wie ein abgestochenes Schwein, während er mich züchtigte.

Er versetzte mir 50 oder 60 Schläge, und als er plötzlich aufhörte, war mein Hintern ein brennender Fleischball. Meine Muschi war so feucht, dass der Saft begonnen hatte, an meinen Beinen hinunter und in die Windel zu laufen. Ich atmete stoßweise, und wünschte, dass er in mich eindrang, damit die Zuschauer das auch noch sahen. Ich hörte ein Rascheln in den Büschen, als ich aufstand und mir den schmerzenden Po massierte, und ich wusste genau, was sie da taten, trotz der Dunkelheit.

„Also, vielleicht gehorchst du in Zukunft ein bisschen besser", sagte Michael. „Jetzt kannst du da rüber gehen, wo es schön hell ist und dein Geschäft erledigen. Du kannst dein Höschen ausziehen, aber die Windel bleibt wo sie ist. Du machst hinein und kommst anschließend wieder hierher, mit nasser Windel."

Ich ließ den Kopf hängen, zog das Höschen aus und ließ es von meinem Finger baumeln, während ich zu der Stelle hinüberging, auf die er gezeigt hatte. Es war der hellste Fleck auf dem Parkplatz, angestrahlt von zwei Lichtquellen, so dass jeder mich genau sehen konnte. Ich zitterte innerlich und war mir meines nackten Hinterns beim Gehen nur zu bewusst. Ich suchte mir den hellsten Fleck aus, hockte mich hin, stopfte das Höschen vorne in mein Kleid und hob das Kleid hoch, damit es keine Spritzer abbekam. Mit rotem, herausgestrecktem Hintern fühlte ich mich wunderbar entblößt, besonders weil ich wusste, dass ich in die Windel pinkeln musste, die sich zwischen meinen Beinen spannte. Ich musste einfach masturbieren, daher presste ich das Kleid in einem Bündeln unter meinen Arm und führte eine Hand zu meiner Muschi.

Gleichzeitig zu pinkeln und zu kommen ist gar nicht so leicht, daher spielte ich ein bisschen an mir herum und hörte dann auf. Ich war geil und spürte den Druck in meiner Blase, während ich auf den Absätzen herumrutschte und meine brennenden Arschbacken rieb. Es kam, zuerst ein Tropfen, dann ein Strahl, und ich füllte meine Windel, öffentlich, vor Zuschauern, die genau beobachteten, wie der Urin aus mir herausschoss. Es ging nicht alles in die Windel, sondern lief auch nebenher, an meinen Beinen hinunter und in meine Schuhe. Das Gefühl war so wunderbar schmutzig, und ich rieb erneut über meinen Kitzler. Der Orgasmus stieg in mir auf, und ich ließ mich völlig gehen, meine Windel füllte sich immer weiter und ich gab mich diesem furchtbar starken Gefühl hin, das nur ein Höhepunkt auslösen kann.

Ich schrie, als ich kam, meine Muskeln verkrampften sich ekstatisch. Ich verlor das Gleichgewicht und fiel in meine eigene Sauerei. Es gab ein platschendes Geräusch, aber das störte mich nicht, ich rieb mich weiter, schnappte nach Luft und schrie meine Lust in die Nacht, bis der Höhepunkt schließlich abebbte und ich in seliger Erschöpfung zu Boden sank.

Sechs

Das sollte reichen. Sie hatten meine Gedanken an Beth verscheucht und mir ein schmutziges Erlebnis gegeben, das zu den besten zählte, die ich gehabt hatte. Es war so gut gewesen, dass ich in Henrys Haus noch zweimal gekommen war, einmal vor den Anderen und einmal allein mit Amber im Bett vor dem Einschlafen. Es war der beste Sex, den wir seit langem gehabt hatten, und ich schlief zufrieden ein, den Kopf auf ihre Brust gelegt.

Wir verbrachten den Sonntag mit Ponyspielen bei Henry. Ginny, Vicky und ich nackt und im Zaumzeug, wurden über einen Dressurparkur geführt und mussten danach ein Rennen laufen. Natürlich gewann Vicky, aber ich schaffte es Ginny knapp zu schlagen. Knapp war jedoch ausreichend: Ich hatte das Vergnügen, dass sie für mich im Hof hinter Henrys Haus posieren musste, damit ich ihr den dicken, schwabbeligen Arsch mit einer Peitsche versohlen konnte. Auch ich habe meine Abreibung bekommen, über Ambers Knien liegend, was mir einen roten Hintern einbrachte und mich in die Stimmung versetzte, Henry vor dem Mittagessen noch ganz langsam den Schwanz zu lutschen.

Am Montagmorgen war ich bester Laune, und es kam mir albern vor, dass ich mich über diese Zeitschrift so geärgert hatte. Schließlich wusste ja außer Beth und meinen Freunden niemand, dass es in dem Brief um mich ging. Sie kannte ja nicht einmal meinen richtigen Namen, wozu also die Aufregung. Ich war der Meinung, dass sie sich ihre hinterwäldlerische Meinung an den Hut stecken konnten: ich wusste schließlich selbst am besten, dass schmutziger, schmerzhafter Sex mich glücklich machte.

Der Semesterbeginn nahte, und Amber war unterwegs zu einer Schau, daher hatte ich mich entschieden, in der Bücherei nach einem obskuren Dokument zu suchen, das ich im Norden nicht gefunden hatte. Dazu musste ich in die Midland Road, was mich an Natasha Linnet denken ließ. Ich rief sie an, um sie zum Mittagessen einzuladen, und sie stimmte erfreut zu.

Wir trafen uns in einer Weinschenke in Primrose Hill, nicht weit von ihrer Wohnung entfernt, und waren bald in ein fröhliches Gespräch vertieft. Ich erzählte ihr von dem Fiasko mit Beth, hob die verruchten Teile hervor und konzentrierte mich auf den Sex. Sie fand die ganze Geschichte sowieso zum Schreien komisch, besonders meine Beschreibung der Pose, in der Beth Melody und mich erwischt hatte. Es war typisch für Natasha, dass sie sich über die schlimmsten Katastrophen kaputt lachte, und man musste selbst dann einfach auch grinsen.

„Unglaublich“, sagte sie, als ich auch noch die Sache mit Beths Brief erzählt hatte. „Das muss ich unbedingt Amy erzählen.“

„Amy?“

„Amy McRae, Chefredakteurin des Metropolitan. Sie wird ausflippen."

„Nein, das darfst du nicht! Sie ist doch der Grund des ganzen Übels! Beth glaubt jedes Wort, das diese Frau schreibt. Und überhaupt, diese Frau scheint furchtbar zu sein, so gar nicht dein Typ."

„Amy? Blödsinn, sie ist klasse."

„Du machst Witze. Sie ist der Überzeugung, dass alle Frauen gleich denken, aussehen wollen wie überlebensgroße Barbies, ihre Zeit entweder mit der Suche nach dem Richtigen oder mit Diäten verbringen und sich noch nicht mal an einer guten Tracht Prügel erfreuen können!"

„Wach auf, Penny, das ist doch nur der Tenor der Zeitschrift. Das ist das, was die Leserinnen wollen, also bekommen sie es auch. Amy ist gar nicht so, genauso wenig wie ich. Mal ehrlich Penny, wie naiv bist du?"

„Tja, wenn ich ein Referat ausarbeite, präsentiere ich die Fakten so klar wie möglich, stelle sicher, dass andere Menschen meinen Schlussfolgerungen folgen können und forsche falls notwendig entsprechend nach. Hast du davon schon mal was gehört, Tasha?"

„Das ist Wissenschaft, Penny, das kannst du doch nicht vergleichen. Amy gibt Umfragen in Auftrag, um herauszufinden, was die Frauen ihrer Zielgruppe lesen wollen. Dann beauftragt sie Journalisten, entsprechende Artikel zu schreiben."

„Sie kaut den Lesern also ihre eigenen Ideen vor?"

„Ja, so funktioniert das. Weißt du, wie hoch deren Auflage ist?"

„Das ist ja so zynisch."

„So ist das Leben, meine liebe Penny."

„Klar, das echte Leben, wo es in Ordnung ist, sich ein Tattoo stechen oder den Kitzler piercen zu lassen, wo man aber keinesfalls einen Freund um eine Tracht Prügel bitten darf."

„Wer sagt das?"

„Amy, da gab es kürzlich mehrere Artikel darüber, dass Frauen niemals die Kontrolle über ihren Körper abgeben sollten, insbesondere dann nicht, wenn es um körperliche Bestrafung geht."

„Das kommt daher, dass sie als einen Gewalt- und Kontrollakt von Männern betrachtet. Sei ehrlich, würdest du dich gern von irgendeinem Rüpel verprügeln lassen?“

„Nein, natürlich nicht. Aber das ist doch nicht dasselbe. Ich mag es, wenn ich verhauen werde, und wenn mir die Lust danach steht, sollte ich es auch sagen dürfen. Das ist meine eigene Entscheidung.“

„Klar, das weiß ich doch. Die meisten Frauen mögen es nun mal nicht.“

„Das ist ja auch okay, aber warum darf ich nicht ich selbst sein? Ich hasse es, wenn mir jemand sagt, ich wüsste nicht, was in meinem eigenen Kopf vorgeht. Was gibt ihr das Recht, mir ihre Meinung aufzudrücken?“

„Das Recht hat sie ja auch gar nicht. Sie schreibt einfach nur das, was die Auflage der Zeitschrift erhöht. Sie will Menschen nicht ihre Meinung aufdrücken, sie sagt ihnen nur, was sie hören wollen. Sie selbst ist echt lustig. Ich lasse nichts auf sie kommen.“

„Okay, tut mir leid. Trotzdem würde ich sie mir gern über die Knie legen und sehen, dass es ihr gefällt.“

„Das sage ich ihr!“

„Tasha!“

„Das könnte ich tun. Sie würde darüber lachen, du bist schließlich keine Bedrohung für sie. Wie auch immer, du würdest das auch gar nicht schaffen, sie ist ziemlich fit und größer als du. Das ist ihr Problem, verstehst du, eigentlich sollte ich das nicht sagen. Sie ist echt stark und fit, aber sie will immer noch stärker und fitter werden. Weißt du, wie sie sich über muskelbepackte Männer lustig macht?“

„Wie alle Anderen. Nein, du hast Recht, mehr als alle Anderen.“

„Das liegt daran, dass sie weiß, ganz egal wie hart sie arbeitet, sie wird nie so stark werden, wie manche Männer, sogar wie manche von denen, die gar nicht trainieren, sondern von Natur aus groß und muskulär sind. Aber das bleibt unter uns. Sie gibt mir nie wieder einen Auftrag, wenn sie erfährt, dass ich dir das gesagt habe.“

Ich nickte und trank einen Schluck Wasser. Nach allem, was Natasha gesagt hatte, erschien mir Amy McRae plötzlich menschlich, sogar leicht verletzlich und gar nicht mehr wie eine alte Harpyie. Ich war zwar immer noch leicht verärgert, konnte sie aber auch verstehen.

„Und was ist mit Isabel?“, fragte ich.

„Isabel?“

„Das Mädchen, das für die Meckerecke zuständig ist. Keck, dünn, blond, so um die zwanzig.“

„Diese Beschreibung trifft auf etwas die Hälfte aller Journalistinnen in London zu. Ich denke, wenn sie Beths Brief in die letzte Ausgabe genommen haben, mussten sie dafür alle Register ziehen. Normalerweise liegen ungefähr zwei bis drei Monate zwischen dem Eingang eines Briefes und seiner Veröffentlichung.“

Natasha hatte Recht. Um Beths Brief mit in die Ausgabe zu nehmen, hatten sie mehr oder weniger den Druck stoppen müssen. Für ein wissenschaftliches Journal wäre das völlig unmöglich gewesen. Sie hatten offensichtlich ziemlichen Aufwand betrieben, um den Brief in die Ausgabe zu bekommen, vor allem, weil sie doch einen Riesenstapel geeigneten Materials für die Meckerecke haben mussten. Natasha schloss daraus, dass das Thema sexuelle Gewalt in den nächsten Ausgaben verstärkt diskutiert werden würde. Dem konnte ich nur zustimmen. Sie versprach, Amy danach zu fragen und ihr nicht zu sagen, wer ich wirklich war.

Bereits am nächsten Nachmittag rief Natasha an, um mir zu sagen, dass Amy plante, das Thema versteckte sexuelle Gewalt in den kommenden Ausgaben ausführlich zu beleuchten. Unter anderem sollte es um Frauen gehen, die sich von ihren Partnern verhauen ließen und dabei würde sie die Ansicht vertreten, dass das tief im Innern der Frau sicher nicht einvernehmlich geschehe. Außerdem sei Amy ganz begeistert darüber, dass Natasha diese Penny aus dem Brief kenne und wolle mich interviewen.

Das konnte ich nicht ablehnen. Ich konnte quasi jetzt schon hören, was sie mir sagen würde, und das versetzte mich innerlich in Aufruhr. Amber hatte Zweifel, sie meinte, es sei keine gute Idee, meine wahre Identität preiszugeben, und Amy könne mir die Worte im Mund umdrehen, wenn sie wolle. Dem ersten Punkt stimmte ich zu. Was den zweiten betraf, das musste ich einfach riskieren, wenn auch nur deshalb, weil ich mich moralisch überlegen fühlen könnte, wenn sie das tatsächlich tun sollte.

Ich stimmte einem Gespräch zu, jedoch nur zu meinen Bedingungen, was bedeutete, dass wir uns ohne Kamera an einem Ort treffen sollten, der keinesfalls mit mir in Verbindung gebracht werden konnte. Das erschien mir sicher genug, denn wenn sie sich nicht regelmäßig auf Genetik-Konferenzen herumtrieb, würde sie wohl kaum mein Gesicht erkennen. Nach mehreren vermittelnden Telefongesprächen mit Natasha einigten wir uns auf Freitag. Wir verabredeten uns in einem Pub in Southwold, und sie sollte mich während eines Strandspaziergangs interviewen.

Obwohl ich Amy keineswegs vertraute, muss ich gestehen, dass ich die Vorbereitung dieses Interviews genoss. Es hatte einen Touch von Gefahr, der durchaus echt war und war auch eine Herausforderung. Nach allem, was Natasha mir erzählt hatte, hielt Amy sich für ziemlich intelligent.

Meine Grundidee bestand darin, einen Ort auszuwählen, der nicht mit mir in Verbindung zu bringen war, an dem wir jedoch die Kontrolle behalten konnten. Amber hatte Suffolk vorgeschlagen, das sie aus Kindertagen kannte, und Southwold wegen der günstigen Lage. Der Pub, den wir ausgewählt hatten, lag direkt am Fluss, nur ein paar Meter vom südlichen Ufer des Blyth, jedoch 10 Meilen von der Straße entfernt. Wir erreichten den Treffpunkt frühzeitig, fuhren nach Walberswick und gingen am Fluss entlang, bis wir uns gegenüber des Pubs befanden. Ich hoffte fast, dass Amy mit einem Kameramann ankommen würde, aber sie hielt Wort.

Ich ließ sie die ganze Routine durchlaufen, mit der Fähre übersetzen, auf sie treffen, mit der Fähre zurück, um absolut sicher zu sein, dass sie allein war. Sie war ziemlich groß und ging aufrecht, ihre selbstbewusste Art und ihre Stärke erinnerten mich an Amber. Aber damit waren die

Ähnlichkeiten dann auch schon erschöpft. Amber mit ihren ungewöhnlichen, honigfarbenen Augen und den Freizeitklamotten ist ein typisches Mädchen vom Land und wirkt in der Stadt immer irgendwie fehl am Platz. Amy war das genaue Gegenteil, cool und aufrecht in ihrem schicken Anzug und mit den kurz geschnittenen blonden Haaren, und sie wirkte in Suffolk Beach völlig fehl am Platz. Sie wirkte nicht zimperlich, was ich eigentlich erwartet hatte. Als ich ihr sagte, dass wir am Strand entlang laufen würden, kaufte sie ein Paar Badeschuhe und zog ganz nebenbei die Strumpfhose unter ihrem Rock hervor, ohne auf die Bootsfahrer und Touristen in der Nähe zu achten. Es war ein schöner Tag, einige Leute waren am Strand von Walberswick, daher dauerte es eine Weile, bis wir einen ungestörten Ort erreicht hatten. Als wir schließlich allein waren, kam sie direkt zum Punkt.

„Dein Freund schlägt dich also?“, fragte sie, offensichtlich in der Erwartung, dass die Antwort ja lauten müsse.

„Nein“, antwortete ich. „Ich habe nicht mal einen Freund...“

„Aber was ist denn mit dem Brief? Deine Freundin hat gesagt, dass du von deinem Freund so schlimm missbraucht worden seist, dass du begonnen hättest, dich selbst davon zu überzeugen, dass es dir gefällt.“

„Sie hat den Brief geschrieben, nicht ich. Das meiste, was ich erzählt habe, stimmt gar nicht, aber das ist nicht so wichtig. Ich bin bisexuell. Ich bin seit fast fünf Jahren in einer festen, lesbischen Beziehung.“

„Ach, du bist also lesbisch? Was sollte dann die Geschichte, dass du von deinem Freund zusammen geschlagen wurdest?“

„Ich bin bisexuell. Ich mag Männer. Ich habe nur gerade eine Beziehung mit einer Frau. Den Freund gibt es nicht. Ich habe ihn erfunden, um mich aus einer unangenehmen Situation herauszuwinden. Ich habe die Geschichte ein bisschen weit getrieben. Hör zu, das ist kompliziert und nicht wirklich relevant. Sagen wir einfach, ich habe ihr eine verruchte Geschichte erzählt, ging mit ihr ins Bett, und als ich sie bat, mich zu verhauen, hat sie abgelehnt. Darum sitzt sie jetzt auf diesem hohen Ross.

Wichtig ist jedoch, dass ich nie behauptet habe, zusammengeschlagen worden zu sein. Ich sagte, dass er mich verhaut und mich erniedrigt."

„Ist das nicht dasselbe?"

„Nein! Ich würde es hassen, zusammen geschlagen zu werden. Das ist mir auch noch nie passiert. Ich mag es, wenn man mich schlägt. Ich liebe es, es törnt mich mehr an als alles Andere, und meine Freundin macht das ständig mit mir."

„Ich kann dir nicht folgen, Penny. Du hast also nichts gegen Gewalt, so lange sie von einer Frau und aus sexuellen Gründen ausgeführt wird?"

„Mehr oder weniger, ja. Aber ich sehe das nicht als Gewalt an, das ist der Punkt. Ich will das. Ich genieße es."

„Hör zu, ich weiß über Endorphine Bescheid, aber das entschuldigt doch nicht diesen Vorgang..."

„Warum nicht? Wenn beide Beteiligten es wollen und niemandem geschadet wird?"

„Aber wie kannst du zulassen, dass dir jemand sowas antut? Fühlst du dich der Person dann nicht unterlegen? Wie kannst du dich in dieser Situation sexy fühlen?"

„Darum geht es doch. Das Gefühl der Unterlegenheit, der Erniedrigung ist das Erregende. Klar, ich brauche den Schmerz, um meine Endorphine auf Touren zu bringen, aber der echte Kick spielt sich in meinem Kopf ab."

„Es gefällt dir, soweit komme ich mit, auch wenn ich es nicht verstehe. Aber warum gefällt es dir? So wie ich das sehe, ist es eine Verteidigungsstrategie gegen Missbrauch. Wie hat das bei dir angefangen? Hat vielleicht irgendein Kerl dich gegen deinen Willen geschlagen, vielleicht als du noch Teenie warst? Versteh mich nicht falsch, aber du bist sehr klein. Es wäre nicht schwer. Ist es das, was passiert ist?"

„Nein, ganz sicher nicht. Ich werde ganz ehrlich sein, und wenn du mir nicht glaubst, bitte sehr. Ich bin da nicht reingeraten, weil man es mir aufgezwungen hat. Wenn überhaupt war es das Gegenteil. Vielleicht brauche ich gar nicht den körperlichen Schmerz, denn die Idee, verhauen zu werden, hat mir schon gefallen, bevor es passiert ist. Ich wurde in dem Glauben erzogen, meinen Körper verstecken zu müssen und mich schuldig zu fühlen, wenn ich an Sex dachte. Ich war ein Spätzünder, war gut in der Schule, was vielleicht einige Jungs abgestoßen hat. Sie nannten mich Fräulein Neunmalklug. Ich hatte jedoch eine blühende Fantasie, und meine Unsicherheit in Bezug auf meinen eigenen Körper erregte mich. Ich stellte mir zum Beispiel vor, dass ich mir den Rock zerriss und in Unterhosen nach Hause gehen musste. Dieses Gefühl verstärkte sich, als mich ein Junge dazu überredete, ihm meine Titten und meinen Hintern zu zeigen, damit er sich bei dem Anblick einen runterholen konnte..."

„Typisch. Bastard. Wie ich gesagt habe, du wurdest gezwungen."

„Nein, er wichste sich vor mir einen ab, weil ich ihn dazu angespornt hatte. Ich hatte ihn erwischt, während er es tat, und ich wollte zusehen, und als er mich aufforderte, mich auszuziehen, erschien mir das nur gerecht."

„Hm."

„Er spritzte auf meinem Hintern ab, was zugegenermaßen nicht Teil der Vereinbarung war, aber er hat nicht versucht mich zu vergewaltigen oder sowas. Es gefiel mir, aber ich fühlte mich auch schuldig und verwirrt. Ich fühlte, dass ich bestraft werden sollte, und ich wusste auch wie. Jemand musste sich mich übers Knie legen und mir den nackten Hintern versohlen, und das hat mich mehr erregt als alles Andere, was ich zuvor erlebt hatte. Daher kommt die Verbindung zwischen Sex und Prügeln."

„Von der Unterdrückung. Tja, ich habe schon viele ähnliche Geschichten von Frauen deines Alters gehört, die Meisten waren religiös erzogen, aber keine von ihnen ist damit so umgegangen wie du."

„Unterdrückung vielleicht, aber niemals Missbrauch. Alles was ich getan habe, habe ich freiwillig getan, ich wurde nie gezwungen. Es war nicht das altmodische, christliche Schuldgefühl. Ich bin Atheistin seit ich zwölf Jahre alt war. Es hatte aber trotzdem auch mit Schuld zu tun, teilweise weil ich genau wusste, wie sehr meine Mutter so etwas missbilligt. Hauptsächlich aber, weil der Junge, der mich zum Strippen gebracht hatte, unbeliebt war und weil meine Freunde, besonders meine Kusine Kate, ausgeflippt wären, wenn sie erfahren hätten, was ich mit ihm gemacht hatte."

„Purer Druck also, das kommt auf dasselbe heraus."

„Exakt. Und was ist mit all deinen Artikeln darüber, wie Frauen aussehen sollten, was sie essen und was sie tun sollten? Das ist genauso ein Druck."

Sie lachte, ein echtes, freies Lachen.

„Purer Druck", fuhr ich fort. „Schuldgefühle, wenn man nicht konform geht, so muss sich eine leicht übergewichtige Frau fühlen, wenn sie den Artikel über Schokoladenkuchen in der letzten Ausgabe liest. Ich halte das für unmoralischer, als eine kleine Prügelaktion."

„Das steigert die Auflage. Frauen wollen hören, dass sie dünn sein sollen."

„Das hat Natasha Linnet mir auch gesagt. Wie auch immer, als ich im Teenager-Alter war, wollte ich nicht mit der Masse schwimmen. Das konnte ich auch gar nicht. Und ich wollte dafür bestraft werden, und zwar von Kate, die das Bild des beliebten, angepassten Mädchens abgab."

„Wusstest du damals schon, dass du auf Frauen stehst?"

„Nicht so richtig. Ich wusste nur, dass ich wollte, dass sie mir den Hintern versohlte. Sie fand das lustig."

„Hat sie es getan?"

„Nein. Sie wollte mich umpolen, aber alle Jungs, die sie für mich aussuchte, waren pickelige kleine Hänflinge, und selbst die fuhren eher auf Kate ab. Meine Idealvorstellung von einem Mann war ein watschelnder, affenähnlicher Typ, der sich mich übers Knie legte, mir auf den Hintern drosch, bis ich heulte, mich anschließend stundenlang vögelte und danach mit mir über natürliche Selektion oder Umweltprobleme diskutierte. Kate entschloss sich schließlich, meine Jungfräulichkeit ihrem Freund zu schenken, auch um meinetwillen. Da wurde ich dann auch verdroschen."

„Er hat dich geschlagen und dich dann entjungfert? Mein Gott, Penny!"

„Nein, wir wurden erwischt. Meine Tante hat mir den nackten Hintern versohlt. Anschließend brachte ich mich zum ersten Mal selbst zum Orgasmus, während ich über ihre Strafe nachdachte."

„Die dir aufgezwungen worden ist!"

„Die ich verdient hatte! Ihren zukünftigen Schwiegersohn mit ihrer Tochter zu teilen, war doch in ihren Augen fast so schlimm wie Inzest."

„Sie hatte nicht das Recht dazu!"

„Versuch mal, ihr das zu sagen. Auch ich hatte danach das Gefühl, dass es gerecht war, auch wenn ich ziemlich um mich getreten und mich gewehrt hatte. Es ist genauso wie wenn man einen Strafzettel für zu schnelles Fahren bekommt."

„Nein, das ist nicht dasselbe!"

„Okay, wenn ich einen Strafzettel bekomme, geile ich mich nicht daran auf mit einem Haarbürstengriff in der Muschi und meiner Zahnbürste im Arsch!"

Darauf antwortete sie nicht, blähte jedoch ihre Wangen auf und ließ die Luft langsam entweichen. Ich war ehrlich, aber ich wünschte, ich hätte Vickys Geschichte zu erzählen, die keinen Raum für Zweifel ließ. Meine Geschichte ließ durchaus Platz für Interpretationen, zumindest, wenn man eine andere Sichtweise vertrat. Ich ließ Amy einen Moment nachdenken und ging ein bisschen tiefer ins Wasser, das mir kühl um die Beine spielte, die Wellen schlugen mir bis über die Knie. Ich war ein bisschen durcheinander von dem Argumentieren, aber auch, weil ich meine sexuellen Erfahrungen erzählt hatte. Auch Amy hatte bestimmt einigen Stoff zum Nachdenken.

„Sieh es doch mal so", fuhr ich fort. „Der Metropolitan beschwert sich immer darüber, dass Männer beim Sex zu schnell sind. Wie war noch der Titel des Artikels in einer der letzten Ausgaben?"

„One Minute Wonders."

„Genau. Ich fand das ein bisschen unfair. Wie lange würdest du sagen, dauert es durchschnittlich, bis ein Mann kommt, nachdem er seinen Schwanz herausgeholt hat?“

„Das weiß ich nicht. Ich bin lesbisch, Penny.“

„Oh. Dann eben die Freundin.“

„Meine Freundin hat keinen Schwanz zum Rausholen, Penny.“

„Einen Strap-on?“

Sie errötete leicht, und ich wusste, jetzt hatte ich sie erwischt. Einen Moment lang hatte ich ein wunderschönes Bild vor Augen, wie sie in einem Anzug und mit kleinem falschen Schnurrbart dastand, mit einem monströsen Dildo, der aus ihrem Hosenstall ragte. Leider hätten die hellgrünen Badeschuhe so gar nicht in dieses Bild gepasst.

„Nach allem, was die Mädels im Büro so sagen, dauert es bei einem Mann durchschnittlich zehn Minuten. Eine Minute wäre etwas zu hart gesagt, manchmal ist das aber schon alles. Ich bin sicher, fünf Minuten sind nicht so ungewöhnlich. Wenn man tantrische Techniken anwendet, eine Stunde oder zwei?“

„Es ist praktisch unmöglich, eine Prügel-Session und Sex in fünf Minuten abzuhandeln. Das habe ich zumindest noch nie erlebt. Zehn Minuten vielleicht, wenn man in Eile ist. Eine halbe Stunde könnte man als normal bezeichnen, einmal Hose runter, ein bisschen schlagen, beide kommen, das war’s.“

„Läuft es so zwischen dir und deiner Freundin?“

„Nein, so läuft es mit einem Mann. Amber lässt sich Zeit, wenn sie kann. Zum einen zieht sie sich gerne etwas Besonderes an, sie macht ein Ritual daraus, zum Beispiel erteilt sie mir eine Lektion, während ich mit den Händen zum Kopf erhoben und den Höschen um die Knie vor ihr stehe oder sowas. Vor ein paar Wochen hatten wir einen ganzen Sonntag lang Zeit. Wir hatten uns eine Weile nicht gesehen und wollten unbedingt spielen, also hat sie mich morgens im Schlafzimmer über die Knie gelegt und verdroschen, mit hoch geschobenem Nachthemd. Anschließend habe ich sie geleckt, aber sie sagte, ich solle noch nicht kommen. Ich hätte darauf bestehen oder die Sache abbrechen können, aber das tat ich nicht. Den Rest des Vormittags ließ sie mich nackt die Hausarbeit machen, Staubsaugen, Staubwischen, die Küche wischen, sogar das Bad und das Klo putzen. Da sie mich vorher verhauen hatte, konnte ich jedes Mal meine roten Arschbacken sehen, wenn ich an einem Spiegel vorbeikam und ganz besonders, wenn ich mich zum Schrubben hinkniete.

Mittags war ich so geil, dass ich zitterte, aber sie erlaubte mir noch immer nicht zu kommen. Stattdessen musste ich das Mittagessen kochen, bekleidet nur mit einer Schürze, sie anschließend bedienen und mich hinter sie stellen, während sie aß. Ich räumte den Tisch ab, wusch das Geschirr ab und aß anschließend mein eigenes Mittagessen, kalt, aus einem Hundenapf vom Fußboden. Das war zu viel für mich, ich musste jetzt einfach kommen, also benutzte ich mein Stopp-Wort..."

„Stopp-Wort?"

„Das benutzt der devote Partner, wenn es zu viel wird oder es sonst irgendein Problem gibt. Rot bedeutet sofort aufhören, wenn man zum Beispiel mit Wachs spielt und ein Tropfen in die Muschi gerät. Das kann ich normalerweise nicht ertragen."

„Ach, was für eine Überraschung. Das ist gefährlich, Penny!"

„Man muss wissen, was man tut. Das ist schon richtig. Amber ist der Meinung, dass jeder, der eine andere Person dominieren will, von einem erfahreneren Partner eingeführt werden sollte und dass man auch wissen muss, wie sich die devote Rolle anfühlt."

„Okay, verstehe. Erzähl weiter."

„Gelb bedeutet Tempo rausnehmen oder in diesem Fall unser Spiel zum Höhepunkt bringen. Das tat sie und zwar auf wunderbare Weise. Ich war auf dem Küchenboden, der aus Stein ist, und schleckte meine Schüssel aus. Sie stellte sich vor mich hin und griff unter ihren Rock, um sich das Höschen herunter zu ziehen. Sie schob mir das Höschen in den Mund und machte es mit einem Seil zu einem Knebel. Sie drückte meinen Kopf seitlich in die Schale, zog mir die Hände auf den Rücken und band mir die Handgelenke zusammen. Ich war hilflos, wirklich vollkommen hilflos, völlig nackt, geknebelt und gefesselt, ihrer Gnade völlig ausgeliefert. Ich konnte sie sehen, wie sie über mir stand. Ich beobachtete, wie sie einen langen Holzlöffel aus einer Schublade nahm. Sie schlug mich damit, versetzte mir zwölf harte Schläge, und ich konnte noch nicht einmal schreien oder mich wehren, nur mit den Füßen auf den Boden treten. Am Ende brannte mein Hintern, was ja der Sinn der Sache war, denn sie raffte ihren Rock nach oben, kauerte sich über mich und pinkelte auf meinen heißen, geschundenen Arsch. Gleichzeitig fingerte sie mich, schob die Finger zwischen meine Schenkel, während mein Hintern pulsierte und mein ganzer Körper nass wurde von ihrem Urin."

„Mein Gott, das ist ekelhaft!"

„Mein Orgasmus war so intensiv, dass ich für einen Moment kurz das Bewusstsein verlor. Das war um kurz vor drei, Amy. Den ersten Schlag hatte ich um neun Uhr morgens bekommen, das sind also knapp sechs Stunden Sex vor dem Höhepunkt. Sechs Stunden voller verruchtem, dreckigem Sex. Mit ihr ist es mindestens einmal die Woche so gut, wenn wir uns sehen. Wir sind seit fünf Jahren zusammen."

„Du liebst es also, aber es ist doch so erniedrigend. Wie kannst du sowas machen?"

„Weil es ekstatisch ist, eine ganz andere Ebene sexueller Leidenschaft. Nach konventionellen Standards ist das erniedrigend, ja. Und das macht auch einen Teil der Sache aus. Wie ich schon sagte, das Meiste spielt sich im Kopf ab. Wenn wir keinen Sex haben, sind wir gleichgestellt."

„Also sagt sie dir im normalen Alltag nicht, was du tun sollst?"

„Nein."

„Ich dachte, so funktioniert das, wenn der stärkere, dominantere Partner den Schwächeren kontrolliert."

„Nein, überhaupt nicht. Es stimmt zwar, Amber ist größer und stärker als ich, aber das ist fast jeder. Sie würde mich nie verletzen oder mich zu etwas zwingen, das ich nicht will."

Amy verstummte und ich fuhr nicht fort, ich ließ ihr Zeit zum Nachdenken, während sie durch das seichte Wasser platschte. Der Strand wand sich meilenweit nach Norden und Süden, der Ausblick wurde nur durch das Kraftwerk in Sizewell gestört. Ich war am Zug. Ich hatte sie zum Nachdenken gedacht. Sie stand auf Frauen und das Schlimmste, was passieren konnte war, dass sie mich abwies. Die ganze Spannung, die sich beim Reden über Schlagen und verruchte Spielchen aufgebaut hatte, zeigte ihre Wirkung, ich war geil. Ich konnte nur hoffen, dass sie dachte, es sei sicher schön, ein bisschen mit mir herumzuspielen und dass sie mich nicht für total pervers hielt.

Ich wartete ab, zurückhaltend und kam mir blöd vor, wie immer in so einer Situation, wenn ich unsicher über die Reaktion meines Gegenübers bin. Amy biss sich auf die Lippen, eine mädchenhafte Geste, die so gar nicht zu ihrem geschäftsmäßigen Auftreten passen wollte. Ich beschloss, sie zu fragen, wenn wir weitere fünfzig Schritte gegangen waren, und begann zu zählen. Mit jedem Schritt wurde der Knoten in meiner Kehle größer.

„Willst du?“, murmelte ich leise vor mich hin, aber nicht so leise, dass sie es nicht gehört hätte.

Sie blieb stehen, biss sich noch immer auf die Lippen und sah mich an. Zum ersten Mal sah ich, dass ihre Augen blau waren, blassblau, groß und jetzt leicht feucht.

„Du kannst die dominante Rolle haben“, sagte ich. „Alles was du willst und wie du es magst, erfreu dich an mir.“

Amy sah nach unten auf das Wasser, schüttelte den Kopf, was eine Enttäuschung für mich war.

„Nein“, sagte sie. „Das nicht. Würdest du es mit mir machen? Vielleicht nur vorsichtig, ein kleines bisschen?“

Sie bettelte, und sie hatte Angst, nichts erinnerte mehr an die taffe, fehlerlose Karrierefrau, die ich vor einer Stunde zum ersten Mal gesehen hatte. Ich sagte nichts, nahm ihre Hand und führte sie den Strand hinauf.

Ich wollte sie unbedingt, und ich wollte, dass sie es genoss. Es musste ihr unbedingt gefallen, also musste es gut sein. Während wir gingen, überlegte ich, wie schwierig es war, das Kommando zu übernehmen, wie viel schwerer mir das fiel als Amber, immer zu wissen, was zu tun war. Ich wünschte, sie könnte mir helfen, denn Amy lief hinter mir her, wie ein kleiner, verlorener Hund, offensichtlich in der Erwartung, dass ich bestimmte, wo es lang ging, obwohl ich doch keine Ahnung hatte, was ich tun sollte.

Aber ich ließ mir meine Unsicherheit nicht anmerken. Ich führte sie zu dem erhöhten Kieswall, der sich nach Norden und Süden jeweils über eine Meile hinweg erstreckte, und der verlassen war, so dass man von Dunwich bis Walberswick sehen konnte. Ich hätte es ihr auf der Stelle besorgen können, sie zwingen können, ihren nackten Hintern hier am Strand zu zeigen und das Risiko in Kauf zu nehmen, dass jemand zusah. Wenn ich mit Amber dort gewesen wäre und sie in einer ihrer eher seltenen devoten Stimmungen gewesen wäre, hätte ich es getan, genau dort, hätte sie sich ausziehen lassen vor der weiten Leere zu beiden Seiten. Für Amy war das jedoch nicht das Richtige, es wäre einfach zu viel für das erste Mal.

Ich hatte nur eine Wahl. Ich führte sie den Wall hinunter und zog sie sanft in das Schilf, wo die Kiesbank auf den Fluss traf. Falls jemand an der Erhöhung vorbeikäme, würden wir erwischt, aber ich musste es tun.

„Knie dich hin“, sagte ich, wobei es mir schwer fiel, meiner Stimme einen festen Klang zu geben und ihr Befehle zu geben, ohne sie zu drängen.

Sie gehorchte, sah mich an und legte dann den Kopf auf den Boden, so wie ich es getan hatte, als Amber mich gezwungen hatte, aus dem Hundenapf zu essen. Ich fasste sie beim Kinn und hob es sanft an, so dass sie mir in die Augen sehen musste. Sie biss sich wieder auf die Lippe, dieses Mal wirkte sie jedoch eher erwartungsvoll als unsicher.

„Braves Mädchen“, sagte ich. „Das ist eine schöne Pose für dich. Also, dann wollen wir doch mal sehen, was du unter der Bluse hast.“

Ich fasste unter sie, fand die Knöpfe ihrer Bluse und öffnete sie, den ersten, den zweiten, den dritten und auch den vierten, um sicher zu sein. Ich zog ihr den Blaser zurück und ihre Arme nach hinten. Es folgte ihre Bluse, die von den verbliebenen Knöpfen eng um ihre Taille gezogen wurde und dazu beitrug, dass sie die Arme nicht mehr bewegen konnte. Sie zitterte und hatte die Augen geschlossen, versuchte vielleicht zu vergessen, in welcher Lage sie sich befand, während ich ihre Brüste immer weiter entblößte. Sie trug einen schwarzen BH aus Spitze, teuer, der zwei feste kleine Brüste hielt. Ich löste den Verschluss und die Brüste schwangen frei und nackt herum. Sie stöhnte leise auf, und ich legte die Hand auf eine Brust, und ließ meine Finger über den Nippeln streichen. Sie stöhnte erneut, und ich lehnte mich nach vorne, um sie bestätigend zu küssen. Sie erwiderte den Kuss, und einen Moment lang trafen sich unsere Zungen.

Mein Selbstbewusstsein wuchs, und ich zog mich zurück. In ihrem Kuss hatte ich viel Leidenschaft gespürt, obwohl ich wusste, dass sie immer noch Angst hatte. Ich zog ihr dennoch den BH über den Kopf, band ihn über den Armen zusammen, nicht besonders fest, aber fest genug, dass sie sich gefesselt fühlen musste. Sie sagte nichts, obwohl ich mir nicht vorstellen konnte, dass sie sich wohl fühlte. Dennoch war das möglicherweise der Teil, der sie erregte.

Ich trat hinter sie, bewunderte den Anblick ihres Hinterns, der den hinteren Teil ihres Nadelstreifenrocks ausfüllte. Sie war schlank, aber nicht dürr und hatte muskulöse Arschbacken, die auch unter der Wolle, die sie bedeckte, wohl geformt waren. Nackte Brüste sind erregend und verletzlich, ein nackter Hintern noch viel mehr, jedenfalls für mich. Ich konnte nur hoffen, dass Amy dasselbe fühlte.

„Also gut, Amy“, sagte ich. „Hör gut zu. Ich werde dir den Rock hochziehen, und ich werde dir das Höschen runterziehen. Das ist dir klar, oder?“

Sie nickte stumm.

„Gut“, fuhr ich fort. „Es ist wichtig, dass ein Mädchen kein Höschen trägt, wenn sie ihre Abreibung bekommt, und die Tatsache, dass es für dich heute das erste Mal ist, ist kein Grund, dich zu verschonen stimmt's?"

Sie nickte, genauso kläglich und zerknirscht, wie ich in ihrer Situation gewesen wäre.

„Du musst nur verstehen, warum das getan werden muss", erklärte ich ihr, und griff nach dem Saum ihres Rockes.

Ich tat es langsam, schob den Rock an ihren Schenkeln hoch und ließ meine Augen den Anblick genießen, als ihr nacktes, weiches Fleisch darunter hervorkam. Sie hatte dünne und muskulöse Beine, weiche, blasse Haut, die sie ohne Zweifel mit teuren Cremes verwöhnte. Es war ein schönes Gefühl, so eine gepflegte Frau aus der Stadt vor mir knien zu haben, während ich ihren Arsch entblößte. Es wurde noch besser, als der Saum so weit nach oben gerutscht war, dass ich ihre Pussi sehen konnte, die Schamlippen in schwarze Seide gehüllt mit einem kleinen feuchten Fleck in der Mitte. Ich hielt inne, genau wissend, wie sie sich fühlte mit ihrem Rock so weit oben über ihrem Arsch in Erwartung einer Abreibung und ließ das Gefühl sich setzen. Ich zählte in Gedanken bis zehn und schob den Rock dann weiter hoch.

Sie stöhnte, während ich ihren Hintern entblößte, den Saum über ihre Arschbacken schob, so dass sie fühlen konnte, wie er weiter hochrutschte und jede Sekunde der Entblößung bewusst wahrnahm. Sie trug ein wunderschönes Höschen, Seide mit Spitze hinten; ihr süßer kleiner Pfirsichpo schien hindurch, und man konnte auch die dunkle und verführerische Spalte in der Mitte sehen. Genau wie ihre Beine war auch ihr Hintern weich und blass und als ihr Rock auf ihrem Rücken liegen blieb und nicht mehr herunterrutschen konnte, nahm ich mir einen Moment Zeit, sie zu streicheln und die Wärme ihrer Haut zu spüren. Sie hob den Hintern ein wenig an, so dass ich noch bessere Sicht hatte.

„So benimmt sich wohl kaum eine Dame", schalt ich. „Den Hintern so in die Luft zu recken wie eine läufige Hündin. Aber in ein paar Minuten ist das sowieso egal. Verhauene Frauen sehen alle mehr oder weniger gleich aus. Dann will ich dich mal nicht warten lassen. Runter mit dem Höschen!“

Ich schob ihre Bluse hoch und griff nach dem Hosenbund. Während ich zog, rutschte ihr Höschen in die Spalte, so dass ihre Pobacken noch mehr betont wurden. Sie stöhnte erneut, als ich begann, das Höschen zu ziehen, ein wirklich schwaches, devotes Geräusch.

„Runter damit“, sagte ich. „Runter von deinem Hintern, so dass man deine Spalte schön sehen kann, eben alles sehen kann, wie es sich für ein Mädchen, das auf seine Strafe wartet, gehört. So, das hätten wir, jetzt bist du nackt. Ist doch gar nicht so schlimm, oder? Doch, weil man deine Muschi sehen kann? Darüber würde ich mir keine Gedanken machen, heutzutage kann man als Frau seine Muschi ruhig zeigen. Wir sollten stolz auf unsere Muschis sein. Aber die Tatsache, dass man dein schrumpeliges kleines Arschloch sehen kann, die sollte dir zu denken geben.“

Als ich das sagte, begann sie zu schluchzen, also beließ ich es dabei, obwohl ich ihr ihr Arschloch gern noch detaillierter beschrieben hätte. Es war schön, gar nicht braun, sondern rosa und sehr gleichmäßig, auch eng, sicherlich war sie in dieser Hinsicht noch Jungfrau. Ich hätte sie gern dort geküsst, aber das wäre kein dominantes Verhalten. Ihre Muschi war genauso verlockend, blass und ordentlich, kleine innere Schamlippen, die kaum zwischen den äußeren hervorschauten, und rasiert war sie, bis auf ein kleines Dreieck goldenen Flaums.

Ich musste sie berühren, das ging einfach nicht anders. Ich ließ den Nagel eines einzelnen Fingers langsam durch ihre Spalte fahren, hielt beim Anus kurz inne, so dass das kleine Loch zuckte und beschrieb dann ein Oval über ihrer Muschi. Ein Schauder durchfuhr sie, als ich meine Untersuchung mit einer kurzen Berührung ihres Kitzlers beendete, und ich ertappte mich dabei, dass ich grinste.

„Sehr schön“ sagte ich „und auch sehr feucht, du kleine geile Tussi. Jetzt werde ich dich schlagen.“

Ich schlug ihr auf den Hintern, während ich sprach, benutzte nur die

Fingerspitzen und das ganz sanft, jedoch hart genug, um ihr Fleisch zum Zittern zu bringen. Als Reaktion darauf ließ sie einen weiteren verzweifelten Seufzer hören, und ich fuhr fort, ihre Pobacken abwechselnd zu schlagen, immer wieder, wobei jeder Schlag ein kleines bisschen härter wurde. Ich wusste genau, wie sie sich fühlte bei ihrer Entjungferung mit dem nackten Arsch so unverhohlen ausgestreckt und das Ganze auch noch im Freien.

„Die meisten Frauen erleben das hier in der Intimsphäre ihres Schlafzimmers", sagte ich, als die ersten, delikaten, rosafarbenen Streifen auf ihrem Po erschienen, „oder vielleicht auf dem Rücksitz eines Autos. Manche lassen sogar beim ersten oder zweiten Mal das Höschen an. Du bist ganz anders, Amy, du machst es draußen, und man kann alles sehen."

Ihr Hintern verfärbte sich dunkelrosa, und sie hatte zu quietschen begonnen. Ich musste nicht aufhören. Sie war festgebunden und hatte die Wahl, hier zu bleiben oder ohne Topp und mit auf dem Rücken festgebundenen Händen zum Strand hinunter zu laufen. Ich hörte aber trotzdem auf, ließ sie schwer atmend und nach der Bestrafung zitternd weiter auf dem Boden kauern, was ihren Hintern auf süße Weise zum Beben brachte.

Ich zog ihr einen der Badeschuhe aus. Sie musste wissen, dass ich sie damit schlagen würde, aber als Jungfrau hatte sie keine Vorstellung davon, wie sehr es schmerzen würde. Ich wollte, dass sie es herausfand, wenn auch nicht zu schnell, aber immerhin schnell genug, damit sich ihre Endorphine mit dem Schmerz aufbauen konnten. Ich schlug mir mit dem Schuh auf die Handinnenfläche. Sie winselte, ihre Backen zogen sich zusammen, und ihr Arschloch zwinkerte mir zu. Ich wiederholte den Vorgang und klatschte den Schuh dann auf ihren Arsch, gerade hart genug, dass sich der Abdruck des Schuhs auf ihrer schönen Haut abzeichnete.

Erneut begann ich sie zu schlagen, fester jetzt, und bei jedem Schlag atmete sie schnell und ruckartig ein. Sie begann erneut zu quieken, aber ich ignorierte sie und verstärkte meine Schläge. Ihr Hintern war zwar fest, aber nicht so fest, dass das Fleisch nicht gewabbelt und gewackelt hätte, als ich begann, ernsthaft zuzuschlagen. Beide Arschbacken waren dunkel verfärbt, und die Spalte dazwischen bildete eine blasse Unterteilung. Auch ihr Loch pulsierte rhythmisch, was bei einigen Frauen passiert, wenn sie geschlagen werden.

Sie begann zu hecheln, ihr Atem ging stoßweise, und ich verkürzte die Abfolge und erhöhte die Kraft meiner Schläge, bis ihr Hintern heftig wackelte und das Fleisch sich gar nicht in die ursprüngliche Position zurück bewegen konnte, bevor der nächste Schlag sie traf. Es fiel mir schwer, mir nicht an die Pussi zu fassen und mein Gesicht von ihrem Hintern fern zu halten, aber ich fuhr fort, wollte sie unbedingt zum Orgasmus bringen, bevor ich ihr auch nur meine Titten zeigte.

„Du darfst masturbieren", sagte ich, bemüht, meiner Stimme einen klaren Klang zu geben. „Los, schieb deine Finger in deine kleine süße Möse, ganz tief hinein, dann zu deinem Kitzler, und du darfst für mich kommen, während dein Arschloch zuckt und dein fetter Hintern unter meinen Schlägen wackelt."

Erst in dem Moment, als ich ihr sagte, sie habe einen fetten Hintern, wurde die ganze Sache zu einer Racheaktion. Bis dahin hatte ich alles getan, um ihre erste Tracht Prügel zu einem schönen Erlebnis werden zu lassen, hatte mir Zeit gelassen und alles versucht, damit ihr Geisteszustand nicht vom Schmerz überholt wurde. Als sie ihre Hand zwischen ihre Schenkel gleiten ließ, wusste ich, dass ich es geschafft hatte. Sie würde es sich selbst besorgen, und wenn ich auch nicht genau wusste, was in ihrem Kopf vorging, so hatte ich doch eine ziemlich konkrete Vorstellung.

Ich hatte einige ziemlich erniedrigende Dinge zu ihr gesagt, und sie hatte nicht widersprochen, und das letzte, was ich zu ihr gesagt hatte, war, dass sie einen fetten Hintern hatte. Das stimmte zwar nicht, aber darum ging es nicht, viele Frauen finden die Vorstellung, fett zu sein, entsetzlich, ganz besonders, einen fetten Arsch zu haben. Eine Fitness-Fanatikerin und Journalistin bildete da sicherlich keine Ausnahme.

Ihr beim Masturbieren zuzusehen war zu viel für mich. Sie hatte sich zwei Finger in die Muschi gesteckt und holte ihren Saft heraus, um ihn sich über den Kitzler zu schmieren, was verdammt verrucht war, vor allem in Verbindung mit ihrem zuckenden Arschloch und den bebenden, geschwollenen Arschbacken. Ich machte weiter, schlug mittlerweile so hart zu, dass mein Arm zu schmerzen begonnen hatte, änderte jetzt aber auch meine Position, spreizte die Knie und fasste unter mein Kleid. Meine Muschi war tropfnass, keine Überraschung, und ich schob mir schnell zwei Finger hinein und massierte mit dem Daumen meine Klitoris.

Amy näherte sich dem Höhepunkt, und als ich sah, wie die Muskeln ihrer Vulva sich zusammenzogen und ihren ekstatischen Schrei hörte, knallte ich ihr den Schuh noch einmal mit aller Kraft auf den Arsch. Sie schrie auf und bockte, massierte jedoch weiter ihre Muschi, schrie mich an, sie fester zu schlagen, sie zu verletzen und zu bestrafen. Ich gehorchte, versetzte ihrer anderen Backe einen ebenso harten Schlag, dann noch einen, schlug sie wie wild in rasender Ekstase und Rache, während ihre Muschi sich immer wieder über ihren Fingern öffnete und schloss.

Ich hörte auf, als sie zu Boden sackte, aber ich war noch nicht fertig mit ihr. Ich fertigte sie mit einer letzten, harten Salve auf ihren hochroten Hintern ab, und griff dann nach ihrem Kopf. Ich packte sie am Nacken, zog sie herum und drückte ihren Kopf unter mein Kleid, direkt auf mein tropfnasses Höschen. Ich griff nach unten, schob mein Höschen zur Seite und zwang ihren Kopf an meine Möse. Sie begann sofort zu lecken, schleckte meinen Saft in abwesender, geschlagener Demut, züngelte an mir herum mit ausgestrecktem, nacktem Arsch, ihre geschwollene, tropfnasse Möse und das enge, rosa Arschlock zeigten nach oben, aufgedunsen und feucht von ihrer Erregung.

Meine Schenkel klemmten ihren Kopf ein, und ich kam, ließ mich in einen herrlichen Orgasmus fallen, während ihre Zunge unaufhörlich über meinen Kitzler glitt. Sie war gut, sicherlich nach der Prügel noch besser als sonst, und ich konnte meine Position nicht halten, fiel auf den Boden spreizte meine Beine für sie und schrie voll reiner, perfekter Leidenschaft laut in den Himmel.

Amy McRae und ich gingen Arm in Arm den Strand entlang zurück. Sie stellte mir noch immer Fragen, jetzt aber anderer Art, und sie war viel verständnisvoller als vorher. Ich versprach ihr, das, was zwischen uns passiert war, für mich zu behalten, obwohl Amber in Walberswick wartete und eine geschlagene Frau sofort erkannte, wenn sie eine sah.

Ihre Entjungferung hatte etwas länger als eine halbe Stunde gedauert. So lange hatte es einfach gebraucht, und ich hatte die ganze Zeit über meine Uhr kontrolliert. Wie so häufig, wenn man eine neue und intensive sexuelle Erfahrung macht, war sie bemüht, ihr Handeln vor sich selbst zu rechtfertigen und brauchte dazu meine Unterstützung. Aber sie hatte keine Mühe, in kürzester Zeit ein Dutzend Gründe dafür zu finden, warum es akzeptabel war.

Ich hatte teilweise Recht gehabt in Bezug auf das, was in ihrem Kopf vor sich ging, aber nicht ganz. Sie hatte sich bereits im Vorfeld entschlossen, es mich tun zu lassen, falls ich fragen sollte. Nicht nackt zwar, das war passiert, weil sie mich mochte und weil es mir offensichtlich so sehr gefiel, bestraft zu werden. Sie hatte nicht erwartet, dass es ihr gefallen würde, sondern wollte ihre Ansichten durch diese Erfahrung untermauern und anschließend aus einer unangreifbaren Position heraus argumentieren können. Wenn sie es einmal versucht hätte und es anschließend ablehnte, konnte ihr niemand mehr vorwerden, dass sie nicht wusste, wovon sie sprach. Sie hatte die ganze Zeit über Zweifel gehabt, selbst als ich ihr das Höschen heruntergezogen hatte, und mit meinen erniedrigenden Bemerkungen hatte ich es beinahe übertrieben.

Aber als ihr Hintern sich erwärmte, hatte sie sich der Erregung hingegeben, und ich hatte den Nagel auf den Kopf getroffen, als ich ihr sagte, sie habe einen fetten Hintern. Mit ihren heraus hängenden Brüsten und ihrem entblößten Hintern bei der Bestrafung war das der letzte Tropfen gewesen. Als sie kam, hatte sie daran gedacht, wie furchtbar es wäre, zwangsernährt zu werden, bis ihr Hintern tatsächlich dick und fett und wabbelig wäre und anschließend zur Bestrafung geschlagen zu werden, was auch noch Salz in ihre Wunden gestreut hätte.

Das war eine neue Vorstellung für mich, aber ich konnte mir schon denken, warum eine Fitness-Fanatikerin daran Gefallen fand. Es bedeutete, dass ich zugebeben musste, dass eine Bestrafung manchmal hilfreich sein kann, wenn es darum geht, Ängste oder vergangene Probleme zu bewältigen. Ihr schlimmster Albtraum war schließlich, dass man sich über sie lustig machte, weil sie zu dick war, und das war genau der Gedanke, der sie zum Höhepunkt gebracht hatte, und ihr das Recht auf eigene Gefühle abzusprechen, hätte gegen meine eigene Argumentation verstoßen.

Wir diskutierten das Thema aus, während wir zurück zum Strand liefen und wieder das seichte Wasser erreichten. Ich musste zugeben, dass es in vielen meiner Fantasien darum ging, für Dinge bestraft oder erniedrigt zu werden, die im echten Leben völlig inakzeptabel waren, insbesondere dafür, sich die Selbstkontrolle entreißen zu lassen. Sie fragte mich, ob Kontrolle ein wichtiger Teil meines Lebens war, und ich gab zu, dass ich Wissenschaftlerin war. Das passte in die Theorie, die sie sich schnell zurecht gelegt hatte, aber ich musste darauf hinweisen, dass es viele Frauen gibt, die das Prügeln hauptsächlich wegen des körperlichen Aspektes genießen.

Als wir Amber erreichten, war ich fest davon überzeugt, dass Amy ehrlich war. Das musste sie einfach sein, so offen wie sie war, und ich war auch sicher, dass ihre Bitte um Geheimhaltung ehrlich gemeint war, wenn auch vielleicht nur, weil ihre Wangen fast genauso rot geworden waren wie ihre Arschbacken, als sie mich darum bat. Jedenfalls hielt ich sie keinesfalls für einen Fake. Zielstrebigkeit ist eine Sache, aber welche Chefredakteurin gewährt ihrem Kamerateam schon vollen Einblick in die nackte Muschi und auf die roten Arschbacken, nur um eine gute Story zu bekommen?

Amber saß auf dem kleinen Wellenbrecher an der Flussmündung des Blyth, was bedeutete, dass sie den ganzen Strand einsehen konnte, bis weit über die Stelle, an der Amy und ich in den Dünen verschwunden waren, hinaus. Sie begrüßte mich mit einem wissenden Lächeln, was Amy erneut erröten ließ, aber wir kamen schnell zu dritt in ein vertrautes Gespräch.

Wir aßen in einem der Pubs, einen Hummer und einen Salat mit Gewürztraminer, der köstlich war, besonders weil er auf das Spesenkonto von Amy ging. Ich fühlte mich am Ende frech aufgelegt und konnte nicht widerstehen, ein großes Stück klebrigen Schokoladenkuchen mit Sahne zu bestellen.

Amy fragte, wie ich mich trauen konnte, so etwas zu essen, was das Gespräch auf das Ponyspiel brachte, von dem sie nie etwas gehört hatte. Amber erklärte ihr, worum es ging, zuerst die Grundfantasie, dann die Schweinchen, Welpen, Fuchsjagd, Zaumzeug, Peitschen-, Dressurfantasie... eben alles. Sie redete bis lange nach Einbruch der Dunkelheit, und Amy nahm das alles in verdutzter Überraschung in sich auf.

Als wir zurück zum Auto kamen, war der Parkplatz bereits leer, die Dünen bildeten eine schwarze Linie vor dem Horizont, und nur die weit entfernten Straßenlampen leuchteten uns den Weg. Es war einsam, aber es gab ein geringes Risiko, dass man uns vom Dorf aus sehen konnte, wenn auch nicht deutlich. Ich war angetrunken und wirklich zufrieden mit mir, also bat ich um eine Tracht Prügel und bekam sie, über die Kühlerhaube des Autos gelegt, Kleid hochgeschoben und Höschen herunter gezogen, schlugen sie mir beide abwechselnd auf den Arsch, was einen perfekten Abschluss dieses Tages darstellte.

Sieben

Knapp zwei Monate später sollte der Artikel veröffentlicht werden. Amy würde ihn selbst schreiben und ihn zum Haupt-Feature der Ausgabe machen, was mich natürlich sehr zufrieden stellte. Ich triumphierte. Das Beste, was ich wahrscheinlich zu erreichen erwartet hatte, war, dass sie mir meine Meinung zugestand. Sie überzeugt zu haben, war natürlich viel besser, insbesondere angesichts der Freude, dass ich sie hatte entjungfern dürfen.

Das einzige Bedauerliche war, dass nur noch sehr wenig Zeit blieb, bis die Uni wieder los ging, so dass ich kaum Gelegenheit hatte, mich an meiner neuen Spielkameradin zu erfreuen. Sie hatte keine feste Freundin und wollte weiteres entdecken, also kam sie eines Nachmittags vorbei und blieb zum Abendessen. Wir führten sie in die Freuden des Ponyspiels ein, zuerst legte ich das Zaumzeug an, dann sie selbst. Es gefiel ihr, was ich erwartet hatte, denn die Mischung aus Sport und Sex war genau das richtige für ein athletisches Mädchen wie sie, und außerdem hatte sie früher ein Pony besessen. Sie mochte das Zaumzeug und war beeindruckt von Ambers Einfallsreichtum und Fertigkeiten, sowohl was das Fesseln von Frauen betraf als auch wenn es um die Erfindung erotischer Spielchen ging.

Wir schlugen sie nach dem Abendessen, nackt über den Tisch gebeugt, der so aufgebaut ist, dass das Opfer während der Bestrafung sowohl sein Gesicht als auch seinen Hintern sehen kann. Ich erinnerte mich an meine eigene erste Erfahrung an derselben Stelle und an die Stärke des Gefühls, zu sehen, wie mein Arsch geschlagen und meine Pussi feucht wurde.

Ich war auch mit dem Stock geprügelt worden, und das taten wir jetzt auch mit Amy, wärmten sie vorher gut auf und streichelten sie zwischen den Schlägen, um sie zu beruhigen. Sie ertrug sechs Schläge, obwohl sie zuerst wirklich Angst gehabt hatte und war anschließend erregt genug, um sich vor unseren Augen eine Kerze in die Muschi zu schieben. Wir hielten uns die Nacht über in den Armen, nachdem Amber und ich gemeinsam gekommen waren, während Amy uns schlug, eine Erfahrung, die durch unsere heißen Ärsche noch intimer wurde.

Zwei Tage später war ich wieder oben im Norden, vermisste Amber und meine anderen Freunde, wie immer, verspürte aber jetzt zusätzlich eine gewisse Nostalgie und eine Unzufriedenheit, die ich nicht leugnen konnte. Das lag an der Sache mit Beth. Sicher, sie würde Amys Artikel lesen, wenn er herauskam, und das würde ihr zweifellos ein wenig die Augen öffnen, aber dennoch war es mir nicht gelungen, sie dazu zu bringen, mich zu bestrafen oder auch nur zu fesseln.

Als ich damals in den Norden gezogen war, war ich ziemlich einsam gewesen, so weit weg von Amber und mit niemandem in meiner Nähe, der um meine Sexualität wusste, ganz zu schweigen davon, dass er oder sie sie verstehen würde. Ich hatte eine ziemlich unanständige Affäre mit einem Pförtner, Colin, aber die basierte einfach nur darauf, dass wir auf einer Wellenlänge lagen, wenn es um harten, schmutzigen Sex ging. Jedenfalls war er entlassen worden, weil er eine Kamera im Waschraum der Studentinnen angebracht hatte, was mich gleichzeitig erleichtert und enttäuscht hatte.

Zwei Jahre später schloss ich mich einer Gruppe Studentinnen an, die einen Zirkel gebildet hatten. Es machte Spaß, wir teilten einige tiefgehend intensive sexuelle Erfahrungen, aber letzten Endes hatten ihre Überzeugungen auf Hokuspokus basiert, und ich stellte fest, dass ich einfach nicht zu ihnen passte. Alle von ihnen waren entweder weg oder jetzt im dritten Studienjahr und konzentrierten sich auf die Abschlussprüfungen, also war ich allein zurückgeblieben. Ella, die mich ihnen vorgestellt hatte, arbeitete in meiner Abteilung, daher sah ich sie ab und zu, aber das war auch schon alles.

Später hatte es noch Wendy gegeben, die mit mir in Brittany gewesen war, um den Feldkurs für den vorangegangenen Sommer vorzubereiten. Wir waren im Bett gelandet, und sie hatte ganz schön viel Erfahrung bewiesen. Wir hatten unser intimes Verhältnis weitergeführt, und sie hatte sich eine Stelle als Probedozentin gesichert und arbeitete jetzt in der Abteilung. Das bedeutete zumindest, dass ich jemanden zum Reden und eine gelegentliche Spielkameradin hatte, und wenn auch ihre Vorlieben sich ziemlich von meinen unterschieden, gab es doch genügend Überschneidungen.

Amber rief mich eine Woche nach Semesterbeginn an, um mir zu erzählen, dass sich etwas getan hatte. Amy hatte ein paar Schwierigkeiten damit gehabt, als es um die Akzeptanz ihrer Idee dessen, was jetzt Inhalt des Artikels über körperliche Züchtigung sein sollte. Sie hatte einen ziemlich starken Willen und war die Chefredakteurin, daher hatte sie es geschafft, die Mehrzahl ihrer Kollegen auf ihre Seite zu ziehen oder zumindest dazu gebracht, ihre Sicht der Dinge zu akzeptieren. Eine Ausnahme war Isabel, die, obwohl sie freie Mitarbeiterin war und keine Entscheidungsgewalt besaß, immerhin die Nichte des Geschäftsführers des Unternehmens war, dem der Metropolitan gehörte.

Isabel stellte offensichtlich den Wahrheitsgehalt des Artikels in Frage, ging zwar nicht davon aus, dass Amy sich das ausgedacht hatte, aber vielleicht, dass ich ein Fake war. Ich sah die Logik hinter dieser Argumentation, genau wie Amy, obwohl sie uns ihre Zuversicht versicherte. Wenn der Metropolitan einen Artikel veröffentlichte, der das gesamte Thema einschließlich erotisches Schlagen, nicht bis ins letzte Detail verdammte, und sich nachher herausstellte, dass sie hereingelegt worden waren, wäre das eine ziemlich peinliche Angelegenheit. Das Fazit war, dass Isabels Onkel, Sir Rhys Mintower, mich treffen wollte, angeblich um festzustellen, ob ich echt war.

Mir erschien es eher so, dass es sich bei Mintower um einen schmutzigen alten Mann mit ganz anderen Motiven handelte, der gerne mal eine Frau treffen wollte, die gern eine Tracht Prügel bezog. Amber stimmte zu und schlug vor, dass ich mich mit ihm treffen, aber vorsichtig sein solle. Mit vorsichtig meinte sie, dass ich nichts zulassen sollte, was Henry Gresham oder Percy Ottershaw nicht tun würden. Darüber machte ich mir keine Sorgen, mir ging es eher darum, dass es schwierig sein könnte, Mintower von meiner Aufrichtigkeit zu überzeugen, ohne meine berufliche Position zu gefährden. Aber wenn ich ablehnte, könnte das Amy schaden, da der Grat ihrer Glaubwürdigkeit jetzt auf meinen Schultern lag. Mintower würde kaum mein Wort akzeptieren, wenn ich verlangte, anonym zu bleiben.

Nachdem ich mich selbst eine Minute lang verflucht hatte, weil ich mich in eine so unangenehme Situation gebracht hatte, entschied ich mich, dass es richtig gewesen war, Kontakt zu Amy aufzunehmen. Es kommt ein Punkt, an dem man Farbe bekennen muss, aber das wollte ich keinesfalls öffentlich tun. Stattdessen brauchte ich jemanden, der mir Mintower vorstellte, jemanden, dessen Glaubwürdigkeit er nicht anzweifelte und der mich gut genug kannte, um zu wissen, dass ich zuverlässig war.

Zuerst dachte ich an Anderson, dessen Vater eine wichtige Rolle in der Stadt spielte und der im selben Alter wie Mintower war. Da hatte ich kein Glück, aber er wies mich darauf hin, dass es gut möglich war, dass Percy, der vor seiner Karriere als Journalist als Weinhändler gearbeitet hatte, Mintower eventuell beliefert haben könnte. Aber da kam ich auch nicht weiter. Danach kam mir Henry in den Sinn, obwohl das etwas weit hergeholt war. Er hatte Pferde gezüchtet, und es bestand die vage Möglichkeit, dass Mintower dieses Interesse teilte. Leider hatte Mintower aber nichts für dieses Hobby übrig, und Henry hatte noch nie von ihm gehört. Mein vierter Anruf brachte mir Glück, obwohl ich dieses Wort nicht benutzt hatte, als ich seine Stimme auf dem Anrufbeantworter hörte.

Morris Rathwell kannte Mintower. Nicht gut, aber gut genug für meine Zwecke. Beide waren Geschäftsführer in einer obskuren Holdinggesellschaft, mit ebenso obskurem Firmensitz auf den Karibischen Inseln, also konnte ich mir denken, worum es dabei ging. Sie trafen sich einmal im Jahr bei Vorstandssitzungen, aber Rathwell war sicher, dass Mintower ihn für glaubwürdig hielt. Was er von mir als Gegenleistung für diesen

Gefallen erwartete, wurde klar zum Ausdruck gebracht, um genau zu sein so klar, dass mir die Schamesröte in die Wangen stieg.

Man kann sagen, dass Rathwell auf schreckliche Weise von mir fasziniert ist. Er ist so grausam, so direkt. Am liebsten nimmt er Mädchen ihre Jungfräulichkeit und besser noch, ihre anale Jungfräulichkeit. Außerdem füllt er gerne seine Liste mit Eroberungen, und auch hier gefiel es ihm besonders, wenn die Begegnung auch Analverkehr beinhaltete. Er hatte mich geschlagen, und wir hatten auch ein paar andere Sachen gemacht, ich hatte auch seinen Schwanz gelutscht, aber im Großen und Ganzen hatte Amber es meistens geschafft, uns auseinander zu halten. Jetzt wollte er mich richtig, von vorn und von hinten, und er war nicht bereit, Kompromisse einzugehen. Das Schlimmste daran war, dass er so unangenehm arrogant war, dass er wohl davon ausging, dass ich mich die ganze Zeit danach gesehnt und nun endlich eine Entschuldigung gefunden hatte, um mich gehen zu lassen.

Ich konnte mir das Ganze genau vorstellen. Es würde sicher nicht in meiner Wohnung stattfinden, dort war es zu gemütlich und zu sicher für mich. Wahrscheinlich würden wir es auf dem Rücksitz seines protzigen Wagens tun, ich würde mich über die Rückbank lehnen und sein langer dünner Schwanz würde sich langsam in meinen Hintern arbeiten. Das natürlich nach dem Vögeln, was ich wahrscheinlich auf dem Rücken liegend über mich ergehen lassen musste, damit meine eigenen Säfte mein Arschloch schön glitschig machten. Harmony hatte mir davon berichtet, wie gern er Mädchen in den Hintern fickte, wenn sie feucht vom eigenen Saft waren.

Ohne Zweifel würde er in meinen Hintern ejakulieren oder noch schlimmer, ihn vorher rausziehen und in meinen Mund abspritzen. Erst danach würde ich geschlagen werden und selbst kommen dürfen, wahrscheinlich mit einer Karotte oder etwas Ähnlichem im Hintern, damit ich daran erinnert wurde, was er gerade mit mir getan hatte. Wahrscheinlich würde er sogar die Zwillinge mitbringen, so dass man mir nicht nur dabei zusehen würde, wie er mich in den Hintern fickte, sondern auch alles tun musste, was sie von mir verlangten. Nach allem, was Mel beim letzten Mal gesagt hatte, war ich nicht sicher, ob sie auch nur einen Deut besser war als ihr Mann. Ich dachte einen Moment lang nach, aber letztendlich hob ich den Hörer ab und rief ihn zurück.

Ich versuche immer, die Sichtweisen anderer Menschen zu verstehen, auch wenn ich nicht mit ihnen übereinstimme. Rathwells Sichtweise konnte ich verstehen. Er war ein beschäftigter Mann, der Zeit verschwendete, um einem Mädchen einen Gefallen zu tun, wofür er nur mit ihrer Dankbarkeit rechnete. Er wollte einfach nur sicher gehen, dass diese Dankbarkeit zu bestimmten Bedingungen demonstriert wurde, nämlich durch seinen Penis in meinem Hintern. Die Tatsache, dass soziale Konventionen es quasi unmöglich machen, einer Frau vorzuschlagen, dass sie sich als Gegenleistung für einen Gefallen in den Arsch ficken lässt, spielte weder für ihn noch für mich eine Rolle. Morris Rathwell kümmerte sich ohnehin nicht um gesellschaftliche Konventionen. Ich konnte nur vage erahnen, was seine Familie davon hielt, dass er ein schwarzes Mädchen aus dem East End geheiratet hatte und jetzt in einer Ménage à trois mit ihr und ihrer Zwillingsschwester lebte.

Also würde ich es besorgt bekommen und zwar am folgenden Wochenende. Man muss ihm zu Gute halten, dass er mich den Weg nach London hätte machen lassen können, aber er entschied sich, zu mir in den Norden raufzukommen, und er gab mir Anweisungen, ihn in einem Cottage südöstlich der Stadt zu treffen. Das Cottage hatte er offensichtlich für das Wochenende gemietet, und er hatte eine gute Wahl getroffen. Es befand sich in einem kleinen Tal, es gab Bäume auf beiden Seiten und eine lange Auffahrt zu dem Haus, eine Garage und ein paar Schuppen. Sie hießen mich an der Tür willkommen, alle drei.

Ich begrüßte sie fröhlich, fühlte mich ziemlich sorglos, was wohl an dem Adrenalin lag. Sie führten mich hinein, und Rathwell kniff mir fest in den Hintern, als ich durch die Tür ging. Das Innere des Hauses war gemütlich, sogar niedlich eingerichtet mit poliertem Holz und Chintz-Décor. Es handelte sich offenbar um eine alte Scheune, die Dachbalken waren mit der Zeit gedunkelt und von Nagellöchern zerstochen, was trotz der dicken Lackschicht zu sehen war.

Sie hatten keine Eile, es gab zuerst ein herzhaftes Abendessen mit viel Wein und Cognac danach. Als wir fertig waren, war ich voll, spürte aber einen kleinen Knoten in der Magengegend von der Aufregung in Bezug auf das, was mir bevorstand. Der Analverkehr war nicht das Problem. Ich hatte immer gewusst, dass er mich irgendwann erwischen würde. Aber das Seilsystem, das ich gesehen hatte, als ich eintrat, machte mich nervös.

Ich erwartete, dass er mich erniedrigen wollte, vielleicht musste ich mich wie ein Schulmädchen oder eine Cheerleaderin anziehen, aber ich hatte nicht damit gerechnet, dass ich von der Decke baumeln würde und auch nicht mit dem, was Harmony in die Küche brachte. Als ich es sah, wurde mir klar, dass sie mir alle Würde nehmen wollten und dass sie wahrscheinlich stundenlang darüber nachgedacht hatten, wie das am Besten zu bewerkstelligen wäre. Rathwell liebt es, ein Mädchen möglichst lächerlich zu machen, während sie bestraft wird und solange es auf sexuelle Weise präsentiert wird, scheint ihm kein Gedanke zu extrem zu sein.

Schulmädchenuniformen und Dienstmädchen-Outfits sind da noch die harmloseren Varianten. Beides steht für Unschuld und einen niedrigen gesellschaftlichen Status, auch wenn das Konzept etwas altmodisch ist. Eine Pfadfinderinnenuniform stellt in etwa dasselbe dar, vielleicht ein wenig stärker. Als ich Beth erzählt hatte, dass Mark mich gezwungen hatte, eine solche Uniform zu tragen, war es Rathwell gewesen, der mich auf diese Idee gebracht hatte. Er befahl einem Mädchen auf einer seiner Partys sich so Uniform anzuziehen, eine kleine grüne Uniform, grüne Strumpfhosen, alles drum und dran, sogar grüne Unterhosen. Sie war verprügelt worden, während ihr die Uniform um den Körper hing, mit nacktem Arsch in der Mitte, was in mir sowohl Mitleid als auch Eifersucht ausgelöst hatte.

Die Menschen sind verschieden, und jedes devote Mädchen hat seine schwachen Punkte, wenn es um Kleidung geht. Das Bild muss etwas bedeuten, es kann so erniedrigend sein, wie es nur geht, muss aber trotzdem noch süß aussehen. Auf diese Weise kann sie sich gleichzeitig sexy und erniedrigt fühlen. Eine sehr ernsthafte Frau, sagen wir im echten Leben eine Buchhalterin, kommt vielleicht in einem Clownskostüm am besten auf ihre Kosten, vielleicht mit dem Hosenboden und dem Vorderteil weggeschnitten, so dass man ihren Hintern und ihre Brüste sehen kann. Das Perverse daran ist, dass man eine Frau in einem Outfit bestraft, das sie normalerweise in einem Zusammenhang trägt, der sie stolz macht. Eine Anwältin könnte zum Beispiel geprügelt werden, während sie Perücke und Robe trägt und darunter einen schicken Anzug. Entblöße ihren Po und ihren Busen und vertrimm sie so, und die Erfahrung wird für sie um einiges intensiver, als wenn sie nackt wäre.

Morris Rathwell weiß all das und macht sich dieses Wissen häufig zunutze, daher hatte ich etwas auf mich Abgestimmtes erwartet. Vielleicht einen Laborkittel. Eine akademische Robe wäre toll gewesen, aber ich bezweifelte, dass er wusste, dass ich berechtigt war, so etwas zu tragen, einschließlich Doktorhut. Das Outfit einer Comic-Hexe wäre eine erniedrigende und lächerliche Parodie auf meine Arbeit gewesen, oder eine Uniform der Heilsarmee, wenn er auf meinen Atheismus hätte anspielen wollen. Aber er hatte nichts davon gewählt, sondern sich stattdessen für etwas entschieden, dass eine tiefsinnige Grausamkeit und gleichzeitig ein enormes Wissen über mich widerspiegelte.

Zuerst dachte ich, es wäre einfach ein weißes Kleid, ein typisches Bild, das Unschuld verkörpert und mehr nicht. Erst als Rathwell es hochhielt, wurde mir klar, was er getan hatte. Es war ein Konfirmationskleid und zwar eines, auf das das Banner meiner alten Schule aufgenäht war. Ganz weiß, mit Rüschen und ausgestellt und knielang, allein das hätte mir schon die Röte ins Gesicht getrieben. Aber da war noch mehr. Ein kleiner, weißer Sport-BH, weiße Sandalen, weiße Kniestrümpfe, ein weißer

Unterrock und ein Paar absurde Unterhosen mit Rüschen und elastischen Beinlöchern.

Ich hatte keine Ahnung, woher Rathwell von der Qual erfahren hatte, die ich zurzeit meiner Konfirmation durchlebt hatte. In meiner Schule gingen alle zur Konfirmation, das tat ganz einfach jeder. Ein oder zwei rebellische Jungen waren meistens dabei, die sich zunächst weigerten, aber letztendlich gaben doch alle nach. Anders jedoch in meinem Fall. Ich war sechzehn und heimliche, aber militante Atheistin, trotz meines normalerweise doch eher schüchternen Charakters. Ich hatte mich geweigert und dem Druck von meinen Mitschülern, der Schulbehörde und dem Kaplan Stand gehalten. Meine Mutter hatte gesagt, sie fände das albern und argumentiert, wenn ich doch sowieso nicht daran glaubte, würde es auch nicht schaden, wenn ich hinginge. Schließlich hatten meine Wutanfälle meinen Vater aus seinen andauernden Tagträumen geweckt, und mit seiner Hilfe war ich entkommen.

Die Erinnerung an die bitteren Tränen, die ich vergossen hatte, während ich die Direktorin und den Kaplan in ihrem Büro angeschrien hatte, überfluteten mich, als Rathwell mir das Kleid zeigte und es drehte, damit ich die Puffärmeln und die große weiße Schleife auf dem Rücken bewundern konnte. Es war symbolisch, daran gab es nichts zu rütteln. Mich zu weigern, ein solches Kleid zu tragen, war ein wichtiger Bestandteil meines Sieges gewesen. Ich fühlte einen Knoten in der Kehle bei dem Gedanken, dieses Kleid jetzt anzuziehen. Rathwell wartete, schadenfroh über mein steigendes Unbehagen und warf das Kleid schließlich über eine Stuhllehne.

„Woher ... woher wusstest du das?“, brachte ich hervor, da es keinen Sinn machte, so zu tun, als könnte mich kein Wässerchen trüben.

„Ganz einfach“, antwortete er. „Ein Anruf bei deiner alten Schule, bei dem ich mich als potentieller Arbeitgeber ausgab, der deine Referenzen prüfen wolle, da deine Schulnoten unglaublich gut zu sein schienen. Ein Besuch bei deiner Schule, ein nettes Gespräch mit dem Kaplan, eine kleine logische Schlussfolgerung. Kein Problem für einen Mann wie mich.“

„Bastard!“

„Aber, aber, Penny, wir werden doch jetzt keinen Wutanfall bekommen? Los, zieh die Klamotten aus, ich will diesen süßen Körper nackt sehen.“

Ich begann mich auszuziehen und versuchte angestrengt, meine Gefühle nicht deutlicher zu zeigen, als ich es schon getan hatte. Das Strippen packt mich immer, egal, was ich gerade tue, und meine Anspannung stieg noch mehr, als ich die Schuhe, die Socken, das Shirt und die Jeans auszog. Die Unterwäsche war schwieriger, weil alle drei vollständig angezogen waren und mit unverhohlener Faszination zu mir herüber starrten, als ich meinen BH öffnete und ihn von meinen Brüsten rutschen ließ. Es folgte mein Höschen, ich zog es schnell herunter und trat es mit den Füßen weg, so dass es in der Nähe von Rathwells Schuhen als kleines weißes Baumwollbündel liegen blieb.

Harmony winkte mich herüber, und ich folgte ihr aus dem Raum hinaus, während die Rathwells drin blieben und an ihrem teuren Brandy nippten. Sie ging ins Badezimmer, das ganz neu zu sein schien, ausgestattet mit glänzenden Fliesen in Pastelltönen. Irgendwie machte diese Sauberkeit die Sache noch schlimmer, denn die Schmutzigkeit dessen, was wir vorhatten, wurde dadurch betont. Die Handschuhe, die Spritze und die Blutbeutel im Waschbecken bildeten einen deutlichen Kontrast zu dem Primelmuster auf dem Porzellan.

Ich hatte schnell begriffen, was das zu bedeuten hatte. Passend zu Rathwells Geschmack und dem Konfirmationskleid sollte ich mich als Jungfrau geben. Harmony überließ mich meinen Gedanken und begann sich auszuziehen, ganz nebenbei bis auf die Unterwäsche, während ich ihr dabei zusah. Vom Gesicht und auch vom Körperbau her war sie ihrer Zwillingsschwester so ähnlich, dass man sie leicht verwechseln konnte. Aber nur wenn man sie nicht kannte. Harmony war ein bisschen weniger muskulös, und sie war nicht von dieser Aura gefährlicher Macht umgeben, die Mel nie ganz verließ. Sie war um einiges größer als ich, und wenn sie mich über ihre Knie legte, wusste ich, dass ihre Sanftheit nur relativ war.

Sie trug hellgelbe Unterwäsche mit Rüschen, sehr mädchenhaft und ein schöner Kontrast zu ihrer dunklen Haut. Nicht dass ich viel Zeit gehabt hätte sie zu bewundern, denn sie bedeckte sich schnell, indem sie in eine Krankenschwestertracht schlüpfte, gestärkt, weiß und sehr sauber.

„Ein kleines Vögelchen hat mir verraten, dass du auf Doktorspiele stehst“, sagte sie, während sie sich einen Gummihandschuh überzog und das Ende auf ihren Arm schnappen ließ.

„Nicht wirklich“, sagte ich. „Ich wurde von einem Polizeiarzt untersucht, das ist alles.“

„Und du hast dich später nicht selbst befriedigt, während du daran gedacht hast?“

„Nicht die ganze Zeit. Wer hat dir das erzählt? Vicky?“

„Anderson. Ich habe ihn auf der Victoria Street getroffen. Er hat mich zum Mittagessen eingeladen.“

„Und du hast ihm ohne Zweifel zum Dank den Schwanz gelutscht.“

„Ist das wohl klug, so etwas zu deiner Krankenschwester zu sagen, bevor sie dir eine Probe entnimmt?“

Ich schüttelte den Kopf. Sie hatte jetzt beide Handschuhe übergestreift und nahm die Spritze, eine sterile Spritze, wie ich erleichtert feststellte.

„Deinen Arm bitte, Penny-Schätzchen“, sagte Harmony. „Komm zur Schwester.“

Ich ignorierte sie kurz, trat zurück in die Küche und wollte ein bisschen von Rathwells Cognac als Desinfektionsmittel nehmen. Er war nicht da, Melody auch nicht, aber ich konnte sie im Schlafzimmer hören. Nachdem ich meinen Arm mit Alkohol beträufelt hatte, hielt ich ihn Harmony hin, wobei es mir viel schwerer fiel tapfer zu sein, als bei echten Untersuchungen. Sie nahm meinen Arm, setzte die Spritze an, drückte das Fleisch herunter und drückte die Spritze abrupt nach vorne. Ich winselte bei dem plötzlichen scharfen Schmerz, und sie lächelte, griff fest um meinen Arm und zog den Kolben zurück. Mein Blut füllte die Spritze bis zur Markierung.

„Braves Mädchen“, sagte sie und zog die Spritze aus meinem Arm. „Wie wäre es, wenn du dich wäschst, während ich das hier fertig mache?“

„Warum eigentlich dieses Doktorspiel?“, fragte ich und versuchte stur zu wirken, als ich in die Dusche stieg. „Wäre eine Schulleiterin nicht angebrachter?“

„Das ist Morris Kick“, antwortete sie. „Du weißt doch, er steht auf Jungfrauen. Das ist für mich. Wusstest du, dass ich in der Schwesternausbildung war, als ich Morris kennengelernt habe?“

„Nein. Aber Mel nicht, oder?“

„Du weißt doch, was Mel vorher gemacht hat. Ich war die Schüchterne, aber wenn Männer in den Zellen sich über mich lustig machten oder freche Bemerkungen machten, dachte ich immer darüber nach, mich zu rächen, indem ich sie zwang, mich zu lecken. Das habe ich zwar nie gemacht, aber du wirst jetzt genau das tun.“

„Lecker.“

„Mach schon, du Schlampe.“

Ich wusch mich so schnell ich konnte, immer noch zögernd, aber jetzt etwas freudiger bei der Aussicht, Harmonys Muschi lecken zu dürfen, bevor ich dieses schreckliche Kleid anzog. Wenn ich Glück hatte, würde mich das so erregen, dass meine Lust die Erinnerungen verdrängen würde.

„Natürlich musst du ordentlich rasiert sein, wenn du die Jungfrau spielen sollst“, fuhr sie fort, als ich aus der Dusche stieg. „Morris mag das.“

„Rasiert?“

„Deine Muschi, du Dummerchen. Es wäre sicher ein Spaß, dir den Kopf zu rasieren, aber heute Abend möchte er lieber, dass deine Haare lang bleiben.“

„Ich hatte lange Haare, als ich noch zur Schule ging. Sogar bis ich auf die Uni wechselte.“

„Das wissen wir. Wir haben das Foto gesehen. Nun komm schon, hoch mit den Armen.“

Sie trocknete mich mit festen, heftigen Bewegungen ab und gab etwas

Puder unter meine Brüste und Arme, bevor sie mir befahl, mich auf die Badematte zu legen und mich aufzurollen. Ich gehorchte, legte mich auf den Rücken und umklammerte meine Knöchel, so dass sie meine gespreizte Pussi und den nackten Arsch einsehen konnte. Diese Position ist noch entblößender als die nach vorn gebeugte, und ich konnte sehen, wie sie einen Rasierer nahm und heißes Wasser in das Waschbecken laufen ließ.

Ich habe von Natur aus viele Haare, einen dicken Busch schwarzen Schamhaars und viele Haare zwischen den Pobacken. Wenn ich stehe, kann man meine Schamlippen gar nicht sehen, und ich bilde mir gerne ein, dass ich auch in der versautesten Position noch immer ordentlich aussehe, wenn auch recht haarig, während mein rosabraunes Arschloch durch ein Nest von Haaren hervorschaut. Das war der Anblick, den ich Harmony jetzt darbot, die Beine angezogen und vollständig entblößt, während sie eine Dose Sprühschaum nahm und ihn zwischen meinen Beinen verteilte. Innerhalb kürzester Zeit war mein ganzer Schambereich mit Schaum bedeckt, den sie gut verteilte, was mich schon fast soweit brachte.

Sie rasierte mich schnell und effizient, die Haare wurden mit kurzen Bewegungen des Rasierers entfernt. Ab und an bewegte sie meine Beine hin und her, um eine schwierige Stelle richtig zu erwischen oder drückte das Fleisch zusammen, um eine Kurve zu ebnen. Es war eine unglaublich intime Situation, die mich immer mehr erregte, bis ich mich fragte, ob ich es wagen sollte, bei ihr zum Höhepunkt zu kommen, bevor ich auf die Anderen traf. Und auf diese Weise könnte ich auch die Begegnung mit Harmony in die Länge ziehen und damit den Moment hinauszögern, in dem Morris‘ Schwanz in meinen Arsch eindringen würde.

Schließlich war ich fertig, kahl rasiert vom Bauch bis zum Anus und fühlte mich wunderschön nackt. Meine Pussi war geschwollen und feucht, und als Harmony meine rasierte Haut wusch, mich eincremte und puderte, wurde ich immer heißer.

„Setz dich auf mein Gesicht“, drängte ich, während sie den Rasierer säuberte. „Du kannst mich anpinkeln, wenn du möchtest.“

„Das würde dir gefallen, was? Leider würde das bedeuten, dass wir Morris warten lassen müssten, und ich kann froh sein, wenn ich dafür nur mit dem Stock verdroschen werde. Komm schon, hoch mit dir."

Ich kniete mich hin, und als sie sich umdrehte, packte sie mich bei den Haaren. Sie stand direkt vor meinem Gesicht, zog ihren Uniformrock hoch und presste mein Gesicht gegen ihr Höschen. Ich griff nach oben unter ihren Rock und zog das Höschen zur Seite, atmete den schweren, weiblichen Geruch ihrer Vagina ein. Als meine Lippen ihre Muschi fanden, versuchte ich, ihre Fantasie in meinem Kopf herauf zu beschwören in dem festen Willen, so erregt wie möglich zu sein, wenn Rathwell zu mir kam.

Das war nicht schwer. Ich konnte zwar kaum etwas sehen, hatte aber ihren Geruch in der Nase, und ich konnte meinen eigenen Körper fühlen, nackt und rasiert zu ihren Füßen, während sie in ihrer Uniform über mir stand, bedeckt und kontrolliert und ohne auch nur die Muschi zu entblößen, die ich lecken musste. Es war ein schönes Bild, die coole, dominante Schwester, die über dem zitternden, nackten Mädchen steht, dessen Muschi sie soeben rasiert hat und der sie befiehlt, sie zu lecken.

Harmonys Kitzler hüpfte unter meiner Zunge und ihr Griff um meine Haare wurde fester. Sie hatte zu stöhnen begonnen, und ich wusste, dass sie kam. Ich spitzte die Lippen, saugte ihre Klitoris in meinen Mund und biss sanft hinein. Sie schrie auf, ihre Knie zitterten, während ich an ihrem Kitzler saugte und keine Gnade zeigte, während der harte kleine Kerl in und aus meinem Mund heraus sprang. Es war grausam, machte aber Spaß, ich besorgte ihr einen unglaublichen Orgasmus, und sorgte dafür, dass sie den Rest des Abends in der richtigen Stimmung blieb.

Sie nannte mich Schlampe, als sie mich wegzog und schlug mir ins Gesicht, aber nicht hart, und sie grinste, als sie sich wieder herrichtete. Ich blieb auf dem Boden, wissend, was als nächstes kam. Harmony hob die zwei kleinen Blutbeutel auf, die sie vorbereitet hatte, als ich in der Dusche war. Beide waren kleine dunkle Bälle von der Größe und Farbe einer dunklen Kirsche. Ich legte mich zurück auf die Matte und spreizte die Beine in dumpfer Resignation vor Rathwells Perversität. Dass er aus mir eine Jungfrau machte, war so typisch. Und auch dass er mein eigenes Blut dazu benutzte, war ein subtiler Hinweis, der mir nicht entgangen war.

„Schön die Beine breit machen", wies Harmony mich an, und ich zog die Beine hoch und spreizte sie so weit ich konnte.

Sie nahm die Blutbeutel und eine Dose mit flüssiger Haut, kniete sich vor mich und schob mir einen der Beutel in die Muschi. Ich fühlte, wie er hinein glitt und dann die Kälte des Sprays, das auf meine frisch rasierte Haut traf. Ich hielt absolut still, damit der Film trocknen konnte und fühlte eine Mischung von Gefühlen angesichts meiner wiederhergestellten Jungfräulichkeit: Scham, hilflose Erregung und ein komisches, irrationale Gefühl von Stolz. Ich ging davon aus, dass der zweite Blutbeutel als Ersatz diente.

„Geh vorsichtig", wies Harmony mich an und bot mir die Hand, um mir hoch zu helfen.

Wir verließen das Badezimmer, fanden das Konfirmationskleid dort vor, wo wir es liegen lassen hatten, daneben eine Reihe von Accessoires. Es anzuziehen war schwierig, eine wahre Erniedrigungsprüfung, und ich musste mich immer wieder daran erinnern, dass das alles nur ein Spiel war, nicht mehr. Es fühlte sich aber nicht wie ein Spiel an, und in meinem Inneren machte sich ein Gefühl der Niederlage breit, bevor ich das Kleid überhaupt anhatte. Ich begann mit dem Sport-BH, der vom Bund her die richtige Größe hatte, allerdings waren die Cups in AA, was dazu führte dass meine Brüste in Größe B zusammen gepresst wurden und an den Seiten herausquollen. Das war schon schlimm, aber die Rüschen-Höschen waren noch schlimmer. Sie waren lang, aber lächerlich eng, zwickten zwischen meinen Schamlippen, jede Kontur meines Hinterns zeichnete sich eng ab und das elastische Band schnitt in meine Schenkel, so dass das Fleisch anschwoll. Schon vorher fand ich die Unterhose schlimm, aber als ich in die engen Beinlöcher stieg und die Puffschleife hinten bemerkte, kam ich mir richtig lächerlich vor. Die Socken und die Schuhe waren nicht ganz so schlimm, nur das Jungfrauenweiß und das mädchenhafte Design waren störend. Der Unterrock, wenn auch mit altmodischen Rüschen besetzt, war eigentlich eine Erleichterung, denn er verdeckte das lächerliche Höschen, auch wenn mir klar war, dass das nur vorübergehend so sein würde. Das Kleid war das Schlimmste, denn es brachte viele persönliche Emotionen in mir hoch, als ich es anzog. Am Ende sah ich aus wie eine Fee auf einer besonders lächerlichen Grußkarte, und Harmony lachte laut.

Im Schlafzimmer stand Rathwell über seiner Frau, gekleidet wie ein Vikar und so gut verkleidet, dass er in jeder Kathedrale hätte stehen können, ohne dass es jemanden verwundert hätte, mal abgesehen davon, dass Melodys Top hochgeschoben war und sie vor ihm kniete, während er seinen erigierten Penis zwischen ihren plumpen Brüsten hin und her schob.

„Wie süß", sagte er, als ich hereinkam. „Also, ich bin soweit. Binden wir sie fest und dreschen drauf los. Zieh dich wieder an, Mel."

Harmony griff nach dem Bündel Seile, das von dem mittleren Balken hing. Ich streckte die Arme aus, sie nahm sie und legte ein Handgelenk über das andere. Melody ließ ihre Brüste wieder in ihrem BH verschwinden und knöpfte sich die Bluse zu, so dass sie respektabel, wenn auch nicht gerade unschuldig wirkte, während ihre Schwester meine Hände fesselte. Harmony zog das Seil hoch, so dass meine Handgelenke sich auf Höhe des Balkens befanden und band es fest, so dass ich auf Zehenspitzen stand und mich nicht mehr wehren konnte.

„Gut", sagte Rathwell und streichelte seinen Schwanz. „Gehen wir mal davon aus, dass der gute Reverend Allen sich deinen Wutausbruch nicht angehört hat, sondern die Geduld mit dir verloren und sich entschlossen hat, dir eine Lektion zu erteilen. Er hat dich hierher gebracht, hat dich etwas Ordentliches anziehen lassen und beabsichtigt jetzt, diesen Unsinn aus dir heraus zu prügeln und dich zu zwingen, dich seinem Willen zu beugen. Natürlich kann es sein, dass er, wenn dein Wille erst mal gebrochen ist, seine Lust nicht mehr zurückhalten kann, die ihn angesichts deiner jungfräulichen Arschbacken bei der Bestrafung überkommt. Es ist ziemlich wahrscheinlich, dass er seinen Schwanz in diese süße Möse schieben will. Vielleicht nimmt er sich sogar deinen Hintern vor und fickt das kleine rosa Arschloch, während du um Gnade winselst."

„Das kannst du nicht machen!", schnappte ich.

„Braves Mädchen", antwortete er. „Ich mag es, wenn Mädchen spielen, obwohl sie genau wissen, dass es nach meinen Regeln geht."

„Fick dich."

„Ist das die richtige Sprache für ein Schulmädchen? Du brauchst die Prügel wirklich dringender als ich dachte. Aber es wäre doch schade, wenn wir dieses schöne Kleid ruinieren würden. Ich denke, wir nehmen uns den Hosenboden vor."

Harmony schob mein Kleid hoch, hob den knielangen, weißen Rock bis zu meiner Taille, und Rathwell schaute zu, während er sich darum kümmerte, dass er steif blieb. Melody war aufgestanden und wühlte in ihrem Gepäck herum. Sie holte einen langen, dunkelbraunen Stock hervor, dünn, aber in Abständen mit Knoten bestückt. Rathwell nahm ihn, während der Saum meines Kleides auf meinem Rücken festgemacht wurde. Als auch mein Unterrock so befestigt wurde, begann ich mir vorzustellen, wie es gewesen wäre, wenn das tatsächlich passiert wäre. Schrecklich, ganz sicher, obwohl ich mir den echten Reverend nicht vorstellen konnte, wie er mir in den Hintern fickte oder zumindest nicht vor den Augen der Schulkrankenschwester und einer Lehrerin. Meine absurden Höschen waren jetzt gut sichtbar, und Harmony trat zurück, als Rathwell den Stock von Melody entgegen nahm. Bestes Malakka-Holz", sagte er, „wird normalerweise benutzt, um Übeltäter in Singapur zu bestrafen, könnte also etwas hart sein für den Hintern eines kleinen Schulmädchens. Aber das schaffen wir schon, meinst du nicht?"

Ich sah über meine Schulter und beobachtete, wie er den Stock hochhob, und kniff die Arschbacken in ängstlicher Erwartung zusammen. Es gibt keinen Stock, der größere Schmerzen hervorruft, außer vielleicht einer aus Walknochen, wie ich aus eigener schmerzlicher Erfahrung wusste. Er grinste mich böse an, holte aus und pochte damit auf meinen Hintern, während er die ganze Zeit über an seinem Schwanz zerrte. Ich winselte und schloss die Augen, rechnete jede Sekunde mit dem furchtbaren Schmerz. Nichts passierte.

„Dies ist deine erste Chance aufzugeben", sagte er. „Wenn du jetzt nachgibst, kommst du um die Prügel herum. Leider wirst du deinen Anstand nicht ganz wahren können, denn der Anblick deines süßen kleinen entblößten Hinterns hat mich so sehr erregt, dass ich mich nicht werde zurückhalten können. Ich werde dich ficken."

„Fick dich selbst."

„Hüte deine Zunge. Also gut, wenn du darauf bestehst, dann eben die harte Tour."

Einen Moment später explodierte der Schmerz in meinem Po. Er hatte mich erwischt, indem er den Stock knallen ließ, während wir noch redeten, was mich vor Schock aufschreien und auf den Zehenspitzen tanzen ließ. Ich hörte ein zustimmendes Schnurren von einer der beiden Frauen, während ich die Kontrolle über mich zurück gewann und still stand, wenn auch zitternd.

Erneut klatschte der Stock auf meine Haut, dieses Mal noch härter und genau auf dieselbe Stelle wie der erste Schlag. Irgendjemand lachte, als ich wieder meinen kleinen Tanz vollführte, und ich überlegte, wie absurd mein Hintern wohl aussehen musste, wabbelnd in den Höschen und mit wippenden Rüschen. Mir traten die Tränen in die Augen, genau wie ich es vorhergesehen hatte.

Es war nicht möglich, die Fantasie, die Rathwell aufgebracht hatte, aus meinem Kopf zu verbannen. Ich hing von einem Balken herunter, und ich wurde von einem Mann mit steifem Schwanz geschlagen, den er mir gleich in den Arsch schieben würde, aber all das war gar nichts im Vergleich dazu, dass ich ein Konfirmationskleid trug. Während ich auf den kleinen weißen Schuhen balancierte und all die Volants und Rüschen des Kleides mit meinen Bewegungen hin und her wackelten und meine absurden Kniehosen gut zu sehen waren, wurde ich in meinem Kopf wegen groben Ungehorsams geschlagen.

Manchmal weine ich gar nicht. Manchmal fange ich kurz vor Ende der Bestrafung an zu weinen. Dieses Mal liefen mir die ersten dicken Tränen über die Wangen, als der Stock mir zum dritten Mal auf den Arsch geknallt wurde. Beide Augen waren voller Tränen und als der Stock niederkam, spritzten sie in kleinen Tropfen über mein Gesicht.

Ich ließ mich gehen, begann zu schniefen und zu greinen, aber mein Selbstmitleid wurde von dem vierten, fünften und sechsten Schlag unterbrochen, die in schneller Abfolge auf mich niedergingen. Ich sprang hoch, trat mit den Füßen aus und hopste auf den Zehen hoch und runter, während ich verzweifelt mit dem Arsch wackelte, um den Schmerz zu betäuben. Ich hatte Mühe zu atmen, sog die Luft in großen Zügen ein und würgte an dem Schleim in meiner Kehle.

Als ich mich endlich wieder unter Kontrolle hatte, zogen sie mir die Kniehosen herunter. Melody tat das, packte sie an den Seiten und zog sie herunter, so als ob es völlig unwichtig wäre, ob ich sie trug oder nicht. Das war zu viel für mich, diese schrecklich nebensächliche Weise, in der mein Hintern entblößt wurde. Ich dachte daran, wie ich aussehen musste, dort hängend in meinem weißen Kleid, die Röcke hoch und die Kniehosen herunter gezogen, der kleine, nackte Hintern mit den sechs roten Striemen von dem Stock. Bei dem Gedanken begannen meine Lippen zu zittern, ich schluchzte und würgte an dem Knoten in meiner Kehle, während ich darauf wartete, dass die Bestrafung fortgesetzt wurde.

„Hör auf zu flennen!“, rief Melody.

„Sie weiß, wie sie damit aufhören kann“ antwortete Rathwell.

Sie schlugen mich weiter, ich weinte und schniefte in meinen Fesseln, mein Hintern tanzte zu den Schlägen in einer Borte aus weißen Rüschen. Ich würde bald abdriften in den Schmerz und kaum noch Reaktion zeigen, schlaff in den Seilen hängen und zusammenzucken, wenn mich weitere Schläge trafen. Mein Gesicht war nass vor Tränen, meine Nase lief und aus meinen Mundwinkeln trat Speichel aus. Ich weiß, dass ich ein paar Mal gefurzt habe, was mir erneut ein Schamgefühl und ein Glucksen von Rathwell einbrachte.

Nach zwölf Schlägen hörte ich auf zu zählen, aber sie sagten mir, dass ich 41 Schläge erhalten hatte, als sie sich schließlich entschieden, aufzuhören, weil sie dachten, ich könnte sonst zu bluten anfangen. Mein ganzer Hintern brannte, ein überwältigender, pochender Schmerz, der mir direkt in die Muschi gefahren war, so dass mein Saft mir die Schenkel hinunter und in die Kniehosen lief. Sie fotografierten mich in diesem Zustand und versprachen, mir einen Abzug zu schicken, aber ich war schon zu weit weggedriftet, um mich daran noch zu stören.

Das Seil wurde gelöst, und ich fiel auf das Bett, völlig taub und nach Atem ringend. Rathwell drehte mich auf den Rücken und winkelte meine Knöchel an, so dass meine Muschi sich für seinen Schwanz öffnete, das heißt, sie war nicht ganz geöffnet, sondern wurde durch die künstliche Kirsche verdeckt. Ich fühlte, wie sein Schwanz mich berührte, gegen meinen Kitzler stieß, was mich zum Stöhnen brachte und mich die Beine anspannen ließ. Er drückte gegen meine Kirsche, es gab einen scharfen Schmerz, als die Haut aufbrach und ein Pop-Geräusch. Das Blut tropfte zwischen meinen Pobacken hindurch, warm und nass und klebrig aus der aufgebrochenen Kirsche, floss über meinen Hintern und auf mein Kleid.

Rathwells Schwanz bohrte sich in mich, er stieß zu, aber ich dachte an den Reverend Allen, der mich im Konfirmationskleid nahm, mit den Höschen um die Schenkel, gespreizter Muschi und er in mir, mir die Jungfräulichkeit nehmend, so dass mein Blut mein Kleid färbte und mich für gefickt erklärte.

Er ließ meine Knöchel los und ich ließ die Beine auf seine Schultern sinken. Mein Leibchen wurde zerrissen, meine kleinen Brüste purzelten aus dem Sport-BH, während sich die ganze Zeit über sein Schwanz in meiner Muschi bewegte. Er fickte mich mit langsamen, einfachen Stößen, um sich in mir steif zu halten.

Ich hätte masturbiert, wenn meine Hände nicht über meinem Kopf gefesselt gewesen wären, hätte mir die Hand in die Muschi geschoben und es mir vor ihren Augen gemacht, wäre in einer Woge von Scham und dem überwältigenden Gefühl, so grausam und beiläufig benutzt worden zu sein, gekommen. Es war aber nicht möglich. Ich konnte nur daliegen und ihn sich an meinem Körper erfreuen lassen, mich krümmen, während er nach meinen Brüsten grabschte und Harmony das Seil festhielt, um mich unter Kontrolle zu halten.

Er blieb nicht länger als ein paar Minuten in mir, aber mir kam es vor wie eine Ewigkeit. Schließlich zog er ihn aus mir heraus, und ich wurde umgedreht für den Höhepunkt des Abends und meine endgültige Erniedrigung: den Arschfick. Er nahm meine Beine und schob sie unter mich, so dass ich den Hintern anheben und ihm über die Bettkante entgegen strecken musste. Das Seil wurde gespannt und an der Türklinke festgebunden, so dass ich die Arme nach vorne strecken musste und mit dem Gesicht und den Brüsten auf das Bett gepresst wurde. Meine Knie wurden auseinander gedrückt, die Schenkel gespreizt, bis die heruntergezogene Kniehose sich zwischen ihnen spannte. Das Kleid war herunter gefallen, als ich mich umgedreht hatte, aber er hob es wieder hoch, entblößte meinen nackten, geschundenen Hintern, die feuchte, blutige Öffnung meiner Muschi und mein enges, rosafarbenes Arschloch.

Ich weiß wie ich aussehe, wenn ich so vorgebeugt daliege, und ich konnte mir meine rosafarbene, rasierte Haut und meinen lilafarbenen, wundgeschlagenen Hintern in der Spitze sowie meine gerade erst gefickte Muschi gut vorstellen. Meine Spalte war feucht von Körpersaft und Blut, und sein Schwanz tauchte darin ein, als er ihn zwischen meine Pobacken schob.

Eine Zeitlang blieb er in dieser Position, rieb sich sanft zwischen meinen Pobacken, seine Eier schlugen gegen meine Muschi, und mein Kitzler zog sich daraufhin zusammen. Seine Knöchel berührten mich unten zwischen den Pobacken und er begann, seinen Prügel durch meine Spalte zu ziehen und ihn in dem schlüpfrigen Fleisch zu reiben. Ich berührte mein Loch und er stöhnte bei dem Anblick lustvoll auf, bevor er erneut zustieß.

Ich konnte ein Stöhnen nicht zurückhalten, als mein Analring sich weitete, nachgab und seinen Schwanz einließ. Die Spitze war eingedrungen, mein Schließmuskel schloss sich darum, bevor er sich langsam und rhythmisch seinen Weg weiter hinein bahnte. Nach jedem Stoß zog er sich zurück, nahm mich langsam Stück für Stück, genauso wie man es bei einer Jungfrau tun sollte oder so wie jeder aufmerksame Mann ein Mädchen in den Arsch ficken würde.

Seine Hände lagen auf meinem Hintern und spreizten die Pobacken, so dass er beobachten konnte, wie sein Schwanz in mich eindrang und gleichzeitig meine Stockstriemen quetschen konnte. Ich machte ein großes Theater, winselte und stöhnte, während er meinen Hintern mit seinem harten Schwanz füllte und ließ einen langen, ergebenen Seufzer hören, als seine Eier gegen meine Muschi schlugen und er gegen meine geschundenen Arschbacken stieß.

Er begann mich zu vögeln, langsam, ließ seinen Schwanz hinein- und herausgleiten, um meinen Ring elastisch zu machen und wieder zuzustoßen, bis ich stöhnte, dann in atemloser Ekstase nach Luft schnappte, absolut ergeben und den Prügel in meinem Hintern genießend. Wenn ich gekonnt hätte, hätte ich masturbiert, mich selbst und ihn verwöhnt, indem ich ihn fühlen ließ, wie sich mein Ring beim Orgasmus um seinen Schwanz zusammenzog, und wenn ich Glück hätte, könnte ich auch sein Sperma in mich aufnehmen. Aber so festgebunden konnte ich gar nichts tun, es einfach nur hinnehmen und jedes Mal kurz vor dem Höhepunkt stehen, wenn seine haarigen Eier gegen meine Muschi klatschten.

Ich dachte, er würde in dieser Position kommen, während er den Anblick und die warme, klebrige Umgebung meines Hinterteils genoss. Die letzten paar harten Stöße schmerzen immer ein wenig, obwohl es perfekt sein kann, wenn ich selbst auch komme, und ich wartete darauf, um anschließend vielleicht auch darum bitten zu können, zum Orgasmus gebracht zu werden. In meinem Kopf war er noch immer Reverend Allen, der mich in meinem kleinen Konfirmationskleid in den Hintern fickte, und ich wollte so zum Höhepunkt kommen, bei dem Gedanken an vollendete Erniedrigung dieser Erfahrung.

Als er seinen Schwanz aus meinem Arsch zog, war ich überrascht, aber als Harmony begann, das Seil zurück zu ziehen, erkannte ich, dass er eine letzte Erniedrigung für mich bereit hielt. Meine Arme wurden so weit wie möglich über meinen Kopf zurück gezogen, so dass ich den Oberkörper anheben musste. Meine Brüste erhoben sich vom Bett und schwangen jetzt frei aus dem Sport-BH heraus, genau in dem Moment, als sein Penis aus meinem Hintern glitt. Ich fühlte eine feuchte, klebrige Flüssigkeit über mein Arschloch fließen, als es sich mit einem glucksenden Geräusch schloss, und dann war mein Kopf oben.

Mit schnellen Schritten ging er um das Bett herum, seine Erektion vorgestreckt. Ich sollte ihn in den Mund nehmen, den Schwanz, der gerade noch in meinem Hintern gewesen war, und ich konnte es nicht mal verhindern. Die Mädels sahen zu, die Augen weit geöffnet vor Lust, als ich den Mund aufmachte. Er schob seinen Penis vor, zwang mich nicht, sondern ließ mich die Entscheidung selbst treffen. Ich versuchte mich zurück zu halten, aber mein Gefühl für Würde hatte mich komplett verlassen, und mit einem letzten, kläglichen Winsler beugte ich mich hinunter, um seinen Schwanz zu lutschen.

Ich konnte mich selbst schmecken, schwer und weiblich, über den männlichen Geschmack seines Schwanzes hinweg. Auf den Knien hockend, geschlagen, in den Arsch gefickt und mit Anus und Muschi voll klebrigem Schleim, blies ich ihm einen, gab mich voller Inbrunst dem Job und den Schmerzen in meinem Hintern und meinen Armen hin. Eine Hand fand meine Muschi, mit festem, geübten Griff schob sie sich hinein und rieb über meinen Kitzler. Mein Haar wurde hart nach hinten gerissen und mein Kopf festgehalten, während er begann, mich in den Mund zu ficken. Sie hielten mich in dieser Position fest, fingerten mich, während ich seinen Schwanz lutschte. Ich war in der Ekstase der Unterwerfung, dankbar für jedes Detail meiner Qual, in meinem Kopf jedoch war ich gar nicht anwesend, sondern befand mich wieder in der Schule. Ich war im Büro der Direktorin, gefesselt, geprügelt bis zur Unterwerfung und dann von Reverend Allen in den Arsch gefickt und gezwungen worden, seinen dreckigen Schwanz zu lutschen, während die Schwester Mitleid zeigte und meine haarlose Pussi von hinten fingerte.

Ich hörte ein Grunzen, und der Schwanz wurde tief in meinen Mund gestoßen, bis nach hinten zu meiner Luftröhre. Er zuckte, und heißes Sperma rann in meine Kehle. Dann kam ich selbst, saugte in verzweifelter, verkommener Geilheit an ihm, drückte den Rücken durch und spannte jeden Muskel im Körper an. Mehr Sperma ergoss sich in meinen Mund, in meine Kehle und plötzlich musste ich würgen, während ich kam. Er zog sich zu spät zurück, so dass ich husten und spucken musste, meine Brust hob und senkte sich unkontrolliert, während ich um Atem rang und mein Höhepunkt immer noch durch mich schoss. Spermablasen traten aus meiner Nase, mehr noch aus meinem Mund, und ich spuckte ihm die dreckige Masse entgegen. Ich verlor das Bewusstsein, aber der letzte Gedanke, der mir noch kam, war, dass der Bastard es nicht geschafft hatte, meinen Willen zu brechen.

Acht

Mein Hintern war lilafarben. Ich musste die Beine beim Laufen einknicken, aber letzten Endes war es mir nicht möglich, das, was ich getan hatte, zu bereuen oder auch nur Rathwell zu verabscheuen. Es war so intensiv gewesen, und schließlich hatte ich dem Ganzen zugestimmt und sie hatten sich um mich gekümmert, als alles vorbei war.

Ich brauchte das, und das war auch der Grund, warum niemand sich ohne die Fertigkeiten und die Erfahrung der Rathwells auf etwas so Heftiges einlassen sollte. Als ich wieder zu mir kam, hatte ich auf dem Bett gelegen, gestützt von Harmony, die sich um mich bemühte. Ich hatte die Sorge in Rathwells Stimme gehört und Harmony, die ihm sagte, dass es nicht so schlimm sei, wie es aussehe, und dann hatte ich die Augen geöffnet.

Der Abend war mit einem Glas Cognac ausgeklungen, während wir uns völlig gleichberechtigt über die Situation mit dem Metropolitan unterhielten. Es hätte eine ganz unschuldige Situation sein können, wenn man davon absah, dass ich mit dem Gesicht nach unten und mit nacktem Hintern auf dem Teppich lag, um meine blauen Flecken zu schonen. Rathwell hatte Harmony bereits einen Brief für mich tippen lassen, in dem er erklärte, dass er mich seit Jahren kenne und dass ich eine professionelle Frau ohne Verbindungen zu den Medien sei und dass ich gern geprügelt wurde. Der letzte Punkt erklärte sich eigentlich von selbst, weil schließlich 41 Striemen meinen Arsch dekorierten. Wie Rathwell lachend bemerkte, wenn ich damit glücklich war, musste er es mir glauben.

Ich schlief zusammen mit Melody in dem kleineren Bett und brachte noch so viel Energie auf, sie zu lecken, da sie vorher nichts von der Sache gehabt hatte. Während ich dem Schlaf entgegen trieb, fragte ich mich, was mich so empfindlich gemacht hatte, und ich fand es heraus, als ich am Morgen meine Tage bekam, zwei Tage früher als erwartet. Damit war die peinliche Möglichkeit, mich vor Mintower ausziehen zu müssen, vom Tisch. Rathwell, ganz der Alte, scherzte und meinte, wenn ich das vorher gewusst hätte, hätte er die falsche Entjungferung auf den Morgen verschoben.

Mit dem Brief und Rathwells Zusicherung seiner Unterstützung, falls das notwendig sein sollte, fühlte ich mich ganz zuversichtlich und fuhr in bester Stimmung zurück, obwohl ich auf zwei gefalteten Handtüchern sitzen musste, um meinen Po zu schonen. Eines der größten Probleme, das eine Frau sieht, kurz bevor sie geprügelt wird, ist die Befürchtung, dass sie anschließend vielleicht tagelang nicht richtig sitzen kann, und genauso fühlte ich mich jetzt. An dem Abend sah ich Wendy. Ich zeigte ihr meinen Hintern, und sie war gleichzeitig entsetzt und erfreut. Sie war an nicht viel mehr als ein paar Handschläge gewöhnt und sah heftige Bestrafungen daher in einer Mischung aus Angst und Erwartung, wozu der Zustand meines Pos eine ganz neue Dimension hinzufügte.

Sie stimmte zu, mich zu Mintower zu begleiten, was ich für vernünftig hielt, da ich den Mann ja noch nie zuvor im Leben getroffen hatte. Ich ging zwar nicht wirklich davon aus, als Sexsklavin gefangen genommen zu werden, aber moralische Unterstützung ist schließlich immer gut. Wir scherzten darüber, als wir uns am folgenden Wochenende auf den Weg machten und schmückten die Fantasie auf dem Weg weiter aus. Zuerst stellten wir uns ein Leben in Schinderei und Prügeleinheiten vor, während man entblößende und erniedrigende Dienstbotenkleidung trug. Flucht wäre zu einfach gewesen, also entwickelten wir ein kompliziertes System aus Läufern und Ketten, mit dem wir zwar überall hingehen konnten, wo wir gebraucht wurden, gleichzeitig aber jederzeit gefesselt werden konnten. Wir beschlossen, dass wir in Ketten im Keller schlafen und entweder nackt oder in schlüpfrigen Kleidern arbeiten mussten. Es musste jemanden geben, der auf uns aufpasste, und wir entschiedenen uns für einen riesigen, fetten Koch, der gerne Dinge tat, wie uns mit dem Kopf nach unten in Abfalltonnen zu stecken und uns mit dem Kochlöffel zu verdreschen. Das war Wendys Fantasie, sie stand auf schmutzige Dinge, und der Prügelteil wurde für mich eingeworfen.

Mintower wohnte in Wales, ein paar Meilen außerhalb von Wrexham, und unser verruchtes Gespräch hielt uns bei Laune, bis wir dort ankamen. Auf den letzten paar Meilen hätte ich mich sehr über eine kleine Kuschelstunde auf einem Parkplatz gefreut, aber die Möglichkeit ergab sich nicht. Ich war dennoch bereit für Mintower, und wenn auch nur, weil er kaum das sadistische Monster sein konnte, das wir aus auf dem Weg hierher ausgemalt hatten.

Das Haus war groß, aber nicht die Art von imposantem Landsitz, die ich erwartet hatte. Eine Auffahrt führte zwischen einem roten Backsteintor hindurch zu einer typischen viktorianischen Villa zwischen einer Gruppe dunkler Tannen, privat und ein bisschen bedrückend an einem feuchten Frühlingsmorgen, aber völlig ohne die Hochnäsigkeit des Bösewichts, den Wendy und ich uns vorgestellt hatten.

Er selbst entsprach schon eher dem Bild, das wir uns im Vorfeld gemacht hatten, er war ein großer Mann mit watschelndem Gang, der in seiner Jugend sicher ein beeindruckendes Wesen gehabt hatte, jetzt aber etwas schlaff wirkte. Er war nicht allein, eine junge Frau mit blond gefärbten Haaren und ungleichen Brüsten war bei ihm. Ich ging davon aus, dass sie seine Tochter war, war aber dann doch nicht wirklich überrascht, als sie uns als seine Frau, Cherly, vorgestellt wurde. Er war gastfreundlich, fast schon überschwänglich, während sie am anderen Ende des Wohnzimmers Platz genommen hatte und einen Gesichtsausdruck zur Schau trug, der von kaltem Hohn zu einer mürrischen Schnute wechselte. Dies machte es etwas schwierig, sich zu entspannen, aber wir nahmen die Drinks an und setzten uns.

„Also“, sagte Mintower, als er sich in einen Armsessel setzte, „Sie sind also das Mädchen, das behauptet, dass es sich gern den Hintern versohlen lässt.“

„Das stimmt“, antwortete ich und bemühte mich, nicht zu sehr zu erröten bei dem vernichtenden Blick, den mir seine Frau zuwarf. „Ich habe hier einen Brief von Morris Rathwell. Ich denke, er hat Sie angerufen, oder?“

„Ja“, antwortete Mintower und nahm den Brief. „Aber ich habe dennoch Zweifel. Können Sie beweisen, was Sie behaupten?“

Ich hatte damit gerechnet und mich darauf vorbereitet, ihm meinen Hintern zeigen zu müssen. Ich hatte sogar ein Kleid und lose sitzende französische Höschen angezogen, um die Sache einfach zu machen und auch um meine Arschbacken zu schonen. Worauf ich allerdings nicht vorbereitet gewesen war, war die Anwesenheit seiner Frau, die mit überkreuzten Armen dort saß, während ich aufstand und Mintower den Rücken zudrehte.

Eine ganze Menge Männer und Frauen haben mir bereits die Höschen herunter gezogen, und das war nicht das erste Mal, dass ich sie vor einem Fremden herunterlassen musste. Der Unterschied bestand darin, dass ich es bisher immer vor Leuten getan hatte, die sich auf den Anblick freuten. Er fiel ganz sicher in diese Kategorie. Cheryl allerdings nicht, und ich fühlte, wie mir das Blut in die Wangen stieg, als ich mein Kleid hochschob und es in mein Taillenband steckte. Es folgte mein Höschen, ich schob es in einer peinlich berührten Geste nach unten, so dass mein nackter, blaugeprügelter Arsch entblößt wurde. Nach einer Woche hatten die lilafarbenen Flecken sich verändert, und es waren jetzt verschiedene Farben und die Striemen zu sehen, wo der Stock mich getroffen hatte. Cheryl schnappte nach Luft, Mintower ließ ein Grunzen hören, das ich nicht deuten konnte. Niemand sagte etwas, so dass ich einfach weiter mit nacktem Hintern dastand und mich selbst bemitleidete.

„Also, was denkst du, meine Liebe?“, fragte Mintower nach einer gefühlten Ewigkeit.

„Ich finde das pervers“, antwortete Cheryl in mürrischem Ton.

„Es ist aber ohne Zweifel echt“, sagte Mintower, ihren Ton ignorierend. „Also, wie ist das passiert?“

„Ein Freund hat mich letztes Wochenende mit einem Stock verprügelt“, weil ich versprochen hatte, Rathwells direkte Beteiligung unerwähnt zu lassen.

„Und das hat Ihnen wirklich Spaß gemacht?“

Ich nickte, da ich wegen des Klumpens, der sich in meiner Kehle gebildet hatte, nicht sprechen konnte und sicher war, dass ich in Tränen ausbrechen würde, wenn ich weiter mit herunter gezogenem Höschen dastehen musste. Mintower schwieg, nippte an seinem Drink und starrte auf meinen Hintern, als wenn eine gründlichere Untersuchung eine innere Wahrheit hervorbringen würde.

„Überzeugend, wenn auch etwas bequem“, sagte er schließlich. „Okay, Sie können sich anziehen.“

Mit zwei schnellen Bewegungen hatte ich das Höschen hoch gezogen und das Kleid wieder geordnet, und setzte mich wieder hin, noch immer rot im Gesicht, aber erleichtert. Mintower zog ein Buch aus dem Regal hinter sich, und ich erhaschte einen Blick auf den Umschlag, auf dem ein weinendes Mädchen abgebildet war, das sich für eine Bestrafung vorbeugte. Ich erkannte es als ein Buch über Lebensstildominierung, völlig unrealistisch.

„Dann wollen wir mal sehen“, sagte Mintower und blätterte die Seiten durch bis zu einem Lesezeichen. „Okay, Ihr Freund ist also Ihr Meister, richtig? Sie sind ihm jederzeit zu Diensten, tun alles, was er sagt, werden geschlagen, wenn sie faul oder frech oder sonstwas sind und das erregt Sie?“

„Nein“, antwortete ich, „das ist reine Einbildung. Niemand lebt so, und in den wenigen Fällen, von denen ich gehört habe, hatte immer die Frau die dominante Rolle. Aber auch dann halten solche Beziehungen nicht lange. Das ist nur eine Fantasie. Genau wie das Buch.“

„Wie funktioniert es denn dann?“

„Durch Übereinstimmung. Ich spiele manchmal solche Spiele, in denen ich so tue, als sei ich ein Dienstmädchen oder so etwas, aber meistens benutzen wir das Schlagen nur als Vorspiel. Meistens ist es gar nicht so hart, und die Leidenschaft spielt sich größtenteils in meinem Kopf ab. Ich mag es, geschlagen zu werden, aber eigentlich mag ich es noch viel mehr, auf das Schlagen vorbereitet zu werden.“

„Und es hat nichts damit zu tun, dass Sie aus der Wohnung geworfen werden, wenn Sie es ihn nicht tun lassen?“

„Absolut nicht. Ich mache das, weil es mir Spaß macht, wann ich es will und mit wem ich es will.“

„Siehst du, Cheryl, es sind nicht nur Huren, die sowas tun. Sie ist ein intelligentes Mädchen.“

Cheryl schnaubte und wechselte leicht die defensive Haltung, die sie eingenommen hatte. Ich war während meiner kleinen Rede errötet, aber ich hatte erwartet, dass er Fragen stellen würde, und um sicher zu gehen, dass ich selbstbewusste Antworten gab, hatte ich mich vorbereitet.

„Was ist mit Ihnen, Wendy“, fragte Mintower.

„Ich sehe das genauso wie Penny“, antwortete Wendy.

„Es ist eine ziemlich verbreitete weibliche Fantasie und ist einfach echt.“

„Okay, wenn also nun Cheryl Ihnen den kleinen Arsch blank ziehen und Ihnen einen schönen Klaps geben würde, würde Ihnen das gefallen?“

„Sie scheinen nicht gerade darauf zu brennen“, antwortete Wendy, an Cheryl gerichtet.

„Cheryl war früher Table-Dancerin“, fuhr Mintower fort, während sie peinlich berührt den Kopf schüttelte. „Ihrer Meinung nach ist Sex etwas, wofür Männer Frauen auf die eine oder andere Art bezahlen, Romantik eingeschlossen. Ich sehe das anders, aber sie ist neunzehn und meint zu wissen, wie der Hase läuft. In dem Alter dachte ich das auch. Sie haben also MacRae davon überzeugt, dass Ihre Geschichte echt ist, das heißt meiner Meinung schon einiges. Ich bin fast überzeugt, würde aber gerne sehen, wie eine von Ihnen einen Klaps abbekommt, und dass es ihr gefällt. In Betracht des Zustands von Pennys Arsch..., würden Sie sich bereit erklären, Wendy?“

„Das könnte ich schon“, sagte Wendy. „Ich mache das ja öfter. Aber nicht gerade jetzt... ich meine, ich fühle mich nicht danach. Cheryl, Ihnen ist es anscheinend unangenehm. Ich mag es, und ich könnte es auch Penny tun lassen, während Sie zusehen, aber ich mag es einfach nicht vor jemandem tun, der es für pervers hält.“

Mintower sagte gar nichts, sondern fasste nur in sein Jackett und holte ein Bündel 20-Pfund-Noten heraus. Nachdem er fünf auf den Tisch gezählt hatte, sah er zu uns auf und ließ den Blick zwischen Wendy und mir hin- und herschweifen.

„Nein“, sagte ich. „Darum geht es nicht. Ich tue es, wenn ich Lust dazu habe, und ansonsten lasse ich es.“

Wieder sagte er nichts, breitete aber die Scheine aus und legte einen weiteren auf den Tisch.

„Hören Sie, wirklich...“

„Jeder hat seinen Preis, Penny. Lassen Sie uns testen, wie hoch Ihrer ist. Eintausend?“

„Nein, im Ernst...“

„Zweitausend, das ist dieses ganze Bündel hier, und ich wette, das ist mehr, als Sie sonst in einem oder sogar zwei Monaten bekommen.“

„Ehrlich, ich will kein Geld.“

„Dann schreibe ich Ihnen einen Scheck. Zehntausend dafür, dass Sie Ihrer kleinen Freundin den lilienweißen Arsch versohlen?“

„Nein. Das ist mein Ernst. Ich werde lieber gezwungen als bezahlt. Ich glaube, wir gehen jetzt besser.“

Er hatte wieder in sein Jackett gefasst und das Scheckbuch schon fast aus der Innentasche herausgezogen. Als wir aufstanden, steckte er es weg.

„Setzen Sie sich. Ganz ruhig“, befahl er. „Okay, ich glaube Ihnen. Wissen Sie was?“

„Wenn ich das Geld genommen hätte, hätten Sie Amy die Veröffentlichung nicht gestattet?“

„Sie sind klug. Aber auch unschuldig. Ich hätte zugesehen, wie Sie Wendy schlagen und Sie anschließend rausgeschmissen. Ohne Geld. Also, ich werde MacRae wohl damit durchlassen, und vielleicht haben Sie eine Lektion gelernt. Cheryl hat ihre ganz sicher gelernt, was? Es gibt also keine Frau, die mein Geld nicht annehmen würde?“

Cheryl zuckte mit den Schultern und lächelte, die erste freundliche Geste, die sie zeigte. Das war alles, kein Lunch, keine erzwungenen Sauereien zu seiner Belustigung, nur die peinliche Situation, meinen geschundenen Hintern zeigen zu müssen. Das und natürlich der Sieg oder zumindest der wahrscheinliche Sieg, und als wir fortfuhren, triumphierten wir.

Dennoch hatte der Besuch bei den Mintowers einen bitteren Nachgeschmack bei mir hinterlassen. Ich war auch etwas frustriert, weil ich irgendwie mit etwas Versautem gerechnet hatte. Außerdem hatte ich das starke Bedürfnis, mich meiner Sexualität zu versichern, genauso wie es mir nach dem ersten Fehlversuch mit Beth ergangen war. Wendy stimmte zu und schlug vor, dass wir einen sicheren Ort suchen sollten, wo wir uns auf den Rücksitz zurückziehen konnten.

Wir fuhren durch Farmland, der Himmel über uns war grau und Regen hing in den Wolken am Horizont. An einem heißen, sonnigen Tag hätte ich gern ein ruhiges Plätzchen im Wald aufgesucht und Sex im Freien gehabt. Im Freien nackt zu sein, sorgt für einen wunderbaren Kick, aber so wie es aussah, spielte das Wetter da nicht mit. Also mussten wir im Auto bleiben, was auch etwas Schmutziges hatte, aber zunächst mussten wir einen sicheren Ort finden.

Während wir fuhren, sprachen wir über Tom, den dreckigen alten Mann, dem ich letztes Jahr in Brittany erlaubt hatte, mich zu nehmen, weil ich dachte, er sei von Amber geschickt worden. Er hatte mich nicht nur gefickt, sondern anschließend auch auf mich gepinkelt, eine Geste, die ich für Dominanz gehalten, die aber auch pure Verachtung gewesen sein konnte. Als ich an diese Episode zurückdachte, errötete ich und spürte ein warmes Rauschen zwischen den Schenkeln. Ich brauchte einen Schwanz, wollte mich von einem bodenständigen, sexgesteuerten Mann nehmen lassen, der mich als Sexobjekt und als nichts Anderes sah.

Wir begannen, Witze darüber zu machen, wie wir einen Mann anhalten und ihn anmachen und ihm anschließend vielleicht gemeinsam einen blasen würden. Wendy wollte in Position gesetzt werden, ihren Po und ihre Brüste entblößt, während ich ihm den Schwanz lutschte. Das erschien mir unfair, weil ich nachher den ganzen Mund voll Sperma haben würde. Ich schlug vor, sie sollte ihn zwischen ihren großen Titten abspritzen lassen, und ich würde sie später sauber lecken und sie küssen, während er zusah, was sie zum Kichern brachte.

Ohne Eile fuhren wir nach Norden, sprachen über muskulöse Farmersburschen auf Traktoren und Mechaniker mit ihren großen, schwieligen Händen und dem Geruch nach Teer in ihren Kleidern. Als ich schließlich abbog, passierte das nicht, weil ich die Hoffnung auf Sex hatte, sondern weil wir Hunger hatten. Ich hatte auf einen ordentlichen Pub auf dem Land gehofft, aber Wendy wollte nicht warten, daher bogen wir auf den Parkplatz eines kleinen Straßencafés ein. Es war eigentlich mehr eine Hütte, heruntergekommen und schäbig, mit einem anzüglich starrenden Mann, der schmierige Burger und wässrigen Tee serviert. Wir kauften Schinkensandwiches und Kaffee und nahmen beides mit zum Auto.

„Er sollte es dir besorgen", scherzte Wendy und stellte ihre Tasse auf das Armaturenbrett. „Das ist ein gieriger alter Sack, wie er im Buche steht. Ich wette, sein Schwanz schmeckt nach Schinkenspeck und Ketchup."

„Ich esse, Wendy!"

„Was für eine lustige Bemerkung von einer Frau, die ich schon mal ein Stück Apfelkuchen habe essen sehen, auf das gerade ein Mann abgespritzt hatte."

„Du hast doch zugeguckt!"

„Ich liebe es dir zuzusehen, wenn du schmutzige Dinge tust. Los, geh und sag ihm, dass du seinen Schwanz lutschen wirst, wenn er uns die Sandwiches umsonst gibt."

„Ich habe bereits bezahlt. Geh du doch, das ist sowieso eher dein Ding. Denk mal drüber nach, du kniest dich hinter diesen Tresen, nackt, seinen steifen Schwanz im Mund, dein Po und deine Brüste sind ganz klebrig, dort, wo er dich angefasst hat."

„Das würde ich nicht wagen. Dazu bin ich nicht mutig genug."

„Du gibst also zu, dass es dir gefallen würde?"

„Vielleicht, aber ich könnte es nicht tun."

„Dann frag eben nicht so direkt. Flirte ein bisschen. Sag ihm, du hättest gern noch ein Sandwich, hättest aber kein Geld. Warte ab, was er sagt.

„Los, ich komme mit dir."

Sie hätte das niemals allein getan, und für mich war es nicht einfach. Männer anzumachen ist nie leicht, und ich tue das auch nicht oft, aber jetzt war eine Ausnahme. Ich fühlte mich zu schmutzig, um jetzt davon abzulassen. Ich stieg aus dem Auto, sobald ich mein Sandwich verputzt hatte und nervte Wendy so lange, bis sie auch ausstieg. Der Mann lehnte sich aus der Bedienluke, schaute uns mit nur beiläufigem Interesse an und dachte zweifellos, dass wir lediglich die Kaffeetassen zurückbringen wollten.

Ich denke nicht, dass ich das allein geschafft hätte, und ich hätte auch fast den Schwanz eingezogen, ihm gedankt und ihm die Tassen gereicht. Wendy hätte sich über mich lustig gemacht und ich hätte mich erbärmlich gefühlt, wie immer, wenn ich etwas will, jedoch nicht mutig genug bin, es mir zu nehmen. Außerdem fühlte ich mich wirklich beleidigt durch Mintowers Geldangebot, auch wenn ich es abgelehnt hatte. Einen Schwanz zum Dank für ein schmieriges Schinkensandwich zu lutschen, wäre genau das Richtige, um sich über diese schreckliche, gewinnsüchtige Philosophie lustig zu machen. Ich schluckte also den Klumpen in meiner Kehle runter, tat so, als würde ich auf einen Ölfleck in einer Pfütze starren und drehte mich dann zu ihm um.

„Wir haben uns gefragt, ob sie uns wohl noch zwei Sandwiches geben würden", sagte ich in meiner besten Klein-Mädchen-Stimme.

„Klar, Süße", antwortete er. „Schinken?"

„Ja, danke" fuhr ich fort, „aber wissen Sie, das Problem ist, ich weiß, dass hört sich albern an, aber wir haben kein Geld mehr."

„Kein Geld mehr?"

„Na ja, nur noch ungefähr zehn Pence."

„Zehn Pence?"

„Ich weiß, das reicht gerade mal für ein Stück Brot, aber ich hätte so gern ein Sandwich. Vielleicht könnten wir ihnen irgendwie helfen?"

Das sollte eigentlich der Satz sein, auf den er einsteigen würde, indem er uns angeiferte und irgendeinen versauten Vorschlag machte. Ich hätte so getan, als sei ich geschockt, ein bisschen protestiert, es dann getan, was es ihm noch schöner gemacht hätte. Leider war er entweder dämlich oder völlig frei von solch versauten Gedanken.

„Ich kann selber abwaschen, danke Liebchen."

„Und sonst?"

„Nein, ich brauche keine Hilfe."

Es war hoffnungslos. Das Blut schoss mir in die Wangen, ich sah kurz zur Straße zurück und wandte mich ihm dann wieder zu.

„Also, als Dank für die Sandwiches blasen meine Freundin und ich ihnen einen, okay?"

„Zwei schicke Schnitten wie ihr lutschen mir den Schwanz für ein Sandwich?"

„Ja, im Ernst."

„Ja, klar."

„Nein, ich meine, was ich sage. Sie können auch in meinen Mund abspritzen."

Er blickte sich um, verschwand im Inneren der Hütte und stieß die Seitentür auf. Ich nahm Wendys Hand und zog sie hinter mir her die Holztreppe hinauf in die Hütte, die voller Rauch und Kochgerüchen war. Er versuchte hastig, die Stützen zu entfernen, die den Rollladen hielten.

„Wehe, ihr macht Witze", sagte er.

Ich schüttelte den Kopf. Ich zitterte leicht vor Erwartung, ich war genau in der Stimmung, das zu tun, was ich versprochen hatte. Wendy hatte die Tür hinter uns verriegelt und uns mit einem Mann eingeschlossen, der erwartete, dass wir ihm den Schwanz lutschten oder noch mehr taten.

„Wie wäre es, wenn ihr die Titten rausholt? Ich mag es oben ohne."

Wendy und ich tauschten einen Blick. Ich trug ein langes Kleid, daher konnte von oben ohne keine Rede sein, und es sah außerdem so aus, als würde ich auf dem Boden knien müssen.

„Machst du mir mal den Reißverschluss auf?", fragte ich und drehte Wendy den Rücken zu.

Ich fühlte, wie der Reißverschluss nach unten ging und den Luftzug auf meinem nackten Rücken. Ich fasste nach unten an den Saum, zog das Kleid hoch, so dass man mein Höschen und meinen BH sehen konnte. Bei dem Anblick leckte er sich die Lippen, obwohl ich in seinen Augen noch immer Unsicherheit sah. Ich sah ihm in die Augen, fasste nach hinten auf meinen Rücken, öffnete den BH und ließ ihn von meinen Brüsten fallen.

„Das hätten wir", sagte ich. „Oben ohne, wie gewünscht."

„Gut", sagte er, „das Höschen gefällt mir auch."

„Das bleibt an", sagte ich, obwohl ich eigentlich das Gegenteil erhoffte. „Also, da ich dir gleich einen blasen werde, sollten wir uns wenigstens vorstellen."

„Vorstellen", wiederholte er und äffte meine Sprechweise nach. „Du bist wohl eine ganz feine Schnitte, was? Du machst das öfter, was? Typen in Raststätten Blow Jobs anbieten und sowas? Du magst es wohl derb, was?"

„Ja, so ungefähr."

„Alles klar, so lange du die Augen von der Kasse lässt. Ich bin Joe."

„Penny. Das ist Wendy."

„Also gut, Wendy, dann hol du auch deine Titten raus. Du siehst aus, als hättest du ganz schön was zu bieten."

„Ich ziehe den Pullover aus", antwortete Wendy. „Den BH aber nicht."

Sie ließ ihren Worten Taten folgen, zog sich den schweren Pulli über den Kopf, um ihre drallen, runden Brüste zu entblößen, die in einem schlichten, weißen BH steckten.

„Wahnsinn, die sind ja groß", sagte Joe. „Würdest du meinen Schwanz dazwischen lassen? Meine Frau hat auch so dicke Dinger."

„Du bist ein schmutziger, alter Mann", antwortete Wendy.

„Das sagt ja die richtige, wer will denn unbedingt an meinem Schwanz lutschen? Also los, geh auf die Knie."

Es gab nur einen Stuhl, und er hatte sich darauf gesetzt, bevor wir etwas sagen konnten und spreizte jetzt die Beine, um uns seinen Schritt zu präsentieren. Ich tat, was mir gesagt wurde, kniete mich auf den schmutzigen Boden und war mir nur zu bewusst, dass ich bis auf Schuhe, Socken und Höschen nackt war. Wendy folgte mir und quetschte sich neben mich in den Raum zwischen seinen Knien. Joe öffnete seinen Mantel, dann einen Knopf und legte die Hand auf den Reißverschluss. Ich konnte sehen, wie sein Schwanz sich in seiner Hose wölbte, er war entweder sehr groß oder bereits halb steif.

Er holte ihn heraus, ließ seine Eier in der Unterhose, so dass sein Schwanz an einer Seite herausschaute. Er war groß, um nicht zu sagen riesig, mit dunkler, faltiger Haut und einer dicken Vorhaut, aus der die Spitze gerade so herauslugte. Der Anblick eines Penis lässt mich nie kalt, ich finde ihn auf obszöne Weise hässlich und gleichzeitig anziehend. Joe war da keine Ausnahme, und obwohl ich den Duft eines Mannes wahrnahm, der mit Speck und Kochfett arbeitete, wusste ich, dass es mir enormen Spaß bereiten würde, ihm einen zu blasen.

„Ganz schön groß, was?“, fragte Joe. „Ich denke, sowas bekommt ihr sonst nicht so häufig zu sehen, bei den Bankern und diesen Typen. Also los, fangt an.“

Ich rutschte auf den Absätzen vorwärts, nahm ihn in die Hand und küsste ihn, dann stürzte ich mich darauf, überwältigt von der Schmutzigkeit der Situation. Wendy kicherte und Joe seufzte, als ich ihn bis zum Anschlag in den Mund nahm. Ich legte den anderen Arm um ihre Schulter, zog sie zu mir heran und saugte weiter an Joes wunderbarem Schwanz, während er in meinem Mund anschwoll.

Er war schon fast hart, als ich merkte, dass ich zu gierig war und mich zurückzog. Sein Schwanz glänzte von meinem Speichel. Wendy sah mich ein letztes Mal an, sowohl aufgeregt als auch ängstlich, beugte sich vor und nahm ihn in den Mund, nur Zentimeter von meinem Gesicht entfernt.

Es war toll, Wendy beim Blasen zuzusehen, ihr hübsches Gesicht, wenn auch molliges Gesicht voll mit dem geschwollenen, dunklen, schmutzigen

Penis. Sie hatte die Wangen eingezogen, die Augen weit geöffnet, beobachtete seinen Schaft, während sie daran saugte und den Mund langsam auf und ab bewegte. Er war schnell ganz steif, und sie begann einen neuen Trick: sie ließ ihn aus ihrem Mund gleiten, spitzte dann die Lippen und ließ ihn in ihren Mund stoßen, als sie wieder zurückkam.

„Du machst das wahnsinnig gut“, stöhnte er. „Wie wäre es, wenn du mich jetzt mal die Titten fühlen lässt?“

Bevor sie antworten konnte, hatte er sich nach vorne gelehnt, fasste nach unten zu ihren Brüsten und presste seinen Bauch gegen ihr Gesicht. Ich dachte, sie würde ihn daran hindern, das tat sie jedoch nicht. Sie erlaubte ihm, nach ihr zu grabschen und ihre linke Brust aus dem BH zu ziehen. Ich fühlte mich ein wenig ausgeschlossen, also beugte ich mich nach vorn und küsste seine Eier, bevor ich sie in den Mund saugte. Sie schmeckten männlich, nach Schinkenspeck und Ketchup, genau wie Wendy vorhergesagt hatte, aber es war perfekt, wunderbar grob, und der Wechsel meiner Position hatte dazu geführt, dass ich den Hintern ausstreckte, so dass er zweifellos einen schönen Ausblick auf den hinteren Teil meines Höschens hatte.

Ich war jetzt wirklich erregt, erwartete aber kaum, dass ein Mann wie er mich anschließend lecken würde. Ein Teil der Erregung war tatsächlich, dass ich wusste, dass er das nicht tun würde und dass ich, wenn ich kommen wollte, vor seinen Augen masturbieren musste. Bei dem Gedanken griff ich nach unten und schob eine Hand in mein Höschen, wobei ich die Knie spreizte. Meine Muschi war feucht und die erste Berührung meines Kitzlers brachte mich auf dem Weg zu einem, wie ich wusste, langen und exquisiten Orgasmus.

Wendy überließ ihn mir wieder, bewegte sich aber nur leicht zur Seite, so dass er weiterhin ihre dralle Brust befummeln konnte, die er aus ihrem BH geholt hatte. Ich nahm in tief in den Mund, wiegte mich vor und zurück und streichelte meinen Kitzler mit den gleichen, rhythmischen Bewegungen. Ich liebe es, Männern einen zu blasen, es ist einfach ein schmutziges Ding, den Penis eines Mannes in den Mund zu nehmen und daran zu saugen, bis er in meinem Mund kommt oder auf mein Gesicht spritzt. Genau das wollte ich jetzt, wenn ich kam, ein ganzes Gesicht voll Sperma, das mir in den Mund und über die Wangen spritzte und auf meine nackten Brüste tropfte.

Ich begann, an seinem Schwanz zu ziehen, zog ihn in meinen Mund, wollte ihn unbedingt zum Orgasmus bringen. Wendy kicherte, und ihre Hand wanderte an meiner Wirbelsäule entlang, hinunter zu meinem Po und glitt hinten in mein Höschen. Als sie begann, meinen Hintern zu streicheln, war ich sicher, dass das Timing perfekt war. Joe atmete tief und grunzte immer wieder leise. Ich wusste, dass er kam und saugte intensiver, nahm ihn ganz in den Mund, geil darauf, in dem Moment zu kommen, in dem ich sein Sperma in meinen Mund spritzen fühlte. Wendy hatte sich etwas zurück gezogen, sie hatte Angst das Sperma ins Gesicht zu bekommen, wollte aber unbedingt sehen, wie ich es abbekam und weiter an meinem Arsch herumspielen.

Er grunzte, griff nach seinem Schwanz, zog ihn aus meinem Mund und brachte sich selbst mit einigen raschen Bewegungen zum Höhepunkt. Ich sah das Sperma herausspritzen, direkt auf mich, ein dicker Strahl ergoss sich über mein Gesicht, meine Nase und dann in mein Auge. Ich war ganz kurz vor dem Orgasmus gewesen. Mit der Schweinerei im Gesicht und dem Mund voll davon wäre es der perfekte Moment gewesen, aber die Tatsache, dass ich es im Auge hatte, lenkte mich völlig ab.

Er entschuldigte sich, das muss man fairerweise sagen, aber das war nicht wirklich das Problem. Ich wollte unbedingt kommen, musste stattdessen aber hinüber zu dem kleinen Waschbereich laufen, um mein Auge auszuwaschen. Wendy half mir, und es war schnell wieder okay, aber ich wollte noch immer kommen.

„Leck mich“, verlangte ich. „Es dauert nur einen Moment.“

Wendy zögerte und blickte zurück zu Joe, der uns zweifellos hören konnte.

„Das ist mir egal“, drängte ich. „Tu es einfach.“

„Eine Weibershow, ja?“, fragte Joe von der Tür her. „Das hättet ihr doch machen können, bevor ihr mir einen geblasen habt. Also los, leck deine kleine Freundin, wie sie es verlangt.“

„Vor dir?“, fragte Wendy. „Also, ich weiß nicht...“

„Bitte Wendy“, flehte ich. „Ich möchte, dass er zusieht.“

„Aber...“

Ich konnte nicht zulassen, dass sie jetzt zimperlich wurde. Ich brauchte jetzt einen Orgasmus, und der Gedanke, dass sie mich leckte, während der schmierige Joe zusah, war einfach zu gut, um ihn vorbei ziehen zu lassen. Sie war lange nicht so erregt wie ich, aber wenn sie noch nicht richtig in Fahrt war, ließ sich das natürlich ändern. Überall lagen Lagerartikel herum, einschließlich eines Wagens voller Plastikflaschen mit Ketchup, Senf und Mayonnaise.

Wendy richtete den BH her und ließ die Brust, die er befummelt hatte, wieder darin verschwinden. Es war einfach zu gut, besonders, weil sie bereits Wichse auf dem BH hatte. Ich griff nach einer Flasche und drückte. Ein dicker Strahl Ketchup schoss heraus, jedoch nicht auf ihre Brust, sondern direkt in ihr Gesicht. Sie quietschte und ich zielte schnell weiter nach unten, einen vollen Strahl auf ihren Hals und auf beide Brüste. Joe fluchte, aber ich ignorierte ihn und lachte beim Anblick von Wendys ketchupverschmiertem Gesicht, während sie mich mit weit aufgerissenen Augen und einer Geste angeekelter Überraschung anstarrte. Ich drückte erneut auf die Flasche, hielt sie nah an ihren Körper, und drückte einen dicken Ketchupklecks auf ihr Dekolleté. Einiges landete auch auf dem Boden, und als sie nach der Flasche greifen wollte, trat sie hinein, rutschte aus und landete auf dem Boden, mitten in der Sauerei.

Ich musste so sehr lachen, dass ich kaum noch stehen konnte, und als sie nach meinem Höschen griff und daran zog, fiel es zu Boden und ich gleich hinterher. Sie grabschte nach mir, als ich auf ihr landete und wir rollten herum, mein Arm wurde von der klebrigen Masse verschmiert.

Wir kämpften, ich wusste genau, dass sie stärker war als ich, genoss aber das Gefühl ihrer schleimigen, sauceverschmierten Haut, während wir uns kabbelten. Ich hatte die Flasche fallen gelassen, und meine Hand berührte sie, als Wendy mich auf den Rücken rollte. Sie erhob sich, spreizte meinen Körper und bekam einen weiteren Strahl direkt ins Gesicht. Joe schrie erneut auf und befahl uns, damit aufzuhören, nannte uns dreckige Schlampen, aber ich war nicht in der Stimmung, davon Kenntnis zu nehmen.

Wendy hatte sich die Flasche gegriffen, und wir kämpften darum, bespritzten uns gegenseitig mit Ketchup, das meiste landete jedoch in meinen Haaren und in meinem Gesicht. Ich bäumte mich auf, versuchte sie abzuwerfen, schaffte es aber nicht, und im nächsten Moment befand sich die Öffnung der Flasche in meinem Mund. Sie drückte, lächelte grausam, und mein Mund füllte sich mit Ketchup. Auch der Großteil der Flasche wurde mir in den Mund gedrückt, so dass ich gezwungen war, verzweifelt zu schlucken, damit mir nicht alles hochkam. Als ich die Flasche schließlich herausziehen konnte, war sie fast leer, und ich war zu sehr damit beschäftigt, zu husten und zu spucken, um mich noch verteidigen zu können.

Sie rollte mich herum, und ich versuchte auszuspucken, dankbar allein darüber, dass es besser schmeckte als Joes Sperma. Wendy setzte sich auf mich, verteilte ihr Gewicht auf meinem Kreuz. Mit halb heruntergezogenen Unterhosen und entblößtem Arsch hörte ich Joes erstauntes Grunzen über den Zustand, in dem ich mich befand und wie er wiederholte sagte, ich sei eine dreckige Hure. Aber er hatte auch seinen Spaß. Als ich aufblickte, sah ich ihn mit seinem schlaffen Schwanz in der Hand, sich streichelnd, während er uns beim Kämpfen zusah oder besser gesagt dabei, wie ich verprügelt wurde, und ich hatte weder die Stärke noch den Willen, Wendy von mir herunter zu stoßen.

Ich versuchte zu treten, aber es war zwecklos. Ihr Gewicht lastete auf meinem Rücken, und ich war sowieso schon zu weit abgedriftet, um noch zu kämpfen. Ich konnte nur daliegen und hoffen, dass sie es mir anständig besorgen würde. Das tat sie, indem sie nach einer neuen Flasche griff und mir den gesamten Inhalt über den Hintern spritzte. Ich fühlte es aufklatschen, klebrig und nass und ekelig, der Saft lief mir zwischen den Arschbacken hindurch und beschmutzte meine Möse. Sie gab mir einen Klaps, was dazu führte, dass sie mit Ketchup bespritzt wurde, aber nur einen. Ich wusste auch warum: das Schlagen hätte mir zu sehr gefallen, selbst mit einem bereits zerschundenen Hintern. Wendy, zugesaut mit Ketchup, ihr BH wahrscheinlich ruiniert und die Jeans in widerwärtigem Zustand, würde sicherstellen, dass es mir schlechter ging.

Und tatsächlich, ich fühlte ihre Hände auf meinem Hintern, sie spreizte die Arschbacken und zeigte ihm meinen Anus. Ich versuchte erneut mich zu wehren, wenn auch nur, damit es so aussah, als wollte ich das nicht. Schließlich entblößte sie gerade mein Arschloch, und ich war ziemlich sicher, was sie als nächstes tun würde. Und tatsächlich, ich fühlte, wie die Spitze der Ketchup-Flasche mein Loch berührte und kniff die Augen vor Ekel zu. Nasse Sauce sickerte gegen mein Loch, und ich wusste, sie wollte sie als Gleitmittel benutzen. Die Spitze drückte gegen meinen Anus, und ich versuchte, das Loch zuzukneifen, aber sie war schon drin, an meinem Ring vorbei, und ich ließ ein verzweifeltes Stöhnen hören.

Wendy würde mir einen Ketchup-Einlauf vor diesem Typen geben, und ich konnte nichts dagegen tun, ich konnte nur auf dem Boden kriechen und es geschehen lassen. Ihre Brüste waren gegen meinen Rücken gepresst, schleimig vom Ketchup, sie rutschten über meine Haut, während ich verzweifelt versuchte, mich aus dieser Lage zu befreien. Ich fühlte etwas in meinem Hintern, einen Druck, und dann hörte ich ein ekelhaftes, furzendes Geräusch, als sie die Flasche drückte. Ich schrie auf, als mein Rektum sich mit Ketchup füllte, anschwoll und sich aufblähte, während sie versuchte, so viel wie möglich in mich hinein zu drücken.

Als sie die Flasche herauszog, konnte ich die ganze Ladung in meinem Arsch spüren und kniff den Hintern in dem verzweifelten Versuch, meine Würde nicht vollständig zu verlieren, zusammen. Die Spitze fuhr erneut in mich und sie drückte zu, drückte noch mehr in mich hinein, und noch mehr. Ich begann um Gnade zu flehen, denn ich wusste, ich konnte das nicht mehr lange aushalten, aber sie machte einfach weiter, drückte die ganze Flasche in mir aus, bis ich das zusätzliche Gewicht in meinen Eingeweiden spüren konnte.

Sie setzte sich auf, das volle Gewicht auf meinem Rücken. Ich verrenkte mir den Kopf und sah, dass sie sich eine weitere Flasche schnappte. Joe hatte aufgehört zu protestieren, vergaß seinen Unmut, den halbsteifen, pulsierenden Penis in der Hand. Wendy griff nach einer Mayonnaise-Flasche, zögerte dann und griff sich den Senf, eine 1-Liter-Flasche scharfen, englischen Senf. Ich quietschte auf in Protest, aber es war ein halbherziger, und ich wusste es. Und schon ging es los, die dicke Flasche schlüpfte zwischen meine zugeschleimten Arschbacken, und die Spitze wurde zwischen meine Beine geschoben.

Ich versuchte, die Arschbacken zusammen zu kneifen. Ich kniff die Augen zusammen und ballte die Fäuste, aber es half nichts. Als ich spürte, wie der Senf aus der Flasche quoll, übernahm mein versauter kleiner Kopf das Kommando, und ich entspannte mich. Ich erlaubte Wendy, die Flasche zwischen meinen Schenkeln zusammen zu drücken. Ich fühlte, wie meine Vagina sich füllte, ein so ekelhaftes Gefühl, dass mich das allein schon zum Höhepunkt hätte bringen können. Als nächstes legte sie eine lange Spur über meine Schamlippen, und ich hob den Hintern in schwacher Zustimmung an. Es begann in meiner Vagina und über der Vulva zu brennen. Ich schnappte nach Luft, und mein Atem ging schneller im Einklang mit den Schmerzen, selbst als die Spitze der Flasche gegen mein schmieriges, schleimiges Arschloch stieß. Sie glitt hinein und ich schrie laut, als der Inhalt der Flasche mit einem abstoßenden, gurgelnden Geräusch in mein Rektum gepresst wurde. Meine Pussi brannte, mein Anus auch. Es tat weh, brannte wie Feuer, aber ich war zu geil auf den Höhepunkt, um das Ganze abzubrechen.

„Hier, wie wäre es, wenn wir ihr ein Würstchen in die Fotze schieben?“, ertönte Joes Stimme, gefolgt von Wendys Kichern.

Hinter mir ertönte ein Geräusch, ein fleischiges Platschen. Einen Moment später fühlte ich etwas Fettes und Rundes meine Vagina berühren, ähnlich der Spitze eines kleinen Schwanzes. Es fuhr in mich, füllte mich und schob den Senf weiter in mich hinein, bis die Spitze meinen Gebärmutterhals berührte. Joe lachte, und vor meinen Augen tauchte das Bild meiner Muschi auf, aus der die letzten paar Zentimeter der Wurst herausragten, verschmiert mit Senf und Ketchup. Dieses Bild war sowohl obszön als auch lächerlich, und jetzt in dieser ganzen Sauerei zu masturbieren, während er zusah, würde der Sache die Krone aufsetzen. Ich versuchte, meine Hände zu benutzen, aber Wendy ließ mich nicht, presste ihre Schenkel um meinen Körper und lachte über meine vergeblichen Bemühungen.

„Schieb ihr eine in den Arsch“, grölte Joe mit vor Anstrengung heiserer Stimme.

„Dreckiger Bastard!“, antwortete Wendy, aber einen Moment später fühlte ich die runde Spitze eines Würstchens zwischen meinen Arschbacken.

Ich war zu verschleimt, um das zu stoppen und außerdem viel zu angetörnt. Das Würstchen fuhr zwischen meinen Arschbacken nach unten, drückte gegen mein schmutziges Arschloch und glitt hinein. Alles was ich tun konnte, war stöhnen und den Hintern mich fügend anheben. Mein Rektum war voll, und ich fühlte, wie der Senf aus meinem Arsch tropfte, als ich mich entspannte. Das Würstchen fuhr hinein, stöpselte mich zu und sorgte dafür, dass der Ring noch mehr brannte als zuvor. Wieder versuchte ich nach hinten zu fassen, um zu masturbieren, aber Wendy hielt mich zurück. Ich schlug in hilfloser Frustration mit den Fäusten auf den Boden, während sie mir das Würstchen weiter reinschob. Auch meine Beine bewegten sich, meine Schenkel glitten in der Sauerei auf dem Fußboden herum. Ich fühlte, wie das Würstchen weiter vordrang, jeden Zentimeter, wie es in mein sich weitendes Arschloch weiter eindrang, während ich auf dem Boden winselte und stöhnte und darum bettelte, kommen zu dürfen. Ich war voll, sie hatte begonnen mich von hinten und von vorn gleichzeitig zu ficken, indem sie die beiden Würstchen immer wieder reinschob und rauszog. Der Schmerz wurde stärker und brennender, während die beiden Fleischwürste sich ihren Weg in mich bahnten. Ich hätte kommen sollen, aber ich konnte nicht, und plötzlich war es mir zu viel, und ich schrie immer wieder mein Stopp-Wort.

Wendy hörte sofort auf, aber Joe lachte nur. Ich sprang auf, tanzte auf den Füßen herum und brabbelte etwas von Schläuchen und Wasser. Joe lachte so sehr, dass er nicht sprechen konnte, zeigte jedoch mit dem Daumen auf die Tür im hinteren Teil der Hütte. Ich rannte dorthin, und in dem Moment war mir auch egal, ob sie nach draußen führte, ich hätte mich auch auf offener Straße gewaschen, ich hätte alles getan, um diesen Schmerz zu betäuben.

So öffentlich war die Waschstelle nicht, ein matschiges, grasbewachsenes Fleckchen, umgeben von einem Zaun, aber nach oben und zu den Bergen hin offen. Der Schlauch war an einen Wasserhahn angeschlossen. Ich schnappte ihn mir und ließ das Wasser laufen, ich spürte, wie es kalt und beruhigend an meinen Beinen hinab lief. Ich schloss erleichtert die Augen, als das Brennen nachließ, und das Würstchen langsam aus meiner Vagina glitt und auf den matschigen Boden fiel. Ich duschte meinen Intimbereich und fühlte, wie die ganze Sauerei in Klumpen aus mir herausfiel, während das Wasser weiter lief. Jetzt gewann ich wieder einen klaren Kopf. Ich verspürte noch immer überall stechende Schmerzen, aber ich musste es einfach tun.

Ich setzte mich in den kühlen Matsch, ließ den Schlamm sich zwischen meinen Pobacken und über meine Pussi verteilen. Ich lehnte mich nach hinten an den Zaun, spreizte die Beine weit und zog sie an, so dass ich meine Muschi und den Arsch erreichen konnte. Mein Hintern war voller Schlamm und noch immer schleimig von der Sauce, als ich begann mich selbst zu reiben und meine schmutzige Muschi zu erkunden.

Wendy tauchte in der Tür auf, sah mich nur mit offenem Mund an, während ich zwei Hände voll Matsch über meinen Brüsten verteilte. Ich warf ihr einen Handkuss zu und ließ die Hände wieder nach unten gleiten.

Ein Würstchen lag nah bei mir, also steckte ich es mir in die Muschi und fickte mich selbst damit. Das andere war in meinem Arsch, so dass ich wieder dieses schöne, gefüllte Gefühl genießen konnte. Ich ließ einen Finger nach unten fahren, berührte meinen brennenden Anus, glitt hinein, und ein dicker Wurm aus Senf und Ketchup kam mit einem obszönen, gurgelnden Geräusch heraus. Mit einem Daumen auf dem Kitzler begann ich, mich zum Höhepunkt zu bringen.

Mein Arschloch war mit Senf zugeschleimt, brannte wie verrückt und war geweitet. Zwei Finger glitten ganz leicht hinein, tief, bis ich die Spitze des Würstchens in meinem Rektum erspüren konnte. Ich schob einen dritten Finger hinein, dehnte den Ring, und der Senf quoll zusammen mit dem Würstchen heraus. Es brannte schmerzhaft, und ich schrie auf, aber ich kam, mein Daumen kreiste wie verrückt über meinem Kitzler. Meine Muschi zog sich zusammen, drückte das Würstchen und schob es weiter in mich hinein. Mein Anus begann zu pulsieren und drückte das Würstchen in einer langen, ekstatischen Bewegung heraus, mir wurde schwindelig im Kopf und ich drückte den Rücken durch, während ich zum Höhepunkt kam. Das Würstchen fiel beim Höhepunkt meines Orgasmus aus meinem geweiteten Arschloch, gefolgt von einer dicken Spur Senf. Ich stieß meine Finger tief hinein, weitete mich und ließ die ganze schmutzige, schleimige Masse herausquellen, während mein Orgasmus immer weiter ging, bis er schließlich abebbte und ich erschöpft zurück sank.

Ich saß ungefähr eine Minute da, ignorierte Wendys Fragen, störte mich nicht an dem kalten, schmutzigen Matsch oder an dem Senf. Schließlich sammelte ich mich, stand auf, um mich gründlich mit dem Schlauch zu waschen. Das kalte Wasser über meinen brennenden Hintern laufen zu lassen war eine Erleichterung. Ich ließ es auch hinein laufen und verpasste mir selbst den dringend benötigten Einlauf, was Wendy zum Kichern brachte, aber jetzt, da ich gekommen war, machte ich mir Sorgen, ob mich jemand sehen würde. Die Abtrennung war keine zwei Meter hoch und konnte von den Bergen aus gut eingesehen werden, so dass ein glücklicher Bauer das ganze schmutzige Schauspiel gut beobachten konnte.

Auch Wendy wusch sich, und wir gingen zurück in die Hütte. Im Inneren sah es aus als hätte eine Bombe eingeschlagen, alles war voll Ketchup, Senf, Schmiere und mehreren zermatschten Würstchen. Joe befahl uns, den Saustall aufzuräumen und zwar nackt, und zu meiner Überraschung begann Wendy träge, sich auszuziehen. Er stand da und grinste hämisch, während er zusah und uns ab und zu in die Brüste oder den Hintern kniff. Als wir fertig waren, hatte er seinen Schwanz erneut herausgeholt und bestand darauf, dass wir ihn zum Abspritzen brachten, bevor wir gingen. Wir gehorchten, knieten uns vor ihn hin, die Arme umeinander gelegt und die Ärsche ausgestreckt, so dass er unsere Muschis und die Arschlöcher gut sehen konnte. Es dauerte eine Weile, aber als er kam, schlug er Wendy mit der Hand auf den Hintern. Sie widersprach natürlich nicht, schüttelte aber missbilligend den Kopf und setzte sich mit gespreizten Beinen auf den Stuhl. Wir sahen zu, wie sie es sich selbst besorgte, ziemlich schamlos und mit geschwollener Muschi an ihrem Kitzler rieb, während sie mit der anderen Hand eine ihre dicken Titten rieb.

Wir verließen die Hütte und aßen unsere Schinkensandwiches. Ich war gewaschen, ordentlich und sah nach außen hin respektabel aus, wenn ich auch weder Höschen noch BH trug. Bei Wendy sah das schon anders aus, ihre Jeans war voller Ketchup, besonders am Hintern. Ein anderes Auto, ein schwarzer Jaguar, parkte hinter unserem Wagen, aber ich dachte mir nichts dabei. Die Tür öffnete sich und ich erkannte den Mann, der ausstieg: es war Sir Rhy Mintower. Er stand einfach nur da, rauchte eine Zigarre und beobachtete uns, bis wir bei unserem Auto angekommen waren. Es schien sehr wahrscheinlich, dass er wusste, was wir getan hatten, und mir fiel nichts ein, was ich zu unserer Verteidigung hätte vorbringen können. Ich gab mich mit einem Nicken zufrieden, das er erwiderte. Er nahm die Zigarre aus dem Mund. „Zuerst war ich mir nicht sicher“, sagte er langsam. „Jetzt weiß ich es. Ihr seid echte Schlampen.“

Neun

Amys Artikel wurde gegen Ende des Semesters veröffentlicht. Er war toll, ein wahres Meisterwerk, in dem das, was sie zu sagen hatte, mit dem Stil des Magazins vermischt und wütend das Recht der Frauen eingefordert wurde, sich schlagen zu lassen, wenn sie es denn wollten, ohne dass der ungewollten Unterwerfung auch nur die geringste Chance eingeräumt wurde.

Der Text begann mit einer scharfen Verurteilung aller Formen körperlicher Bestrafung, und bezeichnete Bestrafungen durch Obere, insbesondere in Schulen, als kaum weniger barbarisch als das Hängen von Menschen. Häusliche Gewalt wurde genauso abgeurteilt und als Missbrauch von Frauen durch ihre Männer und als in jeder Form völlig inakzeptabel dargestellt. Als sie schließlich zum Schlagen im Zusammenhang mit Sex kam, dachte ich schon, sie hätte mich gelinkt und mir meine intimsten Gedanken entlockt, indem sie so getan hätte, als genieße sie ihre Bestrafung.

Aber da lag ich falsch. Erst als sie wirklich jeden Leser, einschließlich mich, dazu gebracht hatte, zu ihren Bemerkungen nachdenklich zu nicken, wechselte sie die Argumentationsweise. Sie führte vorsichtig zum Thema hin, indem sie das erotische Schlagen als reinigende Freude erläuterte, ähnlich dem Essen oder Rauchen, nur ohne die potentiellen Gefahren einer Krebserkrankung oder Übergewichts. Sie erklärte, dass man vorsichtig und umsichtig schlagen konnte, um damit beim Vorspiel durch die Freisetzung von Endorphinen für sexuelle Stimulierung zu sorgen, so lange der Partner verstand, dass dadurch kein Ungleichgewicht hergestellt werden sollte. Man konnte dadurch auch seine Ängste überwinden, sie auslöschen, indem man sie in eine Quelle der Freude verwandelte.

Sie fuhr fort und erklärte die körperlichen Grenzen, die gesetzt werden sollten, um zu vermeiden, dass jemand ernsthaft verletzt wird und dass niemand einen Menschen schlagen sollte, der nicht auch bereit war, selbst geschlagen zu werden. Das war der Punkt, an dem ihre Argumentation nicht nur überzeugend, sondern auch noch herrlich frech wurde. Die Fähigkeiten von Männern, an solchen Dingen teilzunehmen, wurden bezweifelt, da sie angeblich viel zu unsensibel waren, um die Feinheiten der weiblichen Freude an einem geschundenen Hintern zu begreifen. Das war nicht ganz fair, aber es brachte mich zum Lachen, da ich wusste, dass es mit Amys Vorliebe für Frauen und ihr Misstrauen in Männer zu tun hatte. Als ich zu Ende gelesen hatte, grinste ich von einem Ohr bis zum anderen, genauso wie Amber, deren Bemerkungen über Sicherheit und Grenzen fast wörtlich übernommen worden waren.

Ich konnte mir genau ausmalen, wie Beth den Artikel las, wie sie Amys Worte mit offenem Mund in sich aufsaugte. Als ich das Amber gegenüber erwähnte, wurde ich über ihre Knie gelegt und bekam fünfzig harte Schläge ab, den Rock hochgezogen. Das war eine Bestrafung, die Amy sicher eher unter häuslicher Gewalt eingeordnet hätte. Sie hatte mich bestraft, um alle Gedanken, die ich daran verschwendete, meine Beziehung zu Beth fortzuführen, wegzuwischen, aber es führte nur dazu, dass ich einen wohlig heißen Hintern bekam und meine Laune sich noch steigerte.

Aus mehreren Gründen war es schlicht nicht möglich, nicht glücklich zu sein. Erstens war die Anspannung weg, jetzt, da der Artikel endlich draußen war und meine Anonymität gewahrt worden war. Zweitens war Amber über das Wochenende rauf gekommen, und sie, Wendy und ich hatten uns in der Nacht zuvor das Bett geteilt. Drittens, und das war vielleicht das Beste, hatte ich diese wunderbare und bösartige Vorstellung von zahlreichen nackten, runden und rosafarbenen Frauenärschen im ganzen Land im Kopf, die allein wegen mir schön warm geprügelt wurden. Wie viele Höschen herunter auf die Schenkel wie vieler Mädchen gezogen worden waren, würde ich wohl nie wissen, aber selbst wenn nur eine von zehntausend Leserinnen des Metropolitan Amys Rat folgen würde, wären es Hunderte.

Amber schlug vor, dass ich für jedes Mädchen, die wegen mir verprügelt wurde, selbst verprügelt werden sollte, was eine schöne, aber leider unpraktikable Fantasie anheizte, in der ich jahrelang durch das Land reiste, um jeden Tag eine Tracht Prügel zu beziehen, jedes Mal auf eine andere Art. Wir malten uns das weiter aus, während wir zu einem Picknick ins Moor fuhren, stellten uns die lange Reihe geschlagener Frauen vor, manche rachelustig, manche weinend, aber jede einzelne von ihnen geil und heiß darauf, mich übers Knie zu legen.

Es war ein wunderschöner Tag, also fuhren wir ein ganzes Stück nach Norden ins Hochmoor und fanden einen bequemen Platz in der Heide. Wir aßen Salat und tranken Riesling, lasen beide immer wieder den Artikel, glücklich und zufrieden mit uns selbst. Wir hatten den ganzen Tag über niemanden gesehen, und es war nicht zu vermeiden, dass wir wieder bei einer Prügelei endeten, Wendy mit einbezogen. Wir knieten nebeneinander auf der Decke, Hintern in die Luft und Hände auf dem Rücken, während Amber das Seil des Picknickkorbs benutzte, um unsere Handgelenke zusammen zu binden.

Als wir beide gefesselt und hilflos waren, öffnete Amber unsere Jeans und zog sie hinunter, um anschließend eine große Show um das Herunterziehen unserer Höschen zu machen. Als wir nackt waren, Rücken durchgedrückt, damit man unsere Muschis gut sehen konnten und die Arschbacken weit gespreizt waren, schlug sie uns, fasste uns abwechselnd um die Taille und versetzte beiden zitternden Hintern jeweils einhundert Schläge. Am Ende war ich geil und bereit zu masturbieren, oder mich von Wendy lecken zu lassen und dabei zu kommen. Das ging natürlich nicht, denn meine Hände waren ja zusammen gebunden, und Amber ließ mich betteln, während sie die ganze Zeit meine Muschi mit einem Grashalm kitzelte. Ich war schon fast wahnsinnig, als sie endlich meine Handfesseln löste und schob mir die Finger direkt in die Muschi.

Ich hatte gerade erst ein paar Mal hin- und hergerubbelt, als Amber uns eine Warnung zurief. Als ich aufschaute, sah ich mehr als ein Dutzend Wanderer, die durch die Heide auf uns zukamen. Wendy war noch gefesselt, und während ich es schaffte, rechtzeitig mein Höschen und meine Jeans wieder anzuziehen, kämpfte sie immer noch mit ihren, als sie schon nahe genug waren, um in unser kleines Versteck hinein zu sehen. Alles, was sie sehen konnten, war ihr Bauch, als sie sich die Hose zuknöpfte, aber sie war knallrot im Gesicht, was mich amüsierte.

Wir machten später im Schutz eines kleinen Senklochs weiter, leckten uns gegenseitig die Muschis, während eine von uns jeweils Schmiere stand. Ich hatte einen wunderbaren Orgasmus und war anschließend rundum zufrieden mit der Welt, und der Ausflug hatte einen netten Abschluss gefunden.

Der letzte Teil des Semesters war eher langweilig, meine Forschungen standen still, weil ich während der Prüfungsphase häufig die Aufsicht und andere Aufgaben übernehmen musste. Als Studentin hatte ich immer gedacht, es könne keinen leichteren Job geben, als zwischen den Pulten hindurch zu laufen, an denen ehrgeizige, nachdenkliche, besorgte oder ahnungslose Prüflinge saßen. Tatsächlich ist es aber sowohl ermüdend als auch frustrierend, weil man möchte, dass alle Studenten so gut wie möglich abschließen und es einem ans Herz geht, wenn man einen sympathischen Schüler sieht, der angibt, ein Schimpanse habe weniger Chromosomen als ein Mann.

Am Ende brauchte ich dringend etwas weniger Ernstes und freute mich darauf, zurück in den Süden zu fahren. Wie immer beabsichtigte ich, einen Großteil des Sommers bei Amber zu verbringen und nur in den Norden zurück zu fahren, wenn es sein musste. Zwei Tage, bevor ich abfuhr, rief sie an und sagte, Amy habe angerufen und gesagt, sie wolle einen Artikel zu der Überschrift Endorphin-Junkies schreiben, der unter anderem auch Interviews mit uns enthalten sollte.

Wie auch beim ersten Mal war ich etwas zurückhaltend, aber uns wurde Anonymität zugesichert, und Amy hatte ja bewiesen, dass sie fair war. Es hörte sich auch an, als könnte das lustig werden. Amber schlug eine neue Fantasie vor, an der sie sich die Zähne ausbeißen konnten. Unweigerlich brachte mich das auf Beth, die ich mir vorstellte, wie sie das fertige Produkt sah, und ich nahm an, vorausgesetzt allerdings, ich durfte den Text lesen, bevor er gedruckt wurde. Und ich war auch nicht die Einzige, um die es dieses Mal gehen sollte. Sie wollten Fotos und Vicky, der es egal war, was Andere über sie dachten, hatte sich angeboten.

Als ich in Hertfordshire ankam, hatte Amber Vickys Part bereits ausgearbeitet, eine Fantasie, die erst mal merkwürdig, visuell effektiv und auf ihren Geschmack ausgerichtet sein sollte. Amber hatte eine Bemerkung über die Frau als „exotische Beute" gefunden, was sie für inspirierend hielt. Es irritierte sie auch, weil es von einer arroganten Kunstkritikerin kam, die dagegen sprach und alles als pure Männerfantasie abtat. Da Amber sich seit Jahren genauso fühlte, nahm sie diese Bemerkung persönlich und war entschlossen, den Artikel im Metropolitan zu nutzen, um die Dinge klar zu stellen.

Was sie getan hatte, war, die Fuchsjagd und die Pony-Fantasie miteinander zu vermischen und daraus eine neue entstehen zu lassen: das Zebra-Mädchen. Das war eigentlich nicht wirklich neu, aber neu genug, besonders, wenn das Zebra gejagt, gefesselt und in einen Käfig gesperrt wurde. Amy fand die Idee toll und versprach enthusiastisch vorbei zu kommen und sich das selbst anzusehen. Sie brauchten nur ein paar gestellte Aufnahmen, aber das war nicht zufriedenstellend, und wir vereinbarten, dass wir es wirklich tun würden, sobald der Fotograf fertig war.

Das Problem war nur, den geeigneten Ort zu finden. Wir brauchten einen Wald oder noch besser einen Park, viel Platz, wo wir ohne gestört zu werden spielen konnten. Mit den Leuten vom Metropolitan an Bord waren weder Michael und Ginny, noch Henry, noch sein schwuler Freund bereit, uns ihr Land benutzen zu lassen, was die Sache schwierig machte. Amy war bereit, die tatsächliche Jagd wegzulassen, falls notwendig, und gab sich mit Fotos in Andersons Garten zufrieden. Aber weder Amber noch Vicky waren dazu bereit, denn sie waren der Meinung, es wäre einfach nicht dasselbe, wenn wir es nicht auch tatsächlich tun würden. Amy schien das für naiv zu halten, aber letzten Endes setzte Amber sich durch.

Leider wollte nach allem, was auf der Fuchsjagd passiert war, niemand riskieren, einen öffentlichen Platz zu nutzen, was uns in eine Zwickmühle brachte. Ich schlug vor, Morris Rathwell zu fragen, ob er irgendeine Idee hatte, was mir einen drohenden Blick von Amber einbrachte. Leider hatte niemand eine bessere Idee, und so war sie schließlich gezwungen, ihn anzurufen.

Amber kennt Morris Rathwell und die Zwillinge schon sehr lange. Die Beziehung ist zweischneidig, es geht häufig um Konkurrenzkampf, und es gab einige schmerzhafte sexuelle Eskapaden für Amber. Auf lange Sicht hat sie eindeutig davon profitiert, aber wenn man sie reden hört, kann man manchmal glauben, er sei der Teufel in Person, eine Einstellung, die ich irgendwie teile, obwohl ich finde, dass sie ein zu großes Theater darum macht.

Auch dieses Mal war keine Ausnahme, Amber versuchte, die Information zu bekommen, die sie wollte, ohne ihn an der Sache zu beteiligen, aber das gelang ihr nun gar nicht. Rathwell erklärte fröhlich, er kenne ein geeignetes Grundstück, eine zugewachsene Airforce Base in Norfolk, die jetzt ein Dschungel aus kleinen Bäumen und Unkraut war. Es klang ideal, aber natürlich weigerte er sich, uns auch nur wissen zu lassen, wo es war, bis wir ihm die ganze Geschichte erzählt hatten, und er versprach, dass er und die Mädchen dabei sein würden. Amber hatte kaum eine Wahl, also gab sie nach.

Nicht dass Morris besonders enthusiastisch gewesen wäre. Er wollte kommen und versprach, sich ordentlich zu kleiden und sich zu benehmen, vielleicht im Schatten einen kühlen Drink zu sich nehmend. Melody zeigte eine weitaus weniger beiläufige Einstellung, besonders als sie hörte, dass Vicky gejagt werden sollte. Zu beweisen, dass sie stärker und fitter als Vicky ist, ist bei ihr eine Art Obsession, und die Idee war genau nach ihrem Geschmack.

Ich war zufrieden, dass ich das Problem gelöst hatte und dass es mir auch gelungen war, der Fantasie ein Konkurrenzelement hinzuzufügen. Melody macht mir manchmal Angst, aber zuzusehen, wie sie versuchte, Vicky einzufangen, würde ein Riesenspaß, so lange ich mithalten konnte. Doch dann bemerkte Amber, meine Rolle in dem Ganzen käme wohl eher nach der Jagd zum Tragen, was bedeutete, was mich zum Hauptziel von Melodys Aufmerksamkeit und Vickys Rache auf einem verlassenen Flugplatzgelände machen würde.

Der Tag, den wir ausgesucht haben, war flirrend heiß, was uns sicher bei dem Versuch unterstützen würde, eine afrikanische Atmosphäre zu schaffen. Amber und ich fuhren getrennt, standen früh auf und kamen vor allen Anderen an den Toren des Flughafengeländes an. Auf der Karte sah es ideal aus, es war vollständig von Farmland umgeben mit nur einer kleinen Straße an einer Seite. Selbst vor dem Tor konnten wir nur wenig sehen, denn dichte Reihen von Birken und Haselnussbäumen versperrten die Sicht, und ein vier Meter hoher rostiger Stacheldrahtzaun sollte ein Eindringen verhindern.

Die Rathwells kamen kurz nach uns, Harmony war auch dabei, sie stellte sich an das Tor, um die Anderen herein zu lassen. Der Innenbereich war riesig, weites, flaches Land, gespickt mit verrottenden Überbleibseln von Barracken und anderen Gebäuden. Es gab sogar ein paar alte Flugzeugrümpfe, die langsam unter der Sonne vor sich hin gammelten, man konnte aber immer noch die amerikanischen Markierungen erkennen. Mir erschien es ideal, aber Rathwell war weniger enthusiastisch, er sagte, er würde kaum länger als ein paar Monate Zutritt haben und dass es zu weit von London weg und zu herunter gekommen wäre, als dass er es als Standort für einen seiner Clubs hätte nutzen können.

Anderson und Vicky kamen gemeinsam mit Ginny an, als wir uns noch umsahen, zuletzt Amy und ihre Crew: eine Fotografin, Claudia, eine Visagistin, Paulette, und Isabel, die einfach nur neugierig war. Gemeinsam suchten wir uns einen der Hangars als Basislager aus, vor allem, weil die Ausstattung dort noch in Ordnung war, wenn es auch weder Wasser noch Strom gab. Nachdem wir uns eingerichtet hatten, begannen wir mit den Vorbereitungen. Amy fragte, wer bereit war, sich fotografieren zu lassen und wer nicht.

Amber konnte nicht, sie hatte einfach zu viele respektable Kundinnen, die den Metropolitan wahrscheinlich lasen. Vicky war dabei, genauso wie Anderson, beide kümmerten sich überhaupt nicht um die öffentliche Meinung. Ginny meldete sich freiwillig, es gab kein echtes Risiko erkannt zu werden, und auch Melody und Harmony waren voller Enthusiasmus dabei.

Es dauerte zwei Stunden, Vicky die Körperfarbe aufzutragen. Amber malte die Streifen mit einem Augenbrauenstift auf, und Isabel und Paulette malten sie schwarz und weiß aus. Sie ging nackt an den Start, elegant und muskulär, aber nicht wirklich anders als andere 1,80 Meter große Frauen ohne Kleider am Leib. Am Ende sah sie wundervoll aus, eine exotische Erscheinung in schwarz-weißer Schminke. Jeder Streifen war exakt gemalt worden, von den feinen Linien in ihrem Gesicht bis hin zu den breiten Streifen, die ihre Hüften und ihre Brust bedeckten und zu den zugespitzten Linien, die ihre Beine länger und ihre Taille schmaler als je zuvor wirken ließen. Die Linien verbanden sich auf ihren Pobacken und bildeten ein unregelmäßiges Zielmuster, das den Blick auf ihren festen, runden Po zog. In ihr eigenes, glänzendes, schwarzes Haar wurden weiße Verlängerungen geflochten, was ihr eine wunderschöne, gestreifte Mähne verlieh, die ihr fast bis zum Hintern reichte. Ein weißer Schwanz wippte über ihrem Po, er schien ihr direkt aus der Wirbelsäule zu wachsen, die Streifen wirkten absolut natürlich. Den letzten Schliff bildeten die Stiefel, das einzige Kleidungsstück, das sie trug, schwarze, knöchelhohe Lederstiefel mit breiten Absätze, die vorn wie Hufe geformt waren, so dass ihre Waden, Schenkel und Pobacken angespannt wirkten. Die hatten wir ihr auch angezogen, damit sie nicht so schnell verschwinden konnte, dass niemand von uns hinterherkam.

Vicky war beeindruckend, aber die Zwillinge standen ihr in nichts nach. Sie lieben ihr amazonenhaftes Aussehen, besonders Melody, und dies war die perfekte Situation, um es einzubinden. Beide waren fast nackt, ihre dunkle Haut ölig und glänzend, schwarze Laufschuhe waren ihr einziges Zugeständnis an den modernen Kleidungsstil, Körperschmuck ihr einziges Zugeständnis an die Sittsamkeit. Ihr starken Arschbacken und auch die Brüste waren nackt. Beide trugen goldene und türkisfarbene Kugeln im Haar, das waren Rathwells Farben, und Harmony hatte das Ganze noch erweitert, indem sie die Kugeln auch in ihre Schamhaare geflochten hatte und die Muschi ansonsten nicht bedeckt hatte. Melody war kaum weniger dezent, sie trug einen breiten Kragen und passende Armreifen, hatte aber die rasierte Muschi mit hellgelber Farbe bemalt, genauso wie ihre Arschbacken und die Brüste. Allein sie anzusehen löste in mir das Bedürfnis aus, mich vor sie hinzuknien, aber von Vicky ernteten sie nur einen herablassenden Blick. Paulette war da schon eher beeindruckt, sie wuselte um sie herum und wollte helfen, stellte endlos Fragen, bis sie schließlich damit aufzogen, dass sie sich doch ausziehen und mitmachen sollte. Amy hatte nichts dagegen, so lange die Arbeit dadurch nicht verzögert würde, und letztlich hatten wir also drei wunderschöne, schwarze Amazonen, obwohl Paulette kleiner war und ihr kleines schwarzes Höschen anbehielt, was den Effekt ein kleines bisschen störte.

Anderson wurde überredet, die Khakihosen und den Tropenhelm nicht zu tragen, weil das beleidigend wirken könnte und hatte sich für einen weniger offensichtlichen Look entschieden mit leichten weißen Hosen und einem weißen Shirt. Ginny hatte ein Lasso dabei, sah aber weniger afrikanisch aus mit den Cowboy-Hosen, die ihren süßen Hintern frei ließen und einem winzigen blauen Bikinitop, das ihre riesigen Brüste kaum bändigen konnte.

Das offizielle Fotoshooting lief gut, die Mädchen benahmen sich, und selbst Melody tat, was man ihr sagte. Sie simulierten die Jagd, achteten dabei genau darauf, dass der Flugzeug-Hangar und andere verräterische

Dinge nicht ins Bild kamen und dass stattdessen viel Fleisch zu sehen war. Bei Amys Begeisterung für das Recht der Frau, sich zu entblößen gab es keine Widerstände gegen die Nacktheit, selbst die Muschis durften gezeigt werden, und einige Aufnahmen waren sicher grenzwertig, auch wenn sie wohl eher nicht veröffentlicht werden würden.

Vicky wurde gejagt, gefangen, gefesselt und in eine Umzäunung aus Holz gesperrt, das Ganze war eher harmlos, das Fesseln war eher ein Ritual, und es gab weder einen geschlagenen Hintern noch eine geleckte Muschi zu sehen. Trotz der künstlichen Aufmachung waren anschließend alle Beteiligten heiß und aufgeregt und wollten endlich loslegen, nachdem sie noch schnell ein bisschen Wasser getrunken hatten. Als die Kameras sicher verstaut waren, meldeten auch Amber und ich uns, um mitzumachen. Die Regeln sollten dieselben sein wie bei der Fuchsjagd, abgesehen von der wilden Rauferei am Ende. Wenn wir Vicky eingefangen hatten, oder besser gesagt, falls wir sie einfangen sollten, wäre ihr Schicksal besiegelt, das erste Recht hatte dabei derjenige, der sie fing, was dann sicher nichts mehr mit dem gestellten Fotoshooting zu tun haben würde.

Obwohl ich sicher nicht übermäßig athletisch bin, hoffte ich, nicht nur zum Zuschauen verdammt zu sein und hatte ein paar nützliche Gegenstände ins Auto gepackt. Vicky wusste davon nichts, und ich hoffte, dass sie mich als schwaches Glied bei der Jagd ansah und dass ich dadurch meine Chancen verbessern konnte. Ich wartete, bis sie im Gebüsch verschwunden war, bevor ich zum Auto ging und das mit Gewichten beschwerte Netz und zwei große Rollen Klebeband hervorholte.

Zurück beim Hangar zog ich mich schnell aus, was mir vor den Zeitungsleuten peinlich war, trotz ihrer Gleichgültigkeit angesichts der sie umgebenden Nacktheit. Im Gegensatz zu denen, die fotografiert worden waren, hatte ich mir kein exotisches Kostüm zurecht gelegt, sondern praktische Laufshorts und ein hellgrünes Top angezogen, von dem ich hoffte, dass es sich von den Farben der Umgebung kaum abheben würde. Amber hatte sich etwas mehr Mühe gegeben. Sie trug Militärhosen und ein graugrünes Unterhemd, was auf mich ungefähr dieselbe Wirkung hatte wie das freizügigere Outfit der Zwillinge. Sie hatte auch Seile dabei und einen großen Stock, mit dem sie typischerweise sicherstellte, dass sie auch ein wenig körperliche Züchtigung ausüben konnte.

Es brauchte eine Weile, bis Amber die Zwillinge dazu gebracht hatte, Anweisungen entgegen zu nehmen, daher hatte Vicky genügend Zeit, sich aus dem Staub zu machen, bis wir in halbmondförmiger Formation die Verfolgung aufnahmen. Melody und Harmony bildeten die Flanken und liefen voraus, in der Hoffnung, sie dadurch in die Mitte zu treiben, wo wir Anderen langsamer aufschlossen. Es war die Fuchsjagd-Taktik, aber die Grundfläche war größer. Und Vickys Markierungen, die von nahem wirklich toll aussahen und in starkem Kontrast zu den gelben und grünen Farben des Unterholzes standen, sorgten dafür, dass sie gut zu sehen sein würde.

Ich hatte Amber und Ginny an beiden Seiten schnell aus den Augen verloren. Als wir über die aufgesprungene Rollbahn liefen, erhaschte ich wieder einen kurzen Blick auf die beiden, während sie sich vorwärts bewegten in Richtung des nächsten Gürtels junger Birken. Ich rannte weiter, im Kopf hatte ich die Karte der Airbase und fragte mich, was ich tun würde, wenn ich Vickys Schuhe beziehungsweise Hufe tragen müsste.

Sie wollte natürlich am Schluss gefangen werden, aber eben nicht zu schnell. Dafür würde schon ihr Stolz sorgen, und wenn es eine der Zwillinge sein sollte, die sie zuerst aufspürten, würde es sicherlich einen heftigen Kampf geben. Sie würde von Amber gefangen werden wollen oder vielleicht von Ginny und mir, und es wäre natürlich auch eine Frage des Stolzes, Anderson zu entfliehen. Zweifellos ahnte sie, dass er und die Zwillinge die Flanken besetzten, wahrscheinlich genauso Paulette, die ziemlich fit wirkte, daher würde sie sicher versuchen, sich im Zentrum zu verstecken, während der erste Trupp an ihr vorbeilief. Wenn ich richtig lag, würde sie sich wahrscheinlich in dem Unterholz direkt vor mir verstecken.

Ich lief im Zick-Zack, spähte in das tiefere Gestrüpp und suchte mit den Augen nach dem schwarz-weißen Muster auf Vickys Haut. Mehrmals wurde ich von den Schatten, die das helle Sonnenlicht warf, getäuscht, und nachdem ich über eine breite Fläche ausgedörrter Rollbahn gelaufen war, auf der sich zwei Pisten trafen, begann ich mich zu fragen, ob meine Logik richtig war. Genau in dem Moment sah ich sie oder besser gesagt ihren Unterschenkel. Sie kauerte unter einer Birke direkt an der Spitze des Unterholzes vor mir, dort, wo die Pisten sich teilten, was eine psychologisch kluge Entscheidung war, weil jeder, der sich ihr näherte, wohl eher den leichteren Weg an ihrem Versteck vorbei wählen würde, statt sich durch die Bäume zu kämpfen.

Als ich nur noch ein paar Meter von ihr entfernt war und auf offenem Feld, ging ich weiter und tat mein Bestes, mir nicht anmerken zu lassen, dass ich sie gesehen hatte. Sie blieb ganz still, obwohl ich sicher war, dass sie mich sehen konnte und verhielt sich ganz leise, als ich an ihr vorbeiging und mich hinter einen Haselnussstrauch stellte. Ich zog mein Netz heraus, drehte mich um und lief direkt dorthin, wo ich sie vermutete. Sie reagierte sofort, brach sich durch die Birken den Weg von mir weg in Richtung des freien Feldes. Meine Größe und mein Vorsprung waren einen Moment lang hilfreich, aber nicht lange. Kurz bevor sie die Rollbahn erreichte, hatte ich das Netz über sie geworfen und einen Moment später auch mich selbst.

Ich warf die Arme um sie und hielt sie verzweifelt fest, während sie auf einem Grasstück zwischen den Bäumen und einem Ginsterbusch der Länge nach zu Boden ging. Ihre Arme waren zwar gefangen, aber sie konnte mich trotzdem abwerfen, musste aber feststellen, dass das Netz sich im Ginster verfangen hatte. Ich kletterte wieder auf sie, fühlte, wie meine nackten Arme auf der schmierigen Farbe ausglitten, packte sie und versuchte, nach meinem Klebeband zu greifen. Sie war unglaublich stark, trat mit den Beinen nach oben und stemmte mich nach oben, um mich auf den Rücken zu drehen. Ihre Beine schlossen sich um meine Taille, so dass ich wie in einer Schere gefangen war, und sie warf mich zu Boden. Ihre Schenkel drückten gegen meinen Körper, schlossen sich lang und fest und hielten mich in dieser Position, während ich mit dem Netz kämpfte. Ich lag mit dem Gesicht nach unten da und zog eine Klebebandrolle hervor. Ich zog mich an ihr hoch, legte das Band um die raue Oberfläche des Netzes und zog ein Stück ab.

Wenn sie mich mit den Beinen weggestoßen hätte, wäre sie frei gewesen, aber sie drückte die Beine zusammen und versuchte, mich durch das Netz zu packen. Sie erwischte mein Unterhemd und ich spürte, wie es zerriss, aber meine Arme waren um sie geschlungen, und meine Finger fummelten an dem Klebeband herum. Ich fand es, zog daran und zog mich selbst zurück. Mein Unterhemd zerriss ganz in ihren Fingern, so dass ich oben ohne dastand, aber das Klebeband war um sie gewickelt, so dass ihr Oberkörper an dem Netz festklebte. Sie wich zurück und verhinderte damit, dass ich eine weitere Drehung machen konnte, zog die Beine an und stieß zu. Ich fiel hart zurück, ließ die Klebebandrolle fallen und landete mit einem Schrei auf dem Boden.

Vicky kam schneller auf die Füße als ich und lief los, aber sie war noch immer in dem Netz gefangen, und das Klebeband behinderte ihre Bewegungen. Ich lief ihr nach, ignorierte alle Kratzer in der Hitze der Jagd, brach durch das Unterholz auf die Rollbahn und legte meine ganze Kraft in die Verfolgung. Mit ihren schicken Hufstiefeln und dem Netz um sich musste sie langsamer sein als ich, wenn auch nicht viel, und als wir über die Piste sprinteten, fragte ich mich, ob ich sie wirklich fangen konnte.

Ich dachte, sie würde weiter über die Piste laufen, um sich einen Vorsprung zu verschaffen, aber sie schlug sich seitlich in das Unterholz, hielt an, kämpfte mit dem Netz und warf es ab, als ich sie erreichte. Wir kämpften, ihre Arme schlossen sich um mich. Einen Moment später wurde ich zu Boden geworfen, sie hatte mich umgedreht und ein Bein über meinen Rücken geworfen. Mein Handgelenk wurde umklammert und mir auf den Rücken gedreht, und ich war hilflos.

Ganz nebenbei fesselte sie mich mit meinem eigenen Band. Meine Proteste dahingehend, dass ich es war, die sie jagen sollte, wurden ignoriert, sie zog mir das Klebeband weg und band mir die Handgelenke auf dem Rücken zusammen. Danach verlagerte sie ihr Gewicht auf meine Schultern, griff nach meinen Shorts und zog sie runter, das Höschen kam gleich mit. Und damit war ich erledigt. Wenn mein Hintern entblößt war, ging mir alles Gefühl von Dominanz, dass ich vielleicht gespürt hatte, ab. Ich hörte auf zu kämpfen und lag ganz still, gab mich der Erniedrigung hin, gefesselt zu werden. Mein Unterhemd war bereits weg, es lag irgendwo auf der Rollbahn herum, so dass ich jetzt nackt war. Mein Oberkörper wurde auf den warmen Boden gepresst, das Gras kitzelte mich an den Brustwarzen und zwischen den Beinen.

Ich konnte fühlen, wie ihr bemalter Körper auf meinem Rücken herum rutschte, ihre heiße, feuchte Muschi befand sich direkt auf meiner Wirbelsäule. Sie band mir die Knöchel zusammen, so dass ich völlig hilflos war, dann drehte sie mich um und lächelte auf mich herab. Ihre Köperfarbe war völlig verschmiert, die schwarz-weißen Streifen bildeten jetzt eine graue Masse, dort wo wir gekämpft hatten, und ein großer Teil der Farbe war jetzt auch auf meinem Körper. Sie schwitzte, ihre Mähne klebte an ihrer Haut, ihr schöner Schwanz sah zerzaust aus und stand ab. Trotz allem sah sie wunderschön aus, und ich fühlte mich geschlagen und erniedrigt, bereit, benutzt zu werden. Ich streckte ihr die Zunge heraus und winkte ihr mit der Spitze, um ihr zu zeigen, dass ich bereit war.

Sie nickte, blickte sich um, stellte ein Bein über mich und setzte sich langsam auf mein Gesicht. Ich hatte einen Moment lang Zeit Luft zu holen, einen weiteren Moment, um ihren Po im Zebramuster zu bewundern, während sie sich hinsetzte, und dann saß sie auf meinem Gesicht. Ihre Muschi war direkt über meinem Mund, meine Nase wurde gegen ihr Arschloch gepresst, und ihre glitschigen Pobacken glitten über mein Gesicht. Sie wackelte mit dem Hintern, so dass meine Nase in ihr schweißnasses Loch gedrückt wurde. Ich begann zu lecken, schmeckte ihre Muschi und die ölige Farbe.

Es fühlte sich toll an, irgendwie irreal, ein Mädchen im Zebra-Look saß auf mir, ich war gefangen und gefesselt worden von der Person, die eigentlich meine Beute sein sollte, und das verstärkte das Gefühl der hilflosen Erniedrigung nur noch.

Meine Zunge leckte an ihrem Kitzler, und sie begann schnell und schwer zu atmen, dann zu stöhnen und schließlich kam sie mit einem langen, ekstatischen Seufzer, während sie mir den Hintern auf das Gesicht drückte.

Auch nachdem sie gekommen war, blieb sie noch eine Weile auf meinem Gesicht sitzen. Es kümmerte sie nicht, dass ich nur Luft bekam, wenn ich meine Unterlippe vorstülpte. Als sie schließlich bereit war aufzustehen, zwang sie mich, ihr Arschloch zu küssen, nahm anschließend meine eigenen zerwühlten Höschen und steckte sie mir in den Mund. Ich wusste, dass ich nicht nach Hilfe rufen konnte, wenn ich geknebelt war, darum versuchte ich mich zu wehren, aber sie hielt mir einfach die Nase zu, bis ich nach Luft schnappen musste, und stopfte mir das Höschen dann in den Mund. Ich konnte mich selbst schmecken, als sich das kleine Stück Baumwollstoff in meinem Mund ausbreitete und mit Klebeband befestigt wurde. Ich versuchte, mit den Augen zu flehen, in der Hoffnung, dass sie mir wenigstens einen Orgasmus verschaffen würde, bevor sie mich hier liegen ließ.

Sie lachte nur, war sich genau darüber im Klaren, was ich wollte, entschied sich aber, es mir nicht zu geben. Stattdessen zog sie mich in den Schatten eines Birkenstamms, winkte mir fröhlich zu, prüfte, ob die Luft auf der Rollbahn rein war und sprang davon, zurück in Richtung der Gebäude. Ich konnte absolut nichts tun, nicht mal masturbieren, was ich dringend brauchte. Ich war überrascht worden, brutal überwältigt und musste anschließend eine Muschi lecken, nur um danach mit meinem eigenen Höschen geknebelt zu werden. Das war genau das Richtige für mich, und auch wenn ich wusste, dass die Tatsache, dass sie mich hilflos hier zurück gelassen hatte, auf lange Sicht besser für mich, half mir dieser Gedanke jetzt nicht wirklich weiter.

Ich lag eine Ewigkeit da, lauschte und hoffte, dass jemand mich finden würde. Ich hörte Vogelgezwitscher, Geräusche, die von den Anderen stammen konnten und einmal das entfernte Rattern eines Zuges. Wenn man bedachte, wie groß das Gelände war, konnte es gut sein, dass ich bis zum Abend hier liegen würde, bis das Spiel vorbei war und Vicky herkam, um mich zu holen. Bis dahin hätte ich mich bestimmt nass gemacht, vielleicht sogar Schlimmeres, und während es sicherlich schön erniedrigend wäre, wenn Amber mich hier so fand, wollte ich auf keinen Fall dass die Leute vom Metropolitan mich in dieser Lage sahen.

Als meine Blase zu drücken begann, entschied ich, dass es Zeit war, mich zu befreien. Die Airbase war auf Kalkstein erbaut, überall lagen Kieselsteine herum, aber leider nicht in meiner Nähe. Ich schaffte es, auf die Knie zu kommen, es war aber sehr anstrengend, und ich atmete heftig durch die Nase. Es fiel mir schwer, mich vorwärts zu bewegen, da ich nur auf den Knien rutschen konnte, und ich musste die Beine spreizen, um überhaupt vom Fleck zu kommen. Das bedeutete, dass meine Muschi gespreizt war und mein nackter Hintern gegen meine gefesselten Knöchel drückte, was mein Gefühl der Nacktheit und sexuellen Frustration nur noch verstärkte. Ich war den Tränen nahe, bevor ich auch nur ein paar Meter weit gekommen war. Ich befand mich in einem Zustand, der zwischen Selbstmitleid und erotischer Unterwerfung schwankte, ich war nicht sicher, ob ich frei sein oder von einem der Männer erwischt werden und von hinten bestiegen werden wollte, vielleicht sogar in den Hintern gevögelt werden wollte, während ich mich in den Fesseln wand.

Der Drang zu pinkeln wurde stärker, und mir wurde klar, dass ich es hätte tun sollen, während ich auf dem Rücken lag. Ich hätte die Beine anziehen und es laufen lassen können, ohne dass es auf meinen Körper spritzte. Wenn ich jetzt urinierte, würde ich sicher meine Beine treffen, und wenn ich mich wieder hinlegte, hätte ich Schwierigkeiten, erneut hochzukommen. Ich wünschte, ich hätte weniger Wasser getrunken, bevor die Jagd losging, jetzt musste ich meinen schwierigen Weg über das Geröll fortsetzen.

Nach weiteren 15 Metern hielt ich an und entschloss mich, meine Blase einfach zu entspannen, um den stärker werdenden Schmerz in meinem Bauch loszuwerden. Ich spreizte die Knie so weit ich konnte, entspannte mich, und genau in dem Moment hörte ich jemanden durch das Gebüsch gehen. Ich drehte mich um, versucht durch den Knebel meiner Unterhose zu schreien, zu schniefen oder sonstwie auf mich aufmerksam zu machen. Das war aber gar nicht nötig. Melody kam direkt auf mich zu und grinste angesichts meines Zustandes von einem Ohr bis zum anderen.

„Du hättest in Ambers Nähe bleiben sollen, Kleine“, sagte sie. „Oh Mann, ich wünschte, ich hätte eine Kamera.“

Meine Antwort war ein unterdrücktes Grunzen, das einzige Geräusch, dass ich zu Stande brachte. Sie ging um mich herum, ihre Augen funkelten vor Belustigung, während sie mich ganz genau ansah.

„Du hast dicke weiße und schwarze Streifen im Gesicht, weißt du das? Ich wette, Vicky hat darauf gesessen. Und ich wette, du hast sie darum gebeten. Es gibt nichts, was dir mehr Spaß macht, als einer Frau den Arsch zu lecken, stimmt's?“

Ich konnte nur nicken und den Kopf beschämt hängen lassen.

„Ich denke, ich sollte dich losbinden“, fuhr sie fort, „obwohl ich Vicky nicht gesehen habe, ich könnte mich also auch mal eben auf dich setzen und es mir besorgen lassen. Und ich glaube, ich habe sowieso nichts dabei, womit ich das Tape durchschneiden könnte. Das Band ist ganz schön dick, ich könnte mir dabei einen Nagel abbrechen, und das geht auf keinen Fall.“

Ich sah mit großen Augen zu ihr hoch, hoffte, dass ich sie lecken durfte und sie mich anschließend befreien würde. Sie runzelte die Stirn, kratzte sich am Ohr und nickte.

„Ich bin gleich wieder da“, sagte sie plötzlich. „Geh nicht weg.“

Sie rannte davon, und ich blieb allein zurück. Weil sie in Richtung der Airbase ging, hoffte ich, dass sie ein Messer holen würde.

Ganz sicher war sie nicht einfach nur weggegangen, sie würde auf jeden Fall die Gelegenheit nutzen, mich irgendwie zu quälen oder zu erniedrigen. Und tatsächlich, nach ein paar Minuten kehrte sie zurück, aber nicht mit einem Messer, sondern mit der schweren Machete, die sie benutzt hatten, um Vickys Umzäunung zu bauen. Außerdem hatte sie das Knäuel dickes Seil, das benutzt worden war, um die Hölzer zu verbinden und eine Tasche dabei, die klimperte, während sie lief. Sie grinste, und ich wusste, ich saß in der Klemme.

„Ich habe die Nase voll von der Zebrajagd“, kündigte sie an. „Vicky ist zu schnell.“

Ich wollte anmerken, dass beim letzten Mal, als sie mit Vicky gekämpft hatte, sie ihre eigenen monströsen Strap-On-Dildo im Arsch stecken gehabt hatte. Der Knebel hielt mich davon ab, was wahrscheinlich besser war.

„Ich stehe mehr auf weichere Sachen“, fuhr sie fort. „Zebras sind so stark. Am Spieß gebratene Mädchen, das mag ich.“

Sie musste scherzen, aber ich wusste, dass sie beim Scherzen häufig sehr weit ging, und ich fühlte, wie mein Magen sich verkrampfte. Sie konnte mit mir machen, was sie wollte, ich konnte wohl sicher sein, dass sie mich nicht töten und essen würde, das war aber auch schon alles. Die Frage war außerdem, warum sie Morris nicht mitgebracht hatte, um an der Quälerei teilzunehmen. Wenn sie das getan hätte, hätte er die Kontrolle übernommen, was bedeuten musste, dass sie mich für sich alleine haben wollte, um irgendetwas ganz Privates durchzuziehen.

Ich krümmte mich ein wenig, als sie sich hinunter beugte und ihre Schulter an meinen Bauch legte, aber sie hob mich ohne Schwierigkeiten hoch, legte mich über ihre Schulter, Beine nach vorne und Hintern in den Himmel gestreckt. Zwei verspielte Klapse brachten meinen Hintern zum

Zittern, und dann ging sie los, geduckt, damit wir nicht gesehen wurden und mit der Tasche in der Hand.

Es war unmöglich, sich nicht von ihrer Kraft beeindrucken zu lassen. Ich bin zwar klein, aber sie trug mich über das ganze Gelände, ging stetig oder rannte sogar langsam und setzte mich kein einziges Mal ab. Zweimal hielt sie an, einmal um sicherzugehen, dass die Luft auf der Rollbahn rein war und einmal, als jemand nah an uns vorbeiging, ich habe allerdings nicht gesehen, wer das war. Erst als wir nur noch ein paar Meter vom äußeren Zaun entfernt waren, hielt sie an.

Hinter dem Zaun war ein Wald mit dichtem, grünem Laubwerk, hinter dem wir uns verstecken konnten. Ein dicker Birkenstamm schnitt uns von der Base ab, dahinter befand sich eine abgeschlossene Lichtung zwischen den anderen Bäumen. Melody ließ mich runter, klapste mir erneut auf den Po und trat zurück.

„Das wird Spaß machen“ sagte sie und sah erst mich an und dann noch oben. „Ich frage mich, wo Harmony ist.“

Und wieder eilte sie davon, ohne mir ein Wort zu sagen. Ich versuchte wieder aufzustehen, denn in meiner Nähe lag ein rostiges Eisenteil, das ich sicher benutzen konnte, um die Handfesseln durchzuscheuern. Ich schaffte es beinahe, ging auf die Knie und griff nach dem Gegenstand, während ich die ganze Zeit über ein Rufen hörte, das wohl von Melody kam. Ich hatte meine Fesseln sogar schon an eine raue Stelle gelehnt, als sie zurück kam, ihre Schwester im Schlepptau. Sie beschleunigten ihre Schritte, als sie sahen, was ich tat, und ich wurde von dem Gegenstand zurückgezogen.

„Böse, böse, Penny“, schimpfte Harmony. „Du wolltest doch wohl nicht weglaufen und uns den Spaß verderben, oder?“

Ich schüttelte kläglich den Kopf. Sie banden mich unten an einen Baum, das Seil um die Achselhöhle geschlungen, und die Schenkel fest um die Mitte gebunden, so dass ich gezwungen war, zu knien und den Arsch in die Luft zu recken, während ich ihre Vorbereitungen beobachtete. Melody nahm die Machete und schnitt das Birkenholz, sie wählte gerade, dicke

Stämme und schnitt die seitlichen Äste ab. Harmony sammelte diese auf und band die feinsten zu einem Bündel zusammen, wodurch eine lange, aber feine Rute entstand, die sie mir offensichtlich auf den Hintern oder auch auf den ganzen Körper knallen lassen wollte.

Melody hatte schnell ein halbes Dutzend kurze, dicke Stöcke und einen längeren zurecht geschnitten. Sie benutzte das Seil, um zwei Masten zu bilden und stellte sie anderthalb Meter voneinander entfernt auf. Sie legte den längeren Stock oben drauf und nickte nachdenklich und drehte sich dann grinsend zu mir um. Sie hatte einen echten Grill gebaut, eine solide Konstruktion, auf der ein Schwein oder ein Lamm gut hätte geröstet werden können.

Als die Birkenrute fertig war, hatte Harmony begonnen, trockenes Holz und Baumrinde zu sammeln, ganz so, als sei es ihnen wirklich ernst. Melody half ihr, indem sie das Holz unter dem Grill ausbreitete und einige größere Stücke oben drauf legte. Das Ganze funktionierte, und nur die absolute Gewissheit, dass sie nicht wirklich vorhaben konnten, mich zu kochen und zu essen, hielt mich davon ab, in blinde Panik zu verfallen.

Es war aber auch so schlimm genug, allein die beiläufige Art, wie sie ihre Vorbereitungen erledigten, so als ob das Grillen von Freunden eine fällig normale Beschäftigung an einem sonnigen Nachmittag sei. Meine Position machte das Ganze nicht besser, ich war nackt und mit dem Hintern nach oben gefesselt, und auch ihr Aussehen beängstigte mich jetzt, ihre braune, vor Öl und Schweiß glänzende Haut ohne Kleider. Wenn ich hätte sprechen können, hätte ich das Wort ausgesprochen, das dazu führt, dass man die Sache langsamer angeht, wenn auch nur um die Chance zu haben, ihnen ein paar Grenzen zu setzen. Das konnte ich aber nicht, ich brachte nur ein paar unterdrückte, grunzende Geräusche, die aber gar keine Wirkung zeigten.

Das Feuer wurde zu Melodys Zufriedenheit angefacht, daneben lag noch ein großer Stapel Holz, definitiv genug, um ein großes Schwein zu rösten, ohne dass man Nachschub holen musste. Sie nickte kritisch mit

Blick auf die Konstruktion und nahm die lange Stange von oben herunter. Harmony warf ein letztes Scheit ins Feuer und nahm die Machete auf, kam dann auf mich zu und schwang das Ding in der Hand.

„Zeit fürs Mittagessen, tut mir leid, Penny, meine Süße", sagte sie und schlag hart mit der Machete auf das Seil, das zwischen meiner Brust und dem Baum verlief.

Ich fühlte, wie es zuckte, als es zerschnitten wurde und dann zur Seite rollte. Mit einem zweiten Schnitt wurden meine Handgelenke befreit, und sie zog das Tape gerade weg, als Melody dazu kam. Meine Arme wurden nach vorne gezogen und an meinen Knöcheln festgebunden. Harmony befreite meine Knöchel von dem Tape und legte stattdessen das Seil fest darum.

Ich war sicher verschnürt wie ein Spanferkel, sie trat zurück und lächelte angesichts ihres Werks. Ich war noch hilfloser als zuvor und auch entblößter, meine Schenkel am Bauch zusammengebunden, Muschi und Arsch weit gespreizt. Der Schmerz in meiner Blase war noch schlimmer geworden, jetzt, wo meine Beine so fest dagegen drückten.

Ich wusste, es war ein Witz, wenn auch ein sehr gut vorbereiteter, aber ich zitterte immer noch und hatte Schwierigkeiten, genügend Luft durch die Nase zu bekommen. Melody stand neben ihrer Schwester über mir, lehnte sich an den zwei Meter hohen Stamm, und beide grinsten, während sie die Blicke über meinen hilflosen Körper wandern ließen. Ich sah, wie Harmony einen Fuß ausstreckte und mit der Spitze ihres Schuhs meinen Po berührte, ihn in die fleischigen Stellen hinein drückte, so als ob sie testen wollte, ob ich schön saftig war.

Melody beugte sich vor, nahm mich bei den Seilen um meine Beine und drehte mich vollständig auf den Rücken. Sie hielt mich so fest, schon die Stange zwischen meinen Schenkeln und unter meinen Händen durch, dann hoch zwischen meine Brüste und bis zu meinem Hals, so dass ich gezwungen war, den Kopf zurück zu werfen. Die Birkenrinde war rau und kratzte an manchen Stellen, aber das bemerkte ich kaum, ich war mir nur der Bedeutung dessen im Klaren, was hier gerade passierte, ich wurde aufgespießt und überlegte, wie ich mich oben an dem Spieß wohl fühlen würde.

Sie hoben mich problemlos hoch, jede nahm ein Ende der Stange, und gingen hinüber zum Grill, setzten die Stange an die richtige Stelle, bis ich über dem Feuer hing, gefesselt, völlig hilflos, ganz so als sollte ich tatsächlich geröstet und ihr Mittagessen werden. Sie ließen mich da hängen, ich zitterte und meine Bauchmuskeln verkrampften sich als Reaktion auf das, was man mir antat, als Harmony die Birkenrute holte. Sie begann, mich zu peitschen, zuerst noch recht sanft von oben und die Zweige von unten gegen meinen Rücken, meinen Po und meine Schamlippen schlagend, die zwischen meinen Schenkeln hervor lugten. Es kitzelte, brachte mein Blut zum rauschen, und ich zuckte jedes Mal zusammen, wenn ein Zweig mein Geschlecht berührte. Mein Atem ging schneller, bis ich durch die Nase keuchte und schniefte, und ich war sicher, dass ich die Kontrolle über meine Blase verlieren würde, wenn sie nicht aufhörte.

Das passierte, genau in dem Moment, in dem sie die Rute auf meinen Hintern klatschen ließ. Der Strahl platzte einfach aus meiner Muschi heraus, es spritzte in alle Richtungen, auch auf die beiden Zwillinge. Harmony quietschte und sprang zurück, Melody lachte nur, als der Urin auf den Stamm und dann in einem langen Bogen hinter mich spritzte, als mein wackelnder Hintern die Richtung wechselte. Ich schluchzte in meinen Knebel, als es passierte, die Pisse rann mir aus der Muschi und zwischen meinen Arschbacken hindurch und tropfte von dort auf meinen Rücken.

Keine der Frauen sprach, sie sahen einfach nur zu, wie ich pinkelte, bis nur noch ein paar Tropfen kamen und es schließlich vorbei war. Melody schüttelte missbilligend den Kopf. Sie nahm eine Wasserflasche aus der Tasche und spülte mich ab und reinigte dann ihre Beine und die ihrer Schwester dort, wo mein Urin sie getroffen hatte. Es war ziemlich erniedrigend, dass ich mich einfach so nass gemacht hatte, gehörte jedoch zu den überwältigenden Gefühlen, die sich jetzt in mir aufbauten. Sicher, es war nur Spaß, aber ich hing schließlich tatsächlich an einem Spieß und konnte nur auf die Menschlichkeit der Zwillinge vertrauen und darauf, dass sie es nicht wirklich tun würden.

Als Harmony das Peitschen mit einigen festen Rutenschlägen auf meine Beine und meinen Hintern beendete, ging Melody zurück zu ihrer Tasche und suchte darin herum, bis sie eine grüne Pfeffermühle und eine Flasche Olivenöl gefunden hatte, in der zwei Chilis und ein paar Knoblauchzehen schwammen. Sie schüttelte die Flasche, so dass sich Blasen bildeten, kam zurück zu mir und schraubte den Deckel ab. Ich konnte nur hilflos zusehen, wie sie die Flasche über meinem Körper positionierte und mir das Zeug über den nackten Körper schüttete. Ich fühlte das warme Öl auf meiner Haut, es tropfte an meinen Gliedern entlang und auf meinen Bauch, dann über meine Brüste und meinen Hals. Harmony kam näher und rieb das Öl mit den Händen über meinen Körper, marinierte mich wie ein Spanferkel.

Es begann zu kitzeln, dann zu brennen, an den Stellen, wo die Rute auf meine Haut getroffen war, und bald brannte mein ganzer Körper. Ein Großteil der Flüssigkeit gelangte auch in meine Muschi, die Chilis brachten das Fleisch zum Schwellen und Brennen, und ich krümmte mich unter Harmonys Händen, ohne dass das eine Wirkung gehabt hätte. Sie lachte mich nur aus, schob mir zwei ölige Finger in die Muschi, dann drei und schließlich ihre ganze Hand, immer weiter hinein, und meine Vagina weitete sich heiß und ölig um ihre Faust.

„Hör auf mit dem Essen zu spielen“, schimpfte Melody.

Harmony kicherte und zog ihre Hand heraus, so dass meine Pussi klaffend und tropfend zurück blieb. Melody drehte mich um, den Rücken nach oben und hielt mich fest, während ihre Schwester frisches Öl auf mich goss und es einrieb, auch in meinen geschundenen Hintern und die sensible Stelle zwischen meinen Pobacken. Als das Öl auf der Haut meines Pos zu brennen begann, stieß sie einen Finger tief in meinen Anus und drehte ihn darin herum. Während sie mich fingerte, begann mein Ring zu brennen und zu pulsieren, so als hätte ich einen Orgasmus.

Sie lachte, als sie den Finger heraus zog, kitzelte dann das kleine Loch mit dem Fingernagel, was neue Kontraktionen in meinen Muskeln auslöste. Mein Körper schien in Flammen zu stehen, meine Muschi und mein Anus waren geschwollen und zuckten, als Öl von beiden Löchern auf das Feuer unter mir tropfte. Das Höschen in meinem Mund war durchweicht von Speichel, und mein Atem ging so schnell, dass ich Angst hatte, einen Anfall zu erleiden, aber sie machten einfach weiter, verprügelten mich gründlich und streuten mir anschließend Pfeffer auf den Körper, um meine Pein zu steigern. Als sie endlich von mir abließen, schwang ich zurück nach unten, so dass der furchtbare Anblick des Feuerholzes unter mir außer Sicht war, das Bild blieb jedoch in meinem Kopf, während sie meine Brust, meine Beine und meine Muschi mit Pfeffer bestreuten.

Melody pfiff die Melodie irgendeines Popsongs, so cool, so lässig, beugte sich über ihre Tasche und holte eine große Schachtel Streichhölzer daraus hervor. Ich erstarrte, mein ganzer Körper brannte bereits, meine Lungen verlangten nach mehr Luft. Sie kniete sich hin, hielt ein Streichholz an die Schachtel, ratschte es an, ließ die Flamme am Holz züngeln und legte es auf das Feuerholz unter meinem zuckenden, hilflosen Körper.

Ich geriet in Panik, verlor vollständig die Kontrolle und verrenkte meinen Körper so heftig, dass die Stange aus der Halterung sprang und ich zu Boden fiel. Ich hörte Melodys Schrei und sah sie zurück springen, und dann lachte sie, und ich sah, dass das Feuerholz unter mir weggezogen worden war, während ich auf dem Spieß gedreht worden war.

Zehn

Ich hatte nie ein Faible für vegetarisches Essen, aber ich konnte keinen Bissen von dem Spanferkel essen, für das der Spieß eigentlich gedacht war. Ich fühlte mich ihm zu nah.

Amber war ziemlich sauer auf die Zwillinge, weil sie mich hatten rösten wollen, aber weil die Leute vom Metropolitan noch da waren, konnte sie nicht viel sagen. Immerhin ging das weit über das hinaus, was Amy für akzeptabel gehalten hätte, auch wenn es nur ein Spaß war. Rathwell verprügelte die Zwillinge, nebeneinander hockend, weil sie ihn ausgeschlossen hatten. Er schlug beiden ein Dutzend Mal fest auf die nackten, schwarzen, entblößten Ärsche. Amy erhob Einwände, genauso wie Isabel, waren jedoch gezwungen, sich zurück zu halten, als nicht Morris sondern Melody die Bestrafung rechtfertigte.

Ich persönlich hatte einen solchen Überschuss an Endorphinen und auch Adrenalin, dass ich kaum eine Sekunde lang still stehen konnte. Meine Höschen waren durchweicht und knuddelig, und meine anderen Kleider lagen auf dem Gelände verteilt, so dass ich nichts zum Anziehen hatte, aber das war mir jetzt egal. Ich wollte unterworfen werden und zwar richtig, obwohl ich froh wäre, wenn ich den Röstspieß nie wieder sehen müsste.

Sie hatten Vicky gefangen, hatten sie am südlichen Ende des Geländes eingekesselt. Sie hatte versucht zu entkommen, war aber Paulette direkt in die Arme gelaufen, und dann wurde ihr der Weg von Amber abgeschnitten. Sie hatten gerauft, aber anders als ich hatte Amber es geschafft, sie im Zaum zu halten, zumindest so lange, bis die Anderen dazu kamen. Nachdem sie gefesselt worden war, hatten sie Vicky ein Dutzend feste Schläge mit Ambers elegantem Stock auf den im Zebramuster gestreiften Arsch verpasst, und anschließend hatte sie vor den großen Augen von Paulette zuerst Amber und dann Ginny lecken müssen.

Anderson hatte sie anschließend von hinten bestiegen, genauso wie man eben ein Zebra besteigen würde, Vicky am Boden kniend und gefangen in der Ekstase der Eroberung. Sie war unter seinen Händen gekommen, während sein Schwanz noch steif in ihrer Muschi steckte, bevor er sie herumdrehte und in ihr gestreiftes Gesicht und auf ihre Brüste ejakulierte, während sie die Sauerei aus Sperma und Schmiere in ihren Körper rieb. Das war zu viel gewesen für Paulette, die zurück zur Airbase geflohen war, ich jedoch war enttäuscht, dass ich nicht dabei gewesen war.

Sie hatten Vicky kopfüber von einer Stange hängend zurückgebracht, einfach wegen des netten Anblicks, und erst dann war das Spiel vorüber. Rathwell hatte angekündigt, dass er alle zum Mittagessen einladen wollte, und schließlich hatten sie die Zwillinge und mich gefunden und störten uns, gerade als ich dazu überredet wurde, aufzuhören, sie gestörte Schlampen, psychotische Tussis oder ähnliches zu nennen und stattdessen ihre Muschis zu lecken aus Dankbarkeit für den Nervenkitzel. Sie bekamen nicht, was sie wollten, ich allerdings auch nicht, so dass mein Hormonhoch weiter anhielt.

Diejenigen von uns, die an der Jagd teilgenommen hatten, waren alle ziemlich schmutzig, aber Vicky und ich waren völlig zugesaut. Die meisten von uns hatten Kratzer, was uns jedoch nicht davon abhielt, weiter zu machen, besonders nachdem wir uns beim Mittagessen und mit reichlich Wasser erfrischt hatten. Rathwell war klug genug gewesen, keinen Alkohol auszuschenken, denn dann wären wir sicherlich alle eingeschlafen und hätten nichts mehr vom Nachmittag gehabt, aber so wie die Dinge standen, hatten wir alle Lust auf mehr.

Amber und Anderson hatten sich beide an Vicky erfreut und waren ziemlich entspannt, standen nebeneinander und sprachen über Bolas-Techniken. Ginny war bei den Zwillingen und kicherte fröhlich, während ihr Schweinefett über das Kinn und auf ihr tiefes Dekolleté rann. Sie war eindeutig bereit für jeden Spaß, der als nächstes kommen sollte. Morris Rathwell bearbeitete das Schwein mit der Machete und plauderte mit Claudia, offensichtlich zufrieden, aber ich wusste, dass er für alle Schandtaten bereit war.

Die anderen drei Frauen vom Metropolitan unterhielten sich und taten ihr Bestes um cool zu wirken, was aber gründlich daneben ging. Amy hatte Spaß am Strand gehabt, aber außer mir und Amber wusste das niemand, und jetzt verhielt sie sich viel zurückhaltender und professioneller, als ich erwartet hatte. Paulette schien offener zu sein, weil sie zumindest mutig genug gewesen war, an der Jagd teilzunehmen, wenn sie auch geschockt war bei dem Anblick, den Vicky bot, als sie sich ihren Jägern hingeben musste. Isabel war die Schlimmste. Sie verhielt sich distanziert und zeigte ein gekünsteltes, rein investigatives Interesse, von dem ich sicher war, dass es gespielt war.

Ich sollte noch etwas zu meiner Liebe zum Schlagen sagen, allerdings sollte ich dabei eine sehr viel persönliche Perspektive preisgeben als zuvor. Sie wollten mich fotografieren, von hinten, in einem Leibchen aus Spitze, dass meine Arschbacken blank lies. Amber sollte mich bestrafen und mein geschundener Hintern sollte für einen Vorher-Nachher-Vergleich fotografiert werden. Das war für ihre Verhältnisse wohl schon recht gewagt, aber Amy schien fest entschlossen, und Mintower hatte offensichtlich nichts dagegen gehabt. Das Entscheidende war der Kontext, und damit konnte man auch den Druck eines Bildes entschuldigen, das eher in ein Fetischheftchen gepasst hätte, wie es im Metropolitan in der Regel eher verflucht wurde.

Das wäre ja alles okay gewesen, wenn ich nur nicht mit Chiliöl, Schmutz und schwarz-weißer Farbe verschmiert gewesen wäre, von den Auswirkungen der Rute und dem Herumrollen auf dem Boden gar nicht zu sprechen. Das Fotoshooting musste verschoben werden, und ich musste Amy versprechen, mich von niemandem bestrafen zu lassen, damit mein Po wieder makellos wurde. Ich gab das Interview, beschrieb nicht nur die Freuden des körperlichen Aspektes des Schlagens, des erotischen Stichelns und der Folter im Allgemeinen, sondern auch den Rausch in den ich durch die geistige Stimulation fiel, beispielsweise wenn man mir das Höschen herunterzog. Am Ende war ich geiler als je zuvor und wollte unbedingt spielen.

Alles hätte mir jetzt gepasst, so lange es nur meine vollständige Erniedrigung und einen explosiven Orgasmus umfasste. Mir war es sogar egal, ob die Crew zusah, denn meine peinliche Berührtheit hatte sich in positives Verlangen gewandelt. Kraftvoll mit der Rute geprügelt zu werden, wäre gut gewesen, vielleicht an den Händen aufgehängt, mit den Zehenspitzen auf dem Boden balancierend oder ein Auspeitschen mit Brennnesseln, bis mein Hintern leuchtete und pulsierte, während ich vor ihnen masturbierte. Nichts davon ließ sich in die Tat umsetzen, genauso wenig wie all die anderen Optionen körperlicher Züchtigung, die auf der Airbase möglich gewesen wären, weil es auf jeden Fall länger als eine Woche gedauert hätte, bis mein Hintern wieder die blassrosa Farbe angenommen hätte, die Amys Zwecken dienlich war.

Sie waren sowieso ziemlich geschockt über meinen Zustand, sogar Amy, die trotz ihres Glaubens an die Freiheit der Frau, ihre Sexualität frei ausleben zu dürfen, mit der Realität dann doch irgendwie nicht zurecht kam. Das machte den Gedanken, dass sie alle zusahen, noch interessanter, denn es würzte meine Erregung mit einer Prise Verdorbenheit.

Ich konnte nicht länger warten und überredete Amber, die Jagd auf mich zu eröffnen, natürlich nur in dem Rahmen, in dem meine Haut nicht verletzt wurde. Nachdem das geklärt war, rannte ich auf die Gebäude zu und ließ sie ihr Mittagessen beenden. Ich wollte gefangen werden und zwar schnell, damit man mich gründlich benutzen konnte, war aber auch darauf bedacht, Amber nicht zu verärgern, die bereits so viel von meinem nuttigen Verhalten ertragen hatte, wie man überhaupt nur erwarten konnte. Natürlich war das, was Vicky und die Zwillinge mit mir angestellt hatten, nicht mein Fehler gewesen, aber ich wollte ihr zeigen, dass letzten Endes sie diejenige war, in die ich verliebt war. Als ich sie küsste, bevor ich loslief, flüsterte ich ihr das Wort „Barracken“ ins Ohr, was gut zu ihrem leicht militärischen Look passte und mit Glück auch die richtigen Bedingungen zum Spielen bieten würde.

Die Bedingungen waren gut, natürlich nicht gerade die Seidenlaken und die Kerzenlicht-Vorstellung von einer romantischen Liebesbegegnung, aber für mich in meiner verruchten Stimmung genau richtig. Jede Hütte war ein langer Halbzylinder aus Wellblech, am Ende durch jetzt sehr vermoderte Sperrholzplatten abgedeckt. Die meisten waren leer, auf den Böden lag zerbrochenes Glas und alles war mit Moos überzogen. Die Hütten am Ende der Reihe waren weniger baufällig, in vielen befanden sich noch die billigen Eisenbettgestelle und sogar uralte Matratzen. Die beste Hütte war die zweitletzte. Sowohl die Tür als auch die Fenster waren intakt, sie wurden von dichten Brombeergestrüpp geschützt, und als ich ins Innere blickte, sah ich die Bettenreihen beinahe so, wie die abreisenden Soldaten sie zurückgelassen haben mussten. Das an sich war schon stimulierend, obwohl diese männlichen Soldatentypen gar nicht mein Fall sind. Aber es waren immer noch Männer, und sie waren allein, nach den Betten zu schließen mussten um die zwanzig hier geschlafen haben, und sie waren sicher ganz gierig auf Frauen gewesen.

Ich fand einen passenden Stock und bahnte mir damit meinen Weg zur Tür, wobei ich mir ein paar Kratzer und Nesselstiche zuzog. Im Inneren war es noch besser, die männliche Atmosphäre hing schwer in der Luft, zumindest bildete ich mir das ein. Ich probierte eine der Matratzen aus, die rostigen Bettfedern quietschten, als ich mich setzte, und dachte darüber nach, was mit einer Frau passiert wäre, die dumm genug gewesen wäre, sich allein hierher locken zu lassen. Wahrscheinlich wäre sie nach hinten gebracht worden zu dem Raum, der offensichtlich der Waschraum gewesen war, vielleicht mit einem Bett. Sie hätten sie sich der Reihe nach vorgenommen, einer nach dem anderen, hätten sie bestiegen, sich über ihr gekrümmt und in ihrer Muschi oder über ihren Bauch abgespritzt, bis sie vor Sperma nur so triefte. Sobald sie zu glitschig gewesen wäre für weiteren Spaß, hätten die Grausameren unter ihnen sich wohl ihren Arsch vorgenommen, hätten sie sich hinknien lassen, ihr das Kleid hochgeschoben und ihr die großen weißen Unterhosen bis auf die Schenkel heruntergezogen. Andere hätten von ihr verlangt, dass sie ihnen die Schwänze lutschte und ihr Sperma schluckte oder hätten es ihr über das hübsche Gesicht gespritzt, bis sie voll davon war, ihr Haar eine einzige Sauerei und ihr Makeup verschmiert.

Wenn alle zwanzig ehemaligen Bewohner dieser Hütte jetzt hereingeplatzt wären, hätten meine Beine sich ganz von selbst gespreizt und die Jungs willkommen geheißen, damit sie sich an meiner Pussi oder woran auch immer sie wollten, erfreuten. Wenn sie mit mir fertig gewesen wären, wäre ich vor ihren Augen gekommen, in einer Pfütze ihres Spermas sitzend, mit in die Luft gestreckten Beinen und den Fingern in der Muschi und im Arsch, damit auch alle sahen, was für eine dreckige kleine Hure ich war. Beim Höhepunkt hätte ich mir die Finger in den Mund gesteckt und wäre zu ihren lauten anzüglichen oder angeekelten Kommentaren gekommen, während ich meinen eigenen und ihren Geschmack aufsaugte und mich um den Verstand fingerte.

Ich hätte das beinahe wirklich getan und musste mich zurückhalten, denn ansonsten hätte ich nichts mehr davon gehabt, wenn sie mich schnappten. Ich versuchte vergebens, alle Gedanken an Sex aus meinem Kopf zu verbannen, ging hinüber zur Tür und spähte hinaus, aber da war nur die lange Reihe der Hütten, und dazwischen war alles ruhig im verblassenden Sonnenlicht des Nachmittags. Es war so verführerisch, meine Finger in meine Muschi zu schieben, mich selbst mit nur ein paar gekonnten Bewegungen zum Orgasmus zu bringen, während die Army-Boy-Fantasie in meinem Kopf ablief. Sie würden mich sowieso zum Höhepunkt bringen, auch wenn ich es jetzt selbst tat, aber es wäre dann nicht so intensiv, daher hielt ich mich zurück.

Hinten am anderen Ende der Reihe tauchte jemand auf, nicht Amber, sondern Isabel, sie lief schnell und verstohlen an den Hütten entlang. Sie blickte in die Hütten hinein, und ich fragte mich, ob die erotische Atmosphäre ihre Zimperlichkeit geknackt hatte. Der Gedanke, dass sie sich in einer der Hütten schlich, um es sich selbst heftig zu besorgen, gefiel mir, und ich fragte mich, ob sie dabei daran dachte, was mit Vicky passiert war oder vielleicht an den Anblick der Zwillinge, während sie ihre Abreibung erhielten oder vielleicht an eine eigene, private Fantasie.

Es war unmöglich, nicht neugierig zu sein, und ich konnte mir die Möglichkeit, Isabel beim Masturbieren zu beobachten, nicht entgehen lassen. Sie hatte schließlich den selbstgerechtesten Ton an den Tag gelegt, als es um meine Liebe zum Prügeln ging und mir das Recht auf eigene Gefühle abgesprochen. Sie mit der Hand im Höschen zu beobachten, während sie beim Gedanken an irgend etwas Schmutziges kam, war einfach zu verlockend. Zweifellos würde sie sich schuldig fühlen, genauso wie es mir früher ergangen war, aber wenn ich sie im richtigen Moment überraschte, wäre wohl alles möglich.

Ich spähte erneut durch die Tür, hielt mich in den Schatten versteckt. Isabel war einige Meter weit entfernt und schaute durch ein Fenster in eine Hütte. Sie trug schwarze Jeans, die sich eng über ihrem fitten Arsch abzeichneten und ein weites, blaues Top, dass große oder harte Nippel andeutete. Sie würde es zweifellos hochschieben, während sie masturbierte, das tun meiner Erfahrung nach die meisten Frauen. Ich würde ihre Brüste sehen und wie sie damit spielte, wie sie beide Brustwarzen zwickte, so dass sie hart wurden, wie sie sie streichelte, während sie sich selbst befriedigte...

Mein Voyeurismus und der Gedanke an etwas Verbotenes kämpften mit meinem Verlangen nach Unterdrückung. Ich wollte unbedingt bestraft werden, aber ich sagte mir, dass Amber mich sowieso kriegen würde. Isabel zu beobachten war jetzt ein dringenderes Bedürfnis. Sie kam näher und bewegte sich schneller, ihre Nervosität wurde spürbarer, während sie eine Hütte nach der anderen verwarf. Wahrscheinlich hatte sie Bedenken wegen der Glassplitter, die fast überall herumlagen und würde daher wohl eine der Hütten nehmen, die sich in meiner Nähe befanden.

Letztlich wählte sie die vorletzte vor meiner, die erste mit trockenen Matratzen. Als sie die Tür aufzog, sah sie sich ein letztes Mal um, auf ihrem Gesicht lag ein Ausdruck unmissverständlicher Anspannung. Sie plante zweifellos zu masturbieren und wahrscheinlich auch sehr heftig, wenn man bedachte, wie nervös sie wirkte. Vielleicht wollte sie sich selbst auf den Hintern schlagen oder sich den Finger in den Arsch schieben, aber auch, wenn sie sich nur schnell die Hand in die Jeans schob, wollte ich es sehen.

Sobald ich sicher war, dass sie nicht wieder heraus kommen würde, schlüpfte ich aus der Tür. Ich kannte die Nervosität, die einen beim Masturbieren im Freien überkam, daher konnte ich mir denken, was sie tun würde. Zuerst würde sie nach einem absolut sicheren Ort suchen, wo sie sich entspannen und sich vielleicht bedecken konnte, falls doch jemand kam. Zweitens würde sie alles tun, um sich selbst in Fahrt zu bringen, und hoffentlich wurde sie freier und wilder, je mehr die Erregung stieg. Drittens würde sie sich schnell wieder bedecken und die Hütte verlassen, ganz locker tun, aber wahrscheinlich knallrote Wangen haben.

Ich wollte so viel wie möglich sehen, wollte ihre Erregung und ihre Verlegenheit spüren, um meine voyeuristischen Neigungen voll zu befriedigen. Anschließend würde ich es zugeben, wenn auch nicht ihr gegenüber, und dieses Vergehen würde bei meiner eigenen Bestrafung sicher berücksichtigt werden. Ich rannte schnell zu ihrer Hütte hinüber und spähte hinein. Sie war nicht im Schlafbereich, obwohl dort zwei Matratzen lagen, die sie hätte benutzen können. Ich hätte sie benutzt, um die Chance zu nutzen, dass jemand von draußen hereinsah, aber Isabel war da anders, was eine wunderbare Sensibilität und Schüchternheit widerspiegelte, was den Spaß, sie zu beobachten, noch steigern würde.

Der hintere Bereich war sowieso besser, denn vorne hätte mich jeder sehen können, der vorbeiging, und Amber würde sicher bald hier sein. Ich lief leichtfüßig zum hinteren Teil der Hütte und sah vorsichtig durch ein moosbewachsenes Fenster. Es war der Waschraum, und Isabel stand dort mit dem Rücken zu mir, offensichtlich lauschend, die Hand auf der Gürtelschnalle.

Ich kenne den Moment, diesen Punkt, an dem man jeden Anstand hinter sich lässt. Die Hosen fallen, oder der Rock geht hoch, dann das Höschen weg, und jedes Gefühl geheuchelter Unschuld ist dahin. Ich zögere immer, bevor ich mich entblöße, weil ich mich nervös und verrucht fühle, und Isabel erging es genauso. Sie öffnete die Schnalle, ihre Hände zitterten vor Emotionen. Die Schnalle war offen, sie fummelte an dem Knopf herum. Dann folgte der Reißverschluss, und sie zog sich die enge Jeans über die Hüften. Darunter kam ein kleines, pinkfarbenes Baumwollhöschen zum Vorschein. Auch das zog sie sich herunter, zusammen mit der Hose schob sie es bis zu den Knöcheln nach unten. Sie zog einen Schuh aus und stieg mit einem Bein aus der Hose, damit sie die Beine frei bewegen konnte.

Sie sank nach unten, kauerte sich hin, ihr kleiner süßer Hintern streckte sich mir entgegen, die Backen voll geöffnet, ich konnte den hinteren Teil ihrer Muschi gerade so sehen, das Arschloch war gestreckt und gespreizt, ein wirklich derber Anblick. Derb ja, aber auch eine komische Position zum Masturbieren, und mir wurde klar, dass es nur mein versauter Verstand gewesen war, der mir vorgemacht hatte, dass sie es sich selbst besorgen wollte.

Ich sah trotzdem zu, fühlte mich zwar schmutzig und schlecht, konnte den Blick aber auch nicht abwenden. Sie begann zu pinkeln, ein dicker, gelber Strahl kam aus ihr heraus und platschte auf den Boden, wo sich schnell eine große Pfütze bildete. Es wäre fast auf ihre Jeans und das Höschen gelaufen, aber sie bemerkte es und zog die Kleider weg. Ihr Schuh stand aber darin, und ich sah auf ihrem Gesicht, das mir halb zugewandt war, dass sie eine Grimasse des Ekels zog.

Es fiel mir schwer, nicht zu kichern, und ich hoffte, sie würde das Gleichgewicht verlieren und sich in die Pfütze setzen. Sie hielt die Balance und streckte den Arsch noch weiter aus, als der Strahl zu einem Rinnsal wurde. Ich fühlte einen Stich der Enttäuschung, weil nicht mehr kam, doch dann fiel mir die Kinnlade herunter, denn da kam noch mehr und zwar viel mehr. Ihr Arschloch hatte hervorgestanden, während sie gepinkelt hatte, und ihre Muskeln entspannten sich jetzt, so als ob sie erwartete, dass man ihr etwas hinein schob.

Aber das stimmte nicht ganz. Was sie erwartete, war, dass etwas heraus kam. Ihr Loch öffnete sich, genauso wie mein Mund, klaffend, sich weitend, einen engen rosa Ring bildend, als alles herauszuquellen begann. Ich fühlte mich furchtbar, ich hatte viel stärker den Eindruck, ihre Intimsphäre zu verletzen als in dem Moment, in dem sie pinkelte. Aber ich schaute nicht weg, sondern blieb wo ich war, meine Augen klebten an ihrem Hintern, während ein Stück nach dem anderen aus ihrem Loch hervorkam und auf den Boden unter ihr fiel. Selbst als sie fertig war, stand ich ganz still, fühlte mich so schmutzig, weil ich ihr dabei zugesehen hatte, dass meine Knie weich wurden.

Erst als sie sich bewegte, kam ich wieder zu mir. Es war einfach zu viel. Ich musste kommen und zwar bei dem Gedanken an die Strafe für das, was ich getan hatte, dafür, dass ich eine dreckige kleine Spannerin war. Ich rannte aus der Hütte, zurück zu der, aus der ich gekommen war und warf mich auf eine Matratze. Ich lag da mit dem Gesicht nach unten, den Hintern in die Höhe gestreckt, so wie ich mir vorstellen wollte, geschlagen zu werden. Meine Hände fuhren nach unten, eine unter meinen Bauch zu meiner Muschi, eine zu meinem Hintern, sie fühlte meine geschwollenen Arschbacken und die Spalte dazwischen. Nach allem, was ich gesehen hatte, brauchte ich es anal, und meine Finger fanden gleichzeitig mein Arschloch und meinen Kitzler.

Mein Anus war schmierig, nass von einer Mischung aus meinem eigenen Saft und dem Öl, das die Zwillinge hinein gerieben hatten. Der Ring war heiß, als ich ihn umkreiste, mich selbst freiwillig neckend, jedoch nur für einen Moment. Ich ließ den Finger bis zum ersten Gelenk hinein gleiten, spielte mit meinem Loch und dachte daran, wie ich Isabels offen gesehen hatte. Es war so ein verruchter Akt gewesen, so dreckig und eindringend, besonders, weil ich jederzeit hätte gehen können. Ich begann, meinen

Kitzler zu reiben und gleichzeitig die Öffnung meines Arschlochs zu befingern. Ich driftete gedanklich ab, konzentrierte mich auf das, was ich gesehen hatte und auf die Konsequenzen, die mein Zuschauen haben würde. Eine Bestrafung stand ohne Zweifel an, etwas Heftiges, etwas, das mich wirklich in meine Schranken wies. Schlagen war zu gut für mich, obwohl das ein Anfang wäre, direkt nachdem ich gezwungen worden war, meine widerliche Tat vor den Anderen zu beichten, während ich irgendwo erhöht stand, so dass mich alle sehen konnten. Danach bekäme ich meine Tracht Prügel, in der üblichen Position, Kopf nach unten über Isabels Schoß liegend, ganz nackt, weil ich nicht einmal das Privileg verdiente, dass man mir das Höschen herunterzog.

Sobald mein Hintern rot war und meine Nase lief, würde ich gezwungen, mich zu entschuldigen, mich dann an die Seite zu stellen, eine Hand auf dem Kopf und meinen Arsch zu zeigen. Ich würde selbst müssen, aber erst dann, wenn ich so verzweifelt war, dass ich mit den Füßen scharrte und die Arschbacken zusammen kniff, würde ich den Mut finden zu fragen. Sie würden mich nur auslachen. Sie würden sagen, es sei Zeit, dass ich lernte, wie die arme Isabel sich gefühlt hatte und dass ich dasselbe Gefühl des Eindringens in die Intimsphäre würde erleben müssen. Sie würden sagen, ich dürfte mich gerne erleichtern, aber vor den Augen aller Anwesenden...

Ich war kurz davor, hielt mich noch zurück, um den Höhepunkt so gut wie möglich zu machen, ließ immer wieder den furchtbaren Moment vor mir ablaufen, wenn ich mich schamvoll niederkauern würde. Ich nahm meine Umgebung kaum noch war, und es dauerte einen Moment, bis mir klar war, dass ich die Tür quietschen gehört hatte und einen weiteren Moment, bis ich mit dem, was ich tat, aufhören konnte. Ich drehte mich um, nach Luft schnappend, meine Wangen knallrot, in der Erwartung, Isabel in der Tür stehen zu sehen. Es war nicht sie, sonder Amber, die mich kaum überrascht ansah. In der einen Hand hielt sie eine einzelne Stechnessel, eingewickelt in ein Tuch.

„Du konntest nicht warten?“, fragte sie kühl.

„Nein“, gab ich zu. „Ich bin zu geil, Amber. Ich will bestraft werden. Ich weiß, du kannst mich nicht schlagen, aber setz dich auf mein Gesicht, bitte. Jetzt. Lass mich dich lecken. Zwing mich, dir den Arsch zu lecken.“

„Geduld, Süße. Dreh dich um.“

Ich gehorchte hastig, froh, mich in jede Position zu begeben, in der sie mich haben wollte, so lange ich nur ordentlich bestraft wurde. Ich musste ihr natürlich noch den Grund nennen, aber bei dem Gedanken daran, schoss mir das Blut in die Wangen.

„Ich bin froh, dass du so fügsam bist“, bemerkte sie. „Du verhältst dich in letzer Zeit ziemlich widerspenstig.“

„Ich weiß“, antworte ich. „Und es tut mir leid. Aber du weißt, dass ich nur dich liebe. Es gibt da noch was Anderes, einen anderen Grund, warum ich bestraft werden muss.“

„Ach, ja? Mit wem hast du noch Sex gehabt, ohne mich zu fragen? Mit einer Gang von Dockarbeitern? Mit einem Pferd oder zweien?“

„Nein, mit niemandem.“

„Warum bist du dann so beschämt? Was kannst du denn seit dem Mittagessen getan haben?“

„Hast du Isabel gerade gesehen?“

„Ja. Du hast es doch nicht mit ihr gemacht, oder? Ich dachte, sie wäre die Letzte, die sich gehen lassen würde.“

„Nein, aber ich habe ihr zugesehen. Sie war zwei Hütten weiter, im hinteren Raum und hat sich erleichtert.“

„Du hast ihr beim Pinkeln zugesehen? Das ist wirklich frech, ja, aber...“

„Nein, nicht beim Pinkeln.“

„Aha, und du bist da geblieben und hast zugesehen?“

„Ja. Ich wollte es nicht. Ich dachte, sie wollte an sich herum spielen. Ich dachte, sie sei geil geworden und wollte allein zum Höhepunkt kommen.“

„Und es hat dich erregt?“

„Ja...nein...ich meine, ja, aber nicht so, nur weil es so derb war.“

„Du bist eine Schande, Penny Birch, eine dreckige, frevelhafte, kleine Schlampe, eine Nutte, ein Flittchen."

„Ich weiß."

„Die dreckigste kleine Hure, die ich je gesehen habe, und darum bin ich auch so froh, dass du mir gehörst."

„Du wirst mich nicht bestrafen?"

„Oh, das werde ich, da kannst du sicher sein, und zwar gründlich. Aber es ist trotzdem schade, dass du keine Kamera dabei hattest. Sie ist so selbstzufrieden, noch mehr als Amy. Es täte ihr gut, wenn jemand ein schönes Farbfoto an die Pinnwand ihres Büros hängen würde, das sie beim Kacken zeigt."

Ich lachte, und sie griff hart nach meinen Haaren. Sie drehte sich und zog mich nach unten auf die verrottende Matratze, drückte mich nach unten und versetzte mir zwei schnelle, brennende Schläge auf die Innenseiten der Oberschenkel. Ich schrie auf und presste die Beine zusammen, nur um sie gleich wieder zu spreizen, weil ich mehr wollte. Sie hatte ihre Nessel auf das Bett neben meinem gelegt und holte sie jetzt her, machte Platz, um vier Seile auszulegen, die sie an ihrem Gürtel befestigt hatte.

„Ich werde dich fesseln", kündigte sie an. „Und dich ein wenig mit dieser feinen Stechnessel necken, aber nur vorne. Danach sehen wir weiter, aber ich denke, wir sollten zumindest dafür sorgen, dass Isabel deinen Ausschlag zu sehen bekommt. Und jetzt entspann dich."

Sie wählte ein Seil und wandte sich mir zu. Ich lag bewegungslos, mein Atem ging in langen, tiefen Zügen, während ich zuließ, dass sie tat, was sie wollte. Sie nahm meine Handgelenke, zog beide nach oben und band sie am Bettpfosten fest, um mich zu sichern. Ich erwartete, dass sie mich so platzieren würde, dass sie jederzeit Zugriff auf mein Gesicht, meine Titten und meine Muschi hatte, aber meine Entblößung sollte noch schlimmer werden. Ein Seil wurde mir an jedem Knöchel festgemacht, und jedes Seil wurde in einem Dübel hoch oben in der Wand über den Betten zu meinen Seiten festgemacht. Dadurch wurden meine Beine an- und hochgezogen, mein Hintern kam hoch, die Arschbacken wurden gestreckt. Meine Muschi und mein Anus klafften offen, völlig entblößt und verletzlich, während auch gleichzeitig meine Brüste und mein Gesicht für sie in Reichweite waren. Vier Stücke Seil, und ich war völlig bewegungslos, konnte mich nicht verteidigen und war in jeder Hinsicht sexuell verfügbar.

Amber lächelte, zufrieden über ihre Arbeit und nahm die Nessel. Es war sinnlos, sich über Male zu beschweren. Sie wusste genauso wie ich, dass ich für die Fotos nur eine makellose Rückansicht brauchte. Außerdem verdiente ich die Bestrafung und hatte kein Recht, ihre Form zu bestimmen.

Sie hielt mir die Nessel vor die Augen, damit ich den langen Stiel und die gezackten Blätter sehen konnte, jedes einzelne voller kleiner Stacheln. Meine Nippel richteten sich auf, und es war mir nicht möglich, meine Brust nicht vorzustrecken, als das verfluchte Ding näher an meinen Körper gebracht wurde, nur noch drei Zentimeter, zwei, und schließlich berührte mich die Nessel, fuhr unter meiner Brust her und hinterließ ein scharfes, kitzelndes Gefühl, das schnell in ein feuriges Brennen überging.

Ich stöhnte vor Schmerz auf und schob meine Brüste nach oben, um mehr zu bekommen. Amber gehorchte und legte eine lange Reihe von Stacheln auf meine obere Brust, umkreiste beide Brustwarzen und berührte sie schließlich, während ich mich in meinen Fesseln wand und krümmte. Ich schrie wie ein Schwein, drückte den Rücken durch und schnappte nach Luft. Ich fühlte jeden kleinen Schmerz und dann die warme, pulsierende Pein, als mein ganzer Brustkorb anzuschwellen und sich zu weiten schien.

Sie machte weiter, achtete nicht auf mein Weinen und Flehen, streichelte meinen Bauch, die Flanken, meine inneren Oberschenkel und den Eingang meiner Muschi und schließlich, was am meisten schmerzte, meine Vulva. Ich hatte die Augen geschlossen, mein Rücken bildete einen verkrampften Bogen, meine Knöchel spannten das Seil an, und ich presste die Hüften auf die Matratze. Mein Atem ging in kurzen, heftigen Stößen, unterbrochen von Seufzern, als das furchtbar heiße Jucken sich in Richtung meines Geschlechts ausbreitete. Das Gefühl, mich selbst hinter mir zu lassen, benutzt zu werden, wuchs mit jedem neuen Stück Haut, das in ein Feld wütender, roter Punkte verwandelt wurde, mein Bauchnabel, mein Unterleib, meine äußeren Schamlippen und zum Schluss meine feuchte, geschwollene, aufgeblähte kleine Spalte.

In dem Moment schrie ich wirklich laut, nicht sofort, aber als das Gift zu wirken begann. Meine Pussi brannte und kam mir riesig vor, eine große, feuchte Masse Sexfleisch, das mit dem Schmerz pulsierte. Ich konnte es nicht ertragen und schrie mein Stopp-Wort, flehte immer wieder, entschuldigte mich dann unter schluchzenden Seufzern, während mir die Tränen in die Augen stiegen, bei Amber dafür, dass ich so eine Schlampe war, dass ich ihr beim Stuhlgang zugesehen hatte, sogar für Beth.

Amber hörte sofort auf und ließ die Nessel fallen. Ihre Hände griffen nach einem Seil, aber ich schüttelte den Kopf, murmelte noch immer Entschuldigungen und bettelte dann noch einmal um das Privileg, ihren Hintern in meinem Gesicht spüren zu dürfen. Sie antwortete mir mit einem einfachen, wissenden Nicken und kletterte auf das Bett. Um sich auf mich zu setzen, musste sie über die Seile steigen, über meinen Körper hinweg grätschen und sich dann umdrehen, so dass ich an ihren Beinen hochsehen konnte.

Ihr Hintern sah wunderschön aus in ihren Army-Shorts, voll und fleischig, unmissverständlich weiblich, trotz des männlichen Outfits, der Stoff dehnte sich zu zwei festen Fleischbällen. Ihre Hände gingen nach vorne, genau wie bei Isabel. Sie öffnete ihren Gürtel und streckte den Hintern raus, wieder genau wie Isabel, kauerte sich nieder, während sie ihren Arsch entblößte und ihn meinem Gesicht näherte, gerade so, als wollte sie mich als Toilette benutzen. Mein Blick war auf die dralle Schwellung ihrer Muschi und den pochenden Ring ihres Anus gerichtet, ich wusste, ich würde beides bald ohne Unterlass küssen und lecken. Ihre Shorts hingen auf Schenkelhöhe und drückten gegen meinen Hals, während sie sich bequem auf mein Gesicht setzte und mich mit ihrem molligen, mädchenhaften Arsch fast erstickte. Mein Blick ging von der Verruchtheit ihrer Vagina und ihres Anus zu zwei runden Bögen rosa Fleisches, und dann saß sie auf mir, und ich konnte gar nichts mehr sehen.

Sie wackelte mit den Arschbacken, um sie über mein Gesicht zu verteilen, rieb ihre Muschi über meinen Mund und ihren Anus gegen meine Nase. Ich küsste ihre Schamlippen, näselte sie ein bisschen und begann sie zu lecken. Ich fühlte mich wie im Himmel, als meine schöne Amber mir gestattete, sie zu lecken, während mein Körper vor Schmerz und Nesselausschlag pochte. Eine Weile ließ sie mich ihre Muschi lecken, bevor sie das Gewicht verlagerte und ihr Arschloch über meinen Mund schob. Ich fühlte die Bewegung und wusste, dass sie kommen wollte und zwar so, wie sie es am liebsten mochte, auf meinem Gesicht sitzend mit meiner Zunge in ihrem Arsch. Sie begann zu masturbieren, ihr Hintern wiegte sich auf meinem Gesicht im Rhythmus ihrer Finger und ich stieß mit der Zunge gegen den engen weichen Muskel ihres Rings, kitzelte sie, bohrte mich hinein und leckte das heiße Fleisch.

Sie verrenkte sich vor Lust, rieb sich an meinem Gesicht und zwang mich, noch tiefer in sie einzudringen. Es war so schmutzig und so richtig für mich, meine Zunge im Arschloch meiner Geliebten, während sie erhoben und kühl auf meinem Gesicht saß. Dass ich gefesselt und überall voller heißem, beißendem Nesselausschlag war, machte die Sache noch besser, ich fühlte mich bestraft, und gleichzeitig wurde mir verziehen, ich wurde hart diszipliniert, und anschließend durfte ich mich entschuldigen, indem ich ihr den Anus leckte.

Wenn ich gekonnt hätte, hätte ich masturbiert, und wir wären gemeinsam gekommen, aber das ging nicht, denn ich musste all meine Bemühungen auf ihre Lust ausrichten. Sie hielt inne, und ich wusste, dass sie ihr Top ausgezogen hatte, um ihre großen Brüste zu befreien, so dass sie eine umfassen und mit dem Nippel spielen konnte, während sie sich fingerte. Erneut begann sie zu masturbieren, und ich wusste, dass sie kurz vor dem

Höhepunkt stand. Sie wand sich auf meinem Gesicht, rieb ihre Muschi an meinem Kinn und wackelte mit dem offenen Anus über meinem Mund. Meine Zunge steckte so tief in ihr, wie es nur möglich war, so dass ich das heiße, weiche Fleisch hinter dem engen Muskelring spüren konnte.

Amber näherte sich dem Höhepunkt, schrie meinen Namen, als ihr Analring sich um meine Zunge zusammenzog und zu zucken begann. Ihr Hintern drückte fest auf mein Gesicht, so dass ich weder atmen noch mich bewegen konnte. Mir blieb nur noch zu lecken und zu lecken, so wie es ihr gefiel. Einen Moment lang nahm ich nichts weiter wahr als das Gefühl, sie zum Orgasmus zu bringen. Ich war ihre Dienerin, rein und voller Hingabe, glücklich darüber, ihren Hintern zu lecken oder alles andere zu tun, was nötig war, um sie zufrieden zu stellen. Es war mir sogar egal, dass sie mir die Luft abdrückte, bis der Schmerz in meinen Lungen schließlich stärker wurde als meine Dienstfertigkeit und ich den Kopf in Verzweiflung zur Seite drehte.

Sie seufzte, ein Geräusch unglaublicher Zufriedenheit, als sie den Hintern hoch genug hob, dass ich heiße, stechende, aber wunderbare Luft in meine Lungen strömen lassen konnte. Ich schnappte nach Luft, bis mein Kopf wieder klar war, bewunderte ihren Hintern, der sich nur wenige Zentimeter von meinem Gesicht entfernt befand, ihre Pussi war weit und feucht in dem Nest aus dunkelblondem Haar, ihr Anus ein feuchtes, offenes Loch zwischen ihren vollen, runden Arschbacken.

„Schieb die Zunge wieder rein, Penny, du bist dran“, sagte sie von oben herab.

Ich seufzte lustvoll, ein Geräusch, das abrupt abgebrochen wurde, als sie den Hintern wieder auf meinem Gesicht platzierte. Meine Zunge fand ihr Arschloch, glitt erneut tief hinein, und ich begann zu lecken. Ihre Hände glitten zwischen meine Beine, zwei Finger teilten meine glitschigen Schamlippen weit, um zu meinem Kitzler vorzudringen. Ein Daumen drang in meine Vagina ein, ein Finger ging hinunter zu meinem schmierigen Arschloch und schlüpfte hinein.

Sie begann mich zu fingern, so gut, fuhr geübt und wissend über meinen Kitzler. Ich wusste, es würde nicht lange dauern, und ich ließ meine Gedanken abschweifen, während ich ihren Hintern leckte und sie meine Vagina bearbeitete. Sie kauerte auf meinem Gesicht, wie sie es oft tat, war aber nicht nackt. Ihre Shorts waren herunter gezogen bis auf die Schenkel, der Hintern war nackt genauso wie sie dasitzen würde, wenn sie sich erleichtern wollte, genau wie Isabel es getan hatte.

Es war ein wunderbares Bild: Amber, Isabel, irgendein Mädchen, nackter Arsch, kauernd, jedes Detail der Muschi und des Arsches entblößt, hastig, peinlich berührt, sich auf den Boden entleerend. Ich wünschte, ich hätte Isabel erwischt, sie verblüfft, sie dazu gebracht, das Gleichgewicht zu verlieren, so dass sie sich hineinsetzen musste, während sie vor Scham und Verlegenheit laut aufschrie. Dann hätte ich meine Bestrafung wirklich verdient gehabt, von beiden. Isabel hätte vielleicht aus purer Wut ihre Zurückhaltung überwunden. Sie hätten mich gefesselt, dieselbe erniedrigende, entblößende Position. Sie hätten mich gründlich mit der Nessel bearbeitet, mich dann mit ihren Gürteln geschlagen, mir den Hintern so lange versohlt, bis ich um Gnade flehte, meine Schamlippen gepeitscht und darüber gelacht, wenn ich mit jedem Schlag lauter winselte. Isabel hätte sich auf mein Gesicht gesetzt und mich gezwungen, ihren Arsch sauber zu lecken. Danach wäre Amber an der Reihe gewesen, sich auf mich zu setzen, wie sie es jetzt tatsächlich tat, meine Zunge tief in ihrem Hintern. Nicht um mich zu befriedigen, sondern um mich zu bestrafen, mir eine Bestrafung zukommen lassen, die meinem Vergehen gerecht wurde, sich über mein Gesicht zu setzen und es in meinen Mund zu tun...

Ich kam, jeder Muskel in meinem Körper spannte sich an, als mich der lange, wundervolle Höhepunkt überkam, der nicht mehr aufhören wollte. Obwohl meine Lungen zu platzen drohten, obwohl meine Handgelenke und Knöchel von den straffen Seilen schmerzten, ging der Orgasmus immer weiter, bis mir schließlich schwindelig wurde und meine schmutzige Fantasie abbrach. Ich wurde beinahe ohnmächtig, nicht ganz, aber als Amber mit einem glücklichen Seufzer von meinem Gesicht stieg, konnte ich nur schwach in meine Fesseln zurücksinken.

Elf

Mein Fotoshooting lief glatt. Ich traf mich mit Amy und Claudia bei Amber, und wir nutzten den angemessen neutralen und häuslichen Hintergrund der Schlafzimmerwand. Ich war die ganze Woche noch nicht geschlagen worden, auch nicht sanft, daher war mein Hintern ohne jeden Streifen. Ich hatte auch viel Hautcreme und Puder benutzt, so dass zwei weiche, runde Halbkugeln entstanden waren, auf die ich zu Recht stolz war. Ich kaufte ein neues Mieder, in dem ich mich zeigen konnte, ganz aus Seide und in pastellgelb, was gut zu meinem dunklen Haar passte, und mit feinen Spitzen. Außerdem war es zwei Nummern zu klein, so dass mein Hintern voller und besonders geeignet zum Schlagen aussah. Amy war beeindruckt, ließ sich langatmig über das Namenschild an meinem Leibchen aus, obwohl es mir überhaut nichts bedeutete. Bei der Bewunderung meines Hinterns war sie zögerlicher, zumindest vor Claudia, und gab sich mit einem Kneifen zufrieden, als niemand hinsah, wobei sie höflichkeitshalber sogar vorher fragte, ob das okay sei.

Claudia schoss einen ganzen Film über meine Rückansicht, bat mich endlos, minimal Änderungen in der Haltung vorzunehmen und passte fast genauso häufig die Lichteinstellungen an. Trotzdem machte es mir Spaß, sowohl weil es mir gefiel, dass mein Hintern im Mittelpunkt der Aufmerksamkeit von drei attraktiven Frauen stand, als auch weil ich wusste, dass es bald Zeit für meine nächste Abreibung war.

Obwohl es für das Magazin war, wollte ich nackt sein und hatte Amber gesagt, dass sie die Schnüre meines Leibchens lösen sollte. Ich wusste, dass Amy gern meine Muschi sehen würde, während ich bestraft wurde, und das war nur fair, nach allem, was passiert war. Ich war nicht sicher, ob es Claudia gefallen würde. Selbst auf dem Airforce-Gelände war sie recht cool geblieben, und ich konnte ihre Gefühle nicht wirklich deuten.

Amy fragte, ob sie den Raum verlassen solle, während Amber mich schlug, aber das war unnötig, denn mir war es egal, ob uns dabei jemand zusah oder nicht. Sie lächelte, denn mittlerweile verstand sie meine Sexualität wohl so gut, dass sie wusste, dass die Erniedrigung, es vor Claudia und ihr besorgt zu bekommen, meine Freude nur noch steigern würde.

Als das geklärt war, wurde ich über Ambers Knie gelegt, während sie auf dem Bett saß, mein Hintern blickte zur Tür, wo die Frauen standen. Mein Leibchen wurde aufgeschnürt und hochgeschoben, so dass man meine Muschi sehen konnte, und Amber hob das Knie an, so dass man meinen Arsch noch besser sehen konnte und spreizte meine Arschbacken, um mein Loch zu präsentieren. Sie erklärte den Mädels jeden Handgriff, was mich noch mehr anheizte. Selbst als sie mit dem Schlagen begann, sprach sie weiter und erläuterte, dass sie mit ihren Fingerspitzen meine Haut zum Brennen und das Blut an die Oberfläche brachte.

Es war eine sanfte Abreibung, schön, es brachte mich zum Seufzen und zum Stöhnen, während mein Hintern sich erwärmte und rot verfärbte. Amber fuhr fort, mich ignorierend und sich stattdessen darauf konzentrierend, dass mein Hinter sich gleichmäßig verfärbte und dass keine unschönen Stellen entstanden, die das Foto versaut hätten. Sie erklärte auch dies, aber zu meiner Überraschung erhob Claudia Einwände, denn sie meinte, wenn meine Arschbacken zu gleichmäßig rosa aussähen, würde das Foto gestellt wirken.

Amber schlug zu diesem Zweck eine Haarbürste mit langem Griff vor, die auf dem Tisch neben dem Bett lag. Claudia stimmte zu, holte sie zu meiner Überraschung selbst herbei und versetzte mir einen klatschenden Schlag auf jede Arschbacke. Ich schrie auf, was nicht überraschte, bekam jedoch von Amber und Claudia gleichzeitig gesagt, ich solle mich nicht wie ein Baby benehmen. Weitere zwölf Schläge gingen auf mich nieder, mein Hintern wackelte, und ich protestierte weiter, bis Claudia mit dem Effekt schließlich zufrieden war.

Ich durfte in den Spiegel gucken, mein Hintern war pink und fleckig, ganz offensichtlich ordentlich geprügelt worden und wurde anschließend noch einmal fotografiert. Wieder verlangte Claudia, dass ich in ungefähr zwölf leicht unterschiedlichen Positionen posierte, und wieder passte sie die Lichteinstellungen fast jedes Mal an. Nur bei den letzten sechs Fotos änderte sie den Ablauf, indem sie ganz nebenbei meine Schnüre von hinten öffnete. Die Fotos wurden mit den Schnüren lose über meinem Hintern geschossen, und ich beugte mich so weit vor, dass ein großer Teil meiner Spalte und mindestens die Andeutung von Haaren zwischen meinen Schenkeln zu sehen war.

Anschließend hätte ich mich sehr gefreut, wenn alle drei mich benutzt hätten, meine Abreibung vielleicht zu Ende gebracht und sich dann nacheinander auf mich gesetzt hätten, während die Anderen zusahen. Aber das passierte nicht, obwohl ich einige recht deutliche Andeutungen in diese Richtung machte, aber der einzigen Unterwerfungs-Kick, den ich bekommen sollte, war, dass ich ihnen das Mittagessen servieren sollte, während ich nur das Leibchen trug, also alles eher lahm. Als sie abgefahren waren, brachte Amber mich zum Bett und sorgte für einen angenehmen Abschluss der Session, obwohl ich es schöner gefunden hätte, wenn die beiden Anderen auch mitgemacht hätten.

Sie akzeptierten zwar unser Verhalten, schienen sich aber noch nicht richtig gehen lassen zu können, zumindest wenn sie nicht allein waren. Ich sagte etwas in dieser Art zu Amber, die meinte, ich sollte froh sein, dass ich überhaupt etwas bewegt hatte. Das stimmte, ich hatte mich tatsächlich selten besser gefühlt, obwohl es da noch ein oder zwei kleine Dinge gab, die meine vollständige Zufriedenheit verhinderten.

Zunächst war da natürlich Beth, denn es irritierte mich noch immer, dass sie dachte, sie könne mich besser verstehen als ich selbst. Zumindest wollte ich mit ihr über den Artikel im Metropolitan reden und dass sie ihre Bemerkungen über die Freunde des lustvollen Schlagens zurücknahm. Idealerweise hätte ich sie mir gern über das Knie gelegt, bevor sie sich anschließend bedankte und mir den Gefallen erwiderte, aber ich war auch bereit, darauf zu verzichten. Leider hatte Amber gedroht, mich eine Woche lang im Keller einzusperren, wenn ich mich auch nur bis auf zehn Meilen an Streatley heranwagte, so dass ich den Besuch zumindest verschieben musste.

Dann waren da noch die Zwillinge, und besonders Melody, die mir Angst gemacht hatten und denen ich es heimzahlen wollte. Sicher, Morris hatte sie öffentlich verprügelt, allerdings nicht, weil sie mich auf dem Spieß geröstet hatten, sondern weil sie ihn nicht dazu eingeladen hatten! Ihr Argument war, dass ich hätte wissen müssen, dass sie mich nicht wirklich verletzen würden, und das stimmte, das hätte ich wissen müssen. Letzen Endes sagte Melody, wenn sie mich wirklich hätten kochen und essen wollen, hätten sie mir den Spieß in den Arsch schieben müssen. Das war leicht gesagt, aber wenn man gefesselt, weich geklopft und geprügelt über einer Feuerstelle hing, war man da wohl nicht mehr so sicher.

Wäre ich Vicky gewesen, hätte ich kein Problem oder zumindest gute Chancen gehabt, denn beide Zwillinge kämpften gerne und machten keinen Hehl daraus, dass ihre Freundinnen jederzeit willkommen waren, ihr Glück zu versuchen. Die Bedingung war, dass die Gewinnerin mit der Verliererin tun konnte, was sie wollte, und wenn ich es versuchte, würden sie schließlich doch wieder auf meinem Gesicht sitzen. Ich musste auf eine weniger direkte Lösung warten.

Eine weitere Irritation, wenn auch eine triviale, war Isabel, die mir mit ihrer Zimperlichkeit auf die Nerven ging. Sie schien mich wie eine Spezies unter dem Mikroskop zu sehen, obwohl man natürlich sagen könnte, dass das mir als Biologin nur recht sein musste. Ich fühlte mich auch schuldig, weil ich sie ohne ihre Zustimmung beobachtet hatte, meine Gefühle waren also gemischt.

Wie es der Zufall wollte, war es Isabel, die dafür sorgte, dass ich es Melody heimzahlen konnte. Aus den Gesprächen auf dem Airbase-Gelände hatte sie geschlossen, dass zwischen mir und meinen Freunden einiges mehr abging als ein bisschen mädchenhaftes Prügeln und Verfolgungsspiele, Jagen und Bestrafung. Sie wollte unbedingt ein Interview mit Melody, die nicht nur weiblich war und eine außergewöhnlich starke Persönlichkeit hatte, sondern auch aus einer ethnischen Minderheit stammte. Das machte sie offensichtlich zum idealen Stoff für die Zeitschrift.

Sie rief mich an, um nach der Telefonnummer der Rathwells zu fragen, aber ich durfte sie nicht herausgeben. Isabel schmeichelte, aber ich lehnte ab, versprach ihr aber, selbst mit Melody zu reden. Melody stimmte zu und war froh über eine Möglichkeit, ihre eigene Philosophie darzustellen. Aber als sie mich neckte, weil ich über dem Feuerrost die Nerven verloren hatte, entschied ich, diese Situation für meine Rachezwecke zu nutzen.

Ich hatte mir vorgestellt, dass Isabel in einer schicken Wohnung im Zentrum von London wohnen würde, so ähnlich wie Natasha. Sie würde in einer exklusiven und modernen Gegend leben, hochnäsig, nah am Arbeitsplatz und Daddy zahlte zweifellos die Miete, genau wie bei Natasha. Tatsächlich war die Sache anders, denn sie lebte in einem Cottage in der Nähe von Liphook, das sie von einer Tante geerbt hatte. Das fand ich heraus, als ich sie anrief, um das Interview mit Melody zu vereinbaren. Sie schlug vor, dass wir lieber zu ihr als ins Büro des Metropolitan kommen sollten, entschuldigte sich für die Entfernung, bemerkte aber, dass es bei ihr fiel ruhiger war und versprach uns auch ein Mittagessen. Nach ein paar Telefongesprächen hin und her wurden wir uns einig, und in meinem Kopf begann sich ein Drehbuch zu entwickeln.

Ich brauchte etwas Zeit, also legte ich das Datum auf die folgende Woche fest und den Treffpunkt in Isabels Haus. Als ich Mel traf, war ich so freundlich wie immer, küsste sie, kniff ihr in die Brüste und entschuldigte mich dafür, dass ich einen Wutanfall bekommen hatte, nur weil sie mich aufgespießt hatten. Wir unterhielten uns den ganzen Weg nach Liphook über fröhlich, und ich erzählte ihr, dass ich Isabel beobachtet hatte, was sie toll fand und sie überhaupt nicht schockierte.

Als wir bei Isabel ankamen, waren wir in der richtigen Stimmung, um das Interview und das Mittagessen mit einem Dreier abzuschließen. Nach dem Interview schlug Melody das sogar vor, ganz ruhig, so als würde sie vorschlagen, dass wir noch eine Flasche Wasser öffnen sollten. Isabel lehnte ab, zwar höflich aber doch offensichtlich peinlich berührt. Kurz danach gingen wir, und Melody beschwerte sich darüber, dass Isabel alles was sie gesagt hatte, zwanghaft in ihr eigenes Denkmuster hatte pressen wollen. Da musste ich ihr zustimmen, bemerkte jedoch, dass es den meisten Menschen nicht leicht fällt, ihre Hemmungen zu überwinden.

„Sie ist das typische weiße, reiche Mädchen“, schnappte Melody. „Hat den Kopf voll Mist darüber, wie frei sie ist und wie sie ihr eigenes Leben kontrolliert, aber wenn es um die Wurst geht, kann sie nicht damit umgehen.“

„Vielleicht schüchterst du sie ein“, sagte ich. „Oder vielleicht bist du einfach nicht ihr Typ.“ Melody zuckte die Achseln und brachte damit zum Ausdruck, dass Isabels Vorlieben ihr völlig egal waren.

„Ich bin übrigens in der Stimmung“, versicherte ich ihr. „Wie wäre es, wenn wir einen Drink nehmen und anschließend in den Wald fahren?“

„Das wäre nicht schlecht“, antwortete sie.

Alles andere hätte mich auch überrascht. Wir fanden einen schönen Pub südlich von Haslemere und teilten uns eine Flasche Wein, ein Glas für mich, da ich noch fahren musste, der Rest für Melody. Danach war sie bereiter als je zuvor und neckte mich, indem sie mir sagte, dass sie mich zwingen würde, mich bis auf die Schuhe auszuziehen und nackt durch den Wald zu flitzen oder dass sie sogar Männern, die uns vielleicht über den Weg liefen anbieten würde, dass ich ihnen den Schwanz lutschte.

Ich wählte ein Waldstück, das ich bereits kannte, ein dunkles Stück, das von der Straße durch einen Bahnübergang abgeschnitten war und das man über einen hohen Bogen aus roten Backsteinen erreichen konnte. Es war einer von Andersons und Vickys Lieblingsplätzen, aber ich war sicher, dass Mel noch nie hier gewesen war. Wir gingen hinein, und sobald wir außer Sichtweite des Autos waren, begann ich zu rennen, in dem Wissen, dass sie mir folgen würde. Das tat sie, und sie fing mich natürlich auch. Ich wurde gezwungen mich nackt auszuziehen, und sie war so erregt, dass mir nur ein paar Schläge versetzte, bevor sie mir befahl, auf die Knie zu gehen. Ich gehorchte, kniete mich auf meine Kleider, während sie sich die Jeans und das Höschen auszog. Sie setzte sich auf den dicken Stamm einer gefällten Pinie, und ich leckte und küsste ihre Schamlippen und die inneren Oberschenkel in dem Versuch, sie zu necken, doch sie packte mich bei den Haaren und zog mich hart zu sich.

Während ich sie leckte, senkte ich die Hände, jedoch nicht um zu masturbieren. Ihr Atem ging härter und schneller, sie näherte sich dem Orgasmus, während ich an ihrem Kitzler schleckte. Der Griff in meinem Haar wurde fester, ihre Schenkel drückten gegen meinen Kopf, und ich schloss Handschellen um ihre Knöchel und hob sie mit aller Kraft hoch, so dass sie nach hinten auf den Baumstamm fiel.

Ich tauchte unter dem Stamm durch, der ein ganzes Stück über dem Boden war, ließ eine Handschelle um ein Handgelenk schnappen, während sie versuchte sich aufzurichten. Eine Kette führte zurück zu der Fußschelle, so dass sie am Baumstamm fixiert war. Sie hatte sich von dem Schreck erholt, bevor ich die andere Handschelle anbringen konnte, so dass ich kämpfen musste. Normalerweise hätte sie diesen Kampf klar gewonnen, aber in dieser Position und halb betrunken war sie nicht gerade in Bestform.

Ich bekam ein paar Kratzer ab, hatte sie aber schließlich, wo ich sie wollte, ich kroch unter dem Baumstamm durch, ließ die Ketten oben rüber laufen und verband ihre Knöchel und ihre Handgelenke. Sie hatte mich ausgelacht, weil ich an einem solch heißen Tag einen Anorak dabei hatte, aber jetzt kannte sie den Grund. Die Taschen waren voller Fesselmaterial.

Ich nahm noch ein paar Seile heraus, zur Sicherheit, schob ihr das Top und den BH hoch, so dass ihre großen Brüste frei waren und zog ihr die Jeans und das Höschen so weit herunter, wie die Fesseln es zuließen. Erst dann, als sie hilflos und entblößt dalag, machte ich eine Pause, um zu Atem zu kommen.

„Ich denke, das kann man als Punktsieg zählen, was meinst du?“, stieß ich hervor.

„Sicher, Penny.“

In ihrer Stimme klang Belustigung mit, das war eigentlich nicht die richtige Haltung für eine entblößte Frau in Ketten.

„Ich werde mich jetzt an dir erfreuen“, fuhr ich fort. „Zuerst kriegst du mal eine saftige Abreibung.“

„Schön“, antwortete sie. „Schlag richtig zu. Hast du deine kleine Haarbürste mitgebracht?“

„Nein, aber das ist ja der Vorteil, wenn man im Wald ist. Hier gibt es so viele Dinge, die man einem Mädchen auf den Hintern knallen lassen kann.“

„Richtig, Penny, gib alles. Lass es mich spüren.“

„Das werde ich, die Frage ist nur, womit? Hier gibt es zunächst mal Zweige aller Art, nicht nur Birken, obwohl die ganz gut passen. Schläge mit Haselnusszweigen kommen auch gut, oder Esche, schön schwer, das würde dich zum Quietschen bringen. Trauerweide brennt wie verrückt. Und dann haben wir ja noch Nesseln. Ich könnte deine Muschi und deine Titten damit kitzeln und dir vielleicht damit über den Arsch hauen. Mal sehen. Ich will dich nicht warten lassen. Was nehmen wir?“

Trauerweide war die Antwort, oder zumindest die beste Lösung. Mehrere standen ein paar Meter den Hang hinunter auf dem sumpfigen Boden. Ich achtete darauf, dass Melody mich sehen konnte, brach drei lange, peitschende Äste ab und flocht sie zusammen, so dass eine elastische, dreischwänzige Peitsche entstand. Ich wusste, sie würde schön brennen und ihr das Blut in die Muschi treiben.

Sie blieb cool und schaute zu, wie ich die Peitsche vorbereitete. Ich wusste, was sie wollte, ich sollte versuchen, sie zu brechen, denn sie wusste genau, dass sie alles ertragen konnte, was ich an körperlicher Züchtigung bieten würde. Sie hatte recht, aber dennoch, ich musste sie peitschen, wenn ich schon die Gelegenheit hatte. Sie blickte mich belustigt, fast geringschätzig an, als ich meine selbstgemachte Peitsche durch die Luft schwang.

Ich verdiente es, denn wenn ich an ihrer Stelle gewesen wäre, hätte mich die Peitsche sicher zum Heulen und Sabbern gebracht. Doch sie grunzte nur ein bisschen, während ich am Ende schwitzte und völlig aufgeregt war und meinen tauben Arm kaum noch spüren konnte, in der Hand einen abgebrochen Ast der Weide. Ihr Hintern zeigte Streifen, lange dunkle Striemen auf ihrer dunklen Haut, aber als Bestrafung war das Ganze eher harmlos ausgefallen.

Ich würde mein Versagen natürlich nicht zugeben, und zumindest war ihre Muschi geschwollener und feuchter als zuvor.

„Jetzt geht es mir besser", erklärte ich, als ich die Überbleibsel der Äste wegwarf. „Und dir anscheinend auch, wenn man sich den Zustand deiner Muschi ansieht. Du bist tropfnass!"

„Leck mich, Mädchen.

„Ich weiß doch, dass es das ist, was du willst."

„Noch nicht, Mel. So einfach mache ich es dir nicht."

„Oh nein, Penny, was hast du vor? Du willst mich doch nicht etwa ficken?"

„Das hättest du wohl gern. Nicht dass es mir keinen Spaß machen würde, dir einen schönen Strap-On zwischen die schwulstigen Schamlippen zu schieben, Mel, oder vielleicht sogar in deinen Hintern. Das Problem ist, dass es dir noch etwas besser gefallen würde als mir."

„Ich würde es lieben. Lass, Kleine, hol deinen Strap-On. Fick mich. Schieb ihn mir in den Arsch. Was immer du willst."

Sie wollte mich ärgern und mir demonstrieren, dass das Schlagen sie höchstens erregt hatte. Ich zog ein Gesicht, spielte Unsicherheit und Verwirrtheit.

„Gib es zu, Penny“, sagte sie. „Du bist zu nett, zu sehr das kleine weiße Mädchen aus der Mittelschicht. Dir würde nichts einfallen, mit dem ich nicht spielend fertig würde. Das könntest du gar nicht.“

„Nein“, antwortete ich. „Wahrscheinlich könnte ich das nicht. Aber ich muss es versuchen. Bist du jemals von einem Hund gefickt worden?“

„Einem Hund? Komm auf den Boden, Penny.“

„Oh, gut. Dann wird die Erfahrung zumindest neu für dich sein, auch wenn du spielend damit fertig wirst.“

„Hör auf zu scherzen, Penny. Komm schon, lass mich dich lecken oder was auch immer ...“

Sie verstummte, weil ich ihr mein Höschen in den Mund gestopft oder es zumindest versucht hatte. Es war nicht leicht, es hinein zu bekommen, und ich musste ihr ewig die Nase zuhalten, bis es klappte. Am Ende schaffte ich es, sie starrte mich an, und es schaute nur ein kleines Stück weißen Stoffs aus ihrem Mund. Ich befestigte den Knebel mit meinem BH, was ziemlich absurd aussah, denn sie trug jetzt auf jeder Wange einen BH-Cup.

„Das hätten wir“, sagte ich. „Genieß den Geschmack. So, wo war ich? Ach ja, Hunde oder besser ein Hund, ein Hund, der dich fickt. Sie lieben es, Mädchen zu besteigen, weißt du. Ich bin ehrlich gesagt überrascht, dass Morris dir das noch nicht gezeigt hat. Vielleicht hat er einfach nie daran gedacht. Das wäre ein schönes Theaterstück, meinst du nicht? Du und Harmony auf einer Bühne, während euch zwei Doggen besteigen. Nein? Na gut, vielleicht nicht. Ein Dobermann-Pinscher wäre sicher besser, das passt besser zu dir oder vielleicht ein alter englischer Schäferhund. Das wäre doch ein lustiger Anblick, ihr beide, bestiegen von zwei großen, wuscheligen Schäferhunden, die euch vögeln, während ihre Zungen heraushängen? Nein? Dann vielleicht ein riesiger Pudel? Groß, mit langen Beinen, so dass er ohne Probleme auf dich raufkommt, einer mit großem Schwanz wäre sicher die erniedrigendste Wahl, oder? Auch nicht? Ach so, du bist wohl wählerisch?“

Sie hatte heftig den Kopf geschüttelt, während ich sprach, so heftig, dass ich mich fragte, ob ich vielleicht einen wunden Punkt getroffen hatte. Sie zitterte definitiv und begann wohl zu glauben, dass ich es ernst meinte.

„Im Moment“, fuhr ich fort, „können wir wohl kaum wählerisch sein, was die Rasse betrifft. Aber ich denke, dies ist ja das Labrador-Land, das sollte also passen. Ich denke, die meisten Hundebesitzer würden nichts lieber tun, als ihren kleinen Freund dich ficken lassen, wenn ich ganz nett frage. Natürlich dürfen die Besitzer vorher ran. Wie wäre das, ein netter Herr vom Land in deiner Muschi, bevor sein Hund an die Reihe kommt. Schön?“

Sie schüttelte noch immer den Kopf, ernsthaft besorgt, aber ich konnte in ihren Augen sehen, dass sie glaubte, dass ich es niemals schaffen würde, einen Hundebesitzer dazu zu bringen, an diesem widerlichen Plan mitzuwirken.

„Vielleicht hast du recht“, gab ich zu. „Männer sind manchmal komisch, was solche Dinge betrifft. Man könnte meinen, dass jeder, der einen Schwanz hat, dich liebend gern von hinten nehmen würde, und ein echter Gentleman würde doch seinem Hund dieselbe Freude nicht vorenthalten. Junge Männer wären vielleicht besser. Sie würden dich zuerst ficken und dann die Hunde anfeuern. Nein, das Risiko, dass das jemand ablehnt, ist eher gering.“

Ich tätschelte ihr den Hintern, fest genug, dass ihre Arschbacken zitterten, setzte mich dann auf den Pinienstamm direkt über ihren Rücken.

„Vielleicht wäre ein anderes Tier besser, etwas Unzüchtigeres als ein Hund, irgendetwas mit einem dreckigen Ruf. Hm, ja. Hast du die Schweine gesehen in der Nähe vom Auto? Und die süßen kleinen Ferkel? Das sind natürlich alles Säue, zumindest die großen. Der Eber wird auf einem kleinen Feld abseits der Straße gehalten, vielleicht in einem Obstgarten, so war das jedenfalls früher. Er ist sicher gelangweilt und frustriert, ist doch klar, schließlich laufen auf der anderen Seite des Zauns Hunderte Säue herum. Ich bin sicher, ein dralles kleines Mädchen wäre genau sein Ding. Und du bist in genau der richtigen Position für ein Schwein, Hintern hoch, Muschi vorgestreckt. Du siehst sogar ein bisschen aus wie ein Schwein. Und du bist schön saftig, er könnte dich sicher riechen. Ich glaube kaum, dass ich ihn führen müsste, er würde dich sicher freiwillig besteigen. Nachdem er deine Muschi ordentlich beschnüffelt hat natürlich, das lieben sie. Er würde dir seine große, wulstige Nase reinschieben, direkt zwischen die Schamlippen. Vielleicht geht er sogar ganz rein, spreizt deine Muschi mit seiner Schnauze und leckt dich ordentlich mit seiner fetten Schweinezunge. Auf jeden Fall würde er dir die Muschi und den Arsch lecken, er mag doch das Salz."

Ich ließ einen Finger zwischen ihre Beine gleiten, berührte ihre Muschi, tauchte kurz in das feuchte Loch ein und kitzelte ihr Arschloch. Auf ihrem Gesicht lag ein konsternierter Ausdruck, und ich wusste, ich hatte sie erwischt. Ich machte weiter.

„Wenn er sich vergewissert hat, dass du soweit bist, besteigt er dich, ganz so, als wärest du eine richtige Sau, klettert auf deinen Rücken und stupst gegen deine Kehrseite, bis er Einlass findet. Was den Schwanz betrifft, sind Schweine nicht besonders üppig ausgestattet, aber sie sind groß genug und spiralförmig. Stell dir das vor, Melody, sein Gewicht auf deinem Rücken, seine Beine liegen auf beiden Seiten deines Nackens. Er stößt dich an, zweimal, rutscht in die Spalte zum Arsch, findet deine Pussi und gleitet hinein, ein großes, fettes Schwein, brünstig zwischen deinen Arschbacken, in deiner Pussi, auf dir drauf, der lange, spiralförmige Schwanz stößt immer wieder in deine Vagina, während er dich fickt. Richtig, Melody, du wirst von einem Schwein gefickt."

Sie krümmte sich ein bisschen, und ihr Atem kam gepresst, genauso wie es mir ergangen war, als ich für den Spieß vorbereitet worden war. Stoßweises Atmen durch die Nase ist alles andere als würdevoll, aber wenn man nackt irgendwo festgebunden wird, ist das nur ein kleines Problem. Ich lächelte sie fröhlich an und fuhr fort.

„Ich würde es ja tun, aber ich bin nicht sicher, ob du den Unterschied zwischen dem Eber und Morris überhaupt merken würdest. Vielleicht wäre ein Pferd besser. Wir sind doch auf dem Hinweg an einer Reitschule vorbei gekommen, oder? Ja, das sind wir. Ich frage mich, ob die etwas Passendes für dich haben. Wusstest du, dass Katherina die Große angeblich von einem Pferd zu Tode gefickt wurde? Es muss wohl ein Streitross gewesen sein. Keine Sorge, ich würde ein ruhigeres Tier auswählen, einen netten, ruhigen Karrengaul mit einem einen Meter langen Schwanz, so dick wie mein Knöchel. Es wäre natürlich nicht leicht, ich müsste ihn ja festhalten. Ich könnte ihn so lange an deiner Muschi reiben, bis du wirklich tropfst und dann sehen, wie weit er reingeht und ihn anschließend über deinem Arsch abspritzen lassen. Nein? Du bist ein Weichei, Melody. Irgendetwas müssen wir tun, versteh doch, ich kann dich nicht einfach so davonkommen lassen."

Sie wurde langsam wirklich nervös, genau wie ich auf dem Spieß. Logischerweise ging sie davon aus, dass ich meine Drohungen entweder nicht wahrmachen wollte oder konnte. Logisches Denken fällt jedoch schwer, wenn man gefesselt ist, nackt und der Kontrolle einer anderen Person unterliegt, wie ich genau weiß. Ich tätschelte ihr erneut sanft den Hintern.

„Ich frage mich, ob hier in der Nähe ein Zoo ist", überlegte ich. „Ein Pavian wäre perfekt, oder besser noch ein Mandrill. Stell dir nur seine kleinen, hellblauen Arschbacken vor, wie sie immer wieder gegen deine schwarzen klatschen. Was für ein Anblick! Nein, ich brauche etwas Praktischeres. Hm, Hund, Schwein, Pferd, was käme sonst noch in Frage? Es muss doch Wild in diesem Wald geben, aber die sind ja häufig so scheu, selbst wenn du hilflos bist. Ein Bulle wäre gut, aber der ist schwer zu händeln, dasselbe gilt für einen Schafsbock. Tja, es sieht so aus, als müsste es wohl ein Hund sein, und das wird es dann auch sein, Melody Rathwell, selbst wenn ich einen stehlen muss."

In ihren Augen zeigte sich echte Besorgnis, als ich mich anzog, den BH und das Höschen ließ ich natürlich weg, aber nach außen hin sah ich respektabel aus. Ich ignorierte sie, sagte nichts und legte ihr schließlich meinen Anorak über den Kopf und ließ die Arme über ihrem Gesicht herab baumeln, ein lächerlicher Anblick, aber so konnte sie atmen. Sie war hilflos, konnte weder sprechen, noch sehen, und ich ließ sie allein, vollkommen zufrieden mit mir selbst.

Es war gut, dass sie sich hier nicht so gut auskannte, denn ein Großteil dessen, was ich erzählt hatte, war erfunden. Sie kannte London, New York und San Francisco, und ich war mir sicher gewesen, dass sie hier nicht Bescheid wusste, was zu stimmen schien. Nicht dass sie mir mit Worten hätte widersprechen können, denn ihr Mund war voll mit meinem Höschen, aber ich hatte keinerlei Zweifel in ihren Augen gesehen.

Die Sache war die, wenn sie selbst es gekonnt hätte, hätte sie mir das bestimmt angetan. Als ich sie also in diesem hilflosen Zustand zurückließ, ging sie wahrscheinlich davon aus, dass ich die Sache durchziehen würde. Das konnte ich leider nicht, obwohl ich mich selbst so heiß gemacht hatte, dass, falls ein freundlicher Bauer auf der Straße erschienen wäre und mir sein Schwein angeboten hätte, ich sicher zugestimmt hätte und ihm erlaubt hätte, sich Melody zuerst selbst vorzunehmen.

Es erschien kein Bauer und auch sonst niemand, und als ich zum Auto zurücklief, war das einzige Zeichen menschlicher Anwesenheit das ferne Rattern eines Zuges. Im hinteren Teil des Autos befand sich mein Meisterstück, das ich hastig mit ein bisschen Hilfe von Amber zusammen gebaut hatte.

Sie hatte ein Paar enge Ledershorts mit einem Ring vor dem Reißverschluss, durch den man einen Dildo schieben konnte. Ich hatte mir die Hose und auch den Dildo ausgeliehen und ein Gewand geschaffen, auf das ich stolz war. Es war ein pelziger Ganzkörperanzug aus synthetischem, braunen Fell und geschnitten wie ein Badekostüm aus der Zeit von König Edward. Wenn ich das trug, war ich von der Brust bis zu den

Knien mit Fell bedeckt, und durch den Hosenstall konnte ich den Dildo frei zum Einsatz bringen. Ich hatte sogar im Bauchbereich und im Schritt längeres Fell benutzt, so wie bei einem echten Hund, und ein Paar Pfotenhandschuhe verliehen der Aufmachung den letzten realistischen Schliff. Der Dildo war ebenfalls schön gearbeitet, nicht so wie ein normaler Doppeldildo, mit dem zwei Frauen gemeinsam ficken können, sondern definitiv dafür gedacht, dass eine Frau eine andre vögelt. Er war so dick wie ein großer Schwanz, zwanzig Zentimeter lang und in Detailarbeit geformt, so dass eine besonders groteske Erektion entstanden war. Er hatte auch Eier, die derzeit mit Sahne gefüllt waren und auf Befehl abspritzen konnten. Das letzte Detail war ein geribbelter Bereich im Schritt derjenigen, die ihn trug, so dass sie sich selbst in Fahrt bringen konnte, während sie ihre Partnerin fickte.

Das Kostüm war kaum verruchter als ein Turnanzug, zumindest bis der Dildo saß, und dennoch trug man so etwas wohl kaum hier auf dem Land, also steckte ich es schnell in eine Plastiktüte und machte mich auf den Weg zurück zur armen Melody. Auf dem Rückweg kam mir der furchtbare Gedanke, dass sie sich befreit haben könnte und dass sie jetzt auf mich wartete, im Kopf die furchtbarsten Bestrafungen für mich. Glücklicherweise war sie noch dort, wo ich sie zurückgelassen hatte, sie lag ganz still und lauschte. Es war unmöglich nicht zu grinsen. In ihrer Pose blickte ihr Arsch mich direkt an, ihre Pussi war so schamlos geöffnet, dass ich bezweifelte, dass irgendein vorbeilaufender Mann dem Drang hätte widerstehen können sie zu ficken.

Ich zog mich aus und legte den Hundeanzug an, verhielt mich leise, brach aber absichtlich ein paar Zweige, um Melodys Aufmerksamkeit zu erregen. Als ich fertig war, lauschte ich selbst ein bisschen und ging dann auf sie zu. Ich bin geübt darin, die Rolle eines Hundes zu spielen, ich hatte das mit Amber schon so oft getan, dass ich realistisch bellen und hecheln konnte, und ich hatte noch etwas weiter geübt, als ich das Outfit zusammen gestellt hatte. Als ich mich Melody näherte, gab ich mein Bestes, hechelte, schnüffelte und jaulte zufrieden, alles unterbrochen von meiner eigenen Stimme, die nett mit dem imaginären Hund sprach. Ich muss überzeugend gewirkt haben, denn Melody krümmte sich in ihren Fesseln.

„Hi Melody, da bin ich wieder", kündigte ich an, als ich bei ihr ankam. „Das hier ist Fido. Ich weiß nicht, wie er wirklich heißt, aber Fido passt schon. Guter Junge, Fido. Fido ist ein sehr freundlicher Schäferhund, sein Besitzer ist irgendwo im Wald und macht sich bestimmt schon Sorgen, also beeilen wir uns besser ein bisschen, was?"

Sie verrenkte ihren Hintern und schüttelte den Kopf oder besser gesagt meinen Anorak, der Ärmel flog hoch und runter, als sie sich bewegte. Ich ignorierte sie und imitierte wieder den Hund, bevor ich mich erneut an sie wandte.

„Okay, Fido, das ist Melody. Melody, Fido. Ich finde, man sollte sich immer einander vorstellen, bevor man fickt. Ja, ist ja gut Fido, du kannst ihre Muschi riechen, stimmt's? Eine schöne feuchte Muschi ist das. Komm schon, sei nicht schüchtern, du kannst sie dir jetzt gleich vornehmen. Komm schon, hoch mit dir... oh, du bist aber gut ausgestattet."

Ich bestieg Melody und presste meinen haarigen Bauch gegen ihre Kehrseite. Sie ließ ein leises, verzweifeltes Grunzen tief aus ihrer Kehle hören und versuchte, mit dem Arsch zu wackeln, aber ich drängte bereist mit dem Dildo gegen sie.

„Du solltest froh sein, Melody", fuhr ich fort. „Er hat einen schönen, großen Schwanz. Ich kann ihn sehen, genau zwischen deinen Schamlippen. Ich wette, das fühlt sich toll an. Na los, Fido, rein mit dir. Hör auf zu wackeln, Mel!"

Sich winden hätte es besser beschrieben, aber sie war zu fest angebunden, um mich aufzuhalten. Ich stupste sie weiter an, verfehlte das Loch absichtlich, nur um den Spaß hinauszuzögern, fand aber schließlich die Öffnung und glitt problemlos hinein.

„Na also", sagte ich. „Das war doch gar nicht so schwer, oder? Guter Junge, Fido. Und viel Spaß."

Melody hatte aufgehört sich zu wehren, gab sich offensichtlich dem Hundefick hin, jetzt, da der Schwanz sich tatsächlich in ihr befand. Ich begann sie zu bumsen, mit schnellen, heftigen Stößen, so wie es Henrys Rasputin tat. Ich wollte eigentlich so auf ihr zum Höhepunkt kommen, aber sie war so fügsam, dass mir das nicht reichte. Ich musste sie in den Arsch ficken. Ich ließ den Dildo herausgleiten und rieb ihn an ihrer Arschfalte, schmierte den Saft ein paar Mal über ihren Anus, bevor ich wieder in sie eindrang.

„Gute Idee, Fido“, bemerkte ich. „Arschlöcher sind einfach ein bisschen enger, stimmt's? Guter Junge, warte, Tante Penny hilft dir.“

Ich hatte meine Hand schnell von der Pfote befreit und auf den Dildo gelegt, um ihn in ihren Hintern zu führen. Sie schrie auf und trat nach mir, wollte ihn unbedingt aus ihrem Arsch heraus halten, spannte das Loch an, als ich dagegen stieß und schob ihren Körper nach oben, damit der Dildo zurück in ihre Muschi glitt. Jedes Mal, wenn das passierte, fickte ich sie ein bisschen weiter, nur, um ihn dann wieder heraus zu ziehen und wieder gegen ihren Anus zu pressen. Sie kämpfte weiter, und ich konnte mir vorstellen, wie sie sich fühlte, sie hatte sich dem Akt gefügt, wollte aber die zusätzliche Degradierung, sich von hinten nehmen zu lassen, nicht hinnehmen.

„Tut mir leid, Mel, aber jetzt ist dein Arschloch dran“, sagte ich zu ihr. „Komm, Fido, der hintere Teil ist enger. Genauso, guter Junge, stoß zu.“

Sie wehrte sich weiter, aber ich war fest entschlossen, und als ihr Anus von ihrem Saft immer flutschiger wurde, fiel es ihr immer und immer schwerer, ihn zu verteidigen. Schließlich passierte es, meine Spitze durchdrang den Ring, öffnete ihn, glitt hinein, fand das Loch und schlüpfte hinein, was ihre Öffnung ein ganzes Stück weitete. Ich schob den Rest hinein, behielt die schnelle, zweckgerichtete Stoßbewegung bei und ignorierte die komischen Geräusche, die Melody von sich gab, während sie fest davon überzeugt war, dass es ein Hundeschwanz war, der sich in ihren Hintern wühlte.

„Guter Junge!“, rief ich. „Oh, das sieht toll aus, Mel. Komm schon, genieß es, fühl doch seinen schönen, großen Schwanz in deinem Arsch. Drück ihn ein bisschen, das wird er mögen. Gut, Fido, komm, besorg es ihr richtig, spritz ab in ihren Hintern. Stoß ein bisschen tiefer, genau, geh ganz hinein, so dass deine Eier gegen ihre Muschi klatschen. Das wird sie lieben.“

Als ich erst mal in ihr war, nahm ich sie mir richtig vor, behielt das Tempo bei und rieb meine Muschi an den Kanten des Dildos. Mit dem wunderschönen Anblick ihres nackten, vor mir ausgestreckten Hinterns und dem Dildo, der aus meinem haarigen Bauch ragte und in sie stieß, wusste ich, dass ich bald kommen würde. Es war sogar die Sache wert, eine etwas menschlichere Position einzunehmen, damit ich ihren Arsch anschauen konnte, während ich sie hinein fickte.

Ich blieb lange in der Position, sah zu, wie sie zitterte, während ich es ihr besorgte, fühlte, wie ich gegen ihren vollen Hintern stieß, genoss meine Kontrolle über sie und das Wissen um das, was in ihrem Kopf vorgehen musste. Nackt, auf den Knien, von einem Hund in den Arsch gefickt. Melody, die schöne, starke Melody, gefesselt und geknebelt mit einem Paar meiner Unterhosen, geschlagen und gequält und jetzt mit einem schäbigen, alten Hund auf dem Rücken, der sich zuerst ihre Muschi vorgenommen hatte und sie jetzt von hinten nahm, sie in den wunderschönen, großen, runden, dunklen Arsch fickte, ihr Loch dehnte sich um den Penis eines Tieres, den Penis eines Hundes ...

Als mich der Höhepunkt überkam, bis ich mir hart auf die Lippen, fest entschlossen, trotz der ekstatischen Wellen, die mich durchströmten, nicht laut zu schreien. Ich hielt mich tief über ihrem Hintern und stellte mir vor, dass auch der Hund kam. Melody grunzte durch ihren Knebel und ich stieß mich hart gegen den Eiersack, drückte ihn platt und spritzte einen Becher Sahne als Ersatzhundesperma auf ihren Arsch.

Sie machte ein außergewöhnliches Geräusch, als ihr Rektum sich füllte, ein schweineähnliches Grunzen, das hilflose Unterwerfung der Leidenschaft, vielleicht Ekel oder vielleicht einfach Ausdruck der aus ihren Lungen entweichenden Luft sein konnte, als der Schwanz ihr bis zum Anschlag reingetrieben wurde. Ich blieb noch lange in ihr, wollte, dass die Sahne sich gut verteilte, während mein Orgasmus langsam abebbte. Erst als, er ganz vorbei war, zog ich mich zurück, ließ den Dildo vorsichtig heraus gleiten, um sie nicht zu verletzen. Ihr Arschloch klaffte weit offen, als die Sahne heraus zu laufen begann.

Ich lehnte mich zurück, beobachtete, wie die sahnige, weiße Sauerei stoßweise aus ihr heraus quoll, während ihre Muskeln versuchten, sich von der Sodomie zu erholen. Es lief ihr die Muschi entlang, füllte das geöffnete Loch und klebte in ihren Haaren fest, lief die Schamlippen entlang und tropfte von ihrer Klitoris. Auch ihre Arschbacken bewegten sich, zogen sich im Rhythmus ihres Atems zusammen und entspannten sich wieder.

Es war nur fair, sie auch zum Höhepunkt zu bringen, besonders wenn sie wahrscheinlich bereits zu weit abgedriftet war, um zu merken, dass es kein Hund war, der sie leckte. Ich legte das Gesicht an ihre Muschi und tauchte meine Zunge in die Sahne. Es schmeckte gut, süß und reichhaltig und auch nach ihr, und ich begann zu schlecken und mir die Lippen zu lecken. Zuerst wehrte sie sich, so sehr sie konnte, versuchte, mein Gesicht wegzudrücken. Aber das ging nicht lange, und ich wusste, dass sie über den Status des falschen Widerstands hinaus war, als ich ein tiefes Stöhnen aus ihrer Kehle hörte und sie den Arsch anhob, um sich meiner Zunge zu öffnen.

Ich sah keinen Grund, ihr diesen Gefallen nicht zu tun, also kümmerte ich mich gründlich um ihren Arsch, leckte die Sahne weg, die aus ihrem schmierigen Arsch tropfte und reinigte den Ring, als er sich endlich wieder richtig geschlossen hatte. Als nächstes widmete ich mich ihren Schamlippen, meine Zunge tauchte zwischen den Haaren durch, bis ich alles sauber gemacht hatte, so gut ich konnte. Schließlich erbarmte ich mich und schleckte ihre Vagina aus, leckte ihre gesamte feuchte Muschi durch, arbeitete mich hindurch, bis ich schließlich ihren Kitzler erreicht hatte.

Sie begann sofort, durch ihren Knebel hindurch zu grunzen und versuchte, ihren Hintern an meinem Gesicht zu reiben. Ich leckte weiter, fühlte, wie die Muskeln sich zusammen zogen, als sie sich dem Höhepunkt näherte. Als es sie überkam, zuckte sie wild hin und her, stöhnte tief auf und bockte ihren Körper auf und ab, als würde sie wild gefickt. Sie grunzte weiter und lauter, bis sich schließlich ein trübseliges Grunzen aus ihrer Kehle löste, das Geräusch eines Mädchens, das sich von einem Hund oral hat befriedigen lassen, und gegen ihren Willen jede Sekunde davon genossen hat.

Ich brauchte ein perfektes Timing, also wartete ich gerade lange genug, bis sie etwas herunter gekommen war und sich fragte, was da eigentlich passiert war, bevor ich ihr verspielt auf den Hintern schlug und ihr sagte, dass es die ganze Zeit über ich gewesen war, die es besorgt hatte. Ich erwartete Wut und hatte mir bereits eine Argumentation in Bezug auf das Spießrösten zurecht gelegt. Sie nannte mich eine Schlampe, eine sadistische Furie und war mir ein paar ähnliche Ausdrücke an den Kopf, die sie in den USA gelernt hatte, die meisten davon verstand ich gar nicht. Sie war jedoch nicht beleidigt, eher bedrohlich, so wie sie sich sonst vor Wrestling-Kämpfen verhielt.

Ich erklärte ihr, dass ich die Sache mit dem Spieß hatte ausgleichen wollen, aber das beeindruckte sie nicht. Mein Vorschlag, dass sie sich Harmony vornehmen und damit alles zwischen uns auf Null bringen sollte, kam auch nicht gut an. Statt meiner Argumentation zu folgen, sagte sie mir, dass ich die Wahl hätte. Ich sollte sie jetzt gehen lassen, und sie würde sich damit zufrieden geben, mein Gesicht in den Schmutz zu drücken, während sie mich mit einem Weidenstock prügelte. Oder sie hierlassen, und sie würde das ganze nächste Jahr damit verbringen, Riesenpudel zu züchten und darauf abzurichten, Mädchen wie mich zu besteigen.

Da ich bereits bis zum Hals in der Klemme saß, fragte ich sie, ob sie die Pudel selbst trainieren wollte, entfernte meinen Anorak, löste ihre Fesseln und trat schnell zurück, bevor sie mich schnappen konnte. Die

Rache würde sicher kommen, aber zuerst wollte ich meinen Sieg genießen. Die Rache kam schneller als erwartet. Nur zwei Tage später unterhielten Amber und ich uns ruhig in der Küche, als es am Tor klingelte. Sie öffnete und ich hörte das Geräusch von Reifen auf dem Hof und sah die große, goldene Nase des schrecklichen Rolls-Royce der Rathwells durch das Fenster. Mein Herz sprang mir bis zum Hals, und ich erwartete fast, die Tür auffliegen und ein halbes Dutzend Riesenpudel herausspringen zu sehen. Das passierte nicht, sondern Melody stieg aus, was fast genauso schlimm war.

Sie machte ihre Sache gut, denn wenn sie verlangt hätte, mich bestrafen zu dürfen, hätte Amber sie rausgeworfen. Stattdessen spielte sie die Vernünftige, erklärte, dass ich viel weiter gegangen wäre, als sie und dass das Gleichgewicht fairerweise wieder hergestellt werden sollte. Wir diskutierten und verglichen die Situationen, wie jemand auf einem Spieß gegrillt und wie jemand von einem Hund in den Hintern gefickt wurde, aber ich wusste, am Ende musste ich nachgeben. Melodys Argument war, dass es völlig lächerlich sei zu denken, ich hätte sie wirklich kochen und essen wollen, und dem musste ich zustimmen. Andererseits hatte sie wirklich gedacht, sie würde von einem Hund bestiegen oder zumindest schwor sie, dass sie das gedacht hatte.

Ich gab mich geschlagen, verlangte nur, dass die Rache nicht überzogen wäre und dass ich irgendwann später Harmony würde bestrafen dürfen. Melody stimmte dem Schicksal ihre Schwester fröhlich zu. Mein Schicksal erwartete mich sofort.

Amber gab ihr eine Reitpeitsche und erlaubte ihr, mich mit auf die Koppel zu nehmen und sich dort mit mir zu amüsieren, aber nicht mehr als zwölf Schläge. Einen Moment später packte Melody mich am Ohr und zog mich hinaus. Ich erwartete, ausgepeitscht zu werden und dass sie sich auf mein Gesicht setzen würde. Was ich vergessen hatte, war, dass Amber einem Nachbarbauern erlaubt hatte, drei junge Jerseys auf der Koppel grasen zu lassen.

Melody lachte, als sie sie sah, und ich wusste genau, was sie tun würde. Ich wurde gezwungen, im Watschelgang über die Koppel zu gehen, dann auf die Knie gezwungen, mein Gesicht nur Zentimeter von dem größten Kuhfladen entfernt, ihre Hand riss hart an meinem Haar. Ich flehte sie an, versprach ihr, alles zu tun, solange sie nur mein Gesicht da raushielt, aber sie hielt mich nur fest, während mein Kleid hochgezogen und mein Höschen herunter gezogen wurde.

Ich benutzte nicht mein Stopp-Wort. Das hätte ich tun können, vielleicht hätte sie es sogar respektiert, aber mein eigener Masochismus verriet mich, so dass ich mich zurückhielt. Dann war es zu spät. Melody gab mir einen plötzlichen Schubs, und mein Gesicht landete in der Kuhscheiße. Ich schloss gerade noch rechtzeitig die Augen, aber es drang in meinen Mund und meine Nase ein, warm, stickig, dreckig, verteilte sich auf meinen Wangen und in meinem Haar, saute mich richtig zu, und in meiner Kehle bildete sich ein unangenehmer Knoten der Erniedrigung.

Sie schlug mich in dieser Position, mit dem Gesicht in dem Kuhfladen, den Hintern nach oben gereckt, so dass man Pussi und Anus sehen konnte, bekam ich zwölf harte Schläge mit der Reitpeitsche in schneller Abfolge. Es tat verdammt weh, und ich konnte sie lachen hören, während sie mich verdrosch, hörte das Zischen der Peitsche und das Knallen, als sie auf mir landete und auch das schlürfende Geräusch, als mein Gesicht sich in dem Kuhfladen bewegte. Ich konnte nicht atmen, schon gar nicht schreien und heulen, aber ich trat verzweifelt mit den Füßen aus und schlug mit den Händen in das Gras.

Ich dachte, es sei vorbei, als der zwölfte Schlag mich traf und mein Kopf plötzlich hochgezogen wurde, aber ich wurde wieder in den Dreck zurück gestoßen, während ich nach Atem rang. Mein Mund war weit offen, und er wurde mit Kuhdung gefüllt, so dass ich spucken und husten musste, als sie endlich meine Haare losließ. Sie packte mich an der Taille, ihre Hand fand meine Muschi, und sie begann mich zu fingern, zwang mich, vor Erniedrigung zu kommen.

Das war mehr, als ich ertragen konnte, und ich ließ sie es tun, stöhnte lustvoll, während sie fachkundig an meinem Kitzler rieb. Ich versuchte mich zurückzuhalten, und mich zu retten, einen Rest von Stolz zu bewahren, aber ich konnte es nicht, und als ich kam, beging ich den letzten Akt der Selbsterniedrigung und drückte mein Gesicht selbst zurück in den Kuhfladen.

Ich ging mit hängendem Kopf zurück, Melody führte mich an der Hand. Sie half mir, mich an dem Wasserhahn draußen zu waschen und zog mir das Kleid aus, das etwas in Mitleidenschaft gezogen war. Im Haus ließ ich sie bei Amber zurück und ging nach oben, um mich umzuziehen. Ich schaffte es gerade noch, mich auszuziehen, dann warf ich mich auf das Bett, unsicher, ob ich weinen oder mich selbst zu einem zweiten Orgasmus bringen sollte. Bevor ich mich entscheiden konnte, klingelte es an der Tür, und ich wollte gerade aufstehen, als ich die Stimme des Besuchers erkannte: es war Beth. Amber antwortete ihr mit ruhiger, freundlicher Stimme und war gar nicht überrascht, im Gegensatz zu mir.

„Ich bin froh, dass du gekommen bist“, sagte sie. „Ich war nicht sicher.“

„Das wollte ich auf keinen Fall verpassen“, antwortete Beth. „Sie wird doch mitmachen, oder?“

„Oh ja, das wird sie. Sie wartet seit Monaten darauf.“

„Gut.“

„Sie hat schon zwölf Stück von Melody kassiert“, fuhr Amber fort. „Aber ein paar weitere würden sicher nicht schaden. Sie ist im Schlafzimmer, genau gegenüber der Treppe. In meinem Schrank findest du einen Stock.“

„Danke.“

Ich hörte Beths Schritte, als sie die Treppe hochkam. Ich zog mir ein Kissen heran und rollte mich darauf, hob den Hintern in eine bequeme Position für die Bestrafung. Mit einem tiefen Seufzer ließ ich das Kinn in meiner Hand ruhen und wartete darauf, dass Beth hereinkam, um mir die Prügel zu verabreichen, die ich so sehr verdiente.